George P. Pelecanos
Schuss ins Schwarze

George P. Pelecanos

Schuss ins Schwarze

Roman

Aus dem Amerikanischen
von Bettina Zeller

Rotbuch Verlag

Bibliografische Information der Deutschen Bibliothek

Die Deutsche Bibliothek verzeichnet diese Publikation in der Deutschen Nationalbibliografie; detaillierte bibliografische Daten sind im Internet über http://dnb.ddb.de abrufbar.

Originaltitel: »Right as Rain«

Die Originalausgabe erschien 2001 bei Little, Brown and Company (Inc.), New York
Umschlagkonzept: Meta Design, Berlin
Umschlaggestaltung: projekt ®, Hamburg
unter Verwendung einer Fotografie von © zefa
Herstellung: Das Herstellungsbüro, Hamburg
Satz: Greiner & Reichel, Köln
Gesetzt aus der Sabon
Druck: Clausen & Bosse, Leck
Printed in Germany

ISBN 3-434-53114-9

Informationen zu unseren Verlagsprogrammen finden Sie im Internet unter www.rotbuch.de

Schuss ins Schwarze

Eins

Als Derek Strange Jimmy Simmons betrachtete, der auf der anderen Seite des Schreibtisches auf dem Stuhl hing, befürchtete er, dass Simmons sich etwas von Stranges persönlichem Zeugs schnappte und durchs Zimmer schleuderte. Oder wie ein verdammter Säugling heulte. Strange wusste nicht, was ihm lieber war. Auf seinem Schreibtisch waren ein paar Dinge, die ihm eine Menge bedeuteten: Geschenke, die ihm die Frauen im Laufe der Jahre gemacht hatten, Dankbarkeitsbezeugungen von Klienten und ein paar Redskins-Souvenires aus den Sechzigern. Aber zusehen zu müssen, wie ein Mann weinte, war ihm echt unerträglich.

»Erzähl's mir noch mal, Derek«, bat Simmons mit zitternden Lippen. Die tränennassen, blutunterlaufenen Augen würden jeden Moment überquellen. »Erzähl mir noch mal, wie dieser Mistkerl ausgesehen hat, Mann.«

»Steht alles im Bericht«, antwortete Strange.

»Ich werde ihn umbringen, kapiert? Und gleich danach mach ich den Arsch noch mal kalt.«

»Du redest Unsinn, Jimmy.«

»Nach fünfzehn Jahren Ehe kommt meine Frau auf einmal auf die Idee, es mit einem anderen Schwanz zu treiben? Und da kommst du mir mit Unsinn? Heilige *Scheiße*!«

Jimmy Simmons schlug mit der Faust auf den Tisch. Sie landete neben einem Footballspieler aus Gips, dessen Kopf auf einer Feder saß. Der ursprünglich weiße Spieler, dessen Gesicht Janines Sohn Lionel mit dunkelbrauner Farbe übermalt hatte, trug eine goldene Hose und ein burgunderfarbenes Trikot – wie damals eben angesagt – und hielt in einem Arm einen Football. Als der Kopf sich bewegte, kam das Redskins-Maskottchen auf dem Sockel ins Wanken. Strange streckte die Hand aus, schnappte sich den Spieler und stellte ihn aufrecht hin, ehe er ganz umkippte.

»Sachte. Wenn du das Ding kaputtmachst, kann ich es dir nicht mal in Rechnung stellen, weil es unbezahlbar ist, verstanden?«

»Tut mir Leid, Derek.« Eine Träne kullerte aus Simmons' rechtem Auge und lief die dicke Wange hinunter. »Scheiße.«

»Hier, nimm, Mann.« Strange rupfte ein Kleenex aus der Schachtel auf seinem Schreibtisch und gab es Simmons, der damit vorsichtig seine Wange abtupfte. Für einen Mann, der schon seit Ewigkeiten mehr als dreihundert Pfund wog, war das eine ungewöhnlich zarte Handbewegung.

»Ich muss wissen, wie der Kerl ausgesehen hat«, sagte Simmons. »Und ich muss wissen, wie er heißt.«

»Steht alles im Bericht«, wiederholte Strange und schob den braunen Briefumschlag über den Tisch. »Aber du wirst nichts unternehmen, ist das klar?«

Simmons machte den Umschlag auf und zog den Inhalt so langsam und vorsichtig heraus wie ein Kind, das sich zum ersten Mal einem Sarg nähert. Strange beobachtete, wie Simmons' Augen die Fotos und den Bericht überflogen.

Es hatte nicht lange gedauert, Denice Simmons auf die Schliche zu kommen. Er hatte sie nur ganz konventionell beschatten müssen – einfacher, langweiliger und gewöhnlicher ging es nicht in seinem Job. Er war Denice zur Wohnung ihres Freundes drüben in Springfield, Virginia, gefolgt und hatte vor dem Haus gewartet, bis sie wieder rauskam und zurück nach D. C. fuhr. An einem Sonntagabend, als Jimmy Simmons in Atlantic City eine Elektronikmesse besuchte und Strange sie das dritte Mal beschattete, hatte er wieder unten gewartet, doch Denice verließ das Appartement des Mannes nicht. Im dritten Stock, wo der Mann wohnte, ging das Licht aus, und damit war die Sache für Strange klar. An nächsten Morgen verfasste er den Bericht, holte die Fotos ab, die er zu einem Labor gebracht hatte, das innerhalb von einer Stunde Abzüge machte, und bestellte Jimmy Simmons noch am gleichen Tag in sein Büro.

»Wie lange?«, fragte Simmons, ohne den Blick von den Unterlagen zu heben.

»Drei Monate, würde ich sagen.«

»Woher weißt du das?«

»Denice hat doch sonst nichts drüben in Virginia verloren, oder?«

»Sie arbeitet im District. Und hat keine Freunde in Virginia …«

»Deine eigenen Kreditkartenabrechnungen, die du mir gegeben hast? Seit drei, dreieinhalb Monaten bezahlt Denice drüben an der Ausfahrt Franconia bei einer Tankstelle damit ihr Benzin. Die Tankstelle ist nur eine Meile von der Wohnung unseres Burschen entfernt.«

»Man würde doch annehmen, dass sie sich schlauer anstellt.« Simmons grinste fast vor lauter Zuneigung. »Es geht ihr gegen den Strich, ihr Benzin selbst zu bezahlen. Belastet immer meine Karte, damit es dann auf meine Rechnung geht. Die hält ihr Geld zusammen, musst du wissen. Kommt bei Frauen eher selten vor. Und obwohl sie weiß, dass ich die Zeche begleiche, tankt sie nur dort, wo's am günstigsten ist, selbst wenn sie dafür einen Umweg in Kauf nehmen muss. Wenn du dem nachgehen würdest, könnte ich wetten, du würdest rausfinden, dass diese Tankstelle verdammt billig ist.«

»Einen Dollar und einen Penny für Normalbenzin«, sagte Strange.

Simmons erhob sich. Dabei wabbelten sein Bauch und sein Gesicht, als würde plötzlich ein heftiger Windstoß über sein Fleisch fegen. »Na, bis dann, Derek. Sobald ich deine Rechnung kriege, wird gezahlt.«

»Janine wird sie dir sofort zuschicken.«

»Recht so. Und danke für die gute Arbeit.«

»Ist mir immer unangenehm, wenn so was dabei rauskommt, Jimmy.«

Simmons setzte einen breiten Hut mit roter Feder am Hutband auf seinen großen Kopf. »Du machst nur deinen Job.«

Strange saß in seinem Büro und wartete, bis er hörte, wie Simmons die Tür hinter sich schloss. Das dauerte jetzt noch einen Moment, denn für gewöhnlich flirtete Simmons mit Janine, die ihn aber nach ein paar Minuten wegschickte. Als Strange hörte, wie die Tür ins Schloss fiel, kam er hinter seinem Schreibtisch hervor, zog eine halblange, daunengefütterte Lederjacke an, nahm den Schokoriegel, den Janine für ihn besorgt hatte, vom Schreibtisch und steckte ihn in die Jackentasche.

Draußen im Empfangsbereich des Büros trat er an Janine Bakers Schreibtisch. Hinter ihr war auf einem Computerbildschirm eine der Internetseiten zu sehen, die sich auf das Aufspüren von Personen spezialisierten. Janines farbenfrohes Outfit bildete einen starken Kontrast zu ihrer festen dunklen Haut. Das Rot ihres Lippenstifts korrespondierte mit dem Rot ihres Kleides. Sie war eine gut aussehende Frau mittleren Alters mit feucht schimmernden Augen, festen Brüsten, breiten Hüften und schlanken Beinen.

»Das ging schnell«, meinte er.

»Er war nicht so ausgelassen wie sonst. Sagte nur, ich würde hübsch aussehen heute …«

»Was der Wahrheit entspricht.«

Janine errötete. »Aber das war's dann auch schon. Hatte nicht den Eindruck, dass er ganz bei der Sache war.«

»Ich habe ihm gerade die ganz und gar nicht frohe Botschaft in Bezug auf seine Frau mitgeteilt. Sie hatte nebenher was laufen mit diesem jungen Autoteileverkäufer, der drüben in Nordvirginia bei PetBoys Batterien vertickt.«

»Wie haben die beiden sich kennen gelernt? Hat er sie aufgelesen, als sie irgendwo auf dem Seitenstreifen festhing, oder wie?«

»Ja, er ist einer von diesen Samaritern, von denen man immer hört.«

»Hat angehalten und ihr geholfen, wieder in die Gänge zu kommen, hm?«

»Also hör mal, Janine.«

»Ist das derselbe Kerl, mit dem sie es vor zwei Jahren getrieben hat?«

»Das war'n anderer. Ist auch nicht der, mit dem sie drei Jahre zuvor was hatte.«

»Was wird Jimmy tun?«

»Bei mir hat er sich in Rage geredet und aufgeführt, was er mit dem Kerl nicht alles anstellen wird. Aber er wird Denice nur ein bisschen leiden lassen, mehr nicht. Wird sie nicht anrühren. So was macht er nicht. Jimmy würde Denice niemals in die Mangel nehmen. Nein, in den nächsten Tagen werden die beiden diese Es-tut-mir-ja-so-Leid-Nummer aufführen, und dann wird er ihr vergeben, bis der Nächste auftaucht.«

»Warum bleibt er denn bei ihr?«

»Er liebt sie. Und ich glaube, sie liebt ihn auch. Von daher glaube ich nicht, dass es für dich und Big Jimmy eine Chance gibt. Ich gehe nicht davon aus, dass er sie demnächst verlässt.«

»Ach, ich kann warten.«

Strange grinste. »Gibst ihm wohl Gelegenheit, sich noch ein bisschen zu entwickeln, hm?«

»Wenn der sich noch mehr entwickelt, werden wir hier eine Garagentür einbauen lassen müssen, damit er überhaupt noch durchkommt.«

»Wenn er sich noch mehr entwickelt, werden Fat Albert, Roseanne, Liz Taylor und Sindbad sich zusammentun und anfangen, Witze über Jimmy Simmons' Gewicht zu reißen.«

»Wenn er sich noch mehr entwickelt ...«

»Hör auf, Janine. Weißt du, was wir hier gerade tun?«

»Was denn?«

»Das nennt man Gegenseitige Anmache.«

»Sieh mal einer an.«

»Genau. Gestern hat 'n Weißer auf NPR von seinem Buch gesprochen, das er über die afroamerikanische Kultur geschrieben hat. Behauptete, wir würden uns seit Generationen gegenseitig anmachen. Er nannte das *Vorläufer* des Rap.«

»Dann gibt es dafür also wirklich eine Bezeichnung? Und ich dachte, wir machen uns nur lustig über Jimmy.«

»Ich hab mir das nicht ausgedacht.« Strange knöpfte die Jacke zu. »Schick Simmons bitte die Rechnung.«

»Ich hab sie ihm in die Hand gedrückt, als er zur Tür raus ist.«

»Du bist wirklich auf Zack. Ich weiß eigentlich gar nicht, wieso ich mir immer einbilde, dich an was erinnern zu müssen.« Strange deutete mit dem Kinn auf die beiden unbesetzten Schreibtische an den beiden gegenüberliegenden Wänden. »Wo steckt eigentlich Ron?«

»Versucht, diesen Schuldner ausfindig zu machen, diesen Betrüger, der diese Frau um zweitausend Dollar erleichtert hat.«

»Die alte Dame, die bei der Princeton wohnt?«

»Genau. Und wohin gehst du jetzt?«

»Ich will bei Chris Wilsons Mutter vorbeischauen.«

Als Strange, dessen Haupthaar und kurz geschorener Bart leicht ergraut waren, zur Eingangstür hinüberging, zeichnete sich unter dem schwarzen Leder die Bewegung seiner breiten muskulösen Schultern ab.

Er legte die Hand auf den Türknauf und drehte sich noch mal um. »Ist noch was?« Er hatte Janines Blick im Rücken gespürt.

»Nein ... wieso?«

»Falls du mich brauchst oder Ron was von mir will, ich hab meinen Beeper dabei.«

Strange trat auf die 9th Street, eine kurze Geschäftsstraße zwischen Upshur und Kansas, in unmittelbarer Nähe der Georgia Avenue. Beim Gedanken an Janine musste er schmunzeln. Vor zehn Jahren hatte er sie in einem Club kennen gelernt und gleich angebaggert, weil sie und auch er dies von ihm erwartet hatte und er gar nicht anders konnte, als die sich ihm bietende Gelegenheit zu nutzen.

Janine hatte aus einer früheren Ehe einen Sohn namens Lionel, was ihn ganz schön einschüchterte. Verdammt, Verantwortung für andere zu übernehmen löste bei ihm immer starke Beklemmungen aus, aber in dieser Welt einem jungen Mann ein Vater zu sein machte ihm mehr Angst als alles andere. Trotz seines Bammels tat die Beziehung ihm und Janine anscheinend gut, und er war bei der Stange geblieben, weil er wusste, dass alles, was gut ist, auch rar ist und man so eine Sache nie – es sei denn, es gab einen triftigen Grund – an den Nagel hängen sollte. Ihre Affäre lief mehrere Monate lang.

Als er dann seine Sekretärin verlor, dachte er sofort an Janine, die gerade arbeitslos, klug und außerdem eine geborene Organisatorin war. Sie kamen überein, ihre Beziehung zu beenden, wenn sie für ihn arbeitete, und kurze Zeit später ging sie eine feste Beziehung mit einem anderen Mann ein. Damit hatte er keine Schwierigkeiten, im Gegenteil. Es war eine Erleichterung und bot ihm die Gelegenheit, sich sang- und klanglos zu verabschieden, wie er es immer gerne tat. Es dauerte nicht lang, bis jener Mann sich wieder aus Janines Leben verabschiedete.

Vor nicht allzu langer Zeit hatten Strange und Janine die alte Geschichte wieder aufleben lassen. Sie führten keine monogame Beziehung, jedenfalls er nicht. Und dass er ihr Chef war, verstieß weder gegen seine noch gegen Janines Berufsehre. Der Sex füllte schlicht und einfach ein Vakuum, und Strange hing mittlerweile auch an dem Jungen. Freunde hatten ihn davor gewarnt, sich ja nicht zu übernehmen, aber er mochte diese Frau ziemlich, und es war ihr in all den Jahren gelungen, seine guten Seiten herauszukehren. Er zog sie gern auf und ließ sie spüren, dass er wusste, dass sie sich immer noch für ihn interessierte, was in der tödlichen Routine ihres Alltags der Sache Würze verlieh.

Strange blieb einen Moment auf dem Bürgersteig stehen und musterte das gelbe Schild über der Tür: ›Strange Investigations‹. Das gemalte Vergrößerungsglas hob die letzten und ersten Buchstaben der beiden Wörter auf dem beleuchteten Kasten hervor. Er liebte dieses Logo. Jedes Mal, wenn er zu diesem Schild hochschaute und seinen Namen las, fühlte er sich irgendwie gut.

Diese Firma hatte er allein aus dem Boden gestampft und damit in dem Viertel, in dem er aufgewachsen war, etwas Positives bewirkt. Wenn die Kinder in der Nachbarschaft mitkriegten, wie ein Schwarzer Morgen für Morgen die Eingangstür aufschloss, sickerte bei ihnen vielleicht bewusst oder unbewusst etwas ein. Inzwischen war er schon seit fünfundzwanzig Jahren Privatdetektiv und hatte die eine oder andere Hürde genommen, war kein einziges Mal gestrauchelt. Diese Firma, das war er – mit Leib und Seele. Und sie gehörte ihm.

Strange saß tief hinter dem Steuer seines weißen 89er Caprice mit den schwarzen Polstern und hörte eine Blackbyrds-Kassette, während er auf der Georgia Avenue Richtung Süden fuhr. Neben ihm auf der Sitzbank lag eine kleine Maglite, ein Rand-McNally-Straßenatlas und ein Leatherman-Multifunktionsmesser im Etui, das er meistens seitlich auf der Hüfte am Gürtel hängen hatte. Wann immer er einen Auftrag erledigte, hing da auch das Buck-Messer. Ein 10x50 Fernglas, ein Handy, ein stimmaktivierter Kassettenrekorder und Ersatzbatterien für die Taschenlampen und Kamera waren im von zwei Schlössern gesicherten Handschuhfach verstaut. Im Kofferraum des Autos lag ein Karton mit Akten, in denen alle Daten und Fakten der laufenden Fälle abgeheftet waren. Ebenfalls im Kofferraum war ein Craftsman-Werkzeugkasten aus Stahl mit einer schweren Maglite, einer Canon AE-1 mit einem 500-mm-Objektiv, einer russischen Nachtsichtbrille, einem Dreißig-Meter-Craftsman-Stahlmessband, einer Rolle Klebeband und weiteres Craftsman-Werkzeug, mit dem man einen Motor und Reifen reparieren konnte. Wenn irgend möglich, kaufte Strange Craftsman – der Werkzeughersteller bot lebenslang Garantie, was Strange, der große Ansprüche an seine Ausrüstung stellte, wichtig war.

Er rollte durch Petworth. Im Park-View-Viertel bog er auf die Irving, fuhr nach Osten, nahm die Michigan Avenue, kam am Kinderkrankenhaus vorbei und bog dann in die Northeast, kam an der Catholic University vorbei und fuhr anschließend hinunter nach Brookland.

Auf der 12th, Ecke Lawrence, parkte er vor Leona Wilsons bescheidenem Backsteinhaus. Bei laufendem Motor wartete er, bis das Flötensolo in *Walking in Rhythm* endete, obwohl er den Song immer wieder hören könnte. Er war hier, weil er es Leona Wilson versprochen hatte, doch eilig hatte er es mit seinem Besuch nicht.

Strange fiel auf, wie sich der Vorhang im Erkerfenster von Leona Wilsons Haus bewegte. Er schaltete den Motor ab, stieg aus dem Wagen, schloss ab und schlenderte den Betonweg zu Leonas Haustür hinunter. Die Tür ging auf, ehe er sie erreicht hatte.

»Mrs. Wilson«, sagte er und streckte die Hand aus.

»Mr. Strange.«

Zwei

»Werden Sie mir helfen?«

Sie saßen nebeneinander auf einem Sofa mit Schonbezug im Wohnzimmer. Im Kamin knisterte es leise. Strange trank Kaffee aus einem Becher. Leona Wilson nippte an einem Tee mit Honig und Zitrone.

Obwohl sie ein paar Jahre jünger war als er, sah sie zehn Jahre älter aus. Er entsann sich, dass er sie vor dem Tod ihres Sohnes in der Kirche gesehen hatte. Seit damals hatte sich ihr Äußeres drastisch verändert. Für ihre Größe und ihren starken Knochenbau wog sie zu wenig, und die hellbraune Haut unter ihrem Kinn wabberte. Leona trug ein kastanienbraunes Blusen-Hosen-Ensemble und abgewetzte Pumps mit niedrigen Absätzen. Ihr Äußeres wirkte nachlässig, achtlos. Der oberste Knopf der Bluse fehlte; eine Brosche hielt den Stoff über der flachen, knochigen Brust zusammen. Sie hatte die ergrauten Haare nicht gekämmt. Ihre Trauer hatte jedwede Eitelkeit im Keim erstickt.

Strange stellte seinen Becher auf den niedrigen Glastisch. »Ich weiß nicht, wie ich Ihnen helfen könnte, Ma'm. An der polizeilichen Ermittlung gibt es nichts auszusetzen. Immerhin war das ein ziemlich aufsehenerregender Fall.«

»Christopher war gut.« Leona Wilson sprach langsam, überlegt und rollte das R. Dreißig Jahre lang hatte sie als Grundschullehrerin an einer Public School im District gearbeitet. Wenn Strange sich recht entsann, hatte sie Grammatik und Aussprache so unterrichtet, wie sie und er, der in D. C. aufgewachsen war, es gelernt hatten.

»Das glaube ich gern«, sagte Strange.

»In den Zeitungen hat gestanden, er wäre öfter brutal vorgegangen. Sie haben angedeutet, er hätte völlig grundlos mit einer Waffe auf einen Weißen gezielt, als die anderen Polizisten auftauchten. Aber das glaube ich nicht. Christopher war energisch, wenn die Situation es erforderte, aber er war nie brutal.«

»Ich habe einen alten Freund auf dem Revier, Mrs. Wilson. Er hat mir erzählt, dass Chris ein zuverlässiger Polizist und ein anständiger Mann war.«

»Kennen Sie das Ehrenmal in Downtown, in Northwest? Das Polizisten-Denkmal?«

»Ja, das kenne ich.«

»Fast fünfzehntausend Namen sind dort in Stein gemeißelt, die Namen aller Polizisten, die in diesem Land bei der Ausübung ihrer Pflicht ums Leben gekommen sind, seit sie diese Zahlen schriftlich festhalten. Und wissen Sie, dass die Abteilung meine Bitte, Chris' Name auf diesen Stein zu setzen, abschlägig beschieden hat? Wissen Sie das, Mr. Strange?«

»Ja, das weiß ich.«

»Das Einzige, was mir jetzt noch bleibt, ist die Erinnerung an meinen Sohn. Und ich will, dass die anderen sich an ihn so erinnern, wie er war. Wie er wirklich war. Denn ich kenne meinen Sohn. Und Christopher war ein *guter* Mensch.«

»Ich habe keinen Grund, an Ihren Worten zu zweifeln.«

»Dann werden Sie mir helfen.« Als sie sich vorbeugte, wehte ihr Mundgeruch zu ihm hinüber.

»So was mache ich nicht. Ich übernehme Hintergrundrecherchen. Ich decke Versicherungsbetrug auf. Ich überprüfe, ob jemand untreu ist oder nicht. Im Auftrag von Anwälten befrage ich Zeugen, die in Zivilprozessen auftreten, und ich verdinge mich als Zeuge vor Gericht. Ich mache Schuldner ausfindig und habe einen jüngeren Mitarbeiter, der manchmal Typen, die auf Kaution freigelassen wurden und abgehauen sind, sucht. Ab und an finde ich ein vermisstes Kind oder die biologischen Eltern eines Adoptivkindes. Aber Mordfälle lösen, das tu ich nicht, und ich untersuche auch keine Fälle, die die Polizei schon gelöst hat. Das ist nicht mein Geschäft. Einmal abgesehen von der Polizei ist das niemandes Geschäft, und das ist schlicht und einfach die Wahrheit, falls diese Sie interessiert.«

»Ein weißer Polizist hat meinen Sohn getötet. Ist jemand auf die Idee gekommen, seine Akte so zu durchleuchten, wie sie die Akte meines Sohnes durchleuchtet haben?«

»Hm, soweit ich mich erinnere … ich meine, falls Sie sich erinnern, über diesen Polizisten wurde eine ganze Menge geschrieben. Dass er sich seit zwei Jahren nicht mehr auf dem Schießstand qualifiziert hat, obwohl die Vorschriften verlangen, dass diese Polizisten dort alle sechs Monate erscheinen. Dass er Ende der Achtziger während einer dieser Einstellungswellen zusammen mit vielen anderen unqualifizierten Bewerbern zur Truppe stieß. Dass auch in seiner Akte Beschwerden vermerkt waren, er ginge brutal vor. Ich will ja nicht respektlos erscheinen, aber ich finde, sie haben, was die Vergangenheit dieses Mannes angeht, nicht mit viel hinterm Berg gehalten.«

»Schlussendlich haben sie der Waffe die Schuld gegeben.«

»Die Nachteile diese speziellen Waffe wurden angesprochen, ja – der Abzug der Glock ist leichter zu betätigen, und man braucht sie nicht zu entsichern.«

»Ich möchte, dass Sie tiefer graben. Finden Sie mehr über den Polizisten heraus, der meinen Sohn getötet hat. Ich bin davon überzeugt, dass er der Schlüssel zu allem ist.«

»Mrs. Wilson ...«

»Christopher war stolz darauf, Polizist zu sein. Ohne zu zögern, wäre er gestorben ... er ist, *ohne zu zögern*, in Ausübung seiner Pflicht gestorben. Aber die Zeitungen haben es so hingedreht, als wäre es irgendwie seine Schuld gewesen. Dass er die Waffe auf einen Unschuldigen richtete, dass er sich nicht als Polizist ausgewiesen hatte, als sich dieser weiße Polizist ihm näherte. Man hat seinen Blutalkoholspiegel erwähnt ... Christopher war *kein* Säufer, Mr. Strange.«

Und auch kein Engel, dachte Strange. Er war nie einem Bullen und – um ehrlich zu sein – auch nie einem Mann über den Weg gelaufen, der so rechtschaffen war, wie sie ihren Sohn schilderte.

»Ja, Ma'm«, sagte Strange.

Er sah, wie Leona Wilsons Hände zitterten, als sie die Teetasse an die Lippen führte, eine Auswirkung des frühen Stadiums der Parkinsonkrankheit. Da dachte er an seine Mutter im Heim und erhob sich von der Couch.

Strange ging zum Kamin, in dem hinter den Plastikscheiten immer wieder ein Licht aufglomm. Das unechte Feuer knisterte rhythmisch. Ein Stromkabel unter den Scheiten führte zu einer Steckdose in der Wand.

Er betrachtete die Fotos auf dem Sims, sah Leona als junge Frau und den Knaben Christopher, um den sie den Arm gelegt hatte. Auf einem anderen Foto waren Leona und ihr Ehemann zu sehen, der – wie Strange wusste – gestorben war. Da standen weitere Fotos von Christopher mit Kopfbedeckung und Talar, in Uniform und inmitten seiner

Mannschaftskameraden auf Knien auf einem Footballfeld, im Hintergrund die Gonzaga-Anzeigetafel, Christopher mit festem Blick und ernsten Augen, der unverwandt in die Kamera blickte. Ein Highschool-Junge, der damals schon die Miene eines Bullen zur Schau trug.

Da war ein Foto von einem Mädchen, elf, zwölf Jahre alt, dessen Farbe im Lauf der Zeit verblasst war. Soweit Strange wusste, hatte Chris Wilson eine Schwester gehabt. Er hatte sie in den Nachrichten im Fernsehen gesehen, ein hübsches, klapperdürres, hellhäutiges Mädchen mit ungesundem, fleckigem Teint. Er entsann sich, wie sehr es ihn befremdet hatte, dass sie mit großer Geste nicht vorhandene Tränen aus den trockenen Augen wischte. Vielleicht war es ihr nach zahllosen Tagen der Trauer zur Angewohnheit geworden, ganz automatisch mit dem Ärmel über die Augen zu wischen. Vielleicht hatte sie immer noch das Bedürfnis gehabt zu weinen, aber schon alle Tränen vergossen.

Mit dem Rücken zu Leona überlegte Strange. Ein unkomplizierter Auftrag war das. Er musste nur noch mal alle Beteiligten befragen, die einzelnen Schritte nachvollziehen. Und er hatte eine Firma, die er am Laufen halten musste, weshalb er nicht in der Position war, Aufträge abzulehnen.

»Meine Sätze«, sagte Strange.

»Sir?«

Er drehte sich zu ihr um. »Sie haben mich nicht gefragt, wie hoch meine Sätze sind.«

»Ich bin mir sicher, sie sind vernünftig.«

»Ich kriege dreißig Dollar die Stunde plus Spesen. So ein Fall wie dieser wird seine Zeit dauern …«

»Ich habe Geld. Wie Sie wissen, hat es eine Abfindung gegeben. Und Christophers Versicherung, sein Sterbegeld, meine ich, und seine Pension. Ich bin sicher, es wäre ihm recht, wenn ich das Geld dafür ausgebe.«

Strange kehrte zur Couch zurück. Leona Wilson stand

auf und rieb mit der Handfläche der einen Hand über die Knöchel der anderen. Sie war mit ihm auf einer Augenhöhe, war fast so groß wie er.

»Ich werde mir einige von seinen Sachen ansehen müssen«, meinte Strange.

»Sie können sich in seinem Zimmer umsehen.«

»Er hat hier gewohnt?«

»Ja.«

»Und was ist mit Ihrer Tochter?«

»Meine Tochter wohnt hier nicht mehr.«

»Wo kann ich sie erreichen?«

»Ich habe Sondra seit dem Tag, an dem ich meinen Sohn begraben habe, weder gesehen noch gesprochen.«

Stranges Beeper, der am Gürtel hing, meldete sich. Er warf einen Blick auf die Anzeige. »Stört es Sie, wenn ich kurz Ihr Telefon benutze?«

»Es steht gleich da drüben.«

Strange erledigte den Anruf und hängte dann ein. Seine Visitenkarte legte er neben das Telefon. »Ich muss sofort los.«

Leona Wilson drückte den Rücken durch und strich eine graue Haarsträhne hinters Ohr. »Werden Sie kommenden Sonntag in die Kirche gehen?«

»Ich will's versuchen.«

»Ich werde ein Gebet für Sie sprechen, Mr. Strange.«

»Vielen Dank.« Er zog seine Lederjacke von der Stuhllehne. »Dafür wäre ich Ihnen wirklich sehr verbunden.«

Strange fuhr die South Dakota hinunter bis zur Rhode Island Avenue und bog dann nach links ab. Seine gute Laune war dahin, und er nahm die Blackbyrds-Kassette heraus und stellte das Radio auf den Kurzwellensender 145 ein. Joe ›the Black Eagle‹ Madison war auf WOL, einem reinen Unterhaltungskanal, und nahm Anrufe entgegen. Strange hörte WOL schon seit Mitte der Sechziger, als dieser Sender als erster umschwenkte auf das, was die Zeitungen als ›Rhythm and Blues‹ bezeichneten. Damals arbeiteten dort die DJs Bobby ›the Mighty Burner‹ Bennett und ›Sunny Jim‹ Kelsey, die sich die Soul Brothers nannten. Verdammt, jetzt hörte er WOL schon seit fünfunddreißig Jahren. Wie immer, wenn er sich zurückerinnerte, fragte er sich, wo all die Jahre geblieben waren.

Er bog nach links ab und fuhr in Northeast in die 20th Street.

Leona Wilsons Haltung hatte sich deutlich verändert, als er ihr sagte, er würde den Job übernehmen. Und es hatte den Anschein gehabt, als würden, während er zusah, die Jahre von ihr abfallen, was ganz gewiss nicht nur seiner Einbildung entsprungen war. Es war gerade so gewesen, als hätte die Hoffnung ihr ein Stück verlorene Jugend zurückgegeben.

»Du bist in Ordnung, Derek«, sagte er, als würden die Worte, wenn er sie laut aussprach, wahr werden.

In Leona Wilsons Haus hatte er ihr gegenüber kein Blatt vor den Mund genommen, sondern so offen mit dieser entschlossenen Frau geredet, wie das nur irgend möglich war. Die aufkeimende Hoffnung war nur fair und eine Entschädigung für das Dauertief, das später garantiert einsetzte. Jedenfalls redete er sich das ein.

Wie auch immer, er brauchte das Geld. Der Chris-Wilson-Fall würde ihm aller Wahrscheinlichkeit ein-, zweitausend Dollar bringen.

Ein Stück weiter unten am Langdon Park entdeckte er Ron Lattimers Acura an der Straßenecke. Der Motor lief, und aus dem Auspuff stiegen weiße Abgase auf. Strange parkte den Caprice dahinter, schnappte sich sein Fernglas und das Leatherman, stieg aus und nahm auf dem Beifahrersitz des roten Coupés Platz.

Lattimer war Ende zwanzig, groß gewachsen und verfügte über die schlanke Statur eines Athleten. Er trug einen Designer-Anzug, ein maßgeschneidertes Hemd und eine handbemalte Krawatte. In der einen Hand hielt er einen Starbucks-Becher mit Deckel, mit der anderen klopfte er aufs Lenkrad. Die Heizung blies volles Rohr, und angejazzter Hip-Hop kam aus der speziell für ihn angefertigten Stereoanlage im Armaturenbrett.

»Hast du's warm genug, Ron?«

»Mir ist behaglich, ja.«

»Wie oft habe ich dir schon gesagt, du sollst den Motor ausschalten, wenn du im Winter jemanden beschattest, weil die Auspuffgase dich verraten. Schon schlimm genug, dass du 'nen roten Wagen fährst, der laut rausschreit: ›He, ihr alle, seht mich an. Seht nur her.‹«

»Ist zu kalt, um die Heizung abzudrehen«, sagte Lattimer.

»Zieh den Mantel an, der da auf dem Rücksitz liegt, dann ist dir auch nicht kalt.«

»Das ist Kaschmir, Derek, den trage ich nicht im Wagen. Der knittert dann höllisch und sieht aus, als hätt ich ihn in der Burlington Coat Factory oder in irgendeinem Scheißladen gekauft.«

Strange atmete tief ein und langsam aus. »Und was hab ich dir übers Kaffeetrinken gesagt? Du sollst ab und zu einen Schluck aus 'ner Flasche Wasser nehmen, wenn du durstig bist. Kaffee strömt nur so durch dich durch, das *weißt* du. Und was, wenn du ganz dringend pinkeln musst und einfach nicht mehr an dich halten kannst? Steigst du dann aus und suchst nach einem verschwiegenen Plätzchen, nach einem Baum, hinter dem du dein Geschäft erledigen kannst, während der, den du beschattest, sich zur Hintertür hinausschleicht? Hm? Was machst du dann?«

»Der Tag, an dem mir einer durch die Lappen geht, Derek, nur weil ich einen Americano trinke …«

»Ach, also einen *Americano.* Und ich alter, hinterwädlerischer Kerl dachte doch glatt, du würdest nur 'ne Tasse Kaffee trinken.«

Da musste Lattimer kichern. »Versuchst ständig, mich zu maßregeln.«

»Stimmt. Du hast das Zeug, es in diesem Beruf zu was zu bringen. Wenn ich dich dazu kriege, dass du nicht nur an deinen *Lifestyle* denkst und dich mehr auf deinen Job konzentrierst, wird noch was aus dir.« Strange deutete mit dem Kinn auf die Anlage. »Stell den Mist ab, Mann, ich kann nicht denken.«

»Tribe Called Quest *präsentiert.*«

»Stell das trotzdem ab und sag mir, was hier los ist.«

Lattimer schaltete die Musik aus. »Leon ist dort drüben in dem Haus auf der Mills, im zweitletzten auf der rechten Seite.«

Strange warf einen Blick durchs Fernglas. »Schön. Wie hast du ihn gefunden?«

»Die Adresse, die er der alten Lady gegeben hatte, die von ihm erleichtert wurde? Da ist er schon ungefähr ein Jahr lang nicht mehr gewesen. Einer der Nachbarn, mit dem ich gesprochen habe, kannte allerdings seine Familie – die beiden sind in derselben Gegend aufgewachsen. Dieser Nachbar hat mir erzählt, dass Leons Eltern schon vor Jahren gestorben sind. Hab mir die Sterbeurkunde seiner Mutter im Staatsarchiv auf der H Street in Chinatown angeschaut. Mit dem Datum auf der Urkunde habe ich die Todesanzeige im Zeitungsarchiv gefunden, in der auch die Erben aufgeführt waren. Von der ganzen Familie war nur noch die Großmutter übrig. Leon hat keine Geschwister, was heißt, dass er Omi ganz allein beerben wird. Und da dachte ich mir, wo Leon doch so ein Gauner ist, nimmt er schwer an, dass die Großmutter ihm alles hinterlässt, was sie hat, und besucht sie von daher regelmäßig, um ja nicht in Ungnade zu fallen.«

»Ist das das Haus der Großmutter, das wir da sehen?«

»Genau. Ich hab's schon die ganze Woche über im Auge, und heute ist Leon endlich aufgetaucht. Das da drüben ist seine Kutsche, der gelbe Pontiac Astra mit den Rostflecken, der vor dem Haus parkt. Richtig hässliche Karre ist das.«

»Ist baugleich mit dem Chevy Vega.«

»Haben die Leute dafür mehr Kohle hingeblättert, weil der Name Pontiac draufstand?«

»Manche schon. Gute Arbeit.«

»Danke, Boss. Wie willst du die Sache angehen?«

Strange überlegte eine Weile. »Ich denke, wir werden ihn vor der Großmutter kassieren müssen.«

»Bin zum selben Ergebnis gekommen.«

»Dann mal los.«

Sie stiegen aus dem Acura. Lattimer holte seinen Mantel heraus und zog ihn an, während sie am Langdon Park vorbei Richtung Mills Avenue gingen. Ein paar kleine Schulbuben in viel zu großen Parkas saßen auf einer Bank, warfen Strange und Lattimer harte Blicke zu und schauten nicht weg, als Strange in ihre Richtung sah.

»Wart mal kurz, Derek«, sagte Lattimer mit einem Seitenblick auf Strange und bewegte sich eigenartig. »Ich muss mir mal schnell 'nen Baum suchen ...«

»Sehr witzig«, fand Strange.

Als sie den Park hinter sich gelassen hatten und auf der Mills waren, fragte Lattimer: »Soll ich von hinten kommen?«

»Ja, mach das. Hab heute keine Lust zu rennen, wenn's nicht unbedingt sein muss. Bei dieser Kälte stehen meine Knie und ich irgendwie auf Kriegsfuß.«

»Ich hab auch keinen Bock zu rennen. Du weißt ja, dass ich selbst bei diesem Wetter schon nach ein paar Schritten ins Schwitzen komme.«

»Ich geh nicht davon aus, dass er abhaut, aber man weiß ja nie. Und wo wir schon gerade beim Thema sind …«

Lattimer sah, wie Strange das Leatherman aus der Tasche zog und das Messer aufklappte, als sie sich Leons gelbem Astra näherten. Im Gehen zog Strange ein paar Münzen aus seiner Tasche, ließ sie neben dem Wagen fallen, kniete sich hin, um sie aufzuheben, stach mit dem Messer, während er dort unten war, den Reifen auf der Fahrerseite auf, sammelte sein Kleingeld ein, klappte das Messer zu und steckte es beim Aufstehen in die Tasche.

»Bis gleich«, sagte Strange.

Er ging die Verandastufen des Reihenhauses hoch, als Lattimer in der engen Gasse verschwand, wartete eine halbe Minute, bis Lattimer hinter dem Haus war, und klopfte dann.

Strange entdeckte ein winziges Gesicht, das am Spitzenvorhang vorbeispähte, und hörte, wie mehrere Schlösser geöffnet wurden. Die Tür ging auf, und eine winzige Frau mit einem schrumpeligen Gesicht und einem Berg abstehender grauer Haare stand in der Tür. Die Frau musterte Strange ganz genau.

Schließlich warf sie einen Blick über die Schulter in den hübsch eingerichteten Wohnraum, der an den Flur grenzte, und hob die Stimme: »Leon! Da ist ein Polizist, der dich sprechen will.«

»Vielen Dank, Ma'm«, sagte Strange. »Und sagen Sie ihm, er soll nicht abhauen, ja? Mein Partner ist hinten in der Gasse und wird stinksauer, wenn er zu schwitzen anfängt. Der Schweiß macht Flecken auf seinen hübschen Klamotten.«

Strange führte Leon Jeffries durch die Küchentür auf eine kleine, verglaste Veranda, von der aus man einen Blick auf einen winzigen Garten und die Gasse hatte. Als Strange mit

Leon auf der Veranda stand, winkte er Lattimer zu. Es dauerte nicht lange, bis Leon zugab, die alte Dame aus Petworth mit einem pyramidenförmig verlaufenden Investmentplan geprellt zu haben.

»Was werdet ihr jetzt mit mir anfangen?«, wollte Leon wissen. Er war ein wilder kleiner Kerl mittleren Alters mit gelblichen Augäpfeln, trug ein Nadelstreifenjackett, eine schwarze Hose, die nicht dazupasste, und ein lavendelfarbenes Hemd, das am Kragen offen stand.

»Du musst unserer Klientin ihr Geld zurückgeben, Leon«, sagte Strange. »Dann gibt's überhaupt keine Probleme.«

»Ich *hatte* ja vor, ihr das Geld sogar mit Zinsen zurückzugeben. Dauert allerdings 'ne Weile. Hören Sie, ich bin folgendermaßen vorgegangen: Mit der Investition von einem habe ich die Investition des Vorgängers, ähm, in Raten zurückgezahlt. So wie diese Nummer, bei der die Leute mit mehreren Kreditkarten immer im Plus bleiben.«

»Dieses Manöver ist *legal*, Leon. Worüber wir beide hier reden, ist, dass du alte Damen geprellt hast, die dir vertraut haben. Was meinst du, wie das bei einer Jury ankommt?«

»Eine Geschworenenverhandlung für so 'ne kleine Sache?«

»Hast du ein Vorstrafenregister, Leon?«, fragte Lattimer.

»Eingelocht hat man mich nie.«

»Dann hast du also 'n Vorstrafenregister«, sagte Lattimer. »Und wenn das vor Gericht kommt, vergiss die Geschworenen, denn wenn du 'nen Richter erwischst, der gerade einen schlechten Tag hat, weil er zum Frühstück die falsche Sorte angeräucherte Würstchen gegessen hat oder so was in der Art, verfrachten sie deinen dürren Arsch hinter Gitter.«

»Wir brauchen das Geld für unsere Auftraggeberin jetzt«, sagte Strange. »Mehr will sie nicht. Das ist eine gute Frau, was du ihr wahrscheinlich als Schwäche ausgelegt hast, aber auch darüber werden wir Gras wachsen lassen, wenn du sofort mit den Zweitausend rausrückst, die du ihr abgeluchst hast.«

»Da werde ich mir wohl einen Job suchen müssen«, meinte Leon. »Denn momentan, müsst ihr wissen, verfüge ich nicht über derlei Mittel.«

»Willst du etwa mit diesen Klamotten zum Vorstellungsgespräch?«, fragte Lattimer.

Beleidigt schaute Leon zu Lattimer hoch und befingerte den Kragen seines fliederfarbenen Hemdes. »Das hier ist ein Designerhemd. Ein Yves Saint Laurent.«

»Vielleicht aus 'ner Fabrik in Singapur. Ein Mann deines Alters sollte Baumwolle tragen und nicht dieses Mischgewebe, das du hier anhast.«

Strange fragte: »Wie werden wir das nun mit dem Geld regeln, Leon?«

»Ich habe kein verschissenes Geld, Leute, das hab ich schon mal gesagt!«

Aus Leons Mund spritzte etwas Spucke. Ein paar Tropfen landeten auf der Vorderseite von Lattimers Mantel, der daraufhin Leon am Kragen packte und heranzog.

»Du hast auf mein Kaschmir gespuckt, Mann!«

»Schon gut, Ron«, beschwichtigte Strange. Lattimer ließ Leon los.

»Ist dort drüben alles in Ordnung?«, fragte ein älterer Herr aus dem Garten, der zum Haus auf der Linken gehörte. Ein Nadelbaum wuchs neben der Veranda und versperrte ihnen die Sicht auf den Mann, dem die Stimme gehörte.

»Alles in Butter«, rief Strange in Richtung des Mannes. »Wir sind Polizisten.«

»*Nein*, seid ihr nicht!« brüllte Leon.

»Geh jetzt nach drinnen«, sagte Strange. »Wir haben das hier unter Kontrolle.«

Strange machte sich breit und rückte damit Leon auf die Pelle, der einen Schritt zurückwich und seinen eingedellten Nasenrücken kratzte.

»Also«, höhnte Leon.

»Also *was?*«, sagte Lattimer.

»Hör mal«, meinte Strange. »Ich und mein Partner, wir werden jetzt Folgendes tun. Wir gehen da rein und unterhalten uns mal mit deiner Großmutter. Plaudern mit ihr über dieses kleine Missverständnis, das auf deinem Mist gewachsen ist. Ich denke, deine Großmutter wird einsehen, dass sie uns geben muss, was wir verlangen. Ich nehme mal an, das Haus hier ist abbezahlt, und so, wie es hier aussieht, wird es ihr nicht gerade schwer fallen, einen Scheck auszustellen. Ich weiß, sie würde es nicht gern sehen, wenn du ins Gefängnis wanderst. Ist schon 'ne Schande, dass sie die Zeche für deine Fehler bezahlen muss, aber so läuft es nun mal.«

»Könnte wetten, sie holt nicht zum ersten Mal für dich die Kohlen aus dem Feuer«, meinte Lattimer.

»Was ihr beide da macht, das nennt man Erpressung. Das ist illegal!« Während Leons Blick von Strange zu Lattimer wanderte, richtete er sich zu voller Größe auf. »Und damit nicht genug. Zuerst zieht ihr über meine Klamotten her, und jetzt wollt ihr mich auch noch bei meiner Oma anschwärzen!«

»Früher oder später«, sagte Strange, »muss jeder mal dran glauben.«

Nachdem Strange und Lattimer sich getrennt hatten, fuhr Strange zur MLK Jr. Bibliothek auf der 9th Street und begab sich in den Washingtonia Room im dritten Stock. Aus einer Metallschublade, in der alte Zeitungsausgaben chronologisch archiviert waren, zog er ein paar Mikrofiche-Blätter. Er legte den Film ein und überflog die Artikel auf einem Leuchtschirm, warf hin und wieder, wenn er glaubte, auf etwas gestoßen zu sein, was er womöglich brauchen konnte, ein paar Münzen in den Schlitz und zog Kopien. Nach anderthalb Stunden fingen seine Augen an zu brennen, und er schaltete das Gerät ab. Als er die Bibliothek verließ, hatte sich die Nacht über die Stadt gelegt.

Vor der MLK rief Strange Janines Anrufbeantworter an und hinterließ eine Nachricht: Er brauchte die aktuelle Adresse eines Mannes und nannte ihr den Namen der Person.

»He, was liegt an, Strange?«, fragte ein Typ, der an einer Reihe Telefonzellen vorbeilief.

»Hi, wie geht's dir?«

»Hab dich in letzter Zeit selten zu Gesicht gekriegt.«

»Bin aber da gewesen«, meinte Strange.

Strange fuhr nach Uptown und kehrte im Raven, einer Stadtteilbar auf der Mount Pleasant Street, auf ein Bier ein. Anschließend ging er zu Fuß zu Sportman's Liquors auf derselben Straße, kaufte ein Sixpack und fuhr zu seinem Reihenhaus in der Buchanan Street, unweit der Georgia Avenue.

Nach dem zweiten Bier war er wieder auf dem Dampfer und rief eine Bekannte an, die allerdings nicht zu Hause war.

Strange ging hoch in sein Büro, ein umgewandeltes Schlafzimmer, das neben seinem Schlafzimmer im Obergeschoss lag, und las die Zeitungsartikel (in der *Washington Post* war eine Serie erschienen und im *Washington City Paper* eine Story), die er sich in der Bibliothek kopiert hatte. Während er das Material durchlas, legte sein Hund, ein hellbrauner Boxer namens Greco, die Schnauze auf Stranges Stiefelspitze und schlief.

Hinterher loggte er sich in seinen Computer ein und sah nach, wie sich sein Aktienpaket heute entwickelt hatte. Die Hülle von *Ennio Morricone: A Fistful of Film Music* lag auf seinem Schreibtisch. Er nahm die CD aus der Hülle und schob sie ins CD-Laufwerk des Computers. Die ersten Töne von *Für ein paar Dollar mehr* erklangen im Zimmer. Er drehte die Lautstärke an seinen Yamaha-Boxen einen Tick hoch, lehnte sich mit auf dem Bauch gefalteten Händen auf seinem Stuhl zurück, schloss die Augen und lächelte.

Strange liebte Western, hatte sie schon von Kindesbeinen an geliebt.

Drei

Er schloss die Ladeneingangstür, vergewisserte sich noch mal, dass sie wirklich zu war, ging dann die Bonifant Street Richtung Georgia Avenue hoch und stellte den Kragen seiner schwarzen Lederjacke auf, damit ihm der kalte Wind nicht in den Nacken blies. Er kam an einem Waffengeschäft vorbei, vor dem schwarze Kids, die jenseits der Stadtgrenze wohnten, und weiße Vorstadtjungs, die richtig abgebrüht wirken wollten, samstagnachmittags rumhingen, sich wegen der schweren Automatikpistolen in ihren Händen megacool vorkamen und schon mal die Waffen testeten, die sie später am Abend auf dem Schwarzmarkt kaufen konnten. Tagsüber parkten aufgemotzte Integras und Accords mit Heckspoilern und legierten Felgen aus Ersatzteilmärkten vor dem Waffengeschäft, aber jetzt, am Abend, wirkte die Straße verlassen, und nur ein paar ganz normale Autos standen am Bordstein. Er kam an einem afrikanischen und an einem Thai-Restaurant vorbei, an Vinyl Ink, dem Laden, der immer noch Schallplatten verkaufte, an einem auf Spanisch sprechende Kundschaft spezialisierten Juwelier, der auch Uhren reparierte, und schließlich an den Schaufenstern eines Nagel-/Haarstudios und einer chemischen Reinigung, die das Geschäftsviertel im Zentrum von Silver Spring bildeten, in dem weit und breit kein Hochhaus zu finden war.

Ehe er Quarry House, eine der zwei oder drei Stadtteilkneipen, erreichte, die er ab und an besuchte, überquerte er die Straße. Mit einem Mal hatte er den Geschmack des ersten Bieres auf der Zunge. Da ihm allein schon beim Gedanken daran der Mund wässrig wurde, fragte er sich, ob das ein Anzeichen dafür war, dass er ein Alkoholproblem hatte. Als er noch Uniform trug, hatte er mal ein Seminar besucht und gelernt, dass diejenigen, die auf die Uhr schauten oder ihre Drinks zählten, Säufer oder potenzielle Säufer waren, doch dass er sich auf das erste Glas freute, bereitete ihm kein Kopfzerbrechen, und er verfiel deshalb nicht in Panik. Er ging einfach gern in Kneipen, mochte die Leute, die man dort traf – das war alles, mehr steckte nicht dahinter. Und außerdem würde er niemals zulassen, dass er Alkoholiker wurde, zumal er sich schon mit genug anderen Problemen herumschlagen musste.

Er überquerte den langen Parkplatz, kam an dem neuen irischen Pub im zweiten Stock des Gebäudes auf der Ecke Thayer und Georgia vorbei, ging, ohne langsamer zu werden, auf einen Schwarzen zu, der aus der entgegengesetzten Richtung kam. Jeder von ihnen hätte dem anderen aus dem Weg gehen können, doch weder er noch der andere wich aus. Sie berührten sich an den Schultern und gingen ohne ein Wort der Entschuldigung oder eine Drohung auszustoßen weiter.

Auf der Ostseite der Georgia kam er an Rosita's vorbei, wo eine junge Frau namens Juana arbeitete. Da er jetzt noch nicht einkehren, sondern noch eine Weile spazieren gehen wollte, lief er schnell vorbei, vermied den Blick durch das Fenster mit der bunten Weihnachtsbeleuchtung und den ansprechenden Neonschildern, die für Tecate und andere Biersorten warben. Und dann schlenderte er an einer Pfandleihe, einem weiteren Thai-Restaurant, einem Chicken-Laden, einem Zeichencenter und einem Blumenladen vorbei, überquerte anschließend die Silver Spring Avenue, lief weiter, vorbei an der Feuerwehr, dem World Building und der alten Gifford's Eisdiele, in der jetzt ein Kindergarten untergebracht war, über die Sligo Avenue bis zur Selim hoch mit ihren Autowerkstätten und Aikido-Studios vor den Bahnschienen.

Zwischen der vietnamesischen Suppenküche und NAPA, einem Geschäft für Autoteile, steckte er fünfunddreißig Cents in den Schlitz des Münzfernsprechers und rief im Rosita's an. Sein Freund Raphael, der Restaurantbesitzer, nahm den Hörer ab.

»He, Amigo, hier ist ...«

»Ich weiß, wer dran ist. Gibt nicht allzu viele Gringos, die zu dieser späten Stunde anrufen, und außerdem hat deine Stimme einen ziemlich hohen Wiedererkennungswert. Und ich weiß auch, was du willst.«

»Arbeitet sie?«

»Ja.«

»Auf dem Dienstplan, steht da ein ›S‹?«

»Ja, sie hat die Spätschicht. Du hast also noch massig Zeit. Bist du auf der Straße? Ich kann den Verkehr hören.«

»Ja, ich geh gerade spazieren.«

»Geh du spazieren, und ich stell dir schon mal ein Bier kalt, mein Freund.«

Nachdem er eingehängt hatte, überquerte er die Straße in Richtung der Fußgängerbrücke, die über die Georgia Avenue führte. Mitten auf der Brücke blieb er stehen und betrachtete unten die Autos, die aus dem Tunnel kamen und nach Norden wollten, und die nach Süden fahrenden Wagen, die im Tunnel verschwanden. Er fixierte die durchbrochenen gelben Linien auf der Straße und die Fahrzeuge zwischen diesen Linien. Anschließend richtete er den Blick auf den nördlichen Abschnitt der Georgia und auf die Straßenlampen, deren diesiges Licht in der Kälte schimmerte. Sein Atem malte dampfende Wolken in die Nacht. Für ihn, der hier aufgewachsen war, war die Stadt wunderschön.

Später überquerte er den hinteren Brückenabschnitt und steuerte auf den Maschendrahtzaun zu, der letztes Jahr hochgezogen worden war. Der Zaun sollte verhindern, dass Fußgänger von der Brücke aufs Bahnhofsgelände gelangten. Er schaute sich langsam um, kletterte auf den Zaun und sprang von oben auf die andere Seite. Bald gelangte er zu einem kleinen Bahnhof für Pendler, einem flachen Backsteinbau mit verschalten Fenstern. Dort gab es Bänke und einen Fahrkartenschalter. Er sprang eine dunkle Treppe neben dem Bahnhof hinunter und kam in einen neonbeleuchteten Fußgängertunnel, der unter der Metro und den B&O-Bahnschienen verlief. In dem verlassenen Tunnel stank es nach Nikotin, Urin und ausgekotztem Bier. Er marschierte durch den Tunnel, stieg wieder ein paar Betonstufen hoch und landete auf einem Gehweg westlich der Schienen.

Er ging an dem Zaun vorbei, der an die alte Abfüllanlage von Canada Dry grenzte, drehte sich um, steckte die Hände in die Jeanstaschen und betrachtete den aus der Stadt nahenden Red Line Train. Da seine Fernsicht schwächer wurde, verschwammen die Lichter auf der Georgia Avenue vor seinen Augen zu weißen, seltsam rot und grün gesprenkelten Sternen.

Als der Zug vorbeirauschte, Wind und Staub aufwirbelte, ruhte sein Blick gerade auf dem Kartenhäuschen auf der anderen Seite der Bahnschienen. Er schloss die Augen.

Und er dachte an *Spiel mir das Lied vom Tod*, seinen Lieblingsfilm. Während des Vorspanns warten drei Revolverhelden auf dem Bahnsteig eines verlassenen Bahnhofs.

Die Sequenz dauert lange, und dieser Eindruck wird noch dadurch verstärkt, dass das Näherkommen eines Zuges in Echtzeit gefilmt und jedes Geräusch so laut ist, dass es fast schon comichaft wirkt. Schließlich fährt der Zug ein. Ein Typ mit Namen Harmonika steigt aus und stellt sich vor die Männer, die gekommen sind, ihn zu töten. In der untergehenden Sonne werfen sie lange Schatten. Harmonika und die Männer wechseln ein paar deutliche Worte. Die sich daran anschließende Gewaltszene ist von kurzer Dauer und endet tödlich.

Wenn er nachts hier stand, auf dem Bahnsteig im Bahnhof von Silver Spring, hatte er das Gefühl, auf diesen Zug zu warten. In vielerlei Hinsicht hatte er das Gefühl, schon sein ganzes Leben lang auf etwas zu warten.

Nach einer Weile ging er den Weg zurück, den er gekommen war, und steuerte Rosita's an. Er war bereit für sein Bier und wollte sich mit Juana unterhalten, für die er sich schon seit längerem interessierte.

Juana Burkett stand gerade an dem fürs Personal reservierten Thekenende und wartete auf eine Margarita auf Eis ohne Salz, die Enrique, der Barkeeper, mixte, als der Weiße mit der schwarzen Lederjacke zur Tür reinkam. Sie beobachtete, wie er durch den Speisesaal ging, den Tischen auswich. Er war mittelgroß, hatte keinen Bauch und gewelltes braunes Haar, das ihm beinah auf die Schultern fiel. Auf seinem glatt rasierten Gesicht lag ein leichter Bartschatten, und sein Gang wirkte gleichzeitig ungezwungen und strotzte vor Selbstbewusstsein.

Er setzte sich an die kurze gerade Bar und würdigte sie zuerst keines Blickes, obwohl sie wusste, dass sie der Grund für sein Kommen war. Sie war ihm mal kurz an seinem Arbeitsplatz begegnet, einem Laden für gebrauchte Bücher und Schallplatten auf der Bonifant, als sie nach einer Ausgabe von *Die Abenteuer des Kapitäns Vasco Moscoso* suchte. Raphael hatte ihr gesteckt, dass er seit damals immer wieder nach ihr fragte und heute vorbeischauen würde. An jenem Tag, als sie ihm zum ersten Mal begegnet war, hatte sie den Eindruck gehabt, ihn schon mal gesehen zu haben, und heute überkam sie wieder dieses Gefühl. Jetzt schaute er sich in dem Restaurant um, versuchte so zu tun, als interessiere er sich ausschließlich für das Dekor, bis er endlich sie ansah, was von Anfang an seine Absicht gewesen war. Er hob das Kinn und lächelte freundlich und unverkrampft.

Enrique stellte die Margarita auf ihr Tablett. Sie versah den Drink mit einer Limonenscheibe und einem Strohhalm und brachte ihn zu ihrem Vierertisch am Fenster zur Straße. Sie servierte die Margarita und die dunklen Biere und nahm die Essensbestellung der beiden Paare am Tisch auf. Einmal warf sie, während sie die Speisen notierte, einen Blick zur Bar. Raphael stand neben dem Mann in der schwarzen Lederjacke. Die beiden reichten sich die Hände.

Juana kehrte zur Theke zurück und legte den Bestellzettel mit der Schrift nach oben auf die Kante der Durchreiche. Die Hand des flinken Kochs schnappte den Zettel und heftete ihn an das Rad, wo alle Bestellungen landeten. Als sie hörte, wie Raphael ihren Namen rief, kam sie hinter der Theke hervor. Der Mann stand an der Bar, Raphael saß auf einem Hocker. Seine ringlose Hand hielt eine kalte Flasche Dos-Equis-Bier.

»Erinnerst du dich an diesen Typen?«, fragte Raphael.

»Klar«, sagte sie, und da schlich Raphael sich davon, ließ sie einfach so stehen, ging zu einer Nische an der Wand und begrüßte die beiden Gäste, die dort saßen. Nächstes Mal, wenn sie ihn allein erwischte, musste sie Raphael mal an seine Manieren erinnern.

»Und«, sagte der Mann in schleppendem, heiserem Tonfall. »Haben Sie Ihren Jorge Amado gefunden?«

»Hab ich. Danke, ja.«

»Letzte Woche haben wir *Viva Teresa* reingekriegt. Gehört zu dieser Taschenbuchreihe, die Avon vor ein paar Jahren herausgebracht hat …«

»Das hab ich gelesen«, erwiderte sie überstürzt. Sie war aufgeregt und ließ es sich anmerken. Normalerweise verhielt sie sich in Gegenwart eines Mannes nicht so. Sie warf einen Blick über die Schulter. Nur noch einer von ihren Tischen war belegt, und ihre Gäste schienen zufrieden zu sein, nippten an ihren Drinks. Sie räusperte sich und sagte: »Hören Sie …«

»Schon gut«, sagte er, drehte sich auf seinem Stuhl um und sah sie an. Furchen, die bis zu dem kräftigen Kinn reichten, rahmten seinen Mund ein. Er hatte grüne Augen, die offen und verletzt wirkten und irgendwie hungrig, und diese Augen waren es, die den Ausschlag gaben und ihr auch ein bisschen Angst einjagten.

»*Was* ist schon gut?«, wollte sie wissen.

»Sie brauchen nicht hier zu stehen, wenn Sie keine Lust dazu haben. Wenn Sie lieber wieder an die Arbeit wollen, nur zu.«

»Nein, das ist schon in Ordnung. Ich meine, es ist mir recht. Es ist nur so, dass …«

»Juana, richtig?« Er beugte sich vor und neigte den Kopf.

Er bewegte sich sehr schnell, und da fragte sie sich auf einmal, ob er in Wahrheit nicht selbstbewusst war, wie sein Gang signalisiert hatte, sondern überheblich.

»Ich kann mich nicht daran erinnern, Ihnen bei unserer ersten Begegnung meinen Namen genannt zu haben.«

»Raphael hat ihn mir gesagt.«

»Und jetzt werden Sie mir gleich erzählen, dass Ihnen sein Klang gefällt. Dass mein Name einen schönen Klang hat, stimmt's?«

»Den hat er tatsächlich, aber das wollte ich nicht sagen.«

»Was dann?«

»Ich wollte Sie fragen, ob Sie gern Austern essen.«

»Ja, ich mag Austern.«

»Hätten Sie vielleicht Lust, mit mir runter zu Crisfield's zu gehen, wenn Sie hier fertig sind?«

»Einfach so? Ich kenne Sie ja nicht mal ...«

»Hören Sie.« Er hob abwehrend die rechte Hand hoch. »Seit jenem Tag, als Sie in meinen Buchladen gekommen sind, habe ich immer mal wieder an Sie gedacht. Heute habe ich den *ganzen* Tag an Sie gedacht. Nun, ich halte viel davon, nicht drum herum zu reden, also möchte ich Sie noch mal fragen: Würden ... Sie ... nach Ihrer Schicht ... mit mir ausgehen und einen Happen essen?«

»Juana!«, rief der Koch, dessen Kopf in der Durchreiche auftauchte. »Ist fertig!«

»Entschuldigen Sie mich«, sagte sie.

Sie trat an den Sims der Durchreiche, nahm eine kleine Schale mit Chili *con queso* heraus, füllte ein rotes Plastikkörbchen mit Chips und brachte die Appetizer zu dem Vierertisch. Als sie das Chili und die Chips auf den Tisch stellte, sah sie zur Theke hinüber und bereute es sofort. Der Mann strahlte sie nur so an. Selbstbewusst warf sie die langen Haare über die Schulter, was sie auch bereute. Schnell kehrte sie zur Bar zurück.

»Sie sind ganz schön von sich eingenommen, was?«, sagte sie, als sie vor ihm stand, und stellte überrascht fest, dass sie die Arme auf der Brust verschränkt hatte.

»Ich habe Selbstvertrauen, falls Sie das meinen.«

»Vielleicht ein bisschen zu viel davon.«

Er zuckte mit den Achseln. »Ihnen gefällt, was Sie sehen, sonst hätten Sie hier nicht so lange rumgestanden. Und wären unter aller Garantie nicht zurückgekommen. Ich mag, was ich sehe. Deshalb bin ich hier. Und, hören Sie, Raphael wird sich für mich verbürgen. Es ist doch nicht so, dass ich gleich meine Eckzähne ausfahre, kaum dass wir hier rausspazieren. Also, warum lassen wir es nicht auf einen Versuch ankommen?«

»Sie müssen betrunken sein«, sagte sie und deutete mit dem Kinn auf die Flasche in seiner Hand.

»Von Wein und Liebe.« Als er ihre perplexe Miene sah, meinte er: »Das ist eine Zeile aus einem Western.«

»Na schön.«

Er warf einen kurzen Blick auf ihre verschränkten Arme. »Sie werden noch Ihre Uniform verknittern, wenn Sie weiter so fest drücken.«

Langsam nahm sie ihre Arme herunter, fing an zu lächeln, versuchte, das Lächeln zu unterdrücken und spürte, wie ihre Mundwinkel zuckten.

»Das ist keine Uniform.« Ihre Stimme klang jetzt weicher, verlor an Schärfe. »Das ist nur ein altes Baumwollhemd.«

Eine Weile musterten sie sich gegenseitig und wechselten kein Wort. Mariachi-Musik vom Band trällerte durch Restaurant und Bar.

»Was ich Ihnen sagen wollte«, meinte sie, »ehe Sie mich unterbrochen haben, ist, dass ich nicht mal weiß, wie Sie heißen.«

»Terry Quinn«, antwortete er.

»Terry Quinn«, probierte sie laut.

»Irisch-katholisch«, meinte er, »falls Sie 'ne Liste führen.«

Woraufhin Juana sagte: »Er hat einen schönen Klang.«

Vier

»Wo steht Ihr Wagen?«

»Heute Abend fahren besser Sie«, sagte Quinn.

»Ich steh auf dem Parkplatz. Wir müssen da lang.«

Sie nahmen den Durchgang zwischen Rosita's und der Pfandleihe und kamen zu Fred Folsoms Bronzebüste von Norman Lane, dem Bürgermeister von Silver Spring, die mitten auf dem zugigen Platz stand. Im Vorbeigehen tätschelte Quinn gedankenverloren Lanes Kopfbedeckung.

»Tun Sie das immer?«, fragte Juana.

»Ja«, sagte Quinn, »das bringt Glück. Ein paar von den Jungs in den Autowerkstätten da hinten haben ihn quasi adoptiert, auf ihn aufgepasst, als er noch am Leben war. Sehen Sie?« Er zeigte auf ein Schild über einer zurückgesetzten Tür in der Gasse, in die sie gerade einbogen. Darauf war eine Karikatur von Lane, an dessen Brust ein Button prangte mit den Worten ›Macht euch keine Sorgen‹. »Jetzt heißt sie überall Mayor's Lane.«

»Haben Sie ihn gekannt?«

»Ich wusste, wer er war. Einmal hab ich ihm drüben in Captain White's 'nen Drink ausgegeben. Noch 'ne Kneipe, die nicht mehr existiert. Er war ein Säufer. Aber genau das wollten sie mit all dem hier sagen, dass er trotz allem, was er war, dennoch ein Mensch war.«

»Gott, wie kalt es ist.« Juana hielt den Mantelkragen über der Brust zu und schaute zu Quinn hinüber. »Ich habe Sie früher schon mal gesehen, wissen Sie? Nicht erst im Buchladen. Schon davor, aber ich bin mir sicher, dass wir uns nie begegnet sind.«

»Ich war letztes Jahr in den Nachrichten. Im Fernsehen und in den Zeitungen.«

»Ja, vielleicht ist es das.«

»Ja, wahrscheinlich.«

»Das da ist mein Wagen.«

»Der alte Käfer?«

»Was, ist der nicht gut genug für Sie?«

»Doch, er gefällt mir.«

»Was fahren Sie denn?«

»Ich bin momentan gerade zwischen zwei Wagen.«

»Ist das so, wie wenn man zwischen zwei Jobs ist?«

»Genau so.«

»Sie wollen mit mir ausgehen und haben keinen Wagen?«

»Dann geht das Benzin eben auf Ihre Rechnung.« Quinn schloss den Reißverschluss seiner Jacke. »Und ich steuere die Austern und das Bier bei.«

Im Crisfield's, dem alten Crisfield's in der Senke der Georgia, nicht im Designer-Crisfield's auf der Colesville, saßen sie an der Theke, aßen Austern und Krautsalat und tranken Heineken dazu. Quinn, der die Cocktailsoße mit Meerrettich gewürzt hatte, war nicht entgangen, dass Juana auch noch Tabasco dazugegeben hatte.

»Mmm«, seufzte Juana mit vollem Mund, schluckte und griff in die Schale mit den Crackern.

»Es gibt nichts Besseres als ein Dutzend roher Austern und einen Teller Krautsalat«, fand Quinn. »Die sind gut, oder?«

»Das sind sie.«

Alle Hocker an der u-förmigen Bar waren belegt, und der Speisesaal rechter Hand war ebenfalls voll. Der Laden hatte eigentlich kein richtiges Flair: weiß gekachelte Wände mit gerahmten Fotos lokaler Berühmtheiten, Papierplatzdecken auf den Holztischen, Salatsoßen aus dem Supermarkt auf einem mit Winkeln befestigten Regalbrett ... und dennoch war der Laden fast jede Nacht rammelvoll, und das, obwohl die Betreiber nichts umsonst weggaben. Crisfield's war so was wie eine Legende in D. C. Hier hatten im Lauf der Jahre Generationen von Washingtonern zusammengesessen, gegessen und sich unterhalten.

»Haben Sie heute Abend was verdient?«, fragte Quinn.

»Abzüglich des Anteils, den der Barkeeper von meinem Trinkgeld kriegt ... nicht wirklich, nein. Bin mit fünfundvierzig Dollar rausgegangen.«

»Wenn Sie pro Abend nur fünfundvierzig Dollar verdienen, können Sie vermutlich nicht fertig studieren.«

»Das Stipendium reicht für die Studiengebühren. Zur Deckung der Lebenshaltungskosten geh ich kellnern. Hat Raphael Ihnen erzählt, dass ich Jura studiere?«

»Er hat mir alles erzählt, was er über Sie wusste. Keine Sorge, das war nicht viel. Geben Sie mir mal bitte den Tabasco?«

Als sie ihm das Fläschchen reichte, berührte er ihre Hand. Sie war warm, und ihm gefielen ihre dünnen, femininen und starken Finger.

»Danke.«

Zwei Schwarze setzten sich ans gegenüberliegende Ende der u-förmigen Theke. Quinn schätzte die beiden, die ihn und Juana unverwandt anstarrten, auf Anfang dreißig. Als sie das Restaurant betreten hatten, hatten mehrere Gäste die Köpfe verdreht. Ein paar von ihnen – wie er vermutete – allerdings nur, um Juana anzugaffen. Die meisten schauten nur kurz rüber, aber diese beiden konnten gar nicht genug kriegen. Scheiß drauf, was soll's, dachte er. Falls sich irgendetwas zwischen ihnen anbahnte – und ihm war jetzt schon klar, dass er das wollte –, musste er lernen, solche Blicke in Zukunft zu ignorieren. Trotzdem ging ihm das dreiste Auftreten der beiden schwer gegen den Strich.

»Das ist nicht fair«, sagte Juana.

»*Was* ist nicht fair?«

»Sie ha'm sich über mich erkundigt und wissen das eine oder andere, und ich weiß gar nichts über Sie.«

Sie *ha'm*. Ihm gefiel, wie sie das sagte.

»Ihr Akzent«, meinte er.

»Was für 'n Akzent?«

»Ihre Stimme hebt und senkt sich wie Musik. Woher stammt er, aus Brooklyn?«

»Bronx.« Sie ließ eine Auster von der Gabel gleiten und in der Cocktailsoße schwimmen. »Und Ihrer? Hör ich da die Carolinas oder so was in der Art?«

»Maryland, D. C.«

»Mit diesem schleppenden Tonfall klingen Sie für mich schwer nach Südstaaten.«

»Das *ist* der Süden. Jedenfalls liegt es südlich der Mason-Dixon-Linie.«

Er drehte sich zu ihr um. Ihr Haar war schwarz und gelockt und sehr lang, fiel über die zarten Schultern und kräuselte sich auf der Erhebung ihrer kleinen Brüste. Zudem hatte sie ein nettes Hinterteil; das war ihm schon vorhin im Restaurant aufgefallen, als sie sich vorbeugte und die Drinks servierte. Es war rund und knackig, so wie er es mochte, und bei seinem Anblick hatte ihm der Atem gestockt, was ihm schon lange nicht mehr passiert war. Ihre Augen waren fast schwarz, einige Grade dunkler als ihre braune Haut. Die vollen Lippen hatte sie dunkel angemalt und mit einem noch dunkleren Konturenstift nachgezeichnet. Auf der Wange, rechts über der Oberlippe, war ein Leberfleck.

Er starrte sie jetzt geradezu an und sie ihn, und dann wanderte einer ihrer Mundwinkel nach oben, bis ein vages Lächeln ihre Lippen umspielte, was sie zu unterdrücken versuchte. Dasselbe hatte sie schon bei Rosita's mit ihrem Mund gemacht, und Quinn musste kichern.

»Was ist?«

»Ach, nichts. Es ist nur diese Angewohnheit von Ihnen, dieses *vage* Lächeln. Das gefällt mir, mehr nicht.«

Juana fischte ihre Auster aus der Cocktailsoße, kaute und schluckte und nahm einen großen Schluck von dem kalten Bier.

»Woher kennen Sie Raphael?«, wollte sie wissen.

»Er ist eines Tages in meinen Laden gekommen und suchte nach Stanley Clarkes *School Days* auf Vinyl. Raphael steht auf diesen Jazz-Funk-Sound, auf dieses halborchestrale Zeug aus den Siebzigern. Dexter Wansel, George Duke, so diese Richtung. Lonnie Liston Smith. Ich wusste rein gar nichts darüber, und ihm machte es Spaß, mich aufzuklären. Von Zeit zu Zeit, wenn wir diese alten Scheiben kaufen, ruf ich ihn an.«

»Haben Sie schon immer in einem Buchladen gearbeitet?«

»Nein, nicht immer. Was Sie interessiert, ist, ob ich eine Ausbildung habe, und falls ja, warum ich damit nichts angefangen habe. Ich war auf der University of Maryland und habe einen Abschluss in Kriminalistik gemacht. Dann bin ich ungefähr acht Jahre lang Polizist in D. C. gewesen. Nachdem ich die Truppe verlassen hatte, dachte ich, ich könnte es mal mit was Ruhigem versuchen. Ich mag Bücher, gewisse Bücher jedenfalls ...«

»Western.«

»Ja, und es gibt nichts Ruhigeres als einen Secondhandladen für Bücher und Platten. Und das mache ich jetzt.«

Sie musterte sein Gesicht. »Ich weiß jetzt, wo ich Sie gesehen habe.«

»Gut. Ich bin der Bulle, der letztes Jahr den anderen Bullen erschossen hat.«

»Es liegt am Haar. Ihr Haar ist anders.«

»Genau. Ich hab es wachsen lassen.«

Quinn wartete auf die Fragen, die üblicherweise folgten,

doch sie stellte sie nicht. Er sah, wie Juana mit dem Ellbogen den Teller mit den Austernschalen wegschob. Während er sie beobachtete, nahm er einen kräftigen Schluck Bier.

»Was ist mit mir?«, fragte Juana. »Gibt es da etwas, was Sie über mich wissen wollen?«

»Eigentlich nicht. Was ich bislang weiß, gefällt mir.«

»Gar nichts, hm?«

»Im Moment fällt mir einfach nichts ein.«

»Dann lassen Sie mich mal gleich eines klarstellen, in Ordnung? Meine Mutter stammt aus Puerto Rico, und mein Vater war schwarz. Ich fühle mich in unterschiedlichen Welten wohl, und manchmal fühle ich mich überall fremd.«

»Ich hab Sie nicht danach gefragt.«

»Sie haben mich *noch* nicht danach gefragt.«

»Ich wollte damit sagen, dass es mich nicht interessiert.«

»Heute Abend nicht. Heute Abend geht es nur um Anziehung und darum, ob wir einen Draht zueinander haben. Aber in dieser Welt, in der wir leben, und mit diesen Menschen, da ist es einfach nicht erlaubt, dass es uns *nicht interessiert*. Wie mit diesen beiden Typen dort drüben, die uns schon den ganzen Abend über anstarren.«

»Was halten Sie davon, wenn wir's so nehmen, wie es kommt, und dann überlegen, wie wir damit umgehen?« Quinn gab dem Mann mit dem breiten Oberkörper und dem grauen Schnauzbart hinter der Theke ein Zeichen. »Sir? Würden Sie uns noch ein Dutzend bringen?«

»Danke, Terry«, sagte Juana.

Terry. Ihm gefiel auch, wie sie seinen Namen aussprach.

Als sie durch die Tür gingen, registrierte Juana, dass Quinn über die Schulter schaute und den beiden Männern, die sie den ganzen Abend über angestarrt hatten, einen kurzen, aber viel sagenden Blick zuwarf.

Draußen auf der Straße hakte Juana sich bei ihm unter, während sie zu ihrem schwarzen Käfer auf dem Parkplatz eines Reifengeschäftes gingen. Ihr war kalt, doch wenn sie ihm so nah war, wurde ihr warm, und es fühlte sich ganz normal an, ihn zu berühren, als hätten sie den ersten Schritt gemacht und wollten auch den nächsten tun. Man konnte sich gut mit ihm unterhalten, und er hörte zu. Anscheinend gehörte er nicht zu der Sorte Mann, die immer schon vorher überlegte, was sie als Nächstes sagen sollte. Außerdem prahlte er nicht, schwafelte nicht über seine großen Pläne. Und er legte es nicht gerade darauf an, ihr zu imponieren, was bei ihr großen Eindruck hinterließ.

»Wo wohnen Sie?«

»Unten, gleich bei der Sligo Avenue. Und Sie?«

»Ich wohne auf der Tenth Street in Northeast. In der Nähe der Catholic U.«

»Macht es Ihnen was aus, mich daheim abzusetzen, ehe Sie nach Hause fahren?«

»Soll das ein Scherz sein?«

»Ich könnte auch zu Fuß gehen.«

»Ja, ich hab gehört, dass Sie gern nachts spazieren gehen.«

»Hat Ihnen Raphael erzählt, was?«

»Und dass Sie Western mögen. Er sagte, Sie hätten einen gelesen, als er das erste Mal in Ihren Laden kam, und daran habe sich bis heute nichts geändert.«

»Und was sollte dann das Das-ist-nicht-fair-ich-weiß-gar-nichts-über-Sie-Gerede?« Quinn lachte. »Sie sind 'ne Schwindlerin.«

»Na schön, ich habe gelogen«, gab Juana zu. »Aber ich verspreche Ihnen, ich werde Sie nie wieder anlügen.«

Sie blieb mit ihrem Volkswagen vor seinem Haus stehen, einem kleinen Mehrfamilienhaus aus Backstein, ohne den Motor auszuschalten. Auf der anderen Straßenseite war ein

Tante-Emma-Laden und ein Geschäft, wo Bier verkauft wurde. Da beide Geschäfte geschlossen hatten, brannte auch kein Licht. Auch die Wohnungen waren dunkel.

»Da wären wir«, sagte er.

»Vielen Dank für alles. Es hat mich gefreut.«

»Mich auch. Bis demnächst, ja?«

»Ja.«

Er drückte ihre Hand, und es fühlte sich wie ein Kuss an. Da war er schon ausgestiegen und überquerte die unbeleuchtete Straße. Seine schwarze Jacke zeichnete sich gegen die Dunkelheit ab.

Auf der Heimfahrt hörte sie eine Cassandra-Wilson-Kassette und dachte unablässig an ihn.

Quinn wusch sich und legte sich unter die Bettdecke. Er versuchte, ein Buch von Max Evans zu lesen, das auf seinem Nachttisch lag, doch es fiel ihm schwer, sich auf die Geschichte zu konzentrieren. Er schaltete das Licht aus, dachte an Juana, bemühte sich, nicht zu viel zu erwarten, und hoffte, dass sie beide eine Chance hatten.

Kurz vor Sonnenaufgang träumte er, dass er sich mit einem Schwarzen in einem Club schlug. Fäuste flogen, eine Waffe wurde gezogen. Und dann Schreie, Blut und Tod.

Beim Aufwachen war er weder verstört noch beunruhigt. Solche Träume hatte er schon eine ganze Weile.

Fünf

Ray Boones Kiefer war ganz verspannt von der fetten Line, die er hochgezogen hatte. Er löste die am Gaumen klebende Zunge und fuhr mit ihr über die trockenen Lippen. Ray ging hinter die Mahagonibar, die er mit seinem Vater gezimmert hatte, um sich einen Drink zu machen.

»Daddy, wo steht denn der Jack?«, rief er.

Ray konnte seine eigenen Worte nicht verstehen, so laut dröhnte die alte Randy-Travis-Nummer aus der Wurlitzer-Jukebox, die er bei einer Auktion erstanden hatte, auf der die Einrichtung eines bankrotten Restaurants versteigert wurde. Edna hatte die Lautstärke tierisch aufgedreht.

Earl Boone saß vor einem Videobildschirm und spielte elektronisches Poker. Er nahm einen Schluck Busch-Bier aus der Dose, zog an seiner Zigarette und klopfte die Asche in den Aschenbecher, ohne die Augen vom Bildschirm zu nehmen. »Verdammt, da, wo du ihn stehen gelassen hast, als du dir den letzten Drink gegönnt hast, Hosenscheißer.«

»Ich seh ihn«, sagte Ray. Der Jack stand auf dem unteren Regal neben der Stahlspüle und vor dem Automatic Colt, den sein Vater an ein paar Nägel gehängt hatte, die er hinter der Bar ins Holz getrieben hatte. Ray griff sich die Flasche mit dem schwarzen Etikett und ein Whiskyglas, füllte es mit Eis aus einem Behälter neben der Spüle und schenkte das Glas halb voll mit Sour-Mash. Anschließend gab er Cola darauf und rührte den Longdrink mit dem dreckigen Finger um.

»Machst du mir nicht auch einen, Baby?«, fragte Edna Loomis von dem mit grünem Filz bezogenen Kartentisch aus. Wie immer war Edna nachmittags um diese Uhrzeit auf Speed und dementsprechend aufgedreht. Mit einer Hand stapelte sie weiße Chips aufeinander und nahm sie dann wieder herunter, mit der anderen spielte sie mit fedrig geschnittenen Haaren.

»Ich will nur vermeiden, dass du gleich wieder völlig alle bist«, redete Ray mit ihr wie mit einem Kind.

»Bin ich nicht. Ich will nur 'n bisschen was zu trinken, während ich hier im Haus bleibe und meine Fernsehshows angucke.«

Ray mixte einen schwachen Drink und brachte ihn zu Edna hinüber, die aufstand, um ihn zu übernehmen. Als sie die Hand nach dem Glas ausstreckte, strich sie mit den langen Fingern über seine und fuhr unbeholfen mit der Zunge über ihre Lippen. Er spürte, wie sich in seiner Jeans etwas regte.

»Haben wir noch Zeit?«, fragte sie und warf schnell einen Blick über seine Schulter auf den alten Mann.

»Ja«, sagte Ray. »Ich und Daddy wollten gleich nach D. C. fahren.«

»Dann eben, wenn du wieder da bist«, sagte sie, schüttelte die völlig kaputten, orangeblonden Haare nach hinten und zwinkerte, als sie einen Schluck von ihrem Drink nahm. Ungelenk ließ sie die Hüften zu dem Travis-Song kreisen, betrachtete Ray über den Glasrand hinweg und schmetterte mit, als der Refrain des Liedes ertönte: »*Forever and ever, ay-men.*«

Ray musterte sie von oben bis unten. Junge, die hielt sich für echt sexy. Er fragte sich, was sie sah, wenn sie in den Spiegel schaute. Dass sie stark auf die dreißig zuging, verrieten die Linien neben ihren Mundwinkeln. Langsam kriegte sie auch Dellen auf den Schenkeln, und ihre Augen waren sowieso noch nie jung gewesen. Sie hatte gute Titten. Titten, die Blicke auf sich zogen, mit spitzen, pinken, harten Nippeln. Wenn diese scharfen Dinger irgendwann mal schlabberig wurden wie der Rest, dann musste Ray sich überlegen, ob er sie nicht gegen ein neues Modell eintauschte.

»Häh«, sagte sie. »Ich habe dich was gefragt, Hosenscheißer. Werden wir's wie die Karnickel treiben und 'ne Nummer schieben, wenn du wieder da bist, oder was?«

Ihr Mundwerk, das stand auf einem ganz anderen Tapet. Prima Titten hin oder her, wenn sie nicht bald lernte, hin und wieder die Klappe zu halten, würde er sie vielleicht schneller eintauschen, als sie sich vorstellen konnte.

»Nenn mich nicht Hosenscheißer«, sagte Ray. »So darf mich nur Daddy rufen.«

»Und, treiben wir's?«

»Kann schon sein«, sagte er, aber wahrscheinlich war sie, wenn er aus der Stadt zurückkam, völlig zugedröhnt und besoffen wie ein Matrose auf Landgang, und er konnte es nicht ausstehen, sie in diesem Zustand zu ficken.

»Ray?«

»Was?«

»Du wirst doch 'n paar Stunden weg sein, oder?«

»Ja-ah.«

»Warum lässt du mir dann nicht ein bisschen was von dem Koks da?«

»Du weißt doch, dass du zu sehr auf das Zeugs abfährst.«

»Bitte, Baby?«

»Na schön, also 'ne Minidröhnung.« Er sah an ihr vorbei und sagte: »Bist du fertig, Daddy?«

»Ja«, sagte Earl und schnippte Asche in den Aschenbecher.

Ray ging zu einer großen Tür auf der Hinterseite der Scheune. Die Tür war stahlverstärkt und in eine feuersichere, verstärkte Wand eingelassen. Er nahm einen Schlüsselring, der an der Gürtelschlaufe hing, und öffnete die Tür, die er immer abschloss. Er trat ein, schloss die Tür hinter sich und schob den Riegel vor.

Auf einer Seite des Raumes standen eine Hantelbank, Hantelstangen und Gewichte. An der Wand hingen Spiegel, die auf die Bank ausgerichtet waren. Vor der gegenüberliegenden Wand stand eine lange Werkbank, über der Regalbretter und ein Lochbrett mit Haken angebracht waren, an denen Werkzeug hing. Unter der Werkbank standen mehrere Safes. Darin wurden Geld, Heroin und Waffen aufbewahrt. Neben der Werkbank war ein Spind und daneben ein hoher Schrank aus lackierter Eiche und Glas mit vier Schusswaffen.

Vor der dritten Wand stand ein kleines Küchenmodul mit zwei elektrischen Kochplatten, einer Spüle und einem Kühlschrank mit Bier und Mineralwasser. Auf den Herdplatten stellte Ray seinen eigenen Methamphetaminvorrat in Pulver- und kristalliner Form her, das er in einem Topf aufkochte. Auf der Stahlplatte des Küchenmoduls standen Sudafed und eine Vergaserreinigungsflüssigkeit in Flaschen und all die anderen Chemikalien, die er für die Crackherstellung brauchte.

In dem Raum hatten Ray und sein Vater ein paar Rohre verlegt und ein großes Extra-Klo mit dicker Eichentür eingebaut. Ray konnte auf dem Scheißhaus sitzen und sich dort seine Wichsvorlagen angucken, und wenn er sich den Hintern abgewischt und Bock darauf hatte, brauchte er sich nur umdrehen, in die Schüssel abspritzen und die ganze Scheiße runterspülen.

Unter dem Teppichrest neben der Hantelbank gab es eine Falltür, die in einen Tunnel führte, den er vorletzten Sommer mit seinem Vater ausgehoben hatte. Der etwa sechzig Meter lange Tunnel endete hinter dem Haus und dem Schuppen im Wald und bot ihnen für den Notfall einen Fluchtweg.

Ray Boone liebte diesen Raum. Nur er und sein Daddy durften sich hier aufhalten – das war Gesetz. Niemand, weder Daddys Freunde noch seine eigenen, noch Edna würden es wagen, hierher zu kommen, selbst wenn sie an den Schlüssel kamen. Edna wusste, dass ihre heiß geliebten Drogen hier drin waren, doch obwohl sie dumm war, dümmer als ein gottverdammter Stein, schnallte sie doch, dass dieser Ort hier tabu war.

Ray nahm zwei Hantelstangen, stellte sich vor den Spiegel, machte zwanzig abwechselnde Kurzhantelcurls, ließ die Dinger fallen und betrachtete sich. Gleich unter den Ärmeln des weißen T-Shirts prangten die Knasttätowierungen. Auf dem einen Arm ein Dolch, von dem Blut tropfte, auf dem anderen eine Kobra, die sich um die Stange einer Konföderiertenflagge wand. Beide Tattoos waren nichts Besonderes. Die, die richtig klasse waren, ein von zwei Blitzen eingerahmtes Hakenkreuz und ein Farbiger, der an einem Baum hing, zierten seine Schulter und seinen Rücken.

Vor dem Spiegel schnitt Ray probeweise ein paar grimmige Mienen und zog erst die eine, dann die andere Augenbraue hoch. Er sah nicht so gut aus, dass man ihn als attraktiven Kerl hätte bezeichnen können, aber hässlich war er nun auch wieder nicht. Sein von Aknenarben überzogenes Gesicht hatte bislang aber noch kein Weibsbild vergrault – jedenfalls hatte er davon nichts mitgekriegt. Und manchen Frauen gefielen seine tief liegenden Augen und die stark hervorspringende Stirn. Während seiner Kindheit und Jugend hatten ein paar Jungs schon mal behauptet, er würde schielen, bis er sich auf sie stürzte und den Typen mit der Faust ordentlich die Fresse polierte. Wenn er schielte, war es ihm bislang noch nicht aufgefallen. Edna behauptete, er sähe wie dieser Typ aus der Fernsehserie *Profiler* aus, der in den Filmen immer den Drogendealer spielte. Dieser Bursche gefiel Ray, und er war alles andere als unattraktiv.

Als Ray genug davon hatte, sich selbst zu bewundern, schnappte er sich ein Röhrchen mit ein paar Meth-Kristallen und verstaute es in seiner Hosentasche. Die Turnschuhe tauschte er gegen ein Paar maßgefertigte Dingo-Stiefel mit zehn Zentimeter hohen Absätzen aus, machte den Safe auf und holte einen kleinen Rucksack mit Plastikbeuteln voller Heroin heraus, die groß wie Backsteine waren und die er vor ein paar Stunden gewogen hatte. Dann schnappte er sich seine 9-Millimeter-Beretta, prüfte die Munition und schob die Automatik in den Hosenbund. Aus dem Spind nahm er ein dickes Flanellhemd und eine Jacke, zog beide Kleidungsstücke an und ließ das Hemd über die Hose hängen, damit man die Waffe nicht sah. Er warf den Rucksack über die Schulter, trat aus dem Raum und schloss hinter sich ab.

Draußen an der Bar wartete Edna auf ihn, gab ihm einen feuchten Kuss, als er ihr das Röhrchen in die Hand drückte, und ging dann mit einem Drink in der Hand aus der Scheune.

»Fertig, Daddy?«

»Klar doch.«

Earl hasste die Stadt. Wenn man ihn fragte, hatte sie nur einen einzigen Pluspunkt, und der war unten in dem Lagerhaus namens Junkyard zu finden.

Earl Boone drückte seine Zigarette im Aschenbecher aus, trank den letzten Schluck Bier, quetschte die Dose zusammen und warf sie in den Mülleimer neben dem Computer. Anschließend schob er eine Schachtel rote Marlboros in die Hemdtasche und sah, wie sein Sohn seine eigenen Marlboros von der Bar nahm und ebenfalls in der Hemdtasche verstaute.

Als sein Sohn den Raum durchquerte, erhob Earl sich. Der Vater war die wettergegerbte Version von Ray. Die tiefen Furchen kaschierten die Aknenarben und die tief liegenden, flachen Augen. Er war fünfzehn Zentimeter größer als Ray und hatte massigere Schultern und einen breiteren Rücken. Im Gegensatz zu dem Jungen hatte er nie Gewichte gestemmt, es sei denn, jemand bezahlte ihn für die Plackerei.

Von daher war ihm schleierhaft, wieso sich jemand freiwillig so abrackerte. Seine Statur hatte er einem kurzen Gastspiel beim Marineinfanteriekorps und harter Arbeit zu verdanken.

»Dann lass uns mal loslegen«, meinte Ray.

Earl huschte ein Grinsen übers Gesicht, als er registrierte, dass sein Sohn die hochhackigen Stiefel anhatte. Ray hatte echt eine Macke wegen seiner Größe.

»Was ist denn so lustig?«, fragte Ray.

»Nichts«, antwortete Earl.

Earl hob eine Kühlbox mit einem Sechserpack hoch und ließ den Blick über die Bar und die Spielecke schweifen, ehe er das Licht löschte. Auf das, was er und sein Junge hier geschaffen hatten, war er richtig stolz. Sie hatten alles so hergerichtet, dass es wie in einem dieser altmodischen Saloons aussah. Wie es sie früher mal in diesen Städten im Westen gegeben hatte.

Edna Loomis stopfte Gras in einen Bong und legte noch ein Kristall Methamphetamin auf die Dröhnung. Sie stand am Fenster des Zimmers, in dem sie und Ray schliefen, und beobachtete, wie Ray und Earl aus dem Schuppen kamen und zu ihrem Wagen gingen, einem aufgemotzten Ford, der zwischen einem F-150 Pickup und Rays Shovelhead-Harley stand.

Edna rollte am Rädchen des Bic-Feuerzeugs, hielt die Flamme an den Bong und inhalierte einen Zug Meth auf Gras. Ohne auszuatmen, sah sie zu, wie Ray den oberen Teil der Stoßstange des Wagens abmontierte, das Heroin aus dem Rucksack holte und die Pakete in den Raum zwischen der Stoßstange und dem Kofferraum packte.

Als sie die Dröhnung aushustete, explodierte eine Rauchwolke an der Schlafzimmerfensterscheibe.

Ray zog einen Gummistreifen oder so was in der Art über

das Heroin, legte den oberen Teil der Stoßstange wieder an und schlug so lange mit der Handkante dagegen, bis das Ding festsaß. Earl behielt den unbefestigten Weg im Auge, der von der Straße zum Grundstück führte – für den Fall, dass jemand kam. Diese beiden, dachte Edna, sind echt tierisch paranoid. Niemals kam irgendjemand diesen Weg heruntergefahren, zumal das Holztor vorn an der Straße abgeschlossen war.

Edna hustete immer noch und dachte über Ray, Earl und ihr Geschäft nach, bis ihr Kopf zu dröhnen anfing und sie einen Moment lang Schiss kriegte, aber sie wusste ja, dass dieses Dröhnen daher kam, dass ihr das Meth blitzschnell in den Kopf stieg, und dann legte sich ihr Husten, und sie fühlte sich super. Kurz darauf fühlte sie sich noch viel besser, auf einmal richtig klar im Kopf. Sie zog eine Virginia Slim aus einer Schachtel in einer Lederhülle, zündete sie an, griff nach ihrem Drink und trank langsam, damit er nicht gleich alle war.

Sie ging zum Fernseher auf der Kommode und stellte ihn lauter. Irgendeine weiße Torte mit orange Haaren saß neben einem großen schwarzen Kerl auf einer Bühne. Die weiße Torte war – wenn wunderte es? – fett und arschhässlich. Dann kam eine schwarze Torte mit fettem Arsch dazu und, o Gott, die sah aber echt richtig finster aus. Gerade so, als würde sie der weißen Torte gleich eine Tracht Prügel verabreichen, weil die mit ihrem Alten pennt. Und sieh mal einer an, jetzt verpasste sie der weißen Torte doch glatt einen Schlag ... Edna hatte diese Sendung schon gesehen, oder vielleicht bildete sie sich das auch nur ein. Sie trat wieder ans Fenster und schaute in den Hof. Earl und Ray starteten durch, rauschten den Kies hinunter und verschwanden zwischen den Bäumen.

Sie prüfte, wie voll ihr Glas noch war. Heute ging das Zeugs runter wie Öl. Es gab nichts Besseres als einen

Schluck Jack und eine Kippe nach einer Speeddröhnung. Klare Sache, es würde Ray gar nicht gefallen, wenn er heimkam und sie betrunken war. Aber darüber brauchte sie sich ja nicht jetzt schon den Kopf zu zerbrechen.

Sie nahm einen Schluck aus dem Glas und dann, zum Teufel auch, kippte sie den ganzen Rest auf einmal runter. Vielleicht sollte sie in den Schuppen runtergehen und sich noch einen Schwachen mixen, größtenteils Coke mit einem Spritzer Mash wegen der Farbe. Und außerdem kam Ray ja erst in ein paar Stunden nach Hause und war dann ganz aus dem Häuschen und für den Rest des Abends beschäftigt. Ray fuhr darauf ab, das Geld zu zählen, das er nach Hause brachte, nachdem er geliefert hatte.

Das Grundstück der Boones lag etwas zurückgesetzt an der Route 28, zwischen Dickerson und Comus, nicht allzu weit südlich von Frederick, am östlichen Rand von Montgomery County. Hier draußen gab es immer noch Wald und unverbaute Flächen, aber nicht auf ewig. Im Lauf der Jahre hatten sie erlebt, wie sich die Siedlungen nördlich von D. C. immer weiter ausdehnten, größtenteils weiße Flüchtlinge, die behaupteten, ›mehr Land‹ und ›mehr Haus fürs Geld‹ zu wollen. Ray wusste, worum es ihnen in Wahrheit ging: Sie flohen vor den Niggern und der Kriminalität. Die Aussicht, dass ihre Töchter Hand in Hand mit Willie Horton die Straße entlangspazierten, war ihnen allen unerträglich. Das war der schlimmste Alptraum des weißen Mannes, und sie flohen davor wie eine Herde aufgescheuchter Tiere, bis hierheraus. Das konnte Ray gut verstehen, aber trotzdem wäre es ihm lieber gewesen, die Bauherren würden sich vom Acker machen und ihre Häuser woanders hochziehen.

Ray rollte die Auffahrt zur 270 hoch und fuhr nach Süden.

»Hier«, sagte er und reichte seine Pistole mit dem Griff nach vorn seinem Vater. Earl nahm die Waffe, öffnete das

Handschuhfach, drückte auf einen Knopf, wartete, bis die falsche Rückseite nach hinten fiel und legte die Beretta in die Luke hinter der Handschuhfachwand.

Ray hatte dieses Fahrzeug bei einer Spezialwerkstatt in der Bronx gekauft. Von außen besehen war das ein ganz normaler Taurus, aber mit mehr PS als erlaubt und mit mehr Saft als das PS-stärkste Modell, der Ford SHO. Die Stoßstange war alles andere als Serienausstattung und deshalb in der Lage, einen mittelschweren Auffahrunfall aufzufangen. Außerdem passten relativ große Mengen Heroin zwischen die äußere Verkleidung und den Kofferraum. Unsichtbare Fächer hinter dem Handschuhfach, links von der Lenksäule und an verschiedenen anderen Stellen im Wageninnern bargen Rays Waffen und seinen persönlichen Drogenvorrat.

Ray zündete sich mit dem Zigarettenanzünder vom Armaturenbrett eine Zigarette an und gab ihn dann seinem Vater, damit auch er sich eine Kippe anmachen konnte.

»Wenn das hier ein Film wäre«, meinte Ray, »würde man sofort wissen, dass wir die Bösen sind.«

»Wieso das?«

»Weil wir beide rauchen.«

»Aha«, sagte Earl.

»Weiter unten im County wollen sie das Rauchen in Kneipen verbieten, hab ich gehört.«

»Ist das so?«

»Meine Kippe können sie kriegen«, sagte Ray und freute sich über seine Gerissenheit, »wenn sie sie mir aus den kalten, toten Fingern reißen. Stimmt's?«

Earl antwortete nicht. Er redete eh nicht viel und mit seinem Sohn noch viel weniger. Ray hatte an dem Tag, als Gott den Verstand verteilte, gefehlt, und wenn er quatschte, dann meistens darüber, wie hart oder wie gerissen er war. Earl war zwanzig Jahre älter als Ray und konnte es mit seinem

Sohn selbst noch an seinem schlechtesten Tag aufnehmen. Darüber war sich auch Ray im Klaren. Laut Earls Vermutung war dies einer der Gründe, warum der Junge schon seit jeher mit der Welt im Hader lag.

Earl machte eine Dose Busch auf.

Ray zog an seiner Zigarette. Dass sein Vater ihm kaum Beachtung schenkte, setzte ihm schwer zu. Immerhin war er, Ray, es gewesen, der dieses Geschäft, das sie betrieben, aufgezogen hatte. Und er war es auch, der stets die richtigen Entscheidungen fällte. Hätte er die geschäftlichen Angelegenheiten seinem Vater überlassen, der noch nie in der Lage gewesen war, über längere Zeit einen Job zu halten, hätten sie heute nichts, gar nichts.

Sicher, er hatte einen Umweg über Hagerstown machen müssen, wo er zehn Jahre für Totschlag abgerissen hatte, aber dadurch konnte er diesen Coup hier landen. Ray war angeheuert worden, einen Drogenkopf umzulegen, der draußen in Frederick County einen Dealer um seine Ware erleichtert hatte. Seit der High School hatte Ray hin und wieder einen Typen für Kohle umgelegt und sich in diesem Teil des Staates bei gewissen Leuten einen Ruf als der Mann erarbeitet, an den man sich wenden konnte. Es war nie seine Absicht gewesen, Auftragskiller zu werden, aber diese Kerle, die hatten den Tod einfach verdient. Nach seinem ersten Mord, der alles andere als schnell über die Bühne gegangen war und bei dem das Opfer ihn angefleht hatte, war es allerdings ein Kinderspiel gewesen.

Bei diesem speziellen Auftrag war Ray auf die Idee gekommen, den Drogenkopf auf einer Kneipentoilette kaltzumachen, wo der Typ rumhing, dann aus dem Fenster zu klettern und abzuhauen. Nachdem er dem Dieb ein Ka-Bar-Messer in den Bauch gerammt hatte, war leider der Türsteher der Kneipe hereingekommen, um zu pissen, hatte Ray entwaffnet und ihn festgehalten, bis die Bullenschweine auf der Bildfläche erschienen. Ray hätte auch den Türsteher töten sollen – diese Szene hatte er wieder und wieder im Kopf durchgespielt –, aber der Türsteher war einer von diesen Cromagnon-Typen und brach Ray sofort das Handgelenk. Danach konnte Ray nicht mehr viel gegen ihn ausrichten.

Also hatte er behauptet, die Schnüffelnase hätte *ihn* angegriffen und zum Glück für Ray wurde in der Jackentasche des Toten eine abgewrackte .22er gefunden. Insofern konnten sie ihm keinen Mord anhängen, und Ray wurde für Totschlag verurteilt und kam nach Hagerstown.

Das Gefängnisleben war ganz okay, solange man nicht fertig gemacht wurde. Um das zu vermeiden, musste man den harten Mann markieren, sich aber vor allem Gangs anschließen und Allianzen schmieden. Die Weißen schlossen sich der Christian Identity und Konsorten an. Die Schwarzen hingen zusammen rum, und die Spanier blieben auch unter sich, aber weil die Weißen und die Spanier die Schwarzen mehr hassten als sich gegenseitig, kam es ab und an vor, dass Ray mit dem einen oder anderen Braunen quatschte.

Einer von ihnen war Roberto Mantilla. Roberto hatte im Raum Orlando einen Cousin namens Nestor Rodriguez, der für das Vargas-Kartell arbeitete, das vom Cauca-Tal in Nordkolumbien aus operierte. Nestor und sein Bruder Lizardo belieferten die Ostküste und verkauften Stoff an die Dealer in D. C., Baltimore, Wilmington, Philly und New York. Reineres Heroin zu niedrigeren Kosten hatte ihren Absatzmarkt vergrößert, die ausländische Konkurrenz vernichtet und zum Wachstum ihres Geschäftes beigetragen. Roberto sagte, seine Cousins wären inzwischen mit der Planung der Transaktionen überfordert und bereit, an einen Mittelsmann zu verkaufen, der die Reisen von und nach D. C. übernahm und schneller als sie die Nachfrage der Dealer befriedigte. Dafür, sagte Roberto, würde der Mittelsmann zehntausend Dollar pro Transaktion kassieren.

Woraufhin Ray sagte: »In Ordnung, sobald ich rauskomme, werde ich das mal auschecken.« Ein Jahr später überzeugte er die Mitglieder eines Bewährungsausschusses, dass das gute Betragen, das er während seiner Knastzeit an den Tag gelegt hatte, keine Verirrung war, und konnte Hagerstown verlassen. Als seine Bewährungsfrist zwei Jahre später abgelaufen war, verabschiedete er sich endgültig von seinem Bewährungshelfer und war endlich frei, eine neue Beschäftigung aufzunehmen.

Ray fand, er sollte sich bei Roberto Mantilla für seinen Erfolg bedanken, was aber unmöglich war, da Roberto kurz nach Rays Entlassung von einem Obermufti vergewaltigt und mit einem Metallrohr totgeschlagen worden war.

»Diese Lieferung hier hat einen Reinheitsgrad von 85 Prozent, Daddy«, meinte Ray, als er an das hinten in der doppelwandigen Stoßstange versteckte Heroin dachte.

»Hat dir das Lizardo erzählt?«, stichelte Earl, der ganz genau wusste, wie sehr Ray die Rodriguez-Brüder hasste, weil sie ihm nie einen Funken Respekt entgegenbrachten.

»Nestor hat es erwähnt. Unten in Florida gibt es braunes Heroin, das mit 95 Prozent auf die Straßen kommt.«

»Ach ja? Und was bringt das?«

»Den Kolumbianern? Die machen damit ihre Konkurrenz fertig. Ich rede von den Asiaten, deren Stoff auf sieben oder zehn Prozent runtergeschnitten ist. Die Mexikaner machen das auch so. Die Kolumbianer haben den Reinheitsgrad hochgefahren, den Preis gesenkt, und nun kontrollieren sie fast den ganzen Markt in den Staaten. Und außerdem zieht dieser reine Stoff 'ne ganz neue Käuferschicht an: Studenten, den Jungen von nebenan, solche Typen eben. Jetzt kaufen nicht mehr ausschließlich Farbige, Daddy. Denn das Zeug musst du nicht drücken, um angetörnt zu werden. Man kann es rauchen oder schnupfen, wenn man will.«

»Sehr schön.«

»Interessiert es dich nicht, was wir da tun?«

»Nein, eigentlich nicht. Wir gehen rein, verkaufen es, hauen ab, nur das interessiert mich. Wäre da nicht die Kohle, würde ich nie wieder in diese Stadt fahren. Sollen sie sich doch gegenseitig wegen diesem Zeug umbringen, was kümmert's mich?«

»Das würde dir auch nicht gefallen«, meinte Ray und grinste seinen Vater an, der neben ihm auf der Bank saß. »Wenn die alle tot wären, hätten wir ja keine Kunden mehr.«

»Hosenscheißer?«

»Ja?«

»Eines Tages werden du und ich aufwachen und draufkommen, dass wir genug Kohle haben. Hast du darüber schon mal nachgedacht?«

»Bin gerade dabei«, sagte Ray und scherte auf die Überholspur aus.

In Wahrheit dachte Ray schon eine ganze Weile darüber nach. Um auszusteigen, fehlte nur noch ein einziges Detail: Was er und sein Dad brauchten, war ein Plan.

Sechs

Als Earl das nächste Bier geleert hatte, war Ray vom Beltway auf die New Hampshire Avenue gebogen und fuhr Richtung Süden nach D.C. rein. Später, auf der North Capitol unweit der Florida Avenue, rief er übers Handy Cherokee Colemans Leute an und sagte Bescheid, dass er und sein Vater demnächst eintrudeln würden.

Er bog links in die Florida ein, und schlagartig veränderte sich das Straßenbild deutlich zum Schlechteren. Sie kamen durch eine Gegend voller alter Lagerhäuser und LKW-Ladebuchten. Das hier war früher mal so etwas wie ein Industriegebiet in einer eher kaum industrialisierten Stadt gewesen und lag nun größtenteils brach. Seit den Unruhen im Jahr 1968 war es mit der ganzen Gegend konsequent bergab gegangen.

Ray kam an Cherokee Colemans Büro vorbei, das in einem der kleinen Backsteinreihenhäuser auf dem Areal untergebracht war und kaum auffiel. Colemans Büro lag gegenüber einem baufälligen Lagerhaus, das die Leute hier in der Gegend den Junkyard nannten. Seit gut einem Jahr hausten hier Crack-, Koks- und Heroinabhängige, die die Nähe ihres Dealers Coleman suchten und aus diesem Grund hierher gezogen waren.

Ray fuhr langsam den Straßenblock hinunter. Colemans Armee – Lotsen, Verteiler, Kassierer, Späher und Manager – hingen auf dem Bürgersteig und an mehreren Straßenecken herum. Am Bordstein parkten ein BMW M3, ein Acura Legend, ein Lexus mit Spoiler, ein Mercedes Zweisitzer mit verchromten Radaufhängungen und ein paar Geländewagen.

Aus der entgegengesetzten Richtung näherte sich ein Streifenwagen. Ray würdigte den Fahrer in Uniform keines Blickes, sondern las im Vorbeifahren die großen, seitlich auf dem Crown Vic aufgepinselten Zahlen.

»Ray«, sagte Earl.

»Alles in Ordnung«, meinte Ray. Die Zahlenreihe stimmte mit der überein, die er sich eingeprägt hatte.

Im Rückspiegel sah Ray, wie der Streifenwagen des Maryland Police Departments, der diesen Block abfuhr, an der nächsten Kreuzung abbog. Ray drückte aufs Gaspedal, fuhr schnell zu einer Garagentür am Ende des Blocks und hupte zweimal kurz und einmal lang. Als die Tür hochging, rollte Ray in die Garage, wo ein paar junge Männer und ein paar Jungs warteten.

Hinter ihnen ging die Tür wieder zu. Ray nahm seine Waffe aus dem Geheimfach und schob die Hüfte vor, damit er die 9-Millimeter in den Bund seiner Jeans stecken konnte. Er wusste, dass sein Vater seine .38er schon im Schuppen in der Jackentasche verstaut hatte. Ob die jungen Männer in der Garage die Waffen sahen oder nicht, kümmerte ihn nicht. Er wollte, dass sie sie sahen. Ray und Earl stiegen aus dem Wagen.

Keiner von Colemans Männer begrüßte sie oder nickte ihnen zu. Aus dem Knast wusste er, dass er weder lächeln noch irgendeine andere menschliche Regung zeigen durfte, weil ihm das als Schwäche, als Einladung, als Aufforderung, mit dem Messer zuzustechen, ausgelegt werden würde. Earl sah nur harte schwarze Mienen, die sich nicht voneinander unterschieden. Mehr brauchte er nicht zu wissen.

»*Money, clothes, cars*«, rappte eine monotone, tote Stimme aus einem kleinen Radio auf einem Regal. »*Clockin' G's, gettin' skeezed ...*«

»Es ist hinter der Stoßstange«, wandte Ray sich an den Ältesten, den er von der letzten Lieferung kannte.

»Dann hol es raus, Alter«, sagte der junge Mann, der Manager, und nickte kaum wahrnehmbar.

»Das machst du«, erwiderte Ray.

Jetzt werden sie sich 'ne Weile lang anstarren, dachte Earl, als wüssten sie nicht, ob sie sich gegenseitig an die Gurgel gehen oder ineinander verlieben sollten.

Und genau das taten sie. Ray starrte sie an, und sie starrten ihn an, und ein paar von den älteren Typen lachten, und Ray lachte, und dann starrten sie wieder.

»Hol es«, sagte der Manager irgendwann zu einem der Jüngeren, der dem Typ neben sich zunickte. Die beiden nahmen dann die Stoßstange auseinander und holten die Heroinpakete heraus.

Während Ray und Earl eine Zigarette rauchten, wogen Colemans Angestellte das Heroin gleich auf einer elektronischen Waage, die auf einer Bank an der Wand stand. Dass sie den Stoff nicht probierten und ihn auch keinem Test unterzogen, lag nicht daran, dass sie den beiden trauten, sondern weil Coleman ihnen aufgetragen hatte, die Finger davon zu lassen. Coleman wusste, Ray und Earl würden es nie und nimmer wagen, ihn übers Ohr zu hauen. Die Verbindung zwischen ihnen war einfach zu eng.

»Das Gewicht stimmt«, sagte der Manager.

»Das weiß ich. Ruf Cherokee an und sag ihm, ich komm jetzt rein. Rührt den Wagen nicht an.«

Die Typen kicherten, als die Boones aus der Garage spazierten. Einer der Jungs hatte angefangen, Banjotöne zu trällern, was Ray nicht kümmerte. Wie sie da so standen, konnte man fast drauf warten, bis sie allesamt entweder abgenippelt oder im Knast waren. Er fühlte sich prima, weil er einfach so aus der Garage ging, ohne einen Blick über die Schulter zu werfen, als wäre es ihm schnurzegal, ob sie sich totlachten oder noch einen Atemzug taten. Stark fühlte er sich und erhaben. Er war froh, dass er seine Stiefel anhatte.

Ray und Earl gingen schnell den Block hinunter. Ein kalter Wind blies Zeitungsseiten über die Straße. Ray tauschte einen Blick mit einem jungen Mann, der gerade in sein Handy sprach, und wusste, dass er mit einem von Cherokee Colemans Leutnants redete. Sie gingen einfach weiter in Richtung Colemans Büro, und als sie dort ankamen, ging eine Tür auf, durch die traten sie ein.

Sie gelangten in eine Art Vorzimmer, in dem vier junge Männer auf sie warteten. Einer von ihnen filzte Ray und Earl und nahm ihnen die Waffen ab, die er fand. Ray erhob keine Einwände, denn hier lauerte keine Gefahr. Hätten die etwas vorgehabt, hätten sie es drüben in der Garage erledigt. In der Nähe seines Büros verwahrte Coleman keine Drogen, keine größeren Geldsummen und ließ auch niemanden umnieten. Er kam aus derselben Gosse wie alle anderen, war aber gerissen und hatte die Vergangenheit weit hinter sich gelassen.

Nachdem der Kerl, der sie gefilzt hatte, genickt hatte, traten sie in Colemans Büro.

Cherokee Coleman saß hinter seinem Schreibtisch in einem Ledersessel. Auf dem Schreibtisch stand ein Tintenlöscher, ein goldenes Füller- und Bleistiftset und eine von diesen Lampen mit grünem Schirm, die man früher in Banken gesehen hatte. Neben der Lampe lag ein Handy. Ray vermutete, diese Ausstattung vermittelte Coleman das Gefühl, ausgefuchst zu sein wie ein richtiger Geschäftsmann, der in einer Bank oder so arbeitete. Ray und sein Vater machten sich oft darüber lustig, dass das Schreibset noch nie benutzt worden war.

Coleman trug einen schwarzen Dreiknopfanzug und einen anthrazitfarbenen Rollkragenpullover. Seine glatte rotbraune Haut hob sich von dem schwarzen Anzugstoff ab. Die Züge seines kleinen Gesichts waren ebenmäßig. Coleman war nicht groß, aber er hatte breite Handgelenke, und unter der Haut seiner Handrücken zeichneten sich dicke Venen ab, woraus Earl schloss, dass Coleman stark war.

Hinter Coleman lehnte ein fetter, großer Glatzkopf am Rahmen eines vergitterten kleinen Fensters, der eine Sonnenbrille mit goldenen Bügeln trug. Angelo Lincoln war Colemans Oberleutnant und wurde hier in der Gegend nur Big-Ass Angelo genannt.

»Leute«, sagte Coleman, bewegte träge eine seiner manikürten Hände und lud sie ein, auf deren anderer Seite des Schreibtisches Platz zu nehmen.

Ray und Earl setzten sich auf Sessel, die niedriger als der von Coleman waren.

»Wie geht es, Ray? Earl?«

»Läuft so.«

»Wie läuft was?«

Angelos Schultern wabbelten, und aus seinem Mund drang ein höhnischer Zischlaut.

»Sieht aus, als wäre alles in bester Ordnung«, meinte Coleman.

»Klar doch«, sagte Ray. »Das Gewicht stimmt, und diese Lieferung ist erstklassig. 85 Prozent.«

»Hab ich gehört.«

Coleman sah sich nicht genötigt, Ray zu erklären, dass solch ein Reinheitsgehalt absoluter Blödsinn war. Hätte der Stoff tatsächlich einen Reinheitsgehalt von 85 oder gar 90 Prozent, würden die Junkies in der ganzen Stadt tot umkippen, weil solch unverschnittene Ware nur in ganz geringen Dosen konsumiert werden konnte. Jetzt war es sogar schon so weit gekommen, dass die Dealer anfingen, die Presseerklärungen der DEA für bare Münze zu nehmen.

»Haben dir das die Rodriguez-Brüder erzählt?«

»Ja. Sie haben mich wegen einer anderen geschäftlichen Angelegenheit angerufen.«

»Und hat dieses Geschäft was mit uns zu tun?«

»Könnte sein.« Coleman wandte sich an seinen Leutnant. »Sieht aus, als hätten wir eine Mörderlieferung gekriegt, Angelo. Wie werden wir den Stoff nennen?«

Coleman fuhr darauf ab, die kleinen Heroinpäckchen, die er verkaufte, mit Markennamen zu versehen. Seiner Meinung nach war das kostenlose Werbung. Auf diese Weise ließ er seine ›Kunden‹ wissen, dass sie Cherokees beste Ware kriegten, dass ein neues, potentes Produkt auf der Straße war. Ihm gefiel der Gedanke, dass diese Namen sein ganz persönliches Markenzeichen waren, ungefähr so wie diese besonderen Gerichte, die sich die Köche in extrafeinen Restaurants einfielen ließen.

Ray behielt Angelo im Auge, der mit offenem Mund nach unten starrte und das aufgeschwemmte Gesicht verzog, während er neue Namen ersann. Schließlich hob Angelo den Blick und nickte. Er war stolz auf seinen Einfall.

»Töte immer und immer wieder«, verkündete Angelo mit breitem Grinsen.

»Gefällt mir nicht. Klingt wie einer dieser Chuck-Norris-Filme, Angie, und du weißt doch, was ich von dem halte.«

»Todessehnsucht«, schlug Angelo vor.

»Nee, Schwarzer, das hatten wir schon mal.«

»Wie wäre es dann mit Skalpjäger?« Angelo wusste, sein Boss stand auf solche Namen. Coleman hatte sich darauf versteift, dass Indianerblut in seinen Adern floss.

Coleman schürzte die Lippen. »Skalpjäger klingt gut.«

Earl rutschte auf seinem Sessel herum. In dem Zimmer war es warm, und es roch nach Ölen oder Parfüm oder irgendeinem Mist. Diese Farbigen mit ihren grünen Duftbäumchen, die am Rückspiegel baumeln, und ihren parfümierten Scheißhäusern und ihren eigenartigen Scheißgerüchen.

»Zu den Rodriguez-Brüdern«, sagte Ray.

»Nestor«, begann Coleman, »hat jetzt angefangen, auf seine Lieferungen noch Koks draufzupacken. Musste ihm verklickern, dass ich das Zeug nicht mehr verkaufe. Der Zaster von diesen Koksern und Pfeifenköpfen ist so gut wie jeder andere, versteht mich nicht falsch. Aber den größten Batzen kann man derzeit mit dem braunen Pulver machen, und da sehe ich auch in Zukunft den Rubel rollen. Und das Kokain, das ich kaufe, bezieh ich von den Crips aus L.A. Was ich zu sagen versuche, ist, ich will meine Ware nicht von einem einzigen Lieferanten beziehen. Würde der anderen Seite im Hinblick auf die Preisstruktur und Verhandlungen zu viel Macht verleihen, wenn ihr versteht, was ich meine.«

Beziehen, im Hinblick auf die Preisstruktur und Verhandlungen ... Verdammt, dachte Earl, für wen hält dieser Nigger sich?

»Was hat Nestor dazu gesagt?«, wollte Ray wissen.

»Er hat angedeutet, es könnte unserer Geschäftsverbindung schaden, wenn ich nicht alles bei ihm beziehe. Und solche Andeutungen gefallen mir überhaupt nicht. Kam fast wie eine Drohung rüber, versteht ihr?«

»Ich bin cool«, meinte Ray. »Und ich bin auf deiner Seite.«

Mann, du bist so locker wie 'ne festgedrehte Mutter, dachte Coleman. Und natürlich bist du auf *meiner* Seite. Wo, verdammt noch mal, *wärst* du denn überhaupt, wenn es mich nicht gäbe? Irgendwo draußen auf den Feldern mit 'nem Joch um den Hals und Stroh im Maul, du hinterwälderischer Vollidiot ...

»Sind wir fertig?«, sagte Earl.

»Hast du's eilig?«, fragte Coleman grinsend. »Wartet 'ne Lady auf dich?«

»Und was, wenn ja?«, wollte Earl wissen.

Colemans Grinsen verschwand. In sanftem, beinah zärtlichem Ton sagte er: »Willst du hier jetzt die Muskeln spielen lassen, alter Mann? Ist das deine Absicht?«

»Komm schon, Cherokee«, sagte Ray. »Mein Vater hat doch nur 'nen Witz gemacht.«

Coleman würdigte Ray keines Blickes, sondern fixierte Earl. Und dann grinste er und klatschte in die Hände. »Ach, Scheiße, Earl, diese kleine Schickse ist mir völlig gleichgültig. Diese Möse hatte ich, als sie noch frisch war. Geh nur und flüster der kleinen Fixerin ins Ohr, was du willst, hörst du?«

»Ich denke, darauf wird sie abfahren«, meinte Ray, stand auf und warf seinem Vater einen Blick zu, der immer noch im Sessel saß und Coleman mit hochgezogener Augenbraue anstarrte.

»Nur zu, Earl«, sagte Coleman. »Sie wartet schon auf dich, Kumpel. Hat ihr Abteil für dich reserviert. Hat wohl läuten gehört, dass du heute in die große Stadt kommst.«

Er erhob sich.

»Und, Ray«, meinte Coleman, »denk darüber nach, was ich über die Rodriguez-Sache gesagt habe. Will mich meinen braunen Brüdern gegenüber ja nicht respektlos benehmen, aber vielleicht solltest du mal mit ihnen reden, wenn sie die nächste Lieferung bringen, und ihnen verklickern, wie ich denke.«

»Hab verstanden.«

»Schön. Euer Geld kriegt ihr drüben in der Garage. Auf dem Weg nach draußen könnt ihr eure Waffen einsammeln.«

»Bis zum nächsten Mal«, sagte Ray und drehte sich zur Tür um.

»He, Ray«, rief Coleman, und als Ray den Kopf drehte, war Coleman aufgestanden, spähte über die Schreibtischplatte und betrachtete Rays Schuhe. »Lizardo Rodriguez hat mich gebeten nachzusehen, ob du heute deine schicken Stiefel trägst.«

»Ach ja?«

»Wie ich sehe, tust du's.«

In Rays Miene spiegelte sich Verwirrung. »Bis dann«, sagte er, verließ zusammen mit seinem Vater das Büro und schloss die Tür.

Coleman und Big-Ass Angelo lachten. Sie lachten so heftig, dass Coleman sich auf dem Schreibtisch abstützen musste. Als sie sich gratulierten, standen ihm Tränen in den Augen.

»Ach, Scheiße«, sagte Coleman. »Der große Ray Boone. Genau wie Buford T. Pusser, Kumpel.«

»Ich bin cool«, sagte Angelo, woraufhin Coleman sich krümmte vor Lachen und mit dem Fuß aufstampfte.

Etwas später meinte Coleman: »Wie auch immer, ich denke, ich habe ihn dazu gebracht, sich Gedanken über die Rodriguez-Brüder zu machen.«

»Wenn wir die Rodriguez-Jungs verlieren ...«

»Werden wir jemand anderen finden, bei dem wir kaufen können, Schwarzer. Wir haben es mit einem von diesen nachfrageorientierten Märkten zu tun, über die so viel gesprochen wird.«

»Das würde ja darauf rauslaufen, dass wir Ray und Earl nicht mehr zu Gesicht kriegen. Wäre 'ne Schande, auf all den Spaß verzichten zu müssen. Ich meine, über wen werden wir dann lachen?«

»Auch dafür werden wir Ersatz finden.« Coleman schaute zu seinem Leutnant hoch. »Angie?«

»Was?«

»Reiß das Fenster auf, Kumpel. Hier drinnen stinkt es nach Nikotin, Bier und Old Spice.«

»Wird gemacht.«

»Immer, wenn die Boones hier einlaufen, merke ich, dass ich es einfach nicht *ertragen* kann, wie diese weißen Typen riechen.«

Im Vorzimmer nahmen Ray und Earl ihre Waffen an sich, zündeten vor Colemans Haus ihre Zigaretten an und überquerten die Straße. Sie stiegen durch ein Loch im Maschendraht, mit dem die alte Lagerhalle eingezäunt war. Gelbes Absperrband war durch die Glieder gefriemelt. Ein Stück davon flatterte wie ein Drachenschwanz im Wind.

Vorsichtig stapften sie durch den Schutt, achteten auf Nadeln und stiegen über einen Backsteinhaufen, der früher mal das Fundament einer Wand gewesen war. Jetzt war da ein Durchgang. Und dann waren sie im Erdgeschoss der Lagerhalle, dessen Boden von Pfützen übersät war. Wasser tropfte aus den Rohren, und da es erst vor kurzem einen

Sturm gegeben hatte, sickerte ungehindert Regenwasser durch die Wände. Alle vier Wände hatten Öffnungen, die entweder dem Verfall zuzuschreiben oder mit einem Vorschlaghammer gemacht worden waren, damit jeder kommen und gehen konnte, wie er wollte. Tauben flatterten durch den Raum; der Zementboden war von ihrem Kot überzogen.

Eine Ratte verschwand blitzschnell in einem dunklen Winkel. Ray sah, wie ein verwittertes schwarzes Gesicht in den Schatten untertauchte. Das Gesicht gehörte einem Junkie namens Tonio Morris. Er war einer von vielen, die ganz unten waren, halb tot und schon viel zu schwach, um sich im zweiten Stock einen eigenen Platz zu sichern. Später, wenn diejenigen, die Geld hatten, ihre Päckchen erhielten, tauschten die Fertigsten der Fertigen für ein paar Kristalle oder etwas Pulver alles, was sie noch besaßen, alles, was sie an diesem Tag gestohlen hatten, oder boten jede Körperöffnung feil.

Ray und Earl kamen an einem Mann vorbei, der zu Coleman gehörte. In der herabhängenden Hand hielt er eine Pistole, an seinem Gürtel hingen ein Beeper und ein Handy. Der Mann würdigte sie keines Blickes, und auch sie taten, als sähen sie ihn nicht. Sie stiegen eine morsche Treppe hoch.

Oben im zweiten Stock gelangten sie auf einen Treppenabsatz, wo ein weiterer bewaffneter Mann stand. Wie der andere unten zeigte auch er keinerlei Regung. In dieser Etage hatten die Wände Bogenfenster, von denen kein einziges mehr heil war. Sie gingen durch einen Flur, passierten ein paar von Kerzen beleuchtete Räume, in denen verschwommene menschliche Leiber auf Matratzen lagen. Und dann kamen sie in eine Art Badezimmer ohne Wände, das früher einmal – wie Ray vermutete – eine Herren- und Damentoilette gewesen war. Jetzt gab es in dem großen Raum nur noch kotverschmierte Urinale und Trennwände. Wegen des

Gestanks der Exkremente und der Kotze, die aus den verstopften Toiletten quollen und auf dem Boden Lachen bildeten, atmeten Ray und Earl nunmehr durch den Mund.

In den türlosen Kabinen hausten Menschen, die nach Schweiß und Urin stanken und dreckige, schlecht sitzende Klamotten trugen. Diese Menschen lächelten den Boones zu, begrüßten sie – manche sarkastisch, manche voller Spott und manche erleichtert und mit ungespielter Freude. Ray und Earl gingen an Abteilen mit Fotos von Jesus, Malcolm X und Mohammed Ali vorbei. Mit Blut und Fäkalien verschmierte Globe-Konzertplakate waren an die Wände geheftet. Erst vor dem letzten Abteil blieben die beiden stehen.

»Verzieh dich für eine Weile, Hosenscheißer«, sagte Earl. »Wir sehen uns nachher an der Treppe.«

Ray nickte und sah, wie sein Vater in das Abteil trat, drehte sich dann um und ging den Weg zurück, den er gekommen war.

»Tag, junge Dame«, sagte Earl, ging hinein und bewunderte das hübsche, aber völlig fertige junge Ding.

»Hallo, Earl.« Das groß gewachsene Mädchen hatte fleckige, hellbraune Haut und glatt gezogene Haare, die sich unten lockten. Ihre Augen waren grün eingefärbt, die Wimpern von einem Lidstrich gesäumt, die Lider schattiert. Als sie Earl anlächelte, bleckte sie die von einem grauen Film überzogenen Zähne. Sie trug eine schmutzige weiße Bluse, die halb offen stand und den Blick auf einen ausgefransten Büstenhalter freigab, der zu groß für ihre knochige Brust war.

In dem Abteil brannten Grablichter. Das Foto eines Models, das aus einer *Vanity Fair*-Ausgabe herausgerissen worden war, war mit Tesafilm über die Schüssel geklebt. Im Becken, randvoll mit braunem Wasser, schwammen Toilettenpapier, aufgelöster Kot und Streichhölzer.

»Hast du was für mich, Earl?«, Ihre Stimme klang wie die einer Aufziehpuppe, der langsam der Saft ausging.

Earl musterte sie. Verdammt, unter all dem Dreck war sie wunderschön. Nicht mal früher, als er noch ein strammer Bursche gewesen war, hatte ihn so ein Ding jemals eines Blickes gewürdigt.

»Das weißt du doch, Schätzchen.« Earl zog ein kleines Plastiktütchen mit braunem Heroin heraus, das er von der Lieferung abgezwackt hatte. Sie riss ihm das Päckchen aus der Hand und gab sich Mühe, dabei neckisch zu grinsen.

»Danke, Liebster«, sagte sie, riss das Päckchen oben auf und schüttete den Inhalt auf einen Glasbriefbeschwerer, der auf einem verrosteten Toilettenpapierhalter lag. Mit einer Rasierklinge verteilte sie das Pulver und zog sofort eine dicke Line. Nur einen Sekundenbruchteil später sackte ihr Kopf leicht nach vorn, flatterten ihre Lider und blieben dann auf Halbmast stehen.

»Pass auf, dass du dir jetzt nicht zu viel reinziehst«, warnte Earl, aber da war sie schon dabei, die nächste Line zusammenzuschieben.

Als sie fertig war, legte Earl die Hände auf ihre Schultern und schob sie sanft nach unten, bis sie auf den nassen Fliesen kniete. Da sie zu ungeschickt war, öffnete er den Reißverschluss und krallte die Finger in ihren Haarschopf.

Und als er ihren feuchten Mund, ihre nasse Zunge spürte, legte er eine Hand auf die Metalltrennwand und schloss die Augen.

»Püppchen«, sagte Earl. Und dann entfuhr ihm: »O Gott.«

Ray warf einen Blick auf seine Armbanduhr. Fünfzehn Minuten waren verstrichen, und sein Alter war immer noch nicht aufgetaucht. Ray wollte von hier verschwinden und dem Junkyard, der Stadt und dem Abschaum, der hier wohnte, den Rücken kehren. Er schnippte die Kippe gegen die Hohlraumziegelwand und sah zu, wie das Glühen langsam erstarb.

Was sein Vater da hinten mit dem milchkaffeebraunen Mädchen trieb, widerte ihn an. Sie hatte die Gesichtszüge einer Weißen, war aber so braun wie ihre Artgenossen. Daran gab es nicht zu rütteln. Sein Vater und er vertraten öfter unterschiedliche Meinungen, aber bei keinem anderen Thema lagen die Standpunkte so weit auseinander wie bei diesem. Was dachte sich Earl überhaupt dabei? Schnallte er denn nicht, was das Mädchen anstellen musste, damit sie das hinterste Abteil in der Reihe behalten konnte? Kapierte er denn nicht, was man alles tun musste, um diesen erstklassigen Platz halten zu können? Als Typ musste man darum kämpfen, als Frau … Wahrscheinlich machte das Mädchen für das Recht, in diesem Mistloch hausen zu können, zehnmal pro Tag die Beine breit, den Mund auf oder hielt den Hintern hin. Dachte sein Vater jemals darüber nach?

Aber Ray hatte es satt, mit ihm über dieses Thema zu reden. Einmal hatte er den Fehler gemacht, das Mädchen gewöhnlichen Niggerabschaum zu nennen, woraufhin sein Vater aufgesprungen war und ihm gesagt hatte, er solle sie beim Namen nennen. Verdammt, er konnte sich ja kaum mehr an ihren Namen erinnern. Sie hieß Sandy Williams oder so ähnlich.

Ray Boone klappte den Deckel seiner Schachtel auf und klopfte eine neue Zigarette heraus.

Sondra *Wilson*. Das war ihr Name.

Sieben

Terry Quinn saß hinter einem Glaskasten neben der Registrierkasse und las ein Buch, als er hörte, wie eine Autotür zugeschlagen wurde. Quinn warf einen Blick durch das Schaufenster auf die Straße. Ein Schwarzer mittleren Alters schloss die Tür seines weißen Chevy ab, überquerte die Bonifant und hielt auf den Laden zu.

Der Wagen sah aus wie ein Polizeifahrzeug und der grauhaarige, graubärtige Schwarze wie ein Zivilbulle. Er trug einen schwarzen Rollkragenpullover, eine schwarze Lederjacke, bequeme Bluejeans und schwarze Arbeitsstiefel. Dass er wie ein Bulle rüberkam, lag nicht an den Klamotten, sondern an der Art und Weise, wie er sich bewegte: mit erhobenem Haupt, gestrafften Schultern und so, als entginge ihm nichts, was sich auf der Straße abspielte. Der Typ hatte angerufen, gesagt, dass er Privatdetektiv war und für Chris Wilsons Mutter arbeitete, und gefragt, ob Quinn etwas dagegen hätte, ihm eine Stunde seiner Zeit zu opfern. Der Mann hatte ihn ganz direkt gefragt, was Quinn ihm hoch angerechnet hatte. Und da ihm der Tonfall des Mannes gefiel, sagte Quinn, ja, kommen Sie einfach vorbei.

Die Glocke über der Tür läutete, als der Mann den Laden betrat. Nicht ganz einsfünfundachtzig und einhundertsiebzig Pfund schwer, schätzte Quinn. Vielleicht einhundertfünfundsiebzig. Gut möglich, dass ihn die schwarzen Klamotten fünf Pfund leichter wirken ließen. Wenn das der Kerl war, der angerufen hatte, hörte er auf den Namen Derek Strange.

»Derek Strange.«

Quinn erhob sich von seinem Stuhl und schüttelte die Hand, die der Mann ihm entgegenstreckte.

»Terry Quinn.«

Der junge Weiße mit den halblangen braunen Haaren war ein Tick kleiner als Strange. Einsfünfundsiebzig, einssechsundsiebzig, einhundertfünfzig Pfund. Mittelschwere Statur, grüne Augen, ein paar Sommersprossen auf der breiten Nase.

»Danke, dass Sie sich bereit erklärt haben, mich zu sehen.« Strange holte seine Brieftasche heraus, klappte sie auf und zeigte Quinn seine Lizenz.

»Keine Ursache.«

Als vertrauensbildende Maßnahme sah Quinn sich die Lizenz nicht an. Er wollte Strange signalisieren, dass er gelassen war, nichts zu verbergen hatte. Strange steckte die Brieftasche hinten in die rechte Tasche seiner Jeans.

»Wie haben Sie rausgekriegt, dass Sie mich hier finden?«

»Wo Sie wohnen, steht im Telefonbuch. Und da habe ich mit Ihrem Vermieter gesprochen, der Ihre Kreditwürdigkeit überprüft hat, als Sie sich für die Wohnung beworben haben. In Ihren Unterlagen ist auch Ihr Arbeitsplatz vermerkt.«

»Darf mein Vermieter diese Unterlagen einfach so rausgeben?«

»Der Zwanzigdollarschein, der den Besitzer wechselte, dürfte da keine Rolle gespielt haben.«

»Wissen Sie«, sagte Quinn, »wenn Sie sich die Abschrift meiner Aussage beschaffen, können Sie 'ne Menge Zeit sparen. Und vielleicht sogar ein paar Zwanzigdollarnoten.«

»Das werd ich tun. Und ich hab schon alles gelesen, was in der Presse über den Fall berichtet wurde. Aber ein persönliches Gespräch kann ja nie schaden.«

»Sie sagten, Sie arbeiten für Chris Wilsons Mutter?«

»Richtig. Leona Wilson hat mich beauftragt.«

»Glauben Sie, Sie werden was rausfinden, das die Mitglieder vom Revisionsausschuss übersehen haben?«

»Hier geht es nicht darum, Sie einer Sache zu beschuldigen, von der man Sie schon freigesprochen hat. Seit ich das Material gelesen habe, glaube ich, das hier war einer dieser Unfälle, die einfach hin und wieder passieren. Da sind zwei bewaffnete Männer. Erschwerend hinzu kommt, dass der eine Alkohol getrunken hat. Nicht zu vergessen die Gefühle, die ins Spiel kommen, und die Umstände. Und der andere ist vorurteilsbeladen …«

»Vorurteilsbeladen?« Sie meinen, er ist ein Rassist, dachte Quinn. Warum sagen Sie nicht einfach, was Sie denken?

»Ja, Sie wissen schon, eben vorurteilsbeladen. Wenn all das zusammenkommt, darf es einen nicht wundern, wenn's zur Katastrophe kommt. Passiert immer mal wieder.«

Quinn nickte bedächtig, kniff die Augen zusammen und studierte Strange.

Strange räusperte sich. »Mir geht es in erster Linie darum, Wilson zu entlasten. Diesen negativen Beigeschmack, der seinem Namen nach allem, was über den Fall geschrieben und gesendet wurde, anhaftet.«

»Damit hatte ich nichts zu tun. Ich hab nie mit der Presse geredet.«

»Ich weiß.«

»Selbst seine Mutter müsste das eigentlich begreifen.«

Quinn redete leise und langsam, dehnte die Vokale unendlich. Leute von außerhalb würden vermuten, Quinn stamme aus einem Ort südlich von Virginia, aber Washingtoner wie Strange wussten, dass der Akzent eindeutig D. C. war.

»Haben Sie mit seiner Mutter gesprochen?«, wollte Strange wissen.

»Ich hab's versucht.«

»Sie sieht die Sache sehr einseitig. Hat es Ihnen vermutlich nicht sonderlich leicht gemacht.«

»Nein, aber ich kann sie verstehen.«

»Sicher doch.«

»Schließlich bin ich der, der ihren Sohn getötet hat.«

»Das ist nun mal Fakt. Aber das ist längst nicht alles, was sie plagt.«

»Die Grautöne interessieren sie nicht. All diese Theorien, die Sie gelesen haben, ob ich nun meinen Job gemacht habe oder nicht, ob ich aus dem Augenblick heraus eine falsche Entscheidung getroffen habe, ob ich nicht oft genug auf dem Schießstand war oder es an der Glock lag ... all das interessiert sie nicht, was ich verstehen kann. Wenn sie mich ansieht, sieht sie nur den Mann, der ihren Sohn getötet hat.«

»Vielleicht gelingt es uns ja, die Dinge ein wenig ins rechte Licht zu rücken«, meinte Strange. »Einverstanden?«

»Nichts wäre mir lieber.«

Als Quinn das Taschenbuch, in dem er gerade gelesen hatte, auf die Glasplatte des Kastens legte, warf Strange einen Blick auf den Buchdeckel. Darunter entdeckte er in einem verschlossenen Kasten auf einem Stück roter Samt ein paar alte Taschenbücher: einen Harlan Ellison mit einem jugendlichen Verbrecher auf dem kunstvoll gestalteten Einband, einen Chester Himes, eine Romanfassung von *Der Chef* von Jim Thompson und ein Buch mit dem Titel *The Burglar* von einem Typ namens David Goodis.

Strange fragte: »Der Ladenbesitzer, steht er auf Krimis?«

»*Sie* hat sich auf den Verkauf von Erstausgaben spezialisiert. Taschenbuchoriginalausgaben. Ist nicht mein Ding. Ich meine, das Sammeln oder dieses Genre. Ich lese am liebsten Western.«

»Kann ich mir denken.« Strange deutete mit dem Kinn auf Quinns Buch. »Taugt das da was?«

»*Valdez kommt.* Ist meiner Meinung nach fast das Beste.«

»Falls ich mich recht entsinne, habe ich den Film gesehen. War 'n bisschen enttäuschend. Aber weil Burt Lancaster mitspielte, hab ich bis zum Ende durchgehalten. Das war ein Mann, aber hallo. Ist nicht gerade für seine Western berühmt geworden, hat aber in ein paar sehr guten mitgespielt. *Vera Cruz*, *The Professionals …*«

»*Keine Gnade für Ulzana.*«

»Verdammt, an den erinnern Sie sich? Burt war der Späher und ist mit so 'nem Kavallerieoffizier geritten, der noch grün hinter den Ohren war und in diesem Gangsterfilm den Jungen gespielt hat … ja, *Keine Gnade für Ulzana* war echt gut.«

»Sie mögen Western, was?«

»Die Bücher lese ich nicht, falls Sie das meinen. Aber auf die Filme stehe ich, ja. Und auf die Musik. Die Musik, die sie dafür komponiert haben, ist sehr schön.« Strange verlagerte sein Gewicht. Für einen Augenblick hatte er den Grund seines Kommens vergessen. »Aber das ist ein anderes Thema.«

»Ja, stimmt. Wo wollen Sie reden?«

Strange schaute Quinn über die Schulter. Drei Gänge zwischen schmalen, deckenhohen Holzregalen führten bis zur Rückseite des Geschäftes. Im ganz rechten Gang stand ein dünner Mann in einem weißen Hemd mit Struktur auf einer kleinen Trittleiter und stellte Bücher auf die oberen Regalböden.

»Arbeitet er hier?«

»Das ist Lewis«, sagte Quinn.

»Lewis. Ich hab mir überlegt, falls Sie Zeit haben, könnte Lewis vielleicht auf den Laden aufpassen, und wir fahren an den Tatort. Würde mir helfen, ihn zusammen mit Ihnen anzuschauen.«

Quinn überlegte kurz, drehte sich um und rief: »He, Lewis!«

Lewis stieg von der Trittleiter, kam nach vorn und schob die schwarz gerahmte Brille hoch. Hinter den dicken Brillengläsern wirkten seine Augen riesig. Sein schwarzes Haar war fettig und ungekämmt. Die Achseln des weißen Hemdes waren gelb verfärbt. Strange stieg der Körpergeruch des Mannes in die Nase, als er sich zu ihnen gesellte.

»Lewis«, stellte Quinn vor. »Das ist *Detective* Strange.«

Strange überhörte Quinns sarkastischen Ton und sagte: »Wie geht's, Lewis?«

»Detective.« Lewis sah Strange nicht an. Zumindest glaubte Strange nicht, dass er das tat. Lewis' Augen glichen riesigen Boccia-Kugeln. Er sah die Dinge nicht genau an, sondern ließ den Blick unruhig durch das Geschäft schweifen. Lewis fuchtelte mit den Händen herum und schob die Brille wieder hoch. In seiner Nähe wurde Strange ganz nervös, und außerdem roch der Kerl ziemlich streng.

»Lewis, falls es dir nichts ausmacht, fahren Detective Strange und ich mal eben weg. Sollte Syreeta anrufen, sagst du ihr, dass ich ein paar Stunden frei mache. Geht das in Ordnung?«

»Klar.«

»War nett, Sie kennen zu lernen, Lewis.«

»Ja, ebenso, Detective.«

Quinn nahm seine Lederjacke von einem Kleiderständer hinter der Theke, und dann verließen er und Strange den Laden.

Als sie die Straße überquerten, fragte Strange: »Ist er blind?«

»Technisch gesehen, ja. Soweit ich weiß, kann er keinen Wagen steuern. Er behauptet, er hätte sich die Augen versaut, weil er als Junge immer unter des Bettdecke mit einer Taschenlampe gelesen hat. Hatte 'nen Vater, der Lewis für unmännlich oder so was in der Art hielt, weil er Bücher las.«

»Kann ich mir vorstellen.«

»Lewis ist in Ordnung.«

»Wenn Sie sein Freund sind, *sollten* Sie ihm diese neuen Produkte ans Herz legen, die es auf dem Markt gibt und sich Seife und Shampoo nennen. Und dann gibt's da auch noch diese revolutionäre Erfindung namens Deodorant.«

»Das habe ich ihm schon gesagt. Und Syreeta ebenfalls. Aber er ist ein guter Mitarbeiter. Sie arbeitet nicht gern allzu lang und ich auch nicht. Und er gehört zu der Sorte, die immer arbeiten. Man könnte die Öffnungszeiten glatt nach *ihm* richten. Schwer, heutzutage so jemanden zu finden.«

»Und, hat er die Liebesromaneabteilung unter sich? Er sieht aus, als wäre er da ein Experte.«

Quinn warf Strange einen Blick von der Seite zu. »Sie würden sich wundern.«

»Echt?«

»Ich sage ja nicht, dass er dauernd was anderes laufen hat oder so. Er ist einer von den Männern, die immer nur eine Frau haben. Um ehrlich zu sein, er ist seit zwanzig Jahren einem Mädel namens Fistina treu.«

»Manche behaupten, das könnte einen auch blind machen.«

»Ich bin nicht blind.«

»Ich auch nicht. Aber Sie und ich, wir praktizieren diese Art von Liebe wahrscheinlich in Maßen, während – da könnte ich wetten – der gute Lewis da drinnen die alte Fistina auslaugt.«

Sie stiegen in Stranges Caprice. Strange drehte den Zündschlüssel, und der Motor sprang an. Durch die Windschutzscheibe betrachtete er das Waffengeschäft auf der anderen Straßenseite.

»Gut zu wissen, dass sie diesen Laden eine halbe Meile hinter der District Line aufgemacht haben. Echt praktisch für die Jungs aus Downtown, dass sie nicht weit fahren müssen, wenn sie 'ne Knarre kaufen wollen.«

»Die kaufen sie nicht hier. Zu viele Einschränkungen und überhaupt, wer will schon 'ne registrierte Waffe? Die testen doch nur die Ausstellungsstücke.«

»Genauso schlimm, wenn Sie mich fragen.«

»Sie denken wie 'n Bulle«, fand Quinn.

»Ach ja?«

»Und der Wagen, den Sie fahren, ist das gleiche Modell wie die Streifenwagen. Was ist das für einer, Baujahr 90?«

»89. Dreihundertfünfziger Motorblock mit stabilerer Aufhängung. Festere Querstabilisatoren und ein Hochleistungswechselstrommotor. Ist nicht so schnell wie diese LTIs, wie die 96er mit dem Corvette-Motor, müssen Sie wissen. Aber fahren tut er.«

»Fallen Sie in diesem Wagen nicht auf, wenn Sie jemanden beschatten?«

»Manchmal. Aber wenn's drauf ankommt, nehm ich mir einen Leihwagen.«

»Ich habe Sie gleich für 'nen Bullen gehalten, als Sie vorfuhren. Nicht nur wegen des Wagens, sondern auch wegen Ihres Ganges.«

»Ja, gestern ist mir diese alte Lady am Langdon Park auch gleich auf die Schliche gekommen. Wenn man sich die Dienstmarke irgendwann mal angeheftet hat, sieht man wohl für immer so aus.«

»Wollen Sie mir damit sagen ...«

»Ja«, sagte Strange. »Ich war mal Bulle, und dann war ich's nicht mehr. Genau wie Sie.«

»Wie lange ist das her?«

»Ist jetzt ungefähr dreißig Jahre her, dass ich in Uniform war. 1968.«

Strange griff nach unten und legte den Gang ein.

Sie fuhren auf der Georgia Avenue nach Süden. Musik schallte aus den Boxen. Gleich hinter der Kansas Avenue zeigte Strange auf sein Büro, das etwas zurückgesetzt von der Hauptstraße in der Mitte eines schmalen Platzes lag.

»Da drüben habe ich meine Zelte aufgeschlagen«, sagte Strange. »Das ist mein Büro.«

»Nettes Logo.«

»Ja, gefällt mir auch.«

»Verkaufen Sie auch Vergrößerungsgläser?«

»Ermittlungen, Mann. Wenn ein kleiner Junge dieses Symbol sieht, weiß er sofort, was es bedeutet. Selbst wenn Ihr Kumpel Lewis das sieht und die Augen schwer zusammenkneift, weiß er …«

»Hab schon kapiert.« Quinn entdeckte auf der gegenüberliegenden Straßenseite eine Bar namens Foxy Playground. »Hängen Sie manchmal dort drüben herum?«

Strange antwortete nicht, sondern drehte die Lautstärke auf und sang leise mit. »*We both know that it's wrong, but it's much too strong, to let it go now …*«

»Den Song hab ich schon mal gehört«, meinte Quinn. »Der Typ treibt es mit 'ner verheirateten Frau, stimmt's?«

»Na, ein bisschen subtiler ist der Text schon. Mr. Billy Paul hat eine ganze Karriere auf dieser Single hier aufgebaut. Bin gottfroh, dass ich das Lied aufgenommen habe, bevor ich meine Plattensammlung verloren habe. Musste vor ein paar Jahren, nach einem Rohrbruch bei mir daheim, alle Scheiben wegschmeißen.«

»Ich könnte wetten, Sie kriegen den Song auch auf CD.«

»Ich hab 'nen CD-Spieler, aber ich steh auf Schallplatten. Habe erst gestern diese Blackbyrds-Kassette gehört. *Flying Start*. Und da musste ich an die Anmerkungen der Band auf der Innenhülle der Platte denken. Ich gäbe was darum, wenn ich diese Scheibe noch hätte.« Während Strange auf die Musik hörte, umspielte ein vages Lächeln seine Lippen. »Klingt doch echt super, oder?«

»Wenn man damals ein junger Spund gewesen ist, vermutlich schon.«

»Stehen Sie nicht auf Musik?«

»Doch, wenn sie mir etwas zu sagen hat. Wie steht es mit Ihnen? Hören Sie manchmal auch was, das auf der Höhe der Zeit ist?«

»Eigentlich nicht. Die langsamen Nummern sind mein Ding. Nach 1976, 77 ist nichts mehr entstanden, was anzuhören sich lohnen würde.«

»1977 war ich acht Jahre alt.«

»Jetzt wird mir klar, warum Sie diesen Song nicht zu schätzen wissen.« Strange warf Quinn einen Blick von der Seite zu. »Sie sind doch in D.C. aufgewachsen, hab ich Recht?«

»Silver Spring.«

»Hört man.«

»Hab an der alten Blair High School meinen Abschluss gemacht. Und Sie?«

»Roosevelt High. Bin in diesem Viertel aufgewachsen. Und wohne immer noch hier.«

Auf der Fahrt Richtung Süden betrachtete Quinn das bunte Durcheinander aus Bierschuppen, Spirituosengeschäften, Ein-Dollar-Shops, Friseuren, Reinigungen, chinesischen Fettbuden und Hähnchenbratereien.

»Meine Großeltern haben da unten gewohnt«, erzählte Quinn. »Sonntags nach dem Gottesdienst haben wir sie immer besucht. Auf der Ecke Thirteenth und Crittenden.«

»Da in der Nähe wohne ich.«

»Ich habe früher draußen auf ihrer Straße gespielt. Kam mir dort immer, ich weiß nicht so genau, irgendwie *dunkel* vor.«

Wegen all der dunkelhäutigen *Menschen*, dachte Strange, sagte aber: »Kam wohl daher, dass Sie nicht in Ihrem eigenen Umfeld waren.«

»Ja. Kriegte ein bisschen Schiss dort. Hatte Angst und war gleichzeitig richtig aufgeregt, falls Sie wissen, was ich meine?«

»Klar doch.«

»Eines schönen Tages kamen diese Jungs auf mich zu, als ich allein spielte.«

»Schwarze Jungs, richtig?«

»Ja. Wieso fragen Sie das?«

»Ich versuche nur, mir die Szene im Geist auszumalen.«

»Also, die Jungs kamen vorbei, und der kleinste von ihnen forderte mich zum Kampf heraus. Er war kleiner als ich und auch leichter.«

»Es ist immer der Kleinste in der Gruppe, der den Kampf sucht. Die Kleinen müssen sich am ehesten beweisen. Haben Sie mit ihm gekämpft?«

»Ja. Im gleichen Jahr, aber ein paar Monate früher, hab ich mich in der Grundschule vor einem Kampf gedrückt, was ich mir nicht verziehen hatte. Um ehrlich zu sein, auch heute noch denke ich nicht gerade gern daran zurück. Ist schon komisch, was?«

»Nee, eigentlich nicht. Dieser Junge auf der Straße, haben Sie ihn besiegt?«

»Ich hab verloren. Konnte ein, zwei Schläge austeilen, was ihn ziemlich überrascht hat, aber er konnte kämpfen und ich nicht, und so hat er mich kleingekriegt. Als ich wieder im Haus war, zitterte ich am ganzen Leib, aber stolz war ich auch, weil ich nicht gekniffen hatte. Und ein paar Jahre später bin ich diesem Jungen wieder begegnet, an dem Tag, wo die Totenwache für meinen Opa gehalten wurde. Er spazierte ins Haus meiner Großeltern, blieb stehen und quatschte mit mir. Fragte mich, ob ich Lust hätte, unten auf dem Schulsportplatz Football zu spielen.«

»Und was haben Sie aus dieser Sache gelernt?«

»Wie man sich Respekt verschafft. Dass man sich nicht vor einem Kampf drückt. Dass man Prügel einstecken muss, wenn es sich nicht vermeiden lässt, und dass die Prügel aber längst nicht so schlimm ist wie die Scham, wenn man kneift.«

»So mögen Sie das vielleicht sehen«, entgegnete Strange. »Aber eines Tages werden Sie bestimmt noch dahinter kommen, dass es auch in Ordnung ist zu kneifen.«

Acht

Hinter der Howard University, nach der Kreuzung Florida Avenue, hieß die Georgia Avenue auf einmal 7th Street. Sie blieben auf der 7th, fuhren nach Chinatown, an Nachtclubs, Sportbars und am MCI Center vorbei, dem Wahrzeichen des neuen Downtown D. C. ... Und dahinter kamen noch mehr Nachtclubs und Restaurants und ein kurzer Straßenabschnitt, der Arts and Gallery District hieß. Auf Quinns Anweisung hin bog Strange zwei Blocks nördlich der Pennsylvania Avenue nach links in die D Street ein. Er parkte den Chevy im Parkverbot neben einer gelb gekennzeichneten Bordsteinkante und stellte den Motor ab. Dann griff er ins Handschuhfach, holte seinen stimmaktivierten Kassettenrekorder heraus und legte ihn zwischen sich und Quinn auf die Sitzbank.

»Da sind wir«, sagte Strange. »Haben Sie hier gestanden?«

»Ja, nur dass wir mitten auf der Straße parkten. Wir sind genau so hierher gekommen, die 7th hinuntergefahren. Mein Partner saß hinterm Steuer des Streifenwagens.«

»Eugene Franklin.«

»Ja, Gene Franklin.«

»Wieso haben Sie angehalten?«

»Wir waren im Dienst und hatten gerade eine Routineverkehrskontrolle hinter uns gebracht. Ein Typ in einem Maxima hatte am Mount Vernon Square eine rote Ampel überfahren. Um genau zu sein, an der Ecke 7th und N.«

»Und danach sind Sie die 7th Richtung Süden gefahren, und Franklin bog nach links in die D ab. War ihm was aufgefallen, oder war das eben so seine Art?«

»Nein, uns war gar nichts aufgefallen, als wir um die Ecke bogen. Auf diesem Abschnitt der D brennen nachts keine Laternen, und viel los ist da auch nicht. Fußgängeraufkommen gleich null. Nach Sonnenuntergang spazieren die Ratten über die Straßen, als gehörte die Gegend ihnen.«

»Und wie war es an jenem Abend? Als Sie in die D bogen, was haben Sie da gesehen?«

Quinn kniff die Augen zusammen. »Wir näherten uns einem Streit. Ein roter Jeep, ein Wrangler, stand auf der Ecke, hinter einem Scheiß-Toyota. Neben dem Toyota, auf der Straße, ein Typ, der sein Knie einem anderen in die Brust rammt, ihn auf den Asphalt drückt. Der Angreifer hat 'ne Pistole in der Hand. Eine Automatik, und die Mündung der Waffe drückt er dem, der am Boden liegt, ins Gesicht.«

»Beschreiben Sie den Angreifer.«

»Schwarz, Mitte bis Ende zwanzig, mittelgroß, Straßenklamotten.«

»Und der Mann, den er auf dem Boden festgenietet hatte?«

»Weiß ...« Quinn sah zu Strange hinüber und dann wieder weg. »... um die dreißig, Straßenklamotten, eher schmächtige Statur.«

»Also, Sie und Ihr Partner, Sie stoßen ganz zufällig auf diesen Streit. Und was passierte dann?«

Quinn atmete langsam aus. »Gene sagt: ›Da drüben!‹ Aber ich bin ihm schon einen Schritt voraus und hab schon das Funkgerät in der Hand. Hab den Knopf gedrückt und bitte um Verstärkung, während Gene das Blaulicht und kurz die Sirene einschaltet. Als die Sirene ertönt, schaut der

Angreifer auf. Gene bremst und bleibt mitten auf der Straße stehen. Aber unsere Anwesenheit führt nicht dazu, dass der Angreifer seine Meinung ändert.«

»Können Sie Gedanken lesen?«

»Dann will ich es mal anders ausdrücken. Der Angreifer nimmt die Waffe nicht von dem Typen, den er zu Boden drückt. Er hat gesehen, dass wir Bullen sind, aber das hat keinen Einfluss auf seine Absicht. Aus meiner Sicht hat er an seiner Absicht festgehalten.«

»Und seine Absicht, ich meine, die Absicht des schwarzen Angreifers war es, dem Weißen, den er auf den Asphalt drückte, etwas anzutun.«

»Ich habe einen Mann gesehen, der einen anderen Mann auf der Straße mit einer Waffe bedrohte.«

»Gut, Quinn. Machen Sie weiter. Wo sind Sie jetzt? Sie und Ihr Partner, meine ich.«

»Ich würde schätzen, wir sind ungefähr fünfundzwanzig Meter weit weg von ihnen.«

»Okay«, sagte Strange.

Quinn fuhr mit dem Daumen über die Unterlippe. »Ich springe sofort aus dem Wagen und höre, wie Genes Tür aufgeht, als ich meine Waffe ziehe. Und ich weiß, dass er hinter der Fahrertür ist, und ich weiß auch, dass Gene seine Waffe ebenfalls aus dem Halfter geholt hat.«

»Und was tun Sie dann?«

»Ich ziele mit der Waffe auf den Angreifer, ruf ihm zu, er soll seine Waffe fallen lassen und sich mit dem Gesicht nach unten auf die Straße legen. Er brüllt irgendwas zurück. Was er sagt, kann ich nicht verstehen, weil Eugene ihn anbrüllt und das Gleiche sagt, was ich ihm gesagt habe: Er soll die Waffe fallen lassen. Das Licht ... das blinkende Blaulicht fällt auf die Straße, und ich höre das Knistern des Funkgerätes, das hinter uns aus den offenen Türen unseres Streifenwagens kommt.«

»Klingt, als wäre das ein schweres Durcheinander gewesen.«

»Stimmt. Gene und ich brüllen jetzt gleichzeitig, und das Licht blinkt, und das Funkgerät dröhnt, und der Angreifer, er schreit uns an, hält dem anderen aber immer noch die Knarre ins Gesicht.«

»Wilson – der Angreifer, was schreit der jetzt?«

»Seinen Namen«, sagte Quinn. »Seinen Namen und eine Nummer. Es machte nicht klick … es machte erst viel später klick, dass die Nummer, die er uns zubrüllte, die Nummer seiner Dienstmarke war. Aber die Knarre, die nimmt er nicht herunter. Jedenfalls so lange nicht, bis er uns ansieht, meine ich.«

Strange starrte durch die Windschutzscheibe und versuchte sich die Szene vorzustellen, die der junge Mann beschrieb.

»Was ist passiert, als er Sie anschaute, Quinn?«

»Er sah uns nur kurz an. Zuerst mich und dann Gene, und dann huschte irgendwas Fieses über seine Miene. Das werde ich nie vergessen. Er war sauer auf uns, auf mich und Gene. Er war mehr als sauer; seine Miene verwandelte sich in die eines Killers. Und dann schwenkte er die Waffe auf einmal in unsere Richtung …«

»Er zielte auf Sie?«

»Nicht direkt«, sagte Quinn mit gesenkter Stimme. »Er nahm sie hoch, wie ich sagte. Die Mündung der Waffe wanderte über mich hinweg, und er hatte diesen Blick … Ich hatte nicht den geringsten Zweifel … ich wusste … ich *wusste*, dass er abdrücken wollte. Eugene kreischte meinen Namen, und ich feuerte.«

»Wie oft?«

»Ich schoss dreimal.«

»Von da aus, wo Sie standen?«

»Sie sagten, ich hätte mich bewegt, während ich schoss, doch daran erinner ich mich nicht.«

»Laut den Zeitungsberichten haben die an den Eintrittswunden errechnete Flugbahn der Kugeln und die Anordnung der Patronenhülsen auf dem Boden Ihre Aussage untermauert. Aber die drei Patronenhülsen lagen nicht nebeneinander. Anscheinend sind Sie nach vorn gelaufen und haben zum dritten Mal abgedrückt, als er am Boden war. Die dritte Hülse wurde drei Meter neben dem Opfer gefunden.«

»Ich kann mich nicht erinnern, dass ich mich bewegt habe«, sagte Quinn. »Ich weiß, was sie gesagt haben, und ich weiß von den Hülsen, aber erinnern kann ich mich nicht. Und ich glaube nicht, dass ich auf ihn geschossen habe, als er am Boden war. Vielleicht ging er gerade in die Knie, immer noch mit der Waffe in der Hand …«

»Hatten Sie nicht Schiss, den anderen Typen zu treffen?«

»An diesem Punkt galt mein Augenmerk in erster Linie meiner Sicherheit und der meines Partners. Das habe ich auch sofort zugegeben.« Quinn warf Strange einen wütenden Blick zu. »Sonst noch was?«

»Schon gut, Quinn. Atmen Sie tief durch und kriegen Sie sich wieder ein.«

Stranges Beeper meldete sich. Er nahm ihn vom Gürtel und las die Nummer auf dem Display. Dann sagte er: »'tschuldigung«, griff über Quinns Knie, öffnete das Handschuhfach, holte sein Handy heraus, wählte eine Nummer und sprach in die Muschel.

»Was gibt es, Ron? … Gut.« Strange runzelte die Stirn. »Also, du bittest mich darum, diese Sache für dich zu erledigen, weil du gerade auf der K Street bist und einen Anzug abholst? … Ja, ich weiß, dass du ihn nicht einfach abholen kannst, sondern ihn auch anprobieren musst … Uh-huh. Nein, ich kapier das nicht, weil ich meine Klamotten von der Stange kaufe … Ja, ich verstehe … Glaub mir, das macht gar nichts. Ich hab kein Problem damit, Ron. Ich klinge so, als hätte ich eins? Gib mir die Daten, Mann.«

Strange notierte die Informationen mit einem Kugelschreiber, der an einer Strippe hing, auf einem auf dem Armaturenbrett befestigten Notizblock. Ohne ein weiteres Wort zu sagen, schaltete er das Handy aus, legte es ins Handschuhfach und knallte die Lade etwas zu fest zu.

»Ich muss da was erledigen. Ein Typ, der wegen Einbruch und Diebstahl auf Kaution raus war, hat sich abgesetzt, und da gibt es diesen Spitzel, mit dem wir zusammenarbeiten und der in der Bar rumhängt, die dieser Typ offenbar gern aufsucht. So wie es aussieht, ist unser Mann gerade in der Bar aufgetaucht.«

»Mit wem haben Sie gerade telefoniert?«

»Mit meinem Mitarbeiter, einem jungen Mann namens Ron Lattimer, der auch Privatdetektiv ist.«

»Sie spüren auch Typen auf, die auf Kaution frei sind und abhauen?«

»Das übernimmt Ron. Macht mir keinen Spaß, Leute zu jagen. Aber Ron kann gerade nicht, weil er einen Anzug abholt. Darum muss ich das hier übernehmen. Dürfte keine große Sache sein. Ich hab die Akte von diesem Typen gelesen, und ein Schwergewicht ist der nicht gerade. Ist zwar ein Umweg, aber wenn Sie wollen, setze ich Sie ab.«

»Ich werde Sie begleiten«, meinte Quinn. »Sie können mich hinterher absetzen.«

»Wie Sie wollen.«

»Warten Sie kurz.« Quinn legte die Hand auf Stranges Arm. »Bilden Sie sich ja nicht ein, mir wäre nicht aufgefallen, worauf Sie mit Ihren Fragen abzielen. All der Unsinn von wegen schwarzer Angreifer, weißer Typ, Schwarzer hier und Weißer dort. Sie können versuchen, das, was sich an diesem Abend zugetragen hat, so auszulegen, wie es Ihnen beliebt, falls Sie sich damit wohler fühlen. Aber mit Rasse hatte das nichts zu tun.«

»Kommen Sie mir nicht so«, sagte Strange. »Kommen Sie

mir nicht so, denn ich bin ein *Schwarzer*, habe fünfundzwanzig Jahre mehr auf dem Buckel als Sie, und ich weiß *Bescheid*. Ich versuche nur, die Wahrheit rauszufinden, und falls ich dabei Ihre Gefühle verletze oder einen wunden Punkt treffe, dann kann ich das nicht ändern. Ich bin heute nicht bei Ihnen vorbeigekommen, weil ich mit Ihnen Freundschaft schließen will, Quinn. Freunde habe ich genug; ich brauche nicht noch einen. Ich mache nur meine Arbeit.«

Strange schaltete den Motor an, legte einen Gang ein und wendete mitten auf der D.

»Noch eins«, sagte Quinn. »Lassen Sie von jetzt an dieses Quinn-Getue. Nennen Sie mich bei meinem Vornamen. Ich heiße Terry, okay?«

Auf der 7th bog Strange nach links ab und drückte aufs Gas. Er zog seine Sonnenbrille hinter der Sonnenblende hervor und kicherte leise.

»Was gibt's zu lachen?«

»Sie haben aber 'n hitziges Temperament«, meinte Strange.

Quinn schaute aus dem Fenster und lockerte die verspannten Kinnmuskeln. »Das höre ich nicht zum ersten Mal.«

»Diese Sache da mit dem Kampf in der Gasse. Wie Sie gezittert haben, Schiss hatten und gleichzeitig aufgeregt waren. Auf so was fahren Sie schon immer ab, oder?«

»Vermutlich schon.«

»Da überrascht mich Ihre Berufswahl nicht. Ich könnte wetten, so ein Kerl wie Sie wollte immer Bulle werden.«

»Stimmt«, sagte Quinn. »Und ich war ein guter Bulle.«

Neun

Die Bar war die letzte in einer ganzen Reihe unweit der M Street in Southeast. Ansonsten gab es hier eingezäunte Parkplätze, KFZ-Werkstätten und Autospenglereien und ein paar Streifen verdörrter Rasen. Strange parkte und deutete mit dem Kinn auf ein zweistöckiges, fensterloses Backsteingebäude an der Ecke. Auf dem Schild über der Tür stand: Toot Sweet: Live Girls.

»Auf dem Schild da steht, dass es dort drinnen Mädchen gibt, die quicklebendig sind«, meinte Quinn.

»Damit die Typen, die auf Tote stehen, nicht enttäuscht werden, falls sie reingehen«, sagte Strange. »Als Ron mir die Adresse gegeben hat, hätte ich gleich schnallen müssen, dass das hier ein Stripschuppen ist.«

»Falls ich mich recht entsinne, gibt es hier auch Läden, wo man zusammen in der Wanne sitzen kann.«

»Hier unten gibt es was für jeden Geschmack. In diesen Laden kommen die Typen, die Frauen angucken wollen. Wenn Sie wollen, können Sie hier draußen warten.«

»Ich gucke auch gern Frauen an.«

»Wie Sie wollen.« Strange steckte seine Sonnenbrille hinter die Blende. »Aber lassen Sie mich meinen Auftrag erledigen und kommen Sie mir nicht in die Quere.«

Strange holte ein paar Unterlagen aus dem Kofferraum. Als er sich umdrehte, fielen Quinn das Leatherman, das Buck-Messer und der Beeper an Stranges Gürtel auf.

»Und wo sind die roten Strümpfe«, fragte Quinn, »die zu diesem Werkzeuggürtel gehören?«

»Sehr komisch«, erwiderte Strange.

An der Eingangstür zahlte Strange das Eintrittsgeld und verlangte eine Quittung. Der Türsteher, ein Schwarzer, der –

wie Quinn vermutete – hawaiische oder samoanische Vorfahren hatte, sagte: »Quittungen gibt's hier nicht.«

»Dann seien Sie mal kreativ und improvisieren Sie was.«

»Kreativ?«

»Lassen Sie Ihrer Phantasie freien Lauf, Sie wissen schon. Wir sind drüben an der Bar. Bringen Sie die Quittung vorbei, wenn Sie sich was ausgedacht haben.«

Sie schlenderten zwischen der Meute durch, die Quinn anfänglich für ausschließlich schwarz hielt, aber bei genauerem Hinsehen erkannte man, dass es sich um eine Mischung aus Afroamerikanern und anderen Nichtweißen handelte: dunkelhäutige Araber und Pakistanis von der Sorte Taxifahrer. Früher, als sie noch zusammen auf Streife waren, bezeichnete sein Partner Gene sie immer als Punjabs und manchmal auch als *Punkutscher*.

Die Tänzerinnen, schwarz oder auch gemischter Herkunft, bewegten sich auf mehreren über den Club verteilten Bühnen und arbeiteten an bis zur Decke reichenden Stahlstangen, die ihnen Halt gaben. Schön waren sie nicht gerade, aber sie tanzten oben ohne, und das reichte schon. Ein Teil der Männer scharte sich um die Bühnen. In der einen Hand hielten sie ihr Bier, in der anderen Dollarnoten. Die anderen Gäste tranken an Tischen, plauderten mit den Bedienungen, die wechselweise auch auf den Bühnen tanzten, und steckten ihnen Trinkgeld zu. Und ein paar Typen waren volltrunken, ließen die Köpfe hängen und schliefen.

Strange und Quinn hielten auf eine nasse, schmuddelige Theke mit durchweichten Cocktailservietten und überquellenden Aschenbechern zu. In einem Aschenbecher qualmte noch eine Kippe vor sich hin, die Strange ausdrückte. An der Theke, über der kein Rauchabzug hing, stank es nach Nikotin und Bier.

»Siffig«, befand Strange, nahm eine Serviette vom Stapel und wischte sich die Hände ab. »Soweit ich weiß, gibt es hier sogar eine Küche, aber hier würde ich nie und nimmer was zu essen bestellen.« Er warf einen Blick über die Schulter. Quinn wusste, dass er nach einem ganz bestimmten Gesicht Ausschau hielt.

Weiter unten an der Theke saßen ein paar Schwarze. Sie musterten Strange und Quinn und machten sich nicht mal die Mühe wegzuschauen, als Quinn sie mit Blicken bombardierte. Quinn war sich darüber im Klaren, wie ungewöhnlich und befremdlich es war, dass ein Schwarzer und ein Weißer zusammen in so einem Laden auftauchten. Die Männer an der Bar hielten sie entweder für Bullen, für Kumpel oder gar für Schwuchteln. Egal für wen oder was diese Männer sie hielten, dass sie hier zusammen auftauchten, war weder selbstverständlich noch richtig.

Als der Barkeeper näher kam, fragte Strange Quinn: »Wollen Sie ein Bier?«

»Noch zu früh für mich«, meinte Quinn.

»Bringen Sie mir ein Ginger Ale«, sagte Strange zu dem Barkeeper, der sich einen angeknabberten Zahnstocher hinters Ohr geschoben hatte. »In 'ner Flasche.«

»Ich möchte eine Coke, auch in der Flasche.«

Quinn drehte sich um, lehnte sich mit dem Rücken an die Theke und erspähte eine Tänzerin, die ihm halbwegs gefiel. Er studierte ihre Brüste, deren Farbe und Form und überlegte, ob die von Juana wohl auch so aussahen. Er hatte bei schwarzen Frauen schon Erfolg gehabt, war aber noch nie mit einer im Bett gewesen oder hatte zumindest mit keiner gevögelt. Heute Abend war er mit Juana verabredet, bei ihr daheim. Da hatte er noch massig Zeit, sich wieder einzukriegen. Wenn sie ihm jetzt, in diesem Moment, über den Weg liefe, hätte sie nichts zu lachen.

»Ihr Getränk ist da«, meinte Strange. »Wenn Sie weiter so starren, werden Sie sich noch die Augen ruinieren. Dann müssen Sie wie Ihr Kumpel Lewis so 'ne fette Brille tragen.

Und wo wollen Sie dann noch ein Mädchen finden, das Sie nicht gleich nach dem ersten Blick abschreibt?«

Quinn drehte sich mit dem Gesicht zur Bar und nahm einen großen Schluck von der Cola. Aus den Boxen plärrte ein Prince-Song aus den Achtzigern. Quinn trommelte mit den Fingern gegen das Glas.

»Erinnern Sie sich noch an das Stück?«, fragte Quinn.

»Sicher. In dem Video gab es diese kleine schottische Maus. Das Mädchen war erste Sahne, Mann.«

»Sie mögen Prince? Macht mich echt neugierig, wo das doch überhaupt nicht Ihre Zeit und so ist.«

»Er ist schon in Ordnung. Aber wenn Sie die Wahrheit wissen wollen, er ist ein bisschen zu weibisch.«

»Ich möchte Sie ja nicht vor den Kopf stoßen, aber der kleine Kerl kommt in der Damenwelt echt gut an.«

»Kann schon sein, aber wenn ich mir seine Musik anhöre, stelle ich mir vor, wie er mit feuchten Fingerspitzen seine Brauen glatt streicht und mit Make-up und so 'nem Kack über die Bühne kriecht ... Da komm ich vermutlich einfach nicht drüber weg.«

»Rassismus ist scheiße, aber so 'ne Art -ismus geht klar.«

»Ich bin Ihnen gegenüber nur ehrlich. Wenn Sie mich erst mal besser kennen, werden Sie sehen, dass ich kein Blatt vor den Mund nehme, egal ob Ihnen gefällt, was ich zu sagen habe oder nicht. Das Einzige, was ich sagen will, ist, dass Ihre Generation mit dieser Homosexualität besser zurechtkommt als meine.«

»Schwarze Männer kommen im Allgemeinen nicht gut mit Homosexualität zurecht, wenn Sie mich fragen. Und wären Sie wirklich ehrlich, würden Sie das auch zugeben.«

»Ach, jetzt wollen Sie mir erzählen, im Allgemeinen, womit schwarze Männer zurechtkommen und womit nicht.« Strange warf wieder einen Blick über die Schulter, stutzte kurz und sagte: »Da ist mein Mann. Bin gleich wieder da.«

Strange traf sich mit seinem Spitzel im Flur, der zur Küche und den Toiletten führte. Zehn Minuten später kehrte er zu Quinn zurück und erzählte ihm, dass Sherman Coles, der die Kaution hatte verfallen lassen, vor einer Stunde nach oben gegangen war.

»Was gibt es denn oben?«

»Private Lap-Dances und so was in der Art.«

»Ich werde Sie begleiten. Keine Sorge, ich funke Ihnen nicht dazwischen.«

»Hören Sie, ich verschaff mir nur 'nen Überblick. Ist vielleicht nicht der richtige Zeitpunkt oder Ort, ihn einzusacken.«

»Hab verstanden.« Quinn nahm ein Stück Papier von der Theke und reichte es Strange.

»Was ist das?«

»Ihre Quittung.«

Strange inspizierte sie: Es handelte sich um eine Spielkarte mit dem Foto einer barbusigen Frau auf der Rückseite. Über ihrer Brust stand: ›Quittung für Eintrittsgeld über sieben Dollar in der Stripbar Toot Sweet‹.

»Spaßvogel«, fand Strange.

»Sie haben ihm geraten, kreativ zu sein.«

»Wird auf jeden Fall meinem Steuerberater gefallen.« Strange steckte die Karte in die Tasche. »Im nächsten April, wenn er wieder Überstunden schiebt, wird er eine kleine Aufheiterung gut gebrauchen können.«

Sie stiegen eine mit rotem Teppich ausgelegte Treppe hoch. Ein Mann kam ihnen entgegen und machte Platz, ohne den Blick zu heben. Unterhalb des Schritts war vorn auf der Jeans des Mannes ein ovaler, feuchter Fleck zu erkennen.

»Haben Sie das gesehen?«, fragte Strange, als sie oben auf dem Treppenabsatz standen. »Der Mann muss sich die Hose bekleckert haben.«

»Ja«, sagte Quinn. »Mit Samen.«

»In der Bibel steht, so was soll man nicht tun.«

»Ist jetzt vermutlich gerade auf dem Weg zur Beichte.«

»Wenn ich er wäre, würde ich nicht mit dieser Bluejeans in die Kirche gehen.«

Oben im zweiten Stock hingen konische Lampen, deren Licht heruntergedimmt war. Rauchschwaden waberten unter den Schirmen. Auch hier gab es eine Theke, die sich an der Wand entlangzog. Ein paar der im Raum verteilten Tische standen im Dunkeln, auf andere fiel gedämpftes Licht. Nur mit G-Strings bekleidete Mädchen rutschten dem einen oder anderen am Tisch sitzenden Mann auf dem Schoß herum. Die Mädchen holten den Männern, die auf Stühlen mit verchromten Armlehnen saßen und lustlos lächelten, einen runter und setzten dabei alles – Brüste, Rücken und Schritt – ein. Hier oben spielten sie langsamen Funk mit einer Menge Wah-wah-Pedal und einer tiefen, samtigen Männerstimme.

Strange und Quinn nahmen an einem freien Zweiertisch in der Nähe der Bar Platz. Strange machte es sich auf seinem Stuhl bequem und trommelte im Rhythmus zur Musik auf den Tisch.

»Das hier trifft schon eher meinen Geschmack«, meinte Strange. »*Joy* von Isaac Hayes. Den Song hatte ich auch mal auf Vinyl. Wenn man das Lied auf einer guten Anlage laufen ließ, konnte man den Champagner blubbern hören, aber die Tonqualität auf CD hält da einfach nicht mit.« Er nickte einem hellhäutigen, eher dünnen Mädchen zu, das über dem Höschen ein offenes Herrenhemd trug und mit einem Tablett auf der Hand auf sie zukam. »Wo wir gerade von Sekt sprechen, jetzt passen Sie mal auf. Sie wird versuchen, uns welchen aufzuschwatzen.«

»Kann ich den Herren etwas zu trinken bringen?«, fragte das Mädchen, als sie an ihren Tisch trat.

»Wir warten noch auf jemanden«, sagte Strange, der sich mit zusammengekniffenen Augen im Raum umsah, ohne das Mädchen eines Blickes zu würdigen. Er zog Coles Foto und die Unterlagen über ihn, die er aus einem Ordner im Kofferraum geholt hatte, aus der Jackentasche. Das Foto studierte er so lange, bis das Mädchen ihn erneut ansprach.

»Wie wäre es mit einer Privatvorstellung?«

»Vielleicht später, Baby.«

»Unser heutiges *special* ist Champagner.«

»Später, hast du verstanden?«

Sie warf ihm ein bösen Blick zu und Quinn auch gleich einen, ehe sie davonspazierte.

Strange sagte: »Die verkaufen hier irgendeine unbekannte Marke, die kaum besser als Essigwasser schmeckt, für fünfzig Dollar die Flasche an diese armen Hunde hier drinnen. Die Jungs arbeiten für den Mindestlohn, bringen hundertsechzig die Woche heim, schauen Freitagabend hier vorbei und hauen den ganzen Lohn in einer Stunde auf den Kopf. Nach 'ner harten Arbeitswoche laufen die hier raus und haben nicht mehr gekriegt als höllische Kopfschmerzen und 'nen Riesenfleck vorn auf der Hose.«

»Sind Sie so was wie ein Experte?«

Strange schaute Quinn über die Schulter. »Hören Sie, wenn Sie bereit sind, eine Lady für ihre Zeit zu entschädigen, dann kann ich Sie wohin führen, wo Sie für Ihr Geld einen reellen Gegenwert kriegen. Hier wird man doch nur übers Ohr gehauen.« Und dann stand er auf einmal abrupt auf. »Entschuldigen Sie mich kurz, ich muss jetzt arbeiten. Sieht aus, als hätte ich Coles entdeckt.«

»Brauchen Sie Gesellschaft?«

»Mache diesen Job schon 'ne ganze Weile. Ich denke, ich werd schon allein zurechtkommen.«

»Gut. Dann geh ich mal auf die Toilette und erleichterte mich.«

Quinn sah zu, wie Strange den Raum durchquerte, den Tischen auswich und auf einen Vierertisch im Halbdunkel zuhielt, an dem ein kleiner Mann saß. Er trug einen Anzug und ein am Hals offen stehendes Hemd. In der einen Hand hielt er eine Zigarette, in der anderen ein Cognacglas mit einer braunen Flüssigkeit.

Wenn der Mann in Ruhe gelassen werden will, dachte Quinn, dann soll er seinen Willen kriegen. Er stand auf und schlenderte in den dunklen Flur, wo man sich in einem Laden wie diesem immer Erleichterung verschaffen konnte.

Strange näherte sich dem Tisch, an dem Sherman Coles saß. Er war nur noch wenige Meter entfernt, als ein zweiter Mann aus dem Schatten auftauchte. Dieser Typ war riesig, hatte breite Schultern und ein hartes, wie aus Stein gemeißeltes Gesicht. Unter dem glänzenden Hemdstoff zeichneten sich seine Muskeln ab.

Strange hielt in dem Moment inne, als der Mann sich neben Coles aufbaute. Er hätte den Blick senken und an dem Tisch vorbeigehen können, doch sie hatten ihn kommen sehen und würden etwas sagen oder ihn aufhalten, falls er kniff. Wie er es auch drehte und wendete, er war aufgeflogen. Jetzt brachte es nichts mehr, auf dem Absatz kehrtzumachen, an ihnen vorbeizugehen oder so was in der Art. Er musste stehen bleiben und die Sache irgendwie hinbiegen, zumal ihn interessierte, was Coles zu sagen hatte.

»Suchen Sie jemanden, Mann?«

»In der Tat«, sagte Strange und bemühte sich, freundlich zu lächeln. »Von da drüben aus habe ich Sie für einen Bekannten aus dem Viertel gehalten, wo ich aufgewachsen bin.«

»Ach ja?«, piepste Coles mit gekünsteltem Tonfall. »Aber Sie sind doch zwanzig Jahre älter als ich. Und da sollen wir zusammen aufgewachsen sein, hm?«

Strange schüttelte den Kopf. »Sie haben Recht, das wäre gar nicht *möglich* gewesen. Jetzt, aus der Nähe ... Die Sache ist die, bei diesem Licht seh ich nicht besonders gut. Wenn Sie nur wüssten, wie mir mein nachlassendes Augenlicht zu schaffen macht.«

Coles nippte an seinem Cognacglas und schnippte die Asche seiner Zigarette ab. Dann warf er einen Blick über die Schulter und sagte zu dem Mann hinter ihm: »Hast du das gehört, Richard!«

Eine halbmondförmige Narbe rahmte Richards linkes Auge ein. »Der Mann kann bei diesem Licht nicht allzu gut sehen.«

»Oder vielleicht glaubt er, wir können nicht allzu gut sehen«, meinte Coles. »Denn wir haben Sie gesehen, wie Sie dort drüben mit Ihrem weißen Kumpel saßen, irgendwas, das Sie wieder in Ihre Tasche gestopft haben, anschauten und mich taxierten.«

»Taxieren? Ich?« Strange kicherte und breitete die Arme aus. »Bruder, wie ich schon sagte, ich habe mich getäuscht und Sie mit jemandem verwechselt.«

»Ach, getäuscht haben Sie sich in mir tatsächlich.« Coles grinste und zog dann an seiner Zigarette.

»Was immer Sie denken mögen«, erwiderte Strange mit ruhiger Stimme, »Sie irren sich.«

»Ich will Ihnen mal was sagen«, meinte Coles und schaute an Strange vorbei. »Ich werde einfach diesen weißen Burschen fragen, der da gerade kommt.«

An der Tür war ein Schild angebracht, das Quinn darüber informierte, dass die Toilette gerade nicht funktionierte. Auf dem Rückweg blieb er kurz stehen und spähte durch einen Türspalt. In dem von Kerzen ausgeleuchteten Zimmer ließ sich ein junger Mann von der Bedienung, mit der sie vor zehn Minuten gesprochen hatten, gerade einen blasen.

Ihr Kopf verschwand zwischen den Beinen des Mannes, ihre Knie versanken in dem orange Zottelteppich, und auf dem kleinen Tisch neben ihnen stand eine Flasche billiges Kribbelwasser und zwei Gläser. Das hier war genau die Abzocke, von der Strange gesprochen hatte. Eine Kerze in der Form eines schwarzen Paares, das es im Stehen treibt, brannte neben den Gläsern auf dem Tisch. Quinn ging weiter.

Er kam aus dem Flur, schlenderte an der Bar entlang und sah, wie Strange in einer dunklen Zimmerecke vor dem Tisch stand, an dem Coles saß. Hinter dem Tisch lauerte ein großer Mann, der mit der einen Hand die Knöchel der anderen krachen ließ. Quinn ging hinüber.

Quinn hörte noch, wie Strange ihn gebeten hatte, sich rauszuhalten, und dachte im Gehen darüber nach. Und dann stand er mit einem Mal neben Strange und dachte: Jetzt bin ich hier, das lässt sich nun mal nicht mehr ändern. Er baute sich vor dem Tisch auf, schaute auf Sherman Coles hinunter und nahm seine Bullenhaltung ein. So hatte er früher, wenn er am Fenster der Beifahrertür eines Wagens stand, den er auf der Straße angehalten hatte, immer die Situation beherrscht.

»Da kommt Ihre Verstärkung«, meinte Coles. »Was meinst du, Richard? Dieses Salz-und-Pfeffer-Team hier, sind das Bullen?«

»Sieht mir mehr nach 'ner Kammerjägerarmee aus«, befand Richard. »Was soll das mit den Jacken, hä? Sind das eure Uniformen?«

In diesem Augenblick registrierte Strange zum ersten Mal, dass er und Quinn schwarze Lederjacken anhatten. Noch etwas, worüber diese Idioten sich lustig machen konnten, aber das störte ihn nicht. Jetzt, wo Quinn den Fehler gemacht hatte, zu ihnen zu stoßen, konzentrierte er sich voll und ganz darauf, wie sie ihren Abgang einleiten sollten. Und dann fiel ihm auf einmal ein, was für eine kurze Lunte Quinn hatte, und er dachte: Vielleicht sollten wir bleiben.

»Ich halte sie nicht für Bullen«, sagte Coles.

»Der Weiße ist zu klein für ’nen Bullen«, fand Richard.

Nein, bin ich nicht, dachte Quinn.

»Sehen mir eher wie Kopfgeldjäger aus«, sagte Richard. Seine Stimme klang bedrohlich sanft. Wegen das Wah-wah und der Bässe aus der Anlage konnte man ihn nur schwer verstehen.

»Hab ich auch gerade gedacht, Richard.« Coles musterte Strange. »Bist du das, alter Mann? Bist du ein Kopfgeldjäger?«

»Wie ich schon sagte«, antwortete Strange bemüht freundlich. »Ich habe Sie für jemand anderen gehalten. Ich habe mich getäuscht.«

»Hm, warum willst du mir diese Lüge auftischen?«, wollte Coles wissen.

»Weil er Schiss hat«, spekulierte Richard. »Ein bisschen ängstlich wirkt er schon. Und der weiße Typ sieht aus, als ob er sich jeden Moment in die Hosen scheißt. Na, weißer Junge, lieg ich da richtig?«

»Richtig womit?«, fragte Quinn.

»Wirst du dich einscheißen oder noch rechtzeitig ’ne Fliege machen?«

»Was hast du gesagt?«

»Drück ich mich unklar aus?«, fragte Richard. Seine harten Augen funkelten.

»Lassen Sie uns von hier verschwinden«, meinte Strange.

»Weißt du denn nicht«, sagte Richard und grinste Quinn an, »dass sich die Weißen vor dem schwarzen Mann *fürchten*?«

»Dieser Weiße hier nicht«, meinte Quinn.

»Sieh mal einer an«, höhnte Richard, »jetzt will uns *Das*

Wunderkind Tate mit diesem ›Ich werd's euch schon zeigen‹ kommen. Hast du das vor, *Arschgeige*?«

Strange zog an Quinns Ärmel, doch Quinn blieb stehen und starrte Richard an, der lachte.

»Wir hauen jetzt ab«, sagte Strange.

»Was ist denn los?«, sagte Coles, streckte die Hände aus und führte sie zusammen, als rechne er damit, Handschellen angelegt zu bekommen. »Willst du mich nicht festnehmen?«

»Vielleicht nächstes Mal«, meinte Strange scherzhaft. »Wir sehen uns noch, verstanden?«

Coles löste die nicht vorhandenen Handschellen, hob das Cognacglas, als wollte er ihnen zuprosten, nahm einen Schluck und stellte das Glas auf den Tisch zurück.

»Wenn deine Bosse oder so dich fragen, wieso du mit leeren Händen zurückkommst«, sagte Coles, »dann sag ihnen, du bist Sherman Coles und seinem kleinen Bruder zwar über den Weg gelaufen, aber wir haben dich fertig gemacht.«

Strange nickte und seine Augen wurden ganz stumpf.

»Wir haben dir gesagt, wer wir sind, Weißer«, sagte Richard, der Quinn fixierte. »Hast du keinen Namen?«

Strange zog fester an Quinns Jacke. »Kommen Sie schon, Mann, lassen Sie uns abhauen.«

Diesmal gab Quinn nach, und als sie auf die Treppe zuhielten, bohrte sich das Gelächter der Coles-Brüder wie ein Messer in Quinns Rücken.

An der Theke im Erdgeschoss gab Strange dem Barkeeper mit einer Handbewegung zu verstehen, die Rechnung zu bringen, und brüllte gegen die laute Musik an, dass er eine Quittung brauchte. Dann wandte er sich an Quinn, der mit dem Rücken an der Theke lehnte und die Meute musterte.

»Dumm, Mann. Habe ich Ihnen nicht gesagt, Sie sollen sich nicht in meine Angelegenheiten einmischen?«

»Ich hab nicht nachgedacht«, sagte Quinn. Seit ihrer Unterhaltung mit den Coles-Brüdern im zweiten Stock hatte er den Mund nicht mehr aufgemacht. »Was werden Sie jetzt tun? Werden Sie sich ihn irgendwann noch schnappen?«

»Oh, das werde ich garantiert. Hatte keinen Schimmer, dass Sammy Davis Jr. einen kleinen Bruder hat, der wie Dexter Manley aussieht. Man muss einfach die Ruhe weg haben und auf den richtigen Augenblick warten. Ist nur ein Job. Da darf man nicht emotional werden. Ich hatte die Situation unter Kontrolle, bis Sie aufgetaucht sind und den starken Max spielen wollten. Sie müssen lernen, hin und wieder etwas Dreck zu fressen.«

»Ja«, meinte Quinn und sah, wie Richard Coles die Treppe herunterkam, sich an eine Bedienung heranmachte, vorbeugte und dem Mädchen etwas ins Ohr flüsterte. »Daran muss ich anscheinend noch arbeiten.«

»Auf jeden Fall«, sagte Strange und warf einen Blick nach hinten, weil er wissen wollte, was da Quinns Aufmerksamkeit erregte.

Strange sah, wie Quinn Richard Coles beobachtete, der an der Bar entlangging und auf den Flur zuhielt.

»Hier, Mann«, sagte Strange, bezahlte beim Barkeeper seine Rechnung und steckte die Quittung ein.

»Gern geschehen«, sagte der Barkeeper. Quinn drehte sich um und warf einen Blick auf das Namensschild, das an seiner weißen Hemdbrust befestigt war. Der Mann hieß Dante.

»Können wir gehen?«, fragte Strange Quinn.

»Ich muss mal aufs Klo.«

»Schon wieder? Ist doch erst fünf Minuten her, dass Sie pinkeln waren.«

»Die Toilette oben konnte man nicht benutzen. Ich seh Sie dann draußen beim Wagen.«

»Gut«, sagte Strange und verließ die Theke. Quinn wartete, bis der Detective verschwunden war, ehe er in den Flur ging.

Auf dem Weg nach draußen ließ Strange den Türsteher wissen, dass er gleich wieder zurückkommen wollte. Er hetzte zu seinem Wagen, holte ein Paar Handschellen und einen Totschläger aus dem Kofferraum, schob den Totschläger in die Brusttasche seiner Jacke und ging wieder in den Club. Immer zwei Stufen auf einmal nehmend, jagte er die Treppe in die zweite Etage hoch, schnellte zwischen den Tischchen hindurch und baute sich vor Sherman Coles auf, der noch an seinem Vierertisch saß.

Coles riss die Augen auf, als er sah, wie Strange zielsicher auf ihn zukam. Wie ein Vögelchen reckte Coles ruckartig den Kopf und suchte hektisch die Bar nach einem vertrauten Gesicht ab.

»Hier, Sherman.« Strange rammte den Tisch in Coles, der daraufhin in einem Alkohol- und Glutregen auf den Boden knallte.

Strange zog Coles hoch, drehte ihn um, riss seine Arme nach hinten und zwang ihn in die Knie. Dann drückte er ihm ein Knie in den Rücken, legte ihm die Handschellen an und zwang ihn aufzustehen.

Strange holte seine Brieftasche heraus, klappte sie auf und zeigte den anwesenden Gästen seine Lizenz.

»Detective!«, rief Strange. »Haltet euch raus, dann gibt's hier keinen Stress.«

So ging er in solchen Situationen immer vor, und es funktionierte neun von zehn Mal. Er tischte keinem Lügen auf. Was konnte er denn dafür, wenn die meisten Menschen dachten, ein ›Detective‹ sei ein Bulle. Die Bedienungen, die Gäste und die Männer, auf deren Schoß gerade eine Tänzerin herumrutschte, hielten inne, aber alle blieben, wo sie waren, und niemand mischte sich ein.

Während Strange Coles zur Treppe hinüberschubste,

hielt er die aufgeklappte Brieftasche hoch, damit alle sie sehen konnten.

»Wo ist denn mein Bruder, Mann«, fragte Coles.

»Ich nehme mal an, der Weiße, mit dem ich gekommen bin, redet gerade ein paar Takte mit ihm.«

»Richard wird ihn umbringen.«

»Lauf weiter, Mann.«

Auf der Treppe stolperte Coles. Strange zog ruckartig an seinen Armen und hielt ihn fest.

Coles warf einen Blick über seine Schulter und sagte: »Kopfgeldjäger, wie ich dachte.«

»Wir heißen jetzt Kautionsvollstrecker, Sherman.«

»Dachte ich mir doch, dass Sie zurückkommen«, murmelte Coles. »Sie hatten diesen gewissen Blick.«

»Ja«, meinte Strange, »aber dass ich so schnell wieder auftauche, das hast du nicht geahnt.«

Quinn ging den Flur hinunter und sang leise einen Prince-Song mit, der jetzt im zentralen Bereich des Clubs gespielt wurde. Im Flur hingen kleine Lautsprecher, die im Gegensatz zu den basslastigen Boxen bei den Bühnen ziemlich fiepsig klangen. Der dünne, schrille Ton und das, was er zu tun beabsichtigte, machten ihn nervös.

»*Gonna be a beautiful night, gonna be a beautiful night …*«

Quinn hielt schnurstracks auf das Ende des Flurs zu und trat durch eine Schwingtür in eine dreckige Küche mit Neonleuchten, deren Licht von den im Raum verteilten Stahltischen reflektiert wurde.

»Amigo«, grüßte Quinn einen kleinen Salvadorianer mit dünnem Schnauzbart, der eine fleckige weiße Schürze anhatte, hinten in der Küche an einem Tisch lehnte und eine Zigarette paffte.

Der Mann sagte keinen Ton. Seine Augen fragten nichts.

In der Küche plärrte ein Radio.

»Dante hat mich nach hinten geschickt«, brüllte Quinn laut, damit der Mann ihn verstehen konnte. Quinn sah sich schnell in der Küche um und hielt auf einen Stahlfleischklopfer zu, der auf einer Profi-Mikrowelle lag. Er schnappte sich den Fleischklopfer, prüfte dessen Gewicht, fuchtelte blödsinnig damit herum und sagte: »Dante braucht so einen vorn an der Bar.«

Der Mann zuckte mit den Achseln, zog an seiner Zigarette, warf die Kippe auf den kunststoffbeschichteten Boden und drückte sie mit dem abgetragenen schwarzen Schuh aus.

»Ich bring ihn gleich wieder«, versprach Quinn, wohl wissend, dass es den Mann nicht kümmerte. Er redete nur, um die eigene Stimme zu hören, den Adrenalinausstoß auf gleich bleibendem Level zu halten, und dann verschwand er ebenso schnell aus der Küche, wie er gekommen war.

Wieder im Flur, steuerte er auf die Herrentoilettentür zu, schob sie auf, trat ein und sah, wie Richard Coles in eines der Wandurinale pisste.

Quinn blieb nicht stehen. »Hallo, Richard«, sagte er. Als Richard Coles den Kopf drehte, zog Quinn den Fleischklopfer mit voller Wucht hoch und knallte die geriffelte Seite auf Richards Nasenwurzel, woraufhin sich Coles Nase nach rechts schob und sein Blut in die gleiche Richtung spritzte. Ein Strahl Urin schwappte Quinn vor die Füße. Richard ging in die Knie, und Quinn trat ihm mit dem Fuß in den Schritt, als er auf den Fliesen zusammenbrach. Danach verpasste er Coles Wangenknochen einen Tritt. Blut spritzte gegen das Porzellanurinal. Quinn fiel auf, dass er grunzte, als er Richard in die Seite trat. Er war gerade im Begriff, wieder zuzutreten, doch dann sah er, wie Richard die Augen verdrehte und das Bewusstsein verlor.

Mit zitternden Händen wartete Quinn, ob sich Richards Brustkorb noch hob und senkte. »Terry Quinn«, stellte er sich schließlich vor und ließ den Fleischklopfer zu Boden fallen.

Draußen in der Bar herrschte nervöse Unruhe. Das Gefühl, dass etwas passiert war, machte sich breit. Die Tänzerinnen auf den verschiedenen Bühnen bewegten sich noch zur Musik, aber die Männer schenkten ihnen keine Beachtung, sondern unterhielten sich miteinander.

Als Quinn sich einen Weg durch den Club bahnte, spürte er seine Macht, und dieses Gefühl war ihm überaus vertraut, obgleich er es schon eine ganze Weile nicht mehr gespürt hatte. Es war, als trüge er wieder seine Uniform, und mit einem Schlag wusste er, dass es das war, was er schon seit längerem vermisste. Er fühlte sich *gut*.

Quinn stieg auf der Beifahrerseite ein und warf einen Blick über die Rücklehne. Sherman Coles lag hinten in Handschellen auf der Bank.

Strange deutete mit dem Kinn auf Quinns blutbesudelte Stiefel. »Sind Sie in Ordnung?«

»Ja.«

»Wo steckt mein Bruder?«, rief Sherman auf der Rückbank.

Weder Strange noch Quinn antwortete Coles.

»Woher wussten Sie, dass ich wieder auftauchen würde?«

»Das wusste ich nicht«, sagte Strange. »Ich wusste allerdings, dass Sie mir genug zeitlichen Spielraum verschaffen würden.«

»Wo ist mein Bruder?«, rief Sherman.

Quinn fragte Strange: »Suchen Sie sich immer die leichtere Arbeit aus?«

»Wenn ich kann.« Strange startete den Chevy. »Ich muss den kleinen Sherman rüber zur 5th Street bringen und dort den Papierkram erledigen. Könnte mir denken, dass Sie keine Lust haben, dort rumzuhängen und zu warten.«

»Setzen Sie mich bei der nächsten U-Bahn-Station ab«, schlug Quinn vor. »Ich muss nach Hause, ich bin heute Abend mit einer Lady verabredet.«

Strange fuhr vom Bordstein weg und hielt auf die M Street zu. Er warf Quinn einen Blick von der Seite zu. Wie er da aufrecht auf der Bank saß und mit den Knöcheln gegen das Fenster trommelte, wirkte er immer noch ziemlich angespannt.

»Ich werde mit Ihnen das Honorar für diesen Auftrag teilen, Terry. Was halten Sie davon?«

»Was halten Sie davon: Sie und ich werden bei dieser anderen Sache zusammenarbeiten.«

»Zusammenarbeiten? Haben Sie vergessen, dass Sie derjenige sind, der Gegenstand meiner Ermittlung ist?«

»Nein, hab ich nicht.«

»Hören Sie, Sie brauchen sich keine Sorgen zu machen. Der Ausschuss hat gesagt, Sie hätten bei dieser Schießerei vollkommen richtig reagiert. Und ich hab keinen Grund, dies in Zweifel zu ziehen.«

»Vollkommen richtig. Ja, ich kann mich erinnern, dass Sie das gesagt haben.«

»Und außerdem könnten wir uns da eh nicht zusammentun, denn Sie haben keine Lizenz und können deswegen nicht die Art von Arbeit machen, die ich übernehme.«

»Falls Sie weitermachen, will ich nicht außen vor gelassen werden.«

Strange bog um die Ecke und gab Gas.

»Keine Sorge«, meinte er. »Sie und ich, wir sind jedenfalls noch nicht miteinander fertig.«

Zehn

Derek Stranges Mutter, Alethea Strange, lebte auf Station 3 des District Convalescent Home im überwiegend weißen und wohlhabenden Viertel von Northwest D. C. … Seit dem 19. Jahrhundert gab es in der Stadt dieses Heim, eine Mischung aus Hospiz und Pflegeeinrichtung.

Strange konnte Pflegeheime aus dem gleichen Grund nicht ausstehen, wie ihm Krankenhäuser und Beerdigungsinstitute verhasst waren. Nach dem Schlaganfall im Jahr 1996 hatte er sie zu sich genommen und für rund um die Uhr eine Schwester eingestellt, doch wegen eines Blutgerinnsels musste sie wieder ins Krankenhaus, wo die Chirurgen ihr das rechte Bein abnahmen. Vor der Amputation war sie in der Lage gewesen, sich mit einem Gehwagen fortzubewegen, doch nun saß sie im Rollstuhl, war auf der rechten Seite gelähmt und konnte kaum mehr sprechen, lesen und schreiben. Alethea Strange gelang es, ihrem einzigen noch lebenden Kind klar zu machen, dass sie den Rest ihrer Tage an einem Ort verbringen wollte, wo Kranke wie sie lebten. Er vermutete, dass sie ihn nur darum bat, woanders zu wohnen, weil sie ihm nicht zur Last fallen wollte. Dennoch entsprach er ihrem Wunsch und brachte sie im District Convalescent Home unter, das auch Patienten aufnahm, die über die staatliche Gesundheitsfürsorge *Medicaid* versichert waren. Mehr konnte er nicht für sie tun.

An jenem Abend fand in der Eingangshalle des Heims gerade irgendeine Veranstaltung statt. Junge Leute in grünen Hemden, vermutlich irgendeine Kirchengruppe, versuchten, zusammen mit den betagten Heimbewohnern ein Lied zu singen. Hier unten gab es auch einen Speisesaal und eine Bibliothek mit Aquarium. Weder besuchte Alethea Strange jemals solche Veranstaltungen, noch saß sie irgendwann hier unten. Ins Erdgeschoss kam sie nur, wenn Strange sie nach unten brachte. Im Frühling und Frühsommer ließ sie sich von ihrem Sohn in den hübsch angelegten Garten schieben, wo ein dunkelbraunes Eichhörnchen, das hier des Öfteren auftauchte, sich auf den Rand des Springbrunnens setzte und Wasser trank. Dann saß sie in der Sonne und er auf einer Steinbank neben ihr und massierte ihren Rücken oder hielt manchmal ihre Hand. Der Anblick des Eichhörnchens schien ihr große Freude zu bereiten.

Strange ging in den hinteren Bereich des Hospizes, stieg am Ende des Korridors in den Fahrstuhl und fuhr in das zweite Stockwerk. Wieder lief er durch einen düsteren, beige gestrichenen Flur, und als er sich dem Flügel näherte, wo die Dauerpatienten untergebracht waren und wo auch seine Mutter lebte, stieg ihm der Geruch aus langweiligem Essen, Krankheit und Inkontinenz in die Nase, den er inzwischen schon fürchtete.

Seine Mutter saß im Rollstuhl an einem der drei runden Tische im Fernsehzimmer, wo die Bewohner auch ihre Mahlzeiten einnehmen konnten. Neben ihr saß ein Armenier, der ebenfalls einen Schlaganfall erlitten hatte und an dessen Name Strange sich nicht erinnerte. Noch einen Platz weiter saß eine klapperdürre Frau in einer Art Lehnstuhl auf Rollen, die nie sprach oder lächelte, sondern nur mit rot geränderten, leeren Augen an die Decke starrte. Am Tisch neben ihnen fütterte eine Frau ihren Lätzchen tragenden Mann, und weiter hinten schlief ein Mann im Sitzen vor einem Tablett mit Essen, das er nicht angerührt hatte. Sein Kinn ruhte auf der Brust. Offenbar sah sich niemand das Basketballspiel im Fernsehen an, und keiner hörte den Sprecher, der gerade das Spiel abbrach. Strange tätschelte die Schulter des Armeniers, holte auf der anderen Seite des Zimmers einen Stuhl und schob ihn neben den seiner Mutter.

»Momma«, sagte Strange, küsste sie auf die Wange und nahm ihre Hand, die so leicht und durchscheinend wie Papier war.

Sie lächelte ihn verschmitzt an und zwinkerte langsam. An ihrer Lippe hing ein Tropfen Apfelkompott, den er mit der Serviette, die ihr auf den Schoß gefallen war, abtupfte.

»Möchtest du ein bisschen von dem Tee hier trinken?«

Mit zittriger Hand deutete sie auf die beiden Zuckertütchen. Strange riss sie auf, gab den Zucker in die Plastiktasse mit dem Tee, rührte um und drückte ihr die Tasse in die Hand.

»Heiß«, sagte sie. Das S war kaum lauter als ein Flüstern.

»Ja, Momma. Möchtest du dieses Fleisch hier noch essen?«

Er nannte es ›dieses Fleisch‹, denn er wusste nicht genau zu sagen, ob es sich bei dem, was da in grauer, halb erstarrter Mehlschwitze ertrank, um Geflügel oder Rind handelte.

Seine Mutter schüttelte den Kopf.

Strange fiel auf, dass der Tisch nebenan immer wackelte, wenn die Frau sich darauf abstützte und ihrem Gatten eine Gabel voll Essen in den Mund schob. Da stand er auf und ging in eine kleine Vorratskammer, wo die Papierhandtücher aufbewahrt wurden. Er faltete ein paar Papierhandtücher zu einem Quadrat und schob es unter das Tischbein, das den Boden nicht berührte. Die Frau dankte Strange.

»Der Tisch hat gewackelt, aber ich habe mich darum gekümmert«, sagte Strange zu einer schwergewichtigen, großen Schwester, an der er auf dem Weg zu seiner Mutter vorbeikam. Sie nickte nur und widmete sich wieder ihrem Gespräch mit einer anderen Angestellten.

Er kannte diese Schwester – vom Sehen kannte er alle Angestellten, die durchweg farbige Einwanderer waren. Die hier war gemein, obwohl sie in seiner Gegenwart immer freundlich tat. Seine Mutter hatte ihm erzählt, dass sie laut wurde und frotzelte, wenn sie allein waren. Die meisten

Schwestern waren kompetent, und viele waren freundlich, aber es gab zwei, drei Schwestern, die – wie er wusste – seine Mutter schlecht behandelten. Eine von ihnen hatte sogar eine kleine Flasche Parfüm, die er ihr geschenkt hatte, vom Nachttisch in ihrem Zimmer gestohlen.

Er kannte diese Schwestern und hasste sie für ihre Niedertracht, aber was konnte er schon tun? Vor langer Zeit hatte er die Entscheidung gefällt, sie nicht zu melden. Schließlich konnte er nicht permanent hier sein, und es war schwer zu sagen, wozu eine rachsüchtige Schwester in seiner Abwesenheit fähig war. Dafür machte er aber kein Hehl daraus, dass er sie im Auge behielt. Und er betete zu Gott, dass die Blicke, mit denen er sie strafte, sie das nächste Mal innehalten ließen, wenn sie die Absicht hatten, sich seiner Mutter gegenüber auf diese ganz und gar feige Weise respektlos zu benehmen.

»Momma«, sagte Strange. »Heute gab's etwas Aufregung bei der Arbeit.« Er erzählte ihr von Sherman Coles, dessen Bruder und dem jungen Ex-Bullen, der ihn begleitet hatte. So wie er die Geschichte erzählte, klang sie lustig und ungefährlich, denn er wusste nur zu gut, dass seine Mutter sich wegen ihm und seinem Job Sorgen machte. Oder vielleicht sorgt sie sich auch nicht mehr, dachte Strange. Vielleicht dachte sie nicht mehr darüber nach, was er draußen in der Welt trieb, vielleicht konnte sie sich ihn, ihre Stadt oder deren Bewohner gar nicht mehr vorstellen.

Als er fertig war, lächelte seine Mutter ihn wieder verschmitzt an, wie das nun mal ihre Art war, und schob die Lippen über die zahnlosen Kiefer. Strange erwiderte ihr Lächeln und schaute ihr dabei in die Augen, denn ihre Augen hatten sich nicht verändert, diese dunkelbraunen, liebevollen und schönen Augen waren noch wie früher, wie damals, als er noch ein Kind und Alethea Strange eine junge, vitale und starke Frau gewesen war. Über die fleckige Haut, die dürren

Ärmchen, die abgemagerten Beine und die flachen Brüste, die ihr fast bis zur Taille reichten, sah er schlicht hinweg.

»Zimmer«, sagte seine Mutter.

»In Ordnung, Momma.«

Er schob sie zurück in ihr Zimmer mit dem Ausblick auf den Parkplatz eines Postamtes. Auf dem Nachttisch lag ihr Kamm, mit dem er ihr dünnes weißes Haar frisierte. Da sie fast kahl war, konnte er die dunklen Warzen und Altersflecken auf ihrem Schädel erkennen.

»Gut siehst du aus«, befand er, als er fertig war.

»Sohn.« Sie schaute mit diesen Augen zu ihm auf und kicherte. Ihre knochigen Schultern hoben und senkten sich vergnügt.

Als Alethea Strange auf das Schlafzimmerfenster zeigte, trat Strange vor die Scheibe und betrachtete den äußeren Sims. Seine Mutter liebte Vögel. Schon immer hatte es ihr große Freude bereitet, ihnen beim Nestbau zuzusehen.

»Da sind jetzt noch keine Vögel, die draußen ihr Nest bauen, Momma«, sagte Strange. »Du musst dich noch bis zum Frühjahr gedulden.«

Strange verließ ihr Zimmer, blieb neben der massigen Schwester stehen und schenkte ihr ein bedrohliches Lächeln, das sich wie eine Grimasse anfühlte.

»Sie kümmern sich gut um meine Mutter, ja?«

Strange ging zum Fahrstuhl, lockerte die verspannten Kiefermuskeln und atmete langsam aus. Wie immer, wenn er von hier wegging, fing er an zu überlegen, wen er heute Abend anrufen sollte. Die Hospizbesuche weckten bei ihm stets das Verlangen nach einer Frau. Hohes Alter, Krankheit, Tod und Schmerzen … all dieses unausweichliche Leid, dessen Existenz man wenigstens für kurze Zeit vergessen konnte, wenn man mit jemandem schlief. Ja, wenn man neben einer Frau lag und tief im Innern diese wohlige Wärme fühlte, konnte man sogar den Tod vergessen.

»Soll ich dir noch nachschenken?«

»Gern.«

Terry Quinn griff nach der Flasche auf dem Tisch und goss Wein in Juana Burketts Glas. Juana nahm einen Schluck von dem spanischen Roten und lehnte sich zurück.

»Der ist sehr gut.«

»Ich hab ihn bei Morris Miller's gekauft. Auf dem Flaschenetikett steht, er ist kräftig, erdig und vollmundig.«

»Gut, dass er dir auf deiner kleinen Reise nicht abhanden gekommen ist.«

»Während der U-Bahn-Fahrt hierher hab ich ihn wie ein Baby im Arm gehalten.«

»Du solltest dir wirklich einen Wagen zulegen, Terry.«

»Bis vor kurzen hab ich keinen gebraucht. Von meiner Wohnung ist es nicht weit bis zu meiner Arbeitsstelle, und falls nötig, kann ich in Downtown die U-Bahn nehmen. Aber jetzt habe ich mir gedacht, ich könnte mir vielleicht doch 'nen Wagen anschaffen.«

»Wieso jetzt auf einmal?«

»Von der Station Catholic U bis zu dir ist es 'ne ganz schöne Strecke.«

»Du bist dir deiner ja sehr sicher.« Juanas Augen funkelten vergnügt. »Glaubst du, ich lade dich noch mal ein?«

»Keine Ahnung. Aber wenn du weiterhin abends so kochst wie heute, warte ich gar nicht, bis ich eingeladen werde. Dann jaule ich wie ein Hund und kratze an der Tür deiner Veranda, bis du mich reinlässt. Denn du bist 'ne klasse Köchin.«

»Das war einfach nur Glück. Dieses Gericht habe ich heute zum ersten Mal gekocht. Babyartischocken und Shrimps auf Linguini … klang ganz lecker, als ich das Rezept in der *Washington Post* las.«

»Ja, lecker war's wirklich.« Quinn schob den leeren Teller beiseite. »Nächstes Mal lade ich dich zum Essen ein. Da gibt es ein italienisches Restaurant namens Vicino's auf der Sligo Avenue, wo sie ein Gericht aus roter Paprika und Anchovis zubereiten, dass du vor Freude weinen könntest.«

»Das ist in deiner Straße.«

»Wir können zu Fuß hin«, meinte Quinn. »Solange ich noch keinen Wagen habe, treibe ich mich gern in meinem Viertel herum.«

Juana stand auf und holte Kaffee und Cognac aus der Küche, und Quinn ging zum Kamin hinüber, wo ein Scheit aus gepresstem Papier abbrannte. Die züngelnden Flammen beschrieben einen perfekten Bogen. Er nahm eine CD-Hülle von einem Stapel auf dem Verstärker: Luscious Jackson. Mädchenmusik, wie all die weiblichen Rock- und Soulsängerinnen, die sie bislang aufgelegt hatte.

Das Haus von Juanas Wohngemeinschaft war netter als viele andere. Ihre Mitbewohner waren Studenten im höheren Semester, ein verheiratetes junges Paar namens James und Linda. Er hatte sie kennen gelernt. Die beiden sahen gut aus, wirkten nett und hatten sich unverzüglich nach oben verzogen, was verdammt rücksichtsvoll war. Juana erzählte ihm, dass James und Linda das gesamte obere Geschoss bewohnten und sie sich für ein Viertel der Miete das ausgebaute Kellergeschoss gesichert hatte. Die Möbel stammten vom Trödler, waren aber völlig okay. Überall im Haus hingen postkartengroße, gerahmte Reproduktionen von Edward Hopper, Degas, Cézanne und Picasso an den Wänden.

Mit einem Tablett auf einer Hand kam Juana aus der Küche. Sie trug ein weißes Button-down-Hemd, schwarze, an den Beinen ausgestellte Hosen und schwarze hochhackige Schuhe mit Waffelmusterabsätzen. Schwarzer Eyeliner rahmte ihre nachtschwarzen Augen ein. Sie stellte das Tablett auf einen kleinen Tisch, durchquerte den Raum und verstellte die Jalousien an den Fenstern, so dass niemand hereinsehen konnte.

»Sollen wir es uns auf der Couch bequem machen?«

»Ja«, sagte Quinn.

Er rückte das Sofa vor den Kamin, wo sie schwarzen Kaffee und Cognac Napoleon tranken.

»Ich habe alle Artikel, die sie letztes Jahr über dich geschrieben haben, aus dem Internet runtergeladen«, sagte Juana.

»Ja?«

»Hm. Und sie heute durchgelesen.« Juana schaute ins Kaminfeuer. »Klingt so, als ginge es bei der Polizei völlig drunter und drüber.«

»Es ist ziemlich schlimm.«

»All diese Anzeigen wegen Polizeibrutalität. Und die Bullen in dieser Stadt feuern ihre Waffen – gemessen an der Einwohnerzahl – öfter ab als in jeder anderen in diesem Land.«

»Wir haben auch, gemessen an der Einwohnerzahl, mehr gewalttätige Kriminelle als jede andere Stadt im Land.«

»Und nicht genug Training. In der Zeitung hat gestanden, dass diese vielen Leute, die Ende der Achtziger eingestellt wurden, mental eigentlich gar nicht in der Lage waren, Polizisten zu werden.«

»Ein großer Teil war tatsächlich unqualifiziert. Aber nicht alle. Ich hab auch zu dieser Gruppe gehört und hatte 'nen Abschluss in Kriminologie. Sie hätten nicht so schnell so viele einstellen dürfen, aber sie hatten eben Panik. Die Bundesbehörden verlangten eine Antwort auf die Crack-Epidemie, und mehr Polizisten auf die Straße zu schicken war die einfachste Lösung. Keinen kümmerte es, dass die Neulinge unqualifiziert waren oder das Training nicht reichte. Keinen interessierte es, dass unser ehemaliger Bürgermeister ein Idiot gewesen ist und während seiner rühmlichen Amtszeit die Polizei buchstäblich auseinander genommen und ihre Finanzierung systematisch runtergefahren hat.«

»Du hast keinen Bock, über dieses Thema zu reden, oder?«

»Nein, eigentlich nicht.«

»Aber was ist mit den Waffen, die sie den Bullen gegeben haben?«, fragte Juana. »Es heißt, diese automatischen ...«

»Die Waffen waren in Ordnung. Heutzutage kannst du einem Bullen nicht eine .38er mit fünf Schuss Munition in die Hand drücken und von ihm verlangen, er soll damit gegen Typen vorgehen, die mit Mini-TEC-Nines und modifizierten Automatikgewehren losziehen. Die Glock 17 ist eine gute Waffe. Ich bin mit ihr gut zurechtgekommen, und ich war ein guter Schütze. Bin zwar nicht so oft wie offiziell vorgesehen auf dem Schießstand gewesen, hab aber regelmäßig draußen in der Pampa damit geübt. Hör mal, du musst mir glauben, ich war wirklich in der Lage, mit dieser Waffe zu arbeiten. Die Waffe war gut.«

»Tut mir Leid.«

»Schon okay.«

»Du denkst dir, die weiß doch nicht, wovon sie redet. Jetzt will sie mir erzählen, wie Bullen sind und was draußen in den Straßen abläuft.«

»Das habe ich überhaupt nicht gedacht«, log Quinn. »Wie dem auch sei, wir haben 'nen neuen Polizeichef. Auf der Seite der Gesetzesvertreter wird sich da manches zum Besseren wenden, wart's nur ab. Die andere Seite, die Kriminellen, da wird alles beim Alten bleiben, fürchte ich.«

Juana berührte Quinns Hand. »Ich wollte dich nicht nerven.«

»Du nervst mich nicht.«

»Ich bin noch nie mit jemandem zusammen gewesen, der deinen Beruf hatte. Ich denke, ich versuche, ich weiß nicht recht, mir einzureden, dass es völlig okay ist, mich mit einem Kerl wie dir zu treffen. Ich denke, ich versuche nur, mir ein Bild von dir zu machen.«

»Dann geht es dir ja wie mir.«

Sie rückte näher an ihn heran, berührte mit der Schulter seine Brust. Eine Weile lang sagten sie gar nichts.

Schließlich brach Quinn das Schweigen. »Ich habe heute einen Mann getroffen. Schon älter, ein Privatdetektiv. Ein Schwarzer, der früher mal, vor Ewigkeiten, Polizist gewesen ist. Ich kann doch sagen, dass er schwarz ist, ja?«

»Ach, bitte. Du bist doch nicht einer von denen, die behaupten, dass sie die Hautfarbe nicht wahrnehmen, oder?«

»Nun, blind bin ich nicht.«

»Danke. Ich war mal zum Abendessen eingeladen, wo eine weiße Frau jemanden beschrieb und ihre Freundin fragte: ›Meinst du diesen Schwarzen?‹, woraufhin die weiße Frau sagte: ›Keine Ahnung, ich entsinne mich nicht, welche Hautfarbe er hatte.‹ Du weißt schon, das hat sie meinetwegen gesagt. Sie hat versucht, mir zu sagen, dass sie ›nicht so‹ ist. Was sie allerdings nicht begriffen hat, ist, dass Schwarze über Leute wie sie lachen und sie genauso widerwärtig finden wie offenkundige Rassisten. Bei einem Rassisten weiß man wenigstens, mit wem man es zu tun hat. Später habe ich erfahren, dass diese Frau dort wohnt, wo sie einen ordentlichen Aufschlag zahlen, damit sie und ihre Kinder auf der Straße nicht mit dem Anblick von Menschen anderer Hautfarbe konfrontiert werden.«

»Ich weiß, was du meinst«, sagte Quinn. »Früher habe ich mal im Keller eines Mannes gewohnt in dem Viertel, ungefähr ein, zwei Meilen, von wo ich jetzt wohne.«

»Du meinst diese nuklearfreie Bastion liberaler Ideale?«

»Genau.«

»Eine Menge Leute, die in derselben Straße wohnten wie ich, hatten Autoaufkleber, auf denen ›Lehrt Frieden‹, ›Es lebe die Vielfalt‹ und so was in der Art stand. Mir ist aufgefallen, dass ihre kleinen Töchter Puppenwagen mit schwarzen Puppen herumschoben. Aber auf den Geburtstagspartys dieser kleinen weißen Mädchen hast du nie auch nur ein einziges schwarzes Kind gesehen. Keins der Kinder aus den Sozialbauwohnungen, die es gleich in der Nähe gab. Diese Leute glaubten echt, es braucht nicht mehr, als dass man, damit die Nachbarn es sehen, einen Autoaufkleber auf den Volvo klatscht und seinem weißen Kind 'ne schwarze Puppe in die Hand drückt.«

»Du ereiferst dich ja ganz schön, Terry.«

»Entschuldige.« Quinn fuhr sich mit dem Daumen über die Lippe. »Wie auch immer, ich habe heute diesen alten *schwarzen* Privatdetektiv kennen gelernt.«

»Ja? Was hat er gewollt?«

Quinn erzählte ihr, wie sein Tag gelaufen war. Als er zur der Episode mit Richard Coles kam, sagte er, er hätte Coles in der Herrentoilette ›festgehalten‹, während Strange, der alte Detektiv, den anderen hochnahm.

»Du hast gerade gegrinst«, sagte Juana. »Weißt du? Als du die Geschichte erzählt hast, meine ich.«

»Tatsache?«

»Wieder mitzumischen hat dir anscheinend ein gutes Gefühl vermittelt, stimmt's?«

Quinn dachte an das Blut und daran, wie er den Fleischklopfer geschwungen hatte. »Kann schon sein.«

»Du stehst auf das ganze Trara«, meinte Juana. »Wieso bist du ausgestiegen und hast die Polizei verlassen?«

Quinn nickte. »Du hast Recht. Ich war gern Polizist. Und bei dieser Schießerei, da habe ich richtig gehandelt. Ich würde viel darum geben, wenn ich nicht auf Chris Wilson geschossen hätte, wenn ich ihn nicht erschossen hätte. Aber einen Fehler hab ich nicht gemacht. Sie haben mich freigesprochen, Juana. Doch wegen der ganzen Berichterstattung, ich meine, wegen dieser Behauptung, bei uns wäre Rassismus an der Tagesordnung, und der Anschuldigungen, die dann in Umlauf kamen … da hatte ich das Gefühl, meinen Abschied einzureichen ist zu diesem Zeitpunkt die einzig richtige Entscheidung …«

»Jetzt aber genug davon«, sagte Juana, als sie sah, dass Quinn wieder die Stirn runzelte. »Ich hatte nicht die Absicht …«

»Ist schon gut.«

Juana drehte sich zu ihm herum und legte die Hand auf seine Brust. Quinn umarmte sie.

»Ja, so ist es gut«, fand Quinn.

Juana lachte. Ihre schwarzen Augen leuchteten. »Du zitterst ein bisschen, weißt du das?«

»Das liegt nur daran, dass du so verdammt schön bist.«

»Vielen Dank.« Juana schob eine Haarsträhne hinter Quinns Ohr. »Und nun, was wirst du jetzt tun?«

»Weiterhin im Buchladen arbeiten, vermute ich mal, bis ich wieder richtig klar sehe.«

»Ich meine, was wirst du *jetzt* tun?«

»Dich auf den Mund küssen?«

»Für einen gebildeten Menschen«, scherzte sie, »dauert es ganz schön lange, bis du die Lage richtig deutest.«

»Ich dachte, es wäre höflich, wenn ich erst mal anfrage«, sagte Quinn.

»Anfragen, du meine Güte«, sagte Juana und näherte sich mit ihrem Mund seinem. »Du hast mich ja fast darum betteln lassen.«

Elf

Als Strange sein Reihenhaus betrat, hörte er eine Nachricht von Janine, die ihn zu einem improvisierten Abendessen mit ihr und ihrem Sohn Lionel einlud. Sie hatte ›ein bisschen zu viel‹ gekocht, Hühnchen, sagte sie, und wollte nicht, dass ›all das Essen im Mülleimer landet‹.

Strange rief eine Frau namens Shirley an, mit der er sich von Zeit zu Zeit traf, aber entweder war Shirley nicht daheim, oder sie ging nicht ans Telefon. Strange fütterte Greco und lief mit ihm um den Block.

Wieder daheim kontrollierte Strange sein Portfolio im Netz und hörte währenddessen Elmer Bernsteins Soundtrack von *Die Rückkehr der glorreichen Sieben*. Anschließend duschte er und nahm ein Sportsakko und ein Hemd, das er am Kragen offen stehen ließ. Er rief eine andere Frau an und stellte – da er nicht sonderlich erpicht darauf war, sich mit ihr zu treffen – erleichtert fest, dass ihre Leitung besetzt war. Mit knurrendem Magen meldete er sich bei Janine.

»Baker.«

»Derek hier.«

»Hallo.«

»Ist noch was von dem Huhn übrig?«

»Ich hab's für dich warm gestellt, Derek.«

»Kann ich Greco mitbringen?«, fragte Strange.

»Für den habe ich auch noch 'ne Kleinigkeit«, sagte Janine.

Sie küssten sich eine ganze Weile, ehe Quinn sein Hemd und Juana ihres auszog und anfing, die Häkchen ihres schwarzen Büstenhalters zu öffnen.

»Kann ich dir helfen?«

»Gern.«

Er hatte Probleme mit dem Verschluss. »Hab Geduld mit mir.«

Mit dem Finger fuhr sie über seinen geäderten Bizeps. »Ich dachte, du hättest gemeint, *darf* ich dir helfen?«

»Nein, ich krieg das schon hin. Da haben wir's, ich hab's gleich geschafft.« Er streifte ihren BH ab. Sie ließ sich von ihm betrachten und berühren. Er küsste ihr Schulterblatt, eine ihrer dunklen Brustwarzen, das weiche Fleisch ihrer Brüste und kostete das Salz auf ihrer Haut.

»Das ist schön«, sagte sie.

»Gütiger Gott«, entfuhr es Quinn.

Er stieg aus seiner Jeans, und als er sich umdrehte, sah er, dass sie jetzt auch nackt war. Sie umarmten sich auf einer Decke, die sie über die Couch geworfen hatte. Er küsste sie auf den Mund, rieb sich zwischen ihren Schenkeln, und sie stöhnte unter ihm und lachte leise und vergnügt, als sein Finger ihre geschwollene Scham berührte. Im Gegensatz zu seiner weißen, leicht sommersprossigen Haut war ihre dunkelbraun, und er schob seine weißen Finger zwischen ihre braunen und küsste ihre Hand.

»Weißt du, was wir gerade tun?«, flüsterte Quinn.

»Wir leben die Vielfalt?«

»Bislang gefällt mir das gut.«

»Ganz tief drinnen«, meinte Juana, »sind wir alle gleich.«

Strange besaß einen schwarzen 91er Cadillac Brougham V-8 mit allem Schnickschnack, inklusive eines schicken verchromten Kühlergrills. Mit diesem Wagen, den er während der Arbeit nicht nutzte, legte er nur kurze Strecken innerhalb der Stadt zurück. Er fuhr die Georgia Avenue hoch und hörte eine Kassette mit *World Is a Ghetto*. Neben ihm saß Greco auf einem roten Kissen, das Strange extra für ihn im Auto aufbewahrte, und presste die Nase an die Scheibe der Beifahrertür.

Janine und Lionel Baker wohnten in Brightwood, oben bei der Kreuzung 7th und Quintana, in einem bescheidenen Haus mit roten Schindeln. Strange parkte davor, zog Greco, dem er ein Würgehalsband umgelegt hatte, an der Leine heraus und ging mit ihm zur Eingangstür.

Janine, Lionel und Strange aßen gemeinsam in einem kleinen Esszimmer zu Abend. An der Wand hing *Das letzte Abendmahl.* Janine hatte Greco einen Hühnerknochen gegeben, der noch von letzter Woche übrig war, und der Boxer war damit in den Keller marschiert, wo er nun allein daran herumkaute.

»Reich mir bitte den Kartoffelbrei, junger Mann«, bat Strange.

Lionel war so groß wie seine Mutter und wuchs zu einem attraktiven Mann heran, aber er fühlte sich mit seiner neuen Statur noch nicht richtig wohl. Er hielt Strange die Schüssel entgegen.

»Danke«, sagte Strange, schaufelte einen Berg auf seinen Teller und griff nach der Sauciere.

»Wo gehst du heute Abend hin, Lionel?«, fragte seine Mutter.

»Hab 'ne Verabredung mit einem Mädchen.«

»Wie heißt sie?«

»Sienna.«

»Wie willst du ein Mädchen ausführen, wenn du keinen Wagen hast?«

»Könnte ich vielleicht deinen nehmen?«

»Lionel.«

»Wir gehen mit Jimmy und seinem Mädchen aus. Jimmy kriegt den goldenen Lexus mit den neuen Felgen von seinem Onkel.«

»Woher hat Jimmys Onkel das Geld für einen Lexus?«, fragte Janine und warf Strange über den Tisch hinweg einen Blick zu.

»Weiß ich nicht«, antwortete Lionel, »aber die Karre ist voll cool.« Mit einem Seitenblick auf Strange sagte er: »Natürlich nicht so cool wie ein Caddy, so cool nicht.«

»Hast du etwas an meinem Wagen auszusetzen?«, fragte Strange.

»Mir gefällt er.« Und dann lächelte Lionel und sang: »*Best of all, it's a Cad-i-llac.*«

Janine und Lionel lachten, und auch Strange verzog den Mund zu einem Grinsen.

»Er hat eine schöne Stimme«, fand Janine, »findest du nicht, Derek?«

»Die ist in Ordnung«, meinte Strange. »Zu dumm, dass auf den Platten niemand mehr singt, sonst hätte er Karriere machen können.«

»Ich werde sowieso ein Spitzenanwalt«, sagte Lionel und nahm einen Hühnerschenkel von der Platte.

»Nicht, wenn deine Noten nicht besser werden«, sagte Janine.

»Du gehst doch auf die Coolidge, stimmt's?«, fragte Strange.

»Uh-huh. Hab noch ein Jahr vor mir.«

»Was für einen Film schaut ihr euch heute Abend an?«, wollte Janine wissen.

»Den neuen Chow Yun-Fat, drüben im AMC im City Palace.«

»Was hast du gesagt? Ciao Jung Fett?«, sagte Strange.

»Sehr komisch«, fand Lionel.

Strange musterte das Tupac-T-Shirt, das Lionel trug. Darauf war ein Joint-rauchender Shakur abgebildet. »Geht mich ja nichts an, aber wenn ich mit einer jungen Dame verabredet wäre, würde ich kein T-Shirt tragen, auf dem vorn ein anderer Mann ist.«

»Ach, ich zieh mich noch um, Mr. Derek. Darauf können Sie wetten.« Lionel warf einen Blick auf die Uhr an seinem schmalen Handgelenk. »Um ehrlich zu sein, ich muss mich beeilen. Jimmy wird jeden Moment auftauchen und mich abholen.«

Lionel ließ den Schenkelknochen fallen, nahm seinen Teller und sein Glas und trug beides in die Küche.

»Siehst du jetzt, womit ich mich rumschlagen muss?«, sagte Janine.

»Er ist ein guter Junge.«

»Ich liebe ihn ja.«

»Das weiß ich.«

Janine tätschelte Stranges Hand. »Ich dank dir, dass du heute Abend vorbeigekommen bist, Derek.«

»Keine Ursache«, meinte Strange.

Zehn Minuten später ertönte draußen eine Hupe, und sie hörten Lionel die Treppe hinunterpoltern. Strange stand vom Tisch auf, ging in den Flur und fing Lionel ab, der gerade zur Haustür rauswollte.

»Bis dann, Mr. Derek.«

»Warte noch kurz, Lionel.«

Lionel musterte sich kritisch. Er trug gebügelte Jeans, ein Hilfiger-Hemd und Timberland-Schnürstiefel. »Was, gefällt Ihnen mein Outfit nicht?«

»Du siehst gut aus.«

»Hab mir ein paar neue Timberlands gekauft.«

»Bei Sears kriegt du bessere Schnürstiefel für den halben Preis.«

»Aber die haben eben keine kleinen Bäumchen als Emblem.«

»Hör mal, Lionel.« Strange holte tief Luft. Er verstand sich auf derlei Dinge nicht so gut, aber er wusste, er musste es versuchen. »Fahrt nicht in diesem aufgemotzten Wagen durch die Gegend und raucht kein Gras.«

»Gras?« Lionel schlug einen spöttischen Ton an, woraufhin Strange die Röte ins Gesicht stieg.

»Ich will dir nur Folgendes sagen: Wenn die Polizei einen Wagen sieht, in dem junge Schwarze hocken, vor allem wenn es sich dabei um einen goldenen Lexus mit megaschicken Felgen handelt, der wie eine Drogenkutsche aussieht, glauben die nicht, dass sie ’nen Grund brauchen, euch anzuhalten. Und wenn sie dann Gras oder Marihuana oder wie ihr das heutzutage nennt, finden, dann kriegst du eine Anzeige, und die wirst du nie mehr los. Und dann kannst du das Jurastudium vergessen. Verstehst du, was ich dir sagen will?«

»Ja, Mr. Derek.«

»Na gut.« Derek griff in die Gesäßtasche und zog einen Zwanziger aus der Geldbörse. »Hier. Du willst doch nicht mit einem netten Mädchen ausgehen, ohne das nötige Kleingeld in der Tasche zu haben. Geh mit ihr doch nach dem Film ins TGI Friday und lad sie zu einem Eisbecher oder so was ein.«

»Danke.« Lionel nahm das Geld und zwinkerte. »Vielleicht treibt sie’s nach dem Eisbecher ja sogar mit mir.«

Strange runzelte die Stirn, trat ganz dicht vor den Jungen und senkte die Stimme. »Ich will nicht, dass du so redest, Lionel. Wenn du eine nette Freundin hast, dann behandle sie mit Respekt. So, wie du willst, dass deine Mutter von einem Mann behandelt wird, hast du mich verstanden?«

»Ja, Sir.«

Strange, der den Geldbeutel noch in der Hand hielt, zog ein Kondom heraus, das er für ›Notfälle‹ hinter den Visitenkarten deponiert hatte, und drückte es Lionel in die Hand.

»Aber, für den Fall, dass doch etwas passieren sollte …«

»Danke, Mr. Derek«, meinte Lionel und steckte mit dümmlichem Grinsen den Gummi ein. Wieder hupte es draußen auf der Straße. »Ich zisch jetzt ab.«

»Amüsier dich gut.«

Nachdem Lionel verschwunden war, schloss Strange die Tür ab, kehrte ins Wohnzimmer zurück und überlegte, ob und inwieweit er gerade Mist gebaut hatte.

Janine wartete schon auf ihn. Sie hatte *Songs in the Key of Life* aufgelegt, eine kalte Flasche Heineken und zwei Gläser geholt und auf den Tisch gestellt. Janine saß auf der Couch; ihre bestrumpften Füße lagen auf dem Tisch. Strange setzte sich zu ihr.

»Hast du mit Lionel ein Männergespräch geführt?«

»Ähm, ja.«

»Es gibt recht viel, wo ich ihm allein nicht weiterhelfen kann.«

»Ich bin nur ein Mann und auch nicht klüger als andere.«

»Aber du bist ein Mann. Hin und wieder braucht er einen starken Mann, der ihn an die Hand nimmt.«

Strange grinste und spannte den Bizeps an. »Du hältst mich für stark?«

»Nur zu, Derek.«

»Ich kann dir sagen, heute Abend fühle ich mich nicht sonderlich stark.«

»Hat dich diese Sherman-Coles-Nummer so geschafft?«

»Nur gut, dass ich diesen jungen Mann dabeihatte.«

Janine schob ein Kissen hinter Stranges Kopf. »Erzähl mir, wie dein Tag heute gelaufen ist.«

Sie redeten über die Arbeit. Er erzählte ihr die Coles-Geschichte und sie ihm, dass sie im Büro etwas weggeschafft gekriegt hatte. Und als sie genug geredet hatten und die Bierflasche leer war, gingen sie nach oben in Janines Zimmer.

Sie hatte das Bett aufgedeckt, was sie – wie er wusste – seinetwegen getan hatte. Ihr stets auf den Sender HUR eingestellter Radiowecker war eingeschaltet und spielte leise *Quiet Storm*. Das Zimmer roch stark nach ihrem Parfüm, und als er sie ganz langsam entkleidete, vermischte es sich mit ihrem weiblichem Duft.

Er stieg aus seinen Klamotten und legte die Unterwäsche ab. Nun waren sie beide nackt und küssten sich im Stehen. Er legte die Hände auf ihren Po und streichelte das feste, straffe Fleisch.

»*Mann o Mann*, Janine.«

»Was denn?«

»Einen Hintern hast du, Mädchen.«

»Gefällt er dir nicht?«

»Du weißt, dass er mir gefällt.«

Er schob ihre großen Brüste zusammen und küsste sie. Und dann küsste er sie auf den Mund.

»Komm schon«, hauchte sie atemlos.

»Hast du es irgendwie eilig?«, meinte Strange kichernd und saugte ein bisschen an ihren kalten Lippen.

»Setz dich hin«, sagte Janine.

»Hierhin?«, fragte Strange und zeigte auf die Bettkante.

»Du hast doch gesagt, du bist geschafft«, meinte Janine. »Dann lass mich mal heute Abend machen.«

»Wer ist das hier?«, fragte Quinn.

»Lauryn Hill«, meinte Juana. »Gefällt sie dir?«

»Ja, klingt ganz nett. Hast du eigentlich auch irgendwelche Musik, wo ein Typ singt?«

»Ich hab das *Black Album*. Du weißt schon, von Prince. Zählt das?«

»Ach, Mist«, lachte Quinn.

»Was ist denn so komisch?«

»Genau diese Unterhaltung habe ich heute schon mal geführt.«

Quinn rückte sich anders hin. Als er spürte, dass er wieder eine Erektion kriegte, presste er seine Hüfte an ihre und stieß ein paar Mal gegen sie, damit sie mitkriegte, dass er noch Lust hatte.

»Was hast du vor, rein oder raus?«

»Wollte nur mal sehen, wie die Großwetterlage ist«, meinte Quinn.

»Gut ist sie.«

»Und feucht.«

»Lass den Unsinn.« Juana lächelte. »Einige von den Typen, die ich kenne, hätten es jetzt so eilig zu verduften, dass sie dabei über ihre eigenen Füße stolpern würden.«

»Wollte ich jetzt verschwinden, würde ich auch über etwas stolpern.«

»Hör auf rumzuprahlen.«

»Wie auch immer, ich möchte bleiben.«

»Willst du mir klar machen, dass du nicht zu der Sorte gehörst, die gleich nach dem Vögeln abhauen?«

»Ich will nicht lügen, das hab ich auch schon gemacht. Aber bei dir ist es anders.«

Sie lagen immer noch auf dem Sofa. Quinn deckte sich und Juana mit einer grob gewebten Decke zu. Da das Feuer im Kamin nur noch glimmte, war es im Zimmer kühl geworden. Er betrachtete seinen weißen Körper, der auf ihrem braunen lag.

»Meinst du, das mit uns beiden wird funktionieren?«, fragte Quinn.

»Willst du das denn?«

»Ja.«

Strange lag unter der Decke neben Janine, als Greco ins Zimmer kam, seinen Knochen am Fußteil des Bettes fallen ließ, sich auf den Teppich legte und mit den Pfoten mit den Fransen spielte.

»Er findet, es ist an der Zeit, nach Hause zu gehen.«

»Ich wünschte, du müsstest nicht gehen«, sagte Janine. »Unter dieser Decke ist es warm und behaglich.«

»Wäre nicht gut, wenn Lionel heimkäme und wüsste, dass ich hier bin.«

»Er weiß eh Bescheid, Derek.«

»Wäre trotzdem nicht richtig.«

Janine stützte sich auf einen Ellbogen und fuhr mit den Fingern durch Stranges kurzes Brusthaar.

»Dieser Anwalt, mit dem ich hin und wieder Geschäfte mache«, sagte Strange. »Dieser Typ von der 5th Street mit den billigen Anzügen.«

»Markowitz?«, sagte Janine.

»Ja, der. Der schuldet uns doch noch Geld, oder?«

»Soweit ich mich erinnere, ist da noch eine Rechnung offen.«

»Ruf ihn morgen mal an und frag nach, ob er uns nicht die Abschriften von der Anhörung des Ausschusses für Innere Angelegenheiten im Quinn-Fall besorgen kann.«

»Und ihm dafür die Schulden erlassen?«

»Sieh nach, wie hoch sie sind, und triff dann eine Vereinbarung, die dir angemessen erscheint.«

»Was hältst du von diesem Quinn?«

Den ganzen Abend hatte Strange über Terry Quinn nachgedacht. Quinn war gewalttätig, furchtlos, empfindlich und durcheinander ... und zwar alles gleichzeitig. Das war eine gefährliche Mischung. So jemand war in Situationen wie heute zwar ganz nützlich, aber er war nicht der Richtige, um eine Uniform zu tragen und das Gesetz zu vertreten.

»Ich weiß noch nicht genug über ihn«, sagte Strange. »Als Nächstes werde ich diese Abschriften lesen und dann zieh ich los und unterhalte mich mal mit den anderen Beteiligten.«

»Glaubst du, Quinn hat falsch reagiert?«

»Ich glaube, er war ein Weißer, der gesehen hat, wie ein Schwarzer mitten auf der Straße mit einer Waffe auf einen anderen Weißen zielt. Er hat genau so reagiert, wie er von Geburt an von dieser Gesellschaft programmiert wurde.«

»Dann denkst du also, er ist so?«

»Er ist wie die meisten Weißen. Du weißt ja, die meisten würden steif und fest behaupten, mit Rassismus rein gar nichts am Hut zu haben.«

»Ja, sie haben ein reines Herz und keine bösen Gedanken.«

»Quinn hält sich nicht für so jemanden«, sagte Strange. »Aber er ist so.«

Zwölf

Als Nestor Rodriguez in den Rückspiegel schaute, entdeckte er zehn Autos weiter hinten den grünen Ford. Er wählte eine Nummer und schnappte sich das neben ihm liegende Handy, als es am anderen Ende klingelte.

»Lizardo.«

»Bruder.«

»Wir sind gleich da. Ich hab gerade eben Boone angerufen und ihm gesagt, er soll uns abholen.«

»Müssen wir dem Zwerg eigentlich jedes Mal derart entgegenkommen?«

»Der Trottel will nicht, dass wir mitkriegen, wo er und sein Vater wohnen. Er besteht darauf.«

»Warum können wir den Handel nicht auf dem Parkplatz über die Bühne bringen?«

»Weil der Kleine das *Manteca* gern daheim und vor unseren Augen abwiegt und testet. Hat Schiss, über den Tisch gezogen zu werden.«

»Scheiße«, murrte Lizardo. Es klang wie ›Tscheiße‹.

Die Rodriguez-Brüder brauchten sich keine Sorgen zu machen, dass jemand ihre Unterhaltung im Äther aufschnappte. Nestor hatte einen jungen Software-Designer in Florida bezahlt, damit er die elektronischen Seriennummern und die Mobilidentifikationsnummern der beiden Handys änderte. Zudem war an beiden Telefonen ein Gerät namens Jammer Scrambler angebracht, das ihre Stimmen verzerrte.

Nestor fuhr in einem blauen Ford Contour SVT die 270 Richtung Norden. Ricardo Rodriguez folgte im gleichen Modell in grün. Fünf Kilogramm braunes Heroin aus Kolumbien lagen im Kofferraum von Nestors Ford, und Lizardo hatte noch mal die gleiche Menge in seinem.

Von außen sahen die Contours wie Familienkutschen aus, was sie mit ihren 200 PS aber nicht waren. Die Wagen beschleunigten von 0 auf 60 Meilen in 6,9 Sekunden und kamen knapp über 140 Meilen pro Stunde. Für die Auslieferungen waren die unauffälligen Fords genau richtig, aber in Orlando, ihrer zweiten Heimat, fuhren die Rodriguez-Brüder lieber auffälligere Karren. Vor allem der ledige Nestor fuhr auf schöne Autos ab. Er besaß einen Mustang Cobra und einen SVT, der 60 Meilen in 5,5 Sekunden schaffte. Dass er ihn kosmetisch nicht aufgemotzt hatte, erfüllte ihn mit großem Stolz. Na ja, ganz original war er auch nicht mehr. Er hatte hinten zwei Bilder von nackten Mädels mit Haaren, wie nur Weiße sie haben, aufgeklebt. ›Ladys willkommen‹ stand in Neonschrift zwischen den Figuren. Aber ansonsten hatte er nichts verändert.

»Mit wem hast du gerade eben gesprochen?«, wollte Nestor wissen.

»Mit meiner Frau«, sagte Lizardo. »Ihr Vater weigert sich, was anderes anzubauen. Ich hab versucht, ihm klar zu machen, dass das Kartell ihm den Dünger und Samen stellt und eine Garantie gibt, dass wir das, was er erntet, auch absetzen. Bei Mohn kann er zweimal im Jahr ernten, also doppelt so oft wie bei Kaffee. Und wir würden seinen

Erntehelfern das Vierfache von dem zahlen, was sie bei der Kaffeeernte einsacken.«

»Wo liegt das Problem?«

»Er ist 'n Bauer«, meinte Lizardo. »Da liegt das Problem. Wenn er die amerikanischen Hubschrauber sieht, diese schwarzen Bells mit den Schützen in der Tür, kriegt er Schiss. Wenn er mich, seinen Schwiegersohn, sieht, kriegt er Schiss. Der muss nur seinen eigenen Schatten sehen, Bruder, und schon scheißt er sich vor Angst in die Hose.«

»Bauern«, stöhnte Nestor angewidert.

»Ja. Ich versuch ja nur, ihm zu helfen, damit mich meine Alte endlich in Ruhe lässt. Und vielleicht mal zur Abwechslung wieder die Beine breit macht.«

Nestor war schon klar, wieso Lizardos Frau keine Lust hatte, mit ihm zu schlafen. Lizardo trank oft einen über den Durst, und wenn er besoffen war, führte er sich im Bett nicht gerade wie ein Gentleman auf. Und wenn er so abgestürzt war, dass er keinen hochkriegte, dann schlug er mit Fäusten auf sie ein. Nestor fand schon, dass es manchmal nötig war, eine Frau zu schlagen, dass sie es sogar wollten, aber Frauen waren überhaupt nicht gut drauf, wenn man sie andauernd prügelte.

»Überrede ihn, zu euch nach Florida zu ziehen«, schlug Nestor vor. »Du kannst es dir doch leisten.«

»Das will er aber nicht. Und ich will diesen abgeranzten Kerl nicht in meinem Haus haben. Selbst wenn er mal duscht, stinkt er noch wie ein Bauer.«

»Vielleicht kann ja der Bruder deiner Frau was machen und mal mit deinem Schwiegervater reden.«

»Der Priester? Ha! Er kann ja nicht mal sich selbst helfen.«

»Hat er Probleme mit dem Zölibat?«

»Der hat sich noch nie an sein Gelübde gehalten. In dem alten Dorf gibt es ein Sprichwort: Alle Kinder nennen den

Priester Vater, nur seine eigenen Kinder nicht, die nennen ihn Onkel!«

Nestor und Lizardo brachen in Gelächter aus. Dann blinkte Nestor, fuhr auf die rechte Spur und vergewisserte sich, dass sein Bruder noch an ihm dran war.

Nestor warf einen prüfenden Blick in den Rückspiegel. Sein schwarzes Haar war zurückgekämmt und mit Gel fixiert, und er trug einen sauber gestutzten Van-Dyke-Bart. Die von Geburt an zwischen den Augenbrauen wuchernden Haare hatte er abrasiert, so dass sein Gesicht nun nicht mehr durch einen durchgehenden Balken verunstaltet wurde. Die Ohrläppchen zierten jeweils ein goldener Ohrring. Nestor studierte aufmerksam die Bilder im *Esquire* und *GQ* und hielt sich über den neusten Stil und das richtige Styling auf dem Laufenden. Und dann ging er los und kaufte solche Klamotten wie die, die in den Zeitschriften abgebildet waren, aber nicht von Designern, weil die viel zu teuer waren. Er kaufte bei Men's Wearhouse und Today's Man.

Nach einer Meile stießen sie auf ein lang gezogenes Shoppingcenter. Auf einer Parzelle dahinter wurden gerade Häuser hochgezogen. Der Parkplatz war halb voll. Am Ende einer Reihe entdeckte Nestor zwei leere Parkplätze. Er fuhr auf einen Platz und wartete, bis sein Bruder neben ihm parkte. Nestor griff unter den Sitz und holte seine Waffe, eine 9-Millimeter-Sig-Sauer mit acht Schuss Munition im Magazin hervor. Die Sig steckte er in ein Lederhalfter unter seinem Jackett.

»Hast du mit Coleman gesprochen?«, fragte Lizardo, der immer noch das Handy in der Halt hielt.

»Seit letztem Mal nicht mehr. Ich werde ihn heute Abend aus Baltimore anrufen.«

»Wird er bei der nächsten Lieferung auch Koks abnehmen?«

»Er sagte, er kauft sein Kokain bei einem Händler in

Los Angeles und will es dabei belassen. Aber ich hab ihm gesagt, wenn er unser *Manteca* will, muss er auch Koks abnehmen. Ich hab ihm gesagt, wir können nur noch beides zusammen verkaufen. Das *Manteca* verkaufen wir den Boones zu einem erstklassigen Preis. Selbst bei dem Betrag, den die Boones draufschlagen, kriegt Coleman das Heroin nirgends billiger, und das weiß er.«

»Was, wenn er sich weigert?«

»Dann werden wir die Boones dazu bringen, das *Manteca* an jemand anderen zu verscherbeln.«

Lizardo streckte die Hand über den Sitz, öffnete das Handschuhfach und holte seine Davis .32 heraus. Die Waffe hatte sich bei geringer Distanz bewährt, und außerdem passte sie hervorragend in die Tasche seiner gebügelten schwarzen Hose. Er verstaute sie dort und dachte kurz über die Situation nach. Nestor holte, was Geschäfte anbelangte, nie seinen Rat ein, obwohl Lizardo manchmal echt auf gute Ideen kam. Und jetzt glaubte er, wieder eine zu haben.

»Hör mal«, sagte Lizardo. »Wir werden einfach wieder direkt an Coleman verkaufen. Dann wird es für ihn billiger, richtig? Vielleicht können wir ihn so überzeugen, auch den Koks abzunehmen.«

»Du vergisst, weshalb wir die Boones überhaupt mit reingenommen haben.«

»Haben wir doch gar nicht. Das war unser Cousin Roberto, der zusammen mit dem Kleinen im Knast war.«

»*Wir* haben Roberto gebeten, für uns einen Boten zu suchen.«

»Stimmt auch wieder.«

Nestor holte tief Luft. Er durfte mit seinem Bruder, der im Kopf etwas langsam war, nicht die Geduld verlieren.

»Lizardo. Willst du in diese fertige Stadt fahren und direkt mit den Niggern Geschäfte machen?«

»Nein.«

»Dann brauchen wir die Boones. Im Moment jedenfalls noch. Also, lass den kleinen Ray in Ruhe, kapiert? Du legst es immer darauf an, ihn auf die Palme zu bringen.«

»Grütze«, schimpfte Lizardo. Und es klang wie ›Krütze‹.

Edna Loomis setzte den Stoßdämpfern ordentlich zu, als sie mit dem Ford Pickup über den Kies polterte, aber das scherte sie nicht, denn sie hatte es mit dem Heimkommen eilig. Travis Tritt schallte laut aus den Boxen. Um in Fahrt zu bleiben, hatte sie das Radio im Armaturenbrett ziemlich aufgedreht.

Vergangene Nacht hatte sie mithilfe eines Spezialkitts aus dem Eisenwarenladen von Rays Schlüssel einen Abdruck gemacht. Dazu hatte ihr eine Freundin geraten, die auch gern Kristalle rauchte. Ihre Freundin Johanna mit den Mega-Haaren hatte sie davon überzeugt, dass Ray nichts spannte, wenn sie hie und da ein bisschen was für sich abzweigte, und da sie es Ray zudem umsonst besorgte, hatte sie ein Anrecht darauf, regelmäßig etwas von dem Riesenvorrat abzukriegen. Immerhin war Edna Rays Freundin oder fast schon Frau, und wieso sollte eine Ehefrau jedes Mal fragen müssen, wenn sie high werden wollte.

Also hatte sie gestern Nacht, nachdem Ray schlafen gegangen war, den Schlüssel von dem Ring mit der Kette genommen. Als er am Morgen aufwachte, war der Ring genau dort, wo er gewesen war, als er seine Jeans über den Stuhl im Schlafzimmer gelegt hatte. Ray merkte rein gar nichts. Sie hatte diese Kitt zu einem Bekannten von Johanna gebracht, damit er für sie einen Nachschlüssel machte. Und nun steckte der glänzende neue Schlüssel in ihrer Tasche.

Edna fuhr von der F-150 in den Hof und parkte zwischen dem Taurus und Rays Shovelhead. Rays Beine hingen aus der offenen Taurustür; neben seine Füßen stand sein Metallwerkzeugkasten. Er fummelte andauernd an dem Wagen oder der Harley herum. Als Edna aus dem Pickup stieg, rutschte er aus dem Wagen, stand auf und bürstete sich ab.

»Dachte, ich hätte dir gesagt, du sollst dir 'nen Film ansehen oder so«, sagte Ray. »Du weißt doch, dass Dad und ich heute hier geschäftlich zu tun haben.«

»Hab meine Kassettenbox vergessen«, meinte Edna. »Kann doch nicht den ganzen Tag ohne meine Musik in der Gegend rumfahren.«

»Also, beeil dich. Hol die Kassetten und zieh Leine.«

»Wo ist Earl?«

»Im Haus, wieso fragst du?«

»Aus keinem bestimmten Grund. Hab mich nur gefragt, wo er steckt. Hör mal, mach dir meinetwegen keine Sorgen, mach einfach da weiter, wo du aufgehört hast.«

Ray kroch wieder in den Wagen, quetschte sich zwischen die Bank und die Pedale und fragte sich, wieso Weiber so viel Worte um nichts machten. Er baute die Geheimfachklappe neben der Lenksäule wieder zusammen, nachdem er sie auseinander genommen und die beweglichen Teile geschmiert hatte. In letzter Zeit fiel die Klappe ziemlich langsam herunter, und so etwas ging ihm schwer auf den Keks. Ein bisschen Silikonspray wirkte Wunder. Jetzt musste er sie nur noch anschrauben. Und dann konnten er und sein Vater sich mit den Rodriguez-Brüdern beim Einkaufszentrum treffen.

Angetrieben vom Adrenalin, hetzte Edna durch den Schuppen bis ganz nach hinten, steckte den neuen Schlüssel ins Schloss der Stahltür und grinste, als der Schlüssel sich drehen ließ. Ohne einen Blick über die Schulter zu werfen, trat sie in den Raum, in dem die Drogen aufbewahrt wurden. Johanna hatte Recht behalten: Wenn man Mumm hatte, war es ein Kinderspiel.

Den Riegel schob sie nicht vor, denn es wäre eine Katastrophe, wenn sie Ray erklären müsste, was sie hinter einer verschlossenen Tür zu suchen hatte. Aber so wirkte sie nicht ganz so schuldig, falls er sie überraschen sollte, und dann konnte sie immer noch weibliche Neugier, die alte Ausrede, geltend machen.

Jetzt ist aber gut, Edna, hör auf herumzutrödeln.

Sie entdeckte den Herd, auf dem Ray das Meth kochte. Darüber war ein Regalbrett, auf dem alte Behälter verschreibungspflichtiger Medizin standen, diese braunen Plastikdinger mit den weißen Deckeln. Sie öffnete eins der Plastikdöschen. Darin waren längliche Kapseln, Rays persönlicher Vorrat. Darauf war sie nicht aus. Das nächste, das sie aufmachte, war randvoll mit Speedkristallen. Die Hälfte schüttete sie in eine Hand und füllte sie dann in ein Filmdöschen, das sie in ihrer Tasche aufbewahrte. Wie bitte, wollte Ray etwa jedes Kristall zählen, das er hatte? Wie pflegte Johanna zu sagen: Ich *glaube* nicht.

Ehe sie den Raum verließ, warf sie noch schnell einen Blick auf Rays Werkzeug und Sportgeräte. Männerspielsachen. Doch dass er Gewichte stemmte, darüber würde sie sich nie beklagen. Ray war zwar ein bisschen kurz geraten, aber wenn er abends das Hemd auszog, machte sein Anblick sie ganz feucht zwischen den Beinen. Sie stand auf diesen Pitbull-Look.

Irgendwo hier drin befand sich auch der Eingang zu diesem kleinen Tunnel. Darüber hatte sie sich mit Johanna bald halb kaputtgelacht, nachdem sie beide in dieser Taverne in der Nähe von Poolesville ein paar Drinks zu viel hinter die Binde gekippt hatten. Die Jukebox dort war mit Whitesnake, Warrant und all den anderen Bands, auf die Johanna abfuhr, bestückt. Ray jagte ihr ganz gern Angst ein und redete von den Schlangen, die dort unten im Tunnel lebten, aber sie gab nicht viel auf sein Geschwätz. Vor Schlangen hatte sie keinen Schiss; Schlangen waren nichts anderes als zu groß gewachsene Würmer. Und überhaupt –

aus welchem Grund sollte sie Bock haben, in diesen dreckigen Tunnel zu kriechen?

Den Raum verließ sie so selbstsicher, wie sie ihn betreten hatte. Der Saloonbereich mit der Bar, den Ray und Earl eigenhändig zusammengezimmert und dekoriert hatten, war leer. Keiner hatte irgendetwas mitgekriegt.

Sie schloss die Tür ab und schüttelte ihr Haar. Sie hatte es geschafft und war richtig stolz.

Earl Boone saß auf dem Bettrand, trank den letzten Schluck aus einer Dose Busch-Bier, presste die Dose zusammen, warf sie in den Mülleimer, wo sie scheppernd auf den anderen landete, und trat ans Schlafzimmerfenster. Er hob den Deckel der Marlboro-Schachtel, klopfte eine Zigarette heraus und zog sie mit den Lippen aus der Schachtel. An die Zigarette hielt er ein Zippo, das auf der einen Seite mit einer Karte von Vietnam, auf der anderen mit dem Marinekorpsabzeichen verziert war. Unter der Karte standen die Worte ›Zum Töten angeheuert‹. Jedes Mal, wenn er das Feuerzeug in die Hand nahm, erinnerte er sich mit einem Anflug von Zärtlichkeit daran, was für ein energiegeladener Bursche er früher gewesen war.

Edna kam aus dem Schuppen gelaufen, als säße ihr der Teufel im Nacken. Schnellen Schrittes hielt sie auf den Lieferwagen zu und schüttelte ihre Haarmähne. Das Mädchen hatte es immer eilig, nur am Morgen nicht, wenn sie völlig verranzt aussah. Jetzt redete oder stritt sie sich mit Ray. Ob die beiden sich in den Haaren lagen oder nicht, konnte Earl nie eindeutig sagen. Er kapierte nicht, wieso Ray dem Mädel nicht einfach eine verpasste, wenn sie mal wieder eine große Lippe riskierte, wie das nun mal so ihre Art war. Unter Männern war Ray nicht in der Lage, sich zu beherrschen, aber kaum kam er in die Nähe einer Möse, wurde er zahmer als ein unterwürfiges Hündchen.

Manche Typen waren eben so, aber Earl nicht. Früher, als Earl noch mit Rays Mutter Margo verheiratet gewesen war, Gott sei ihrer Seele gnädig, da hatte er schon mal mit der Hand und ein oder zwei Mal sogar mit der Faust zugelangt, wenn sie zu viel Gin gekippt hatte, Mut fasste und vergaß, mit wem sie es zu tun hatte. Irgendwann kriegte sie vom vielen Gin eine Leberzirrhose. Und dann, als sie an den vielen Maschinen hing, Schläuche in der Nase hatte und auf eine Transplantation wartete, hätte er sich beinah bei ihr entschuldigt, dass er sie geschlagen hatte, aber das brachte er einfach nicht übers Herz, und dann war es auch schon zu spät. Verdammt, er wusste, dass sie nie und nimmer eine neue Leber kriegte. Die kriegte irgendein reicher Sack, selbst wenn er weiter unten auf der Warteliste stand. So lief es eben auf dieser Welt. Das hatte er schon begriffen, als er aus der Wiege fiel und Laufen lernte.

Nun fuhr Edna mit dem Lieferwagen vom Hof, den Kiesweg hinunter.

Earl zog seine Winterjacke an, verstaute Kippen und Feuerzeug in der einen Tasche und die .38er in der anderen. Dann schnappte er sich seine Kühlbox mit dem Sixpack und schaltete das Licht aus. Sah ganz so aus, als wäre Ray endlich mit dem Wagen fertig. Nun konnte sein nervöser, startbereiter Sohn es nicht mehr erwarten, endlich loszukommen. So war er immer, wenn irgendetwas Wichtiges anstand.

Dreizehn

Nestor Rodriguez sah, wie der Taurus auf den Parkplatz rollte und langsam die Reihen abfuhr. Wenn Ray Boone auf den Platz kam, hielt er immer Ausschau nach Bullen und Typen vom DEA in nicht gekennzeichneten Fahrzeugen. Nestor hatte sich schon einen Überblick verschafft und rechnete nicht mit Schwierigkeiten. Solche Autos stachen sofort ins Auge. Aber Ray war einer von der Sorte, die immer auf Nummer sicher gehen mussten.

»Sie sind da«, sprach Nestor ins Handy und fügte, während er den Taurus im Rück- und Seitenspiegel inspizierte, hinzu: »Warte, bis ich dir Bescheid gebe. Erst dann schließt du deine Karre ab und kommst zu mir herüber.«

Ray Boone parkte den Taurus neben Nestors Contour. Nestors Blick wanderte von dem Alten, wie gewöhnlich unrasiert und mit der Aura eines Trunkenboldes, zu Ray, der hinter dem Steuer saß. Nestor nickte Ray zu und sagte: »Alles in Butter, Lizardo, du kannst kommen.«

»Wie sehen unsere Freunde heute aus?«, wollte Lizardo wissen.

»Lass deine Scherze«, warnte Nestor und warf Ray durchs Fenster ein vages Lächeln zu. »Der kleine Scheißer kann mit deinem Humor rein gar nichts anfangen. Wir wollen nur das Geschäft über die Bühne bringen und dann gleich wieder verschwinden. Und kein Spanisch, Lizardo, das kann er auch nicht vertragen.«

»Gut«, meinte Lizardo. »Ich komm jetzt.«

Nestor umklammerte das Handy. Der lustige Unterton in der Stimme seines Bruders gefiel ihm gar nicht. Schon früher, in ihrer Kindheit, hatte Lizardo stets den Spaßvogel gespielt.

Lizardo stieg aus seinem Wagen, schloss ab, vergewisserte sich noch mal, dass die Türen zu waren, schlenderte an der Wagenreihe vorbei und steckte die Schlüssel in die Tasche. Er trug die gleiche Frisur wie sein Bruder, rasierte sich aber nicht zwischen den Brauen, so dass ein fetter Haarbalken seine Stirn zierte. Lizardo hatte einen kleinen Schnauzbart. Sein Kinn war glatt rasiert. Auf Oberkleidung legte er nicht ganz so großen Wert wie sein Bruder. Er kaufte seine Sachen bei Target und Montgomery Ward, denn Stoffe, die knitterten, konnte er nicht ausstehen, und ihm war schleierhaft, wieso manche Idioten dafür auch noch mehr Kohle abdrückten. Wenn er ein bisschen über den Durst getrunken hatte, konnte es schon mal vorkommen, dass er in seinen Klamotten schlief.

Nestor stieg aus dem Contour, schloss ab und traf Lizardo hinten am Wagen. Er machte den Kofferraum auf, zog den Teppichrest weg, der normalerweise die Mulde mit dem Ersatzreifen bedeckte, in der heute aber fünf identische Sporttaschen mit Adidas-Logo lagen. Zwei der Taschen holte er heraus, legte den Teppich wieder richtig hin und schloss den Kofferraum ab. Seine Bewegungen verrieten Gelassenheit, und er und sein Bruder waren völlig entspannt.

Nestor und Lizardo trennten sich. Nestor ging auf die eine Seite des Taurus, Lizardo auf die andere, und dann rutschten beide auf den Rücksitz.

»Hallo, Ray«, sagte Nestor. »Hallo, Earl.«

»Hola, Amigos«, begrüßte Ray sie.

»Wie geht's, Earl?«, fragte Lizardo und klopfte Earl auf die Schulter.

»Gut. Und dir?«, sagte Earl, machte eine Dose Busch auf und nahm einen großen Schluck.

»Legt euch lang dahinten«, forderte Ray. »Es ist nicht weit.«

Sie protestierten nicht. Dieses kleine Ritual schien Rays Nerven zu beruhigen. Nicht zum ersten Mal falteten sich Nestor und Lizardo auf der Rückbank zusammen. Nestor ließ die Beine von der Bank baumeln und presste das Gesicht aufs Sitzpolster. Lizardo tat es ihm gleich, legte sich aber genau andersherum hin, so dass Nestors Gesicht gerade mal ein paar Zentimeter von Lizardos Hinterteil weg war.

»Nun mal los«, meinte Ray und stieß rückwärts aus dem Parkplatz.

Sie hatten auf der Interstate ungefähr eine Meile zurückgelegt, als Nestor ein lautes Dröhnen vernahm und ihm kurz darauf ein ekelhafter Geruch aus Lizardos Hose in die Nase stieg.

»Lizardo«, flehte Nestor. »Ich bitte dich.«

»Kann's auch nicht ändern, Nestor. Diese *huevos rancheros*, die ich heute Morgen auf der Autobahn bei Denny's aufgegessen habe …«

»Du *kannst* dich zusammenreißen! Ich hör ganz genau, wie du's rauspresst!«

»Tut mir Leid«, sagte Lizardo.

Aber das war erstunken und erlogen. Und als er hörte, wie sein Bruder würgte, musste er kichern.

Nestor spürte, wie der Wagen langsamer wurde und die Reifen nach einer scharfen Kurve über Kies rollten, als sie auf das Grundstück der Boones fuhren. Eine ganze Weile fuhren sie langsam, bis der Wagen dann endlich zum Stehen kam.

»Ihr könnt wieder hochkommen«, meinte Ray und stellte den Motor ab.

Die vier Männer stiegen aus dem Wagen. Auf dem Hof lagen Reifen, Ölfässer, abgefahrene Bremsbeläge, Hohlraumsteine, hochkant stehende Holzstämme und eine verrostete Baggerschaufel. Ein Preußenhelm hing am Kinnriemen am Lenker einer alten Harley. Ein Plastik-Hirschkopf war mit Nägeln über der Schuppentür befestigt. Das Haus neben dem Schuppen brauchte dringend einen neuen Anstrich. Auf der schrägen Veranda baumelte eine vertrocknete Pflanze unter der Decke.

Weißer Abschaum, fuhr es Nestor durch den Sinn. Egal wie viel Kohle sie auch zusammenraffen mögen, für Stil reichte es nie.

»Lasst uns reingehen und uns ein bisschen aufwärmen«, schlug Ray vor, »während wir uns an die Arbeit machen.«

Sie gingen zum Schuppen hinüber. Ray warf Nestor, der lässig die beiden Sporttaschen schwenkte, einen Blick von der Seite zu. In seinem glänzenden Anzug mit den dicken Schulterpolstern und diesen funkelnagelneuen spitzen Schuhen, auf die er so stand, schaukelte Nestor hin und her wie eine Tunte. Heute Morgen war es scheißkalt, und was machte Nestor? Er hatte Schuhe mit Löchern an. Ray wusste, dass Nestor auf Frauen stand, und hätte gewettet, dass sich dieser braune Bursche in diesen Klamotten für ziemlich attraktiv hielt. Er hatte Ray mal geflüstert, dass die Mädels unten in Florida ihn ›Nestor, den Anbaggerer‹ nannten, worauf er auch noch stolz war. Na ja, vielleicht fuhren sie da unten ja auf dieses Styling ab, aber hier oben in Maryland, hier draußen auf dem Land? Da kam er, wenn man Ray fragte, ganz schön dämlich rüber.

»He, Nestor«, sagte Ray, »wie viel hast du für diesen Anzug hingeblättert? Einen Dollar?«

»Anderthalb«, erwiderte Nestor defensiv.

»Was meinst du, Daddy? Denkst du, ich würde in so einem Anzug was hermachen?«

»Hm«, grunzte Earl.

Im Schuppen war es warm. Sie nahmen ein paar Drinks. Ray bestand darauf, ihnen zum Bier auch noch Tequila, den mit dem goldenen Etikett vom obersten Regalbrett hinter der Bar, anzudrehen. Earl saß mit ihnen an einem der Kartenspielertische mit grünem Filzbelag, während Ray in sein

Geheimverlies ging, das braune Heroin wog und sich vergewisserte, dass er nicht übers Ohr gehauen wurde. Ray behauptete, dort hinten auch eine Art chemischen Test durchzuführen, doch Nestor war noch nie Zeuge dieser Prozedur geworden.

Earl redete nicht viel, während er Nestor und Lizardo, die Bier und Tequila tranken, Gesellschaft leistete. Er rauchte eine Kippe nach der anderen, nickte, wenn Nestor versuchte, sich mit ihm zu unterhalten, aber mehr als ein Nicken, ein ›Ja‹ oder ›Hhm‹ war ihm nicht zu entlocken.

»Jetzt mach aber mal langsam«, warnte Nestor und deutete auf die Cuervo-Flasche, die Lizardo hochhob und zum Glas führte.

»Nur ein Schlückchen«, meinte Lizardo, schenkte sich drei Finger breit ein und stellte die Flasche wieder auf den Filz.

Nestor war nicht gern in Lizardos Nähe, wenn er trank. Wenn sein Bruder Schnaps trank, wurde er noch stumpfsinniger und dämlicher, als er eh schon war.

Im Hinterzimmer brach Ray eine Kapsel Meth auf, schüttete den weiß gesprenkelten Inhalt neben dem Daumen auf die Hand, schnupfte das Zeug und lief dann in dem Raum auf und ab. Ihn gelüstete es nach einer Zigarette. Sein Herz trommelte wie wild. Er machte ein Set Hammercurls, öffnete dann die Tür zum Saloon und steckte den Kopf ins Zimmer.

»Nestor! Lizardo! Kommt nach hinten und holt euch euer Geld!«

Nestor warf Lizardo einen Blick zu und zuckte mit den Schultern. Sie standen auf und gingen ins Hinterzimmer. Nachdem Earl seine Zigarette ausgedrückt hatte, folgte er ihnen. Als alle vier Männer im Zimmer waren, schloss Ray die Tür.

Schon von Anfang an hatte dieses Verlies Nestors Neugier erregt. Bislang war er noch hereingebeten worden, und nun war er irgendwie enttäuscht. Es gab eine Werkbank, ein paar Waffen in einem Schrank, Utensilien für die Herstellung von Drogen, ein paar Safes, eine Hantelbank, ein paar Hantelstangen und auf einem kleinen Tisch neben der Toilette einen Stapel Pornoheftchen. Sah fast genauso aus wie das Zimmer im Keller von Nestors Haus.

»Alles in Ordnung?«, fragte Nestor.

»Ja, alles okay«, meinte Ray.

»Dann werden wir jetzt unsere Kohle einsacken und uns auf den Weg machen.«

»Ihr müsst ja noch den Rest unter die Leute bringen, stimmt's?«

»Euch beliefern wir immer zuerst, Ray.«

»Macht euch bestimmt 'n bisschen kribbelig, dass ihr den Rest der Lieferung im Kofferraum auf dem Parkplatz gelassen habt.«

»Selbst wenn mir das Kopfzerbrechen bereiten sollte«, sagte Nestor und lächelte fröhlich, »dann kannst du das getrost meine Sorge sein lassen.«

Lizardo kicherte leise. An dem vertrauten glasigen Blick seines Bruders konnte Nestor ablesen, dass die Biere und der Tequila Wirkung zeigten.

»Gibt's was zu lachen?«, fragte Ray.

»Ja, deine Stiefel, *Menino*«, sagte Lizardo und musterte die handgefertigten Dingos, die Ray trug.

»Was heißt *Menino*?«, wollte Ray wissen.

Nestor musste sich schwer beherrschen, damit er nicht zusammenzuckte. *Menino* hieß ›kleiner Mann‹. So rief man einen Jungen.

Nestor sagte: »Das ist ein anderes Wort für Amigo, Ray. So was wie Kumpel.«

»Die Stiefel *gefallen* mir«, sagte Lizardo. »Ehrlich, Ray.

Und diese Absätze! Sag mal, wo kriege ich solche Stiefel her?«

»Wozu brauchst du die?«, meinte Ray skeptisch.

Lizardo grinste. »Würde meiner Alten gern ein Paar mitbringen.«

Ray trat einen Schritt vor. Earl unterdrückte ein Grinsen.

»Das meint er doch nicht so, Hosenscheißer«, sagte Earl. »Er treibt nur seine Späßchen mit dir, das ist alles. Los, gib den Jungs ihr Geld.«

Ray ging zur Werkzeugbank, hob die Sporttaschen hoch, die die Rodriguez-Brüder mitgebracht hatten, und gab sie Nestor, der den Reißverschluss einer Tasche aufzog und einen Blick hineinwarf.

»Zähl nach«, sagte Ray.

»Ich brauch nicht nachzählen«, sagte Nestor. »Wir werden ja noch lange miteinander Geschäfte machen.«

»He, Ray«, sagte Lizardo und deutete mit dem Kinn auf die Hantelbank. »Hebst du diese Dinger wirklich ganz allein?«

»Verdammt richtig«, sagte Ray. »Zweihundertundfünfzig Pfund. Die kann ich den ganzen Tag lang stemmen.«

»Lass uns gehen, Bruder«, sagte Nestor.

»Was?«, sagte Ray. »Glaubt ihr mir nicht?«

»Keine Ahnung«, erwiderte Lizardo und zwinkerte Nestor zu. »Du siehst ziemlich kräftig aus, aber …«

»Ich werd's euch zeigen«, sagte Ray. »Und ich stemm sie nicht nur ein Mal, sondern gleich zehn Mal. Wie findet ihr das?«

Lizardo breitete die Hände aus. »Wenn du's mir beweisen willst, dann nur zu, pffft.«

»Idioten«, fand Nestor und baute sich zwischen Earl und der Hantelbank auf.

Ray zog sein Flanellhemd aus, unter dem er ein weißes T-Shirt trug. Er legte sich auf die Bank, auf deren Polster das

Wort *Brutus* stand, legte die Hände um die Stange, holte ein paar Mal tief Luft und hob die Stange von dem Gestell, auf dem sie lag. Er hob und senkte die Stange ein, zwei, drei Mal und zählte laut mit. Auf seiner Stirn und am Hals traten die Adern hervor. Nach dem zehnten Mal legte er die Stange vorsichtig aufs Gestell zurück.

Ray setzte sich auf, musterte kurz seine Arme und lächelte Lizardo zu. »Jetzt bist du an der Reihe.«

»Denkst du, ich schaff das nicht?«

»Jetzt du«, sagte Ray.

»*Vamonos*, Lizardo«, forderte Nestor.

»Ihr *vamonos* überhaupt nirgendwohin, bevor er nicht die Stange hochgehoben hat«, stellte Ray klar. »Ich hab's gemacht, und jetzt ist er dran. Komm schon, Lizardo, hast du's drauf?«

»Klar doch«, meinte Lizardo. »Aber muss ich auch mein Hemd ausziehen?« Es klang wie ›Chemd‹.

Lizardo stieß einen kurzen Lacher aus, ehe er sich auf der Bank niederließ. Er legte die Hände um die Stange, ließ los, fasste wieder zu, holte rief Luft und hielt den Atem an. Ray baute sich genau mittig hinter dem Gestell auf.

»Eins!«, rief Lizardo, als er die Stange hochhob, und schnallte gleich, dass er das Ding nur zwei- oder dreimal hochheben konnte, denn die Gewichte waren viel schwerer, als er gedacht hatte.

»Zwei!«, sagte er mit dünner Stimme. Er kriegte die Stange kaum bis zum Ellbogen hoch, nahm sie langsam runter bis fast auf die Brust, holte Luft und stemmte mit aller Kraft.

Diesmal konnte er nicht mitzählen. Es war verdammt schwer, die Stange überhaupt hochzukriegen. Seine Arme brannten und zitterten, und er spürte, wie ihm das Blut ins Gesicht stieg. Die Stange war erst halb oben, und mehr war einfach nicht mehr drin. Flehend sah er zu Ray hoch.

»Ich hab sie«, sagte Ray. Er griff über das Gestell, legte die Hände um die Stange und zog sie hoch.

»Hast du sie?«, fragte Lizardo.

»Ich hab sie«, sagte Ray.

Lizardo ließ die Stange los. Seine Hände fielen auf die Bank. Ray hob die Stange so weit hoch, dass er sie auf das Gestell legen konnte, schaute zu seinem Vater hinüber und grinste dümmlich.

»He, Daddy«, sagte Ray, als er die Stange los ließ.

Als Lizardo sah, wie die Stange auf ihn zukam, entwich ihm ein Schrei. Die Stange zerschmetterte seinen Adamsapfel und brach ihm das Genick. Einen Moment lang, aber wirklich nur für einen Moment, sah Lizardo den Blutregen, den er aushustete.

Nestor ließ die Sporttaschen fallen. Seine Hände zitterten wie Espenlaub, als er in seiner Jacke nach der 9-Millimeter suchte.

Earl zog seine .38er und schoss Nestor von hinten in den Kopf. Nestors schwarzes Haar teilte sich, blutrote Tropfen spritzten hoch, und als er nach vorn fiel, schoss Earl ihm zwischen die Schulterblätter. Nestor landete auf dem Boden und strampelte noch mit den Beinen. Da legte Earl die Handkante auf den Abzugshahn der .38er und verpasste Nestor noch eine Kugel hinters Ohr.

Ray lachte nervös und musterte mit zusammengekniffenen Augen seinen Vater durch die Korditwolke. Eine Weile lang hörten sie dieses Klingeln in den Ohren und Rays Lachen.

Earl steckte die .38er wieder in die Jacke zurück. Er sah nach, ob seine Klamotten etwas abgekriegt hatten, was aber nicht der Fall war. Glücklicherweise hatte er schützend die Hand hochgehalten. Am Spülbecken wusch er sich die Hände.

»Hast du mal ’ne Kippe, Daddy?«

»Ja.«

Earl klopfte für sich und seinen Sohn eine Zigarette heraus, klappte das Zippo auf, drehte am Rädchen und gab Feuer.

»Hast du das so geplant?« Earl zog und inhalierte tief.

»Ist mir einfach so gekommen«, meinte Ray, »als wir draußen im Saloon die Drinks gekippt haben.«

»Denn wenn das von Anfang an deine Absicht war, hättest du mich ruhig einweihen können.«

»Die Gelegenheit schien mir günstig. Coleman hatte ein Problem mit diesen Typen ...«

»Er hat dich nur gebeten, mit ihnen zu reden, mehr nicht.« Earl zog wieder an seiner Kippe. »Denke, es ist besser, wenn du jetzt 'ne Schaufel holst, Hosenscheißer.«

»Der Boden ist zu hart zum Schaufeln. Ich hab da eine andere Idee, zumindest bis diese Kältewelle vorbei ist. Ich sollte schleunigst zum Einkaufscenter fahren, bevor die dichtmachen. Den Stoff aus den beiden Kofferräumen holen und gleich wieder hier rausfahren.«

Earl nickte und rauchte.

Ray grinste. »Also, Daddy, du hast doch gesagt, du willst aussteigen.«

»Hhm.«

»Tja, und jetzt sind wir draußen, nicht wahr? Und reich sind wir jetzt auch. Gibt nichts, was wir uns jetzt nicht leisten können.«

»Ich könnte ein bisschen Gesellschaft brauchen«, meinte Earl und dachte an diese hübsche kleine farbige Junkie-Braut unten in D. C.

»Du meinst eine Frau?«

»Wenn man die ganze Kohle nicht mit jemandem teilen kann«, sagte Earl, »dann ist sie nichts wert.«

Vierzehn

Strange saß in seinem Büro und las die Abschriften der Quinn-Anhörung. Greco schlief neben seinen Füßen. Ein roter Gummiball mit Noppen lag zwischen Grecos Pfoten.

Ein-, zweimal die Woche, wenn der Hund lange genug bettelte, nahm Strange den Boxer mit ins Büro. An diesem Morgen hatte Greco mit seinen großen braunen Augen zu ihm aufgeschaut und heftig gewinselt, als Strange mit den Wagenschlüsseln in der Hand auf die Haustür zuhielt. Die Vorstellung, dass der Hund den ganzen Morgen im Flur auf und ab lief und wegen jedes Wagens, der langsamer wurde oder auf der Straße parkte, bellte, war Strange unerträglich.

Er nahm den Telefonhörer ab und wählte Janines Nebenanschluss.

»Ja, Derek.«

»Was ist mit Kanes Adresse?«

»Die hab ich hier. Anscheinend lebt er bei seiner Mutter.«

»Und wie steht es mit seiner Telefonnummer?«

»Die hab ich auch, hat uns aber zwanzig Dollar gekostet, die ich mit deiner Kreditkarte bezahlt habe.«

»Verdammt.«

»Im Internet kannst du alles finden, aber es hat auch seinen Preis.«

»Ist Ron da?«

»Ja.«

»Was macht er gerade?«

»Sieht mir ganz so aus, als lese er Zeitung.«

»Bezahle ich ihn fürs Zeitunglesen?«

»Du weißt, dass ich mich da nicht einmische, Derek.«

»Mach mir eine Kopie von der Internetseite, auf der du

meine Visa-Karte angegeben hast. Die brauch ich für meine Spesenabrechnung.«

»Schon erledigt.«

»Gut. Und ruf Lydell Blue drüben im 4. Revier an und erkundige dich, ob er Ricky Kane schon für mich überprüft hat.«

»Wird gemacht.«

»Ich komm gleich rüber.«

Strange war mit den Abschriften fertig. Ein Großteil der Informationen war in den Zeitungen und den Fernsehbeiträgen verwurstet worden. Quinns Aussage und die Aussage seines Partners Eugene Franklin, die seine erhärtete, las er sehr konzentriert. Und Ricky Kanes Aussage ging er gleich zweimal durch.

An dem Abend, wo die Schüsse gefallen waren, war Kane, ein Gaststättenangestellter, nach seiner Schicht im Purple Cactus, einem angesagten Restaurant auf der 14th, Ecke F, durch die Stadt gefahren und hielt auf der D Street an, weil er dringend pinkeln musste. Kane erklärte, er habe nach der Arbeit »ein Bier« getrunken, woraufhin ihn recht bald die Blase drückte. Auf der Fahrt Richtung Osten kam er an der D Street vorbei, die menschenleer war. Er stand neben der offenen Tür seines Toyotas, »zog sein Ding heraus und wollte gerade urinieren«, als ein Jeep, »so 'n Militärding«, mit eingeschaltetem Blaulicht um die Ecke kam und neben seinem Toyota hielt.

Das Blaulicht blendete Kane, der »schnell einpackte« und den Reißverschluss hochzog. Ein »großer Schwarzer« ging durchs Scheinwerferlicht, machte ihn gleich an und brüllte total aufgebracht, Kane solle den Führerschein und die Fahrzeugpapiere zeigen.

»Was hab ich denn getan?«, fragte Kane den Schwarzen.

»Sie haben auf die Straße gepisst«, erwiderte der Schwarze. »Und versuchen Sie jetzt nur nicht, mir irgendeinen

Scheiß aufzubinden, denn ich habe ganz genau gesehen, wie Sie Ihren kleinen Schniedel in der Hand hatten.«

Der Mann war breitschultrig, »wie ein Gewichtheber«, und einen Kopf größer als Kane. Später erfuhr Kane, dass der Mann Chris Wilson hieß, Polizist war und gerade keinen Dienst hatte.

Kane behauptete, Chris Wilsons Atem hätte stark nach Alkohol gerochen.

Wenn man selbst was trinkt, auch wenn es sich nur um ein Bier handelt, sinnierte Strange, ist es gar nicht so leicht, bei einem anderen Alkohol zu riechen. Diese Aussage kennzeichnete Strange mit einem gelben Leuchtmarker.

»Wer sind Sie?«, fragte Kane. »Wieso wollen Sie meinen Führerschein sehen?«

»Ich bin Polizist«, antwortete Wilson.

Kane hatte Angst, »kannte aber seine Rechte«. Er wollte Wilsons Marke sehen oder irgendeinen Ausweis, und da wurde Wilson »ganz schön sauer«, packte Kane am Hemdkragen und schleuderte ihn gegen das Fahrzeug. Kane behauptete, sofort schlimme Rückenschmerzen bekommen zu haben.

»Ach, Scheiße«, murmelte Strange leise. Mit dieser Aussage legte er gleich das Fundament für eine zukünftige Schadensersatzklage. Greco schlug die Augen auf, hob den Kopf und schaute zu Strange hoch.

Kane behauptete, dann »kurzzeitig« das Bewusstsein verloren zu haben. Das Nächste, woran er sich erinnerte, war, dass er mit dem Rücken am Boden lag, Wilson sich über ihn beugte und ihm ein Knie in die Brust drückte. In Wilsons Hand war eine Waffe, »wahrscheinlich eine Automatik«, mit der er »geradewegs« auf Kanes Gesicht zielte.

Kane gab zu, noch niemals im Leben solche Angst gehabt zu haben. In Wilsons Mundwinkel sammelte sich Speichel, sein Gesicht war »wutverzerrt«, und er wiederholte andauernd: »Dich werd ich töten, du Scheißkerl.« Kane glaubte ihm aufs Wort. Er »schämte sich zuzugeben«, dass er »entgegen seinem Willen den Darm entleerte«, als Chris Wilson ihm die Mündung der Waffe gegen die Backe drückte und dann hin und her drehte.

Strange las den Polizeibericht, in dem der Tatort beschrieben wurde. Aus der Aussage eines Polizisten, der berichtete, dass starker Kotgeruch von dem Mann ausging, schloss Strange, dass Ricky Kane an jenem Abend tatsächlich in die Hosen gemacht hatte.

Kane sagte aus, dass in dem Moment, wo Wilson ihn am Boden festhielt, ein Streifenwagen auftauchte. Zwei Polizisten, einer schwarz, der andere weiß, stiegen aus und forderten Wilson auf, die Waffe fallen zu lassen. Kanes Schilderung dessen, was sich dann ereignete, stimmte im Großen und Ganzen mit den Aussagen der Polizisten Quinn und Franklin überein.

Strange schlug die Akte mit den Zeitungsausschnitten auf, suchte eine von ihm markierte Stelle, ein Verhör von Chris Wilsons Freundin, die vorher an diesem Abend mit ihm zusammen gewesen war. Die Freundin bestätigte, dass Wilson an jenem Abend getrunken hatte und »sich über irgendetwas aufgeregt hatte«. Was ihm so zusetzte, wusste sie nicht, und er »sprach nicht darüber«. Strange prägte sich den Namen der Freundin ein.

Anschließend wählte er eine Nummer und kriegte die Person an den Apparat, die er zu sprechen wünschte. Nach einigem Hin und Her gelang es ihm, für den späten Nachmittag ein Treffen zu vereinbaren. »Vielen Dank«, sagte er und legte auf.

»'tschuldigung, alter Kumpel«, sagte Strange und zog sanft die Füße weg, auf denen Grecos Kopf ruhte. »Ich muss jetzt arbeiten.«

Strange zog seine Lederjacke an. Der Hund folgte ihm aus dem Büro.

Im Vorraum blieb Strange kurz stehen und unterhielt sich mit Janine. Greco machte es sich unter ihrem Schreibtisch bequem.

»Hast du mit Lydell Blue gesprochen?«

Janine riss einen rosa Notizzettel von ihrem Block und reichte ihn Strange. »Lydell hat Kanes Namen durch die hiesige und landesweite Verbrecherkartei laufen lassen. Kane war nie verurteilt, nie verhaftet, ist nie mit einem Joint in der Socke erwischt worden. Einmal abgesehen davon, dass er im Freien gepinkelt hat, anstatt eine öffentliche Toilette aufzusuchen, hat er sich nichts zuschulden kommen lassen. Der Mann ist sauber.«

»Na schön. Erinner mich daran, dass ich Lydell anrufe und mich bei ihm bedanke.«

»Er sagt, er ist dir was *schuldig*. Wegen irgendwas, was du für ihn getan hast, als ihr beide noch draufgängerische Bullen wart. Gut, dass du immer noch ein paar Typen im Revier kennst.«

»Zum Glück. Ein paar sind noch nicht tot und auch noch nicht in Rente.«

»He, Boss«, rief Ron Lattimer durch den Raum. Heute trug Ron ein Hemd mit Haifischkragen, eine einfarbige goldene Krawatte und dunkelgraue Hosen. Seine Kenneth-Cole-Schuhe mit Ziernaht lagen auf dem Schreibtisch, und in den Händen hielt er eine aufgeschlagene Zeitung.

»Was?«

»Hier steht, deine Lederjacke ist aus der Mode. Jedenfalls solche mit Reißverschluss, mein ich. Du solltest dir einen von diesen halblangen Blazern zulegen, Mann, vielleicht mit einem Gürtel, wenn du da draußen auf der Straße richtig hip aussehen willst.«

»Hast du diesen Artikel in dem Buch gelesen, das gerade erschienen ist, über schwarze Männer und Stil?«

»Ja. Hieß *Men of Color* oder so was in der Art.«

»Hab heute Morgen auch den Artikel gelesen. Die Frau, die da über Mode schreibt, hat 'ne komische Art, sich auszudrücken. Sie behauptet, schwarze Männer hätten ein gutes Gespür für Stil und würden sich damit gegen die Unsichtbarkeit zur Wehr setzen.«

»Ja. Hier steht, wir Schwarzen nutzen Styling wie Schwert und Schild«, las Lattimer laut vor.

»Wir *alle*?«

»Siehst du, da haben wir's mal wieder, Derek.«

»Denn ich habe mich gefragt, dieser alte Typ, der praktisch auf der Upshur lebt, mit den Urinflecken vorn auf der Hose? Der, der sich aus den Mülltonnen ernährt? Meinst du, er zielt mit diesem Styling darauf ab, nicht übersehen werden? Und gestern hab ich diesen jungen Bruder gesehen, der auf der Georgia aus dem Metrobus gestiegen ist. Er hatte irgendeinen orange Jogginganzug mit grünen Streifen an der Seite an, mit dem ich nicht mal Grecos Haufen aufwischen würde. Und jetzt sieh mich an, ich hab vergessen, heute Morgen meine Stiefel zu wienern …«

»Ich weiß, was du meinst, Mann.«

»Es geht mir einfach schwer auf den Keks, wenn irgendjemand, und dabei ist es mir völlig schnuppe, um wen es sich dabei handelt, mir sagen will, was schwarze Männer tun und was nicht. Denn so zu denken, das ist genauso gefährlich wie diese andere Art zu denken, wenn du weißt, was ich meine. Und man weiß sofort, dass irgendein Weißer diesen Artikel liest und sich fragt: Ja, die geben 'ne Menge Geld für Klamotten und Autos aus, aber legen sie auch was auf die Seite fürs Alter oder die Ausbildung ihrer Kinder, oder tun sie dies, oder tun sie das? Weißt du, worauf ich raus will?«

»Ich sagte ja schon, dass ich kapiert hab, was du meinst.«

»Das ist auch nur wieder so ein Klischee, Mann. Klingt erst mal positiv, ist aber trotzdem nur ein weiteres Vorurteil, mit dem wir leben und gegen das wir ankämpfen müssen.«

»Verdammt, Derek«, sagte Lattimer und warf die Zeitung auf den Schreibtisch. »Du regst dich aber wirklich ganz schön auf, was? In dem Artikel steht doch nur, dass wir gern gut aussehen. Mehr steht da nicht drin.«

»Derek?«, sagte Janine.

»Was gibt's, Janine?«

»Was machst du nachher?«

»Ich arbeite an dem Chris-Wilson-Fall. Aber für den Fall, dass du mich brauchen solltest, ich nehm den Beeper mit.« Strange wandte sich an Lattimer. »Bist du gerade sehr beschäftigt?«

»Ich sitz an ein paar Fällen, wo die Angeklagten mal wieder die Fliege gemacht haben und nicht vor Gericht erschienen sind. Geht um Unterhaltszahlungen für Kinder, solchen Kram.«

»Jetzt gerade?«

»Ich hatte vor, den Tag langsam angehen zu lassen, Derek.«

»Willst du mich heute Morgen begleiten?«

»Mit diesem Chris-Wilson-Fall können wir unsere Rechnungen nicht bezahlen. Ich werd ein paar Jungs aufspüren, das hilft uns allen weiter.«

»Wenn du Zeit hast, würde ich diesen Fall ganz gern mal mit dir durchsprechen und hören, was du davon hältst.«

»Gut, aber heute Nachmittag muss ich mich mal richtiger Arbeit widmen.«

»Ruf Terry Quinn an«, sagte Strange zu Janine. »Der Laden, wo er arbeitet, heißt Silver Spring Books und ist auf der Bonifant Street. Bestell ihm, ich komm in einer Stunde vorbei, und er soll sich dann freinehmen.«

»Du willst den Kerl mitnehmen, gegen den du ermittelst?«, staunte Lattimer.

»Auf die Art lern ich ihn kennen«, meinte Strange. »Außerdem hab ich ihm gesagt, ich halte ihn auf dem Laufenden.«

Lattimer stand auf, zog seinen Kaschmirmantel an und setzte einen Fedora mit einem Knick genau an der richtigen Stelle auf.

»Fütter Greco nicht noch mal«, sagte Strange zu Janine. »Ich hab ihm heute Morgen schon 'ne ganze Dose gegeben.«

»Kann ich ihm einen von diesen Schweinehautknochen aus meinem Schreibtisch geben?«

»Wie du willst.«

Bevor er das Büro verließ, schaute Strange Janine in die Augen. In seinem Blick lag ein Lächeln. Das war noch ein weiterer Punkt, den er an Janine mochte: Sie war nett zu seinem Hund.

Auf der Upshur deutete Strange mit dem Kinn auf Lattimers Fedora.

»Toller Hut«, sagte er.

»Danke.«

»Dient der als Schwert oder als Schild?«

»Um die Wahrheit zu sagen, er hält meinen Kopf warm.«

Fünfzehn

Strange fuhr mit dem Caprice nach Southeast. Ins Kassettendeck schob er *3+3*, seiner Meinung nach die beste Platte der Isley Brothers. Ronald Isley sang die schöne Ballade *The Highways of My Life* und Strange drängte es mitzusingen, aber er war sich sicher, dass Lattimer dann irgendeinen Kommentar abgeben würde.

»Dieser Song ist einfach wunderbar«, sagte Strange. »Widersprich mir nicht, denn daran gibt es nichts zu rütteln.«

»Ist ganz nett, aber ich steh auf Songs, die 'n bisschen mehr abgehen.«

»Und außerdem ist der Songtext positiv. Nicht von diesem Geprahle, dass man Frauen schlägt, und auch nichts von dieser geheuchelten Todessehnsucht.«

»Du weißt doch, ich höre so 'nen Scheiß nicht, Derek. Ich zieh mir Hip-Hop mit 'nem jazzigen Groove rein. *The Roots*, *Black Star*, so was in der Richtung. Die Sachen, von denen du redest, mit denen kann ich nichts anfangen. Wenn du mich fragst, werden unsere Leute da nur mal wieder ausgebeutet, in dem Fall von der weißen Musikindustrie. Ich seh diese weißen Plattenproduzenten schon vor mir, wie sie die jungen Rapper ermutigen, noch härtere Texte zu basteln, unsere Frauen noch schlechter zu behandeln, denn damit verkauft man Platten. Und du weißt, mit so was kann ich rein gar nichts anfangen.«

»Der Soul der Sechziger und Siebziger«, meinte Strange, »solche Musik wird es einfach nie wieder geben, wenn du mich fragst.«

»Damit kann ich auch nichts anfangen, Derek. Ich bin erst 1972 geboren.«

»Da hast du aber was verpasst, junger Mann. Da hast du echt was verpasst.«

Strange fuhr die 8th Street bis zur M hinunter.

»Wo geht's hin?«, wollte Lattimer wissen.

»Stripschuppen«, meinte Strange.

»Danke, Boss. Ist das einer dieser Bonusse, die du beim Einstellungsgespräch erwähnt hast?«

»Du bleibst im Wagen. In dem Stripschuppen habe ich für dich Sherman Coles aufgegabelt, während du dich in einem dreiflügeligen Spiegel bewundert hast. Ich muss den Türsteher nur ein, zwei Sachen fragen.«

»Zu Quinn?«

»Ja.«

»Ich hab gehört, wie Janine sagte, dass der Kerl, den Wilson mit der Waffe bedrohte, sauber war.«

»Kann sein. Aber eins ist mal sicher, der hat seinen Schnitt gemacht. Nach dem, was in den Zeitungen stand, hat er vom Department achtzigtausend Dollar als Entschädigung gekriegt. Für das emotionale Trauma, das er durchmachen musste, und die Rückenverletzung, die er sich zugezogen hat, als Wilson ihn gegen den Wagen donnerte.«

»Und was hat Wilsons Mutter gekriegt?«

»Nach allem, was ich weiß, hunderttausend.«

»Da musste das Department aber ganz schön blechen, bis alle zufrieden waren.«

»Ja, aber seiner Mutter ist das Geld bestimmt kein Trost.«

»Das kannst du nachvollziehen, stimmt's?«

Strange dachte an seinen Bruder, der vor dreißig Jahren gestorben war, und eine Frau, die er damals in den Siebzigern geliebt hatte.

»Wenn man einen geliebten Menschen durch Gewalt verliert«, sagte Strange, »dann kann alles Geld auf der Welt dies nicht wieder gutmachen.«

»Und was ist mit Rache? Wäre das eine Form der Wiedergutmachung?«

»Nein«, sagte Strange, der immer noch an seinen Bruder und die Frau dachte, die er geliebt hatte. »Ein schlechter Mensch wiegt einen Guten niemals auf.«

Strange parkte auf der Straße, neben den eingezäunten Parkplätzen vor dem Stripschuppen und mehreren Läden, wo man sich mit jemandem in der Wanne die Zeit vertreiben konnte. Zu Lattimer sagte er: »Warte hier.«

Der Türsteher, der an dem Tag im Toot Sweet gewesen war, als Strange Coles eingesackt hatte, arbeitete auch heute. Er hatte sich die Haare schneiden lassen und trug jetzt eine Art Bürstenschnitt und einen weiten Jogginganzug, in dem er seinen massigen Körper allerdings nicht verstecken konnte. Es sah ganz so aus, als hätte der junge Mann afrikanische und asiatische Vorfahren, aber laut Stranges Schätzung überwog der afrikanische Einfluss, denn ein so großer Asiate war ihm noch nie unter die Augen gekommen.

»Wie geht's?«, sagte Strange.

»Kostet immer noch sieben Dollar Eintritt. Daran hat sich seit neulich nichts geändert.«

»Dann erinnern Sie sich also an mich, hm?«

»Ja, an Sie und Ihren Freund. Der weiße Bursche hat auf der Toilette ganz schön gewütet.«

Strange drückte dem Türsteher einen Zehn-Dollar-Schein in die Hand. »Das ist für Sie und nicht für den Eintritt, denn rein will ich heute nicht.«

Der Türsteher warf ziemlich lässig einen Blick über die Schulter und schob dann den Zehner in die Tasche seiner Jogginghose. »Was wollen Sie wissen?«

»Ich hab mich gefragt, was sich auf der Toilette abgespielt hat.«

»Was sich abgespielt hat? Ihr Partner hat diesen Riesen fertiggemacht. Hat sich aus der Küche einen Fleischklopfer geholt, ist aufs Klo gegangen und hat dem Riesen eins, zwei, drei die Nase gebrochen. Und ihm ein paar Fußtritte verpasst, als er am Boden lag. Musste das ganze Blut aufwischen. Und das war 'ne *Menge* Blut.«

»Und was haben Sie mit dem Riesen gemacht?«

»Einer von meinen Kollegen hat ihn ins D.C.General gebracht und dort ausgeladen. Dort gibt es einen Dr. Sanders, der versteht sich echt darauf, die Leute wieder zusammenzuflicken. Also haben wir ihn, soweit es uns betrifft, in gute Hände gegeben.«

»Und wieso haben Sie nicht die Polizei gerufen?«

»Das wollte der Riese nicht. Weshalb ich sofort dachte, dass er gesucht wird, klar? Und die Betreiber, die sind nicht gerade darauf erpicht, hier die Bullen zu empfangen. Ganz zu schweigen von Ihnen und Ihrem Kumpel, ich weiß, Sie sind keine Bullen, aber was immer Sie auch im Schilde führen, Sie kennen wahrscheinlich genug Bullen, um dem Besitzer von diesem Laden das Leben schwer zu machen. Verstehen Sie, was ich meine? Ich will nur sagen, bescheuert sind wir nicht.«

»Das habe ich auch nicht angenommen.«

»Aber wenn Sie mal wieder hier auftauchen, dann ...«

»Ich weiß. Dann nehme ich ihn an die Leine.«

Der Türsteher grinste und klopfte seine Taschen ab. »Wollen Sie wieder 'ne Quittung?«

»Ist 'n verführerisches Angebot«, meinte Strange. »Aber heute verzichte ich darauf.«

Auf dem Weg zum Wagen dachte Strange: Vielleicht bin ich diesem Terry Quinn zu wohlgesinnt. Sicher, vielleicht hat es sich mit Wilson so abgespielt, wie er behauptet. Aber vielleicht ist bei ihm einfach eine Sicherung durchgebrannt, und es hat einen Kurzschluss gegeben. Bei einem dermaßen gewalttätigen jungen Mann konnte man sich da nicht so sicher sein.

Quinn schüttelte einen Kerl namens Moonman an der Schulter. Er schlief im hintersten Raum im Laden neben der Heizung. Moonmans Klamotten stammten von Shepherd's Table, und er duschte und aß in dem neuen Progress Place, einem Obdachlosenheim unweit der Georgia, hinter dem Billardsalon und den Pfandleihhäusern bei den Metro-Schienen. Tagsüber trieb er sich auf der Straße herum. Doch heute war es bitterkalt, und wenn solche Temperaturen herrschten, ließ Quinn den Moonman hinten in der Science-Fiction-Abteilung pennen.

»He, Moon. Wach auf, Kumpel, du musst abhauen. Syreeta kommt gleich, und du weißt, sie kann's nicht leiden, wenn du dich hier hinten langmachst.«

»In Ordnung.«

Moon stand auf. Ganz so oft duschte er auch wieder nicht im Progress Place. Wie viele Obdachlose stank er schwer nach Schweiß, Zigaretten, Alkohol und Dreck. Quinn wich zurück, als er seine Sachen zusammenpackte. Krümel und Eigelb klebten an seinem Bart. Quinn hatte ihm seinen Mantel geschenkt, einen alten schwarzen Wintermantel mit blauem Futter von REI. Das war der wärmste Mantel, den Quinn jemals besessen hatte.

»Da«, sagte Quinn und steckte ihm einen Dollar zu, damit er sich eine Tasse Kaffee, aber keinen Drink kaufen konnte.

»Ein Dukaten«, sagte Moon und musterte den Schein. »Wissen Sie, das Wort bezeichnet eine Goldmünze und war früher in Europa mal 'ne Währung. Im 20. Jahrhundert haben die Afroamerikaner das Wort in ihre Umgangssprache integriert. Und im Lauf der Jahre wurde es dann eine Standardbezeichnung in deren Vokabular ...«

»Schön«, sagte Quinn und drängte Moonman sanft nach draußen Richtung Ladentür.

Wie er so hinter ihm herlief, sah Quinn ein Taschenbuch,

das in Moonmans angeschmuddelter Hosentasche steckte. »Und bring das Buch zurück, wenn du's gelesen hast.«

»*Tiger! Tiger!* von Alfred Bester. Das ist nicht nur ein Buch, Terry. Das ist eine irrsinnige Reise, eine literarische Leistung von olympischen Ausmaßen ...«

»Bring es zurück, wenn du's gelesen hast.«

Quinn schaute Moonman hinterher, der zur Ladentür hinausging. Die Leute in diesem Viertel behandelten Moon gern wie ihren kleinen Intellektuellen, den sie hegten und pflegten, und sie fragten sich, wie ein so ›kluger Mann‹ am Rande der Gesellschaft landen konnte, doch Quinn interessierte sich nicht für Moonmans Geschwätz. Er ließ ihn hinten schlafen, weil es draußen kalt war, und hatte ihm den Mantel geschenkt, weil er nicht wollte, dass er erfror.

Quinn blieb vor dem Raum mit den Kunst- und Medienbüchern stehen und blickte durch die Tür. Ein Mann mittleren Alters mit gefärbten Haaren und dunkelbraunen Lippen studierte einen Fotoband mit dem Titel *Kids Around the World*. Er stand mit dem Gesicht zur Wand und hielt das Buch dicht vor der Brust. Er hatte denselben Blick drauf wie der triefäugige, fette Kerl in dem Raum mit den Sport- und Hobbybänden und wie der junge Weiße mit dem extremen Kurzhaarschnitt und dem blassen, pickeligen Gesicht, der in der Militärgeschichte-Abteilung verhalten schmunzelnd die Fotos von den Naziabscheulichkeiten anschaute, die da in den Regalen standen. Quinn erkannte sie alle: die kraftlosen Verlierer, die Fieslinge und die Pädophilen, all die abgefuckten Typen, die keine Freunde hatten und eigentlich niemandem wehtun wollten, es aber trotzdem immer taten. Syreeta wollte, dass man sie in Ruhe ließ. Sie vertrat die Meinung, die Bücher böten ihren kranken Gelüsten ein Ventil, was immer noch wesentlich besser war, als wenn sie sich auf den Straßen herumtrieben.

Aber Quinn wusste, dass sie trotzdem dort draußen *herumhingen*. Die gutmütige Syreeta war schwer in Ordnung, aber Quinn hatte im Gegensatz zu ihr erlebt, wozu solche Leute fähig waren. Kranke Mistkerle waren das, alle durch die Bank. Am liebsten würde er sie in einen Raum packen und –

»He, Terry.« Lewis tauchte mit einer Kiste gebundener Bücher vor ihm auf. Seine Brille saß auf der Nasenspitze. »Ich bin fertig mit dem Einordnen der neuen Schallplatten. Jetzt muss ich diese Romane in die entsprechenden Regale stellen. Kannst du für mich die Kasse übernehmen?«

»Ja, klar.«

Quinn ging nach vorn, rief Juana an und wollte sich vergewissern, dass die Verabredung für den heutigen Abend noch stand. Gestern Abend hatte er die längste Zeit mit ihr telefoniert. Mit ihr zu reden, den Klang ihrer Stimme zu hören hatte schon gereicht, dass er eine Erektion kriegte. Es machte ihn ganz verrückt, wenn er an ihre Augen, ihr Haar, diese dunklen Brustwarzen, die warme Möse, diese zarten Hände dachte. So war es ihm auch schon mit anderen Frauen ergangen, die ihn antörnten, aber diesmal war es anders. Klar wollte er mit ihr vögeln, aber gleichzeitig auch nur mit ihr *zusammen sein*. Er hinterließ eine Nachricht auf ihrem Anrufbeantworter.

Quinn setzte sich hinter die Registrierkasse und las in *Desperados*, einem Western von Ron Hansen, einem seiner Lieblingsbücher. Der Roman war ein Klassiker, den er schon zum zweiten Mal las, doch heute fiel es ihm schwer, sich zu konzentrieren, und er legte das Buch weg. Er stand auf und sah die gebrauchten Schallplatten in den Kisten neben der Kasse durch. Es war wieder eine Natalie Cole hereingekommen, eine Brothers Johnson, eine Spooky Tooth und eine Haircut 100. Er zog eine Platte heraus, auf deren Hülle eine Horde Schwarze abgebildet war, die schwer siebzigermäßig wirkten. Auf drei weiteren Fotos sprangen sie auf einer Landebahn herum. Als er den Albumtitel las, lächelte er.

Die Glocke über der Tür bimmelte, und Syreeta Janes kam in den Laden spaziert. Syreeta war Ende vierzig, leicht korpulent, hatte ein hübsches, sommersprossiges braunes Gesicht, hohe Wangenknochen und haselnussbraune Augen. Die Hälfte der Zeit verbrachte sie im Laden, die andere Hälfte auf Buchmessen oder daheim in ihrem Büro, wo sie an ihrer Website herumbastelte und seltene Taschenbücher kaufte und verkaufte. Wie üblich trug sie eine Weste und ein Hemd über einem langen Rock aus fließendem Stoff, Clogs und eine farbenfrohe Mütze auf den Dreadlocks. In einem seiner weniger ernsten Momente hatte Lewis ihren Kleidungsstil mal als »Harlem mit einer Prise Takoma Park« bezeichnet.

»Terry.«

»Syreeta.«

»Gehst du?«

»Sobald der, der mich abholt, auftaucht. Kann sein, dass ich noch länger freinehmen muss.«

»Solange Lewis für dich einspringt, ist mir das egal.« Syreeta stellte ihre Leinentasche auf die Glastheke. »Du bist doch nicht knapp bei Kasse, oder?«

»Nein, dank meiner Abfindung bin ich immer flüssig.«

Quinn sah gerade aus dem Fenster, als ein weißer Caprice neben dem Bordstein hielt. Er öffnete die Registrierkasse, legte Geld hinein, klemmte die Schallplatte, die er in der Kiste gefunden hatte, unter den Arm und nahm die Lederjacke vom Kleiderständer.

»Ist das der, der dich abholt?«

»Ja.«

»Sieht wie ein Bullenfahrzeug aus.«

»Ist es auch.«

»Terry?«

»Hm?«

»Irgendwie riecht es hier komisch.«

»Moonman. Der hat sich auch ein Taschenbuch ausgeliehen. *Tiger! Tiger!*. Kannst es von der Inventarliste streichen.«

»Sehr gutes Buch.«

»Olympisch«, meinte Quinn.

»Wenn du ihn hier schon schlafen lässt«, sagte Syreeta, »dann versprüh hier wenigstens ein bisschen Lysol, bevor ich auftauche.«

Quinn hörte sie nicht mehr. Er war schon aus der Tür.

Sechzehn

»Nachdem ich nun Himmel und Hölle in Bewegung gesetzt habe«, murrte Strange, »sagst du mir jetzt, du kannst nicht mitkommen?«

»Tut mir Leid«, meinte Lattimer. »Ich weiß, du bist los und hast die Karten besorgt und alles, aber Cheri hat gesagt, sie hat keinen Bock, in einem dunklen Auditorium zu sitzen und den ganzen Abend zuzusehen, wie zwei Männer sich halb totschlagen.«

»Deine Freundin muss schon was ganz Besonderes sein, wenn du Karten für den Titelkampf sausen lässt. Es ist ja nicht so, als würden sich da ein paar Typen in irgendeinem Keller prügeln, den Kampf veranstaltet Don King. Du hättest mir sagen sollen, dass sie so reagieren wird, bevor ich die Karten besorgt habe, Mann.«

»Das wusste ich doch nicht.«

Strange beobachtete, wie Quinn mit einer Platte unter dem Arm die Straße überquerte. »Da ist er.«

»Was haben diese weißen Typen nur immer mit diesen Flanellhemden?«, wunderte sich Lattimer. »War das die Dreingabe zum Kauf einer Kettensäge?«

»Jeder nach seiner Façon.«

»Sieht mir gar nicht so gewalttätig aus. Und wie ein Bulle auch nicht.«

»Er ist ein bisschen kurz geraten«, befand Strange. »Aber der kann über sich hinauswachsen, glaub mir.«

Quinn öffnete die Beifahrertür und rutschte auf den Rücksitz.

»Terry, das hier ist Ron Lattimer, ein Detektiv, der für mich arbeitet.«

»Ron, wie geht's?«

»Ich komm zurecht.«

Quinn streckte die Hand über die Vorderlehne. Lattimer schüttelte sie.

»Was haben Sie da, Terry?«, fragte Strange.

»Das ist für Sie.«

Quinn reichte Strange die *Flying Star* von den Blackbyrds. Mit einem Grinsen inspizierte Strange das Cover, schlug es auf und betrachtete die Innenhülle mit dem Foto der Band in einem Flugzeughangar.

»Verdammt, Junge. Auch noch auf dem Fantasy-Label. Dachte nicht, dass ich von denen noch mal eine zu Gesicht kriegen würde.«

»Ist erst heute reingekommen.«

Strange überflog die *liner notes*. »Genau wie es mir im Gedächtnis geblieben ist. Die Jungs haben an der Howard studiert, als sie diese Scheibe pressten. Haben bei Donald Byrd studiert, wisst ihr …«

»Derek«, unterbrach Lattimer ihn. »Ich hab heute Nachmittag noch was vor.«

»Ja, okay, ist schon gut.« Strange legte die Platte neben sich auf die Sitzbank. »Habt ihr Hunger?«

»Um die Ecke gibt es einen Vietnamesen«, meinte Quinn. »Die Suppen dort sind erste Sahne.«

»Soll mir recht sein«, sagte Strange.

Strange legte den Gang ein, rollte vom Bordstein, fuhr die Georgia hoch, bog auf Quinns Anweisung links ab und fuhr dann nach Süden. An der nächsten Ampel klappte er die Platte wieder auf und kicherte in sich hinein, als er die Klamotten von damals und die riesigen Hüte der Bandmitglieder betrachtete.

»Das war echt nett von Ihnen, Terry.«

»Sie wissen, dass ich nicht auf der Suche nach Freunden bin«, sagte Quinn, als er Stranges Blick im Rückspiegel auffing. »Ich dachte nur, es würde Ihnen eine Freude machen, das ist alles.«

Strange, Lattimer und Quinn kriegten im My-Lee, einem ehemaligen Biergarten, der nun eine vietnamesische Suppenküche war, einen Tisch am Fenster mit Blick auf die verkehrsreiche Georgia Avenue und die sich daran anschließenden Bahnschienen.

»Da drüben passiert was«, sagte Quinn und deutete auf den Bahnhof bei den Schienen. Auf dem Dach lag eine blaue Abdeckplane, die Fenster waren mit Sperrholzplatten verbarrikadiert.

»Sieht aus, als würden sie ihn restaurieren«, meinte Lattimer.

»Kann sein, aber vielleicht reißen sie ihn auch ab. Hier wird ja jetzt dauernd irgendwas abgerissen.«

»Die wollen all diese Pfandleihen loswerden ...«

»Ja, und die Nagelstudios, die Friseure, die Schuster und Schlüsseldienste, die Speed Shops und Geschäfte für Autozubehör ... also all die Läden, auf die Berufstätige Tag für

Tag angewiesen sind. Und all das nur, damit diese Yuppie-Hausbesitzer jetzt damit angeben können, dass sie auch Riesen-Medienkaufhäuser, schicke Delikatessläden und ein Starbucks haben, wie in allen anderen Stadtvierteln.«

»Dann nehme ich mal an«, sagte Strange, »dass Sie nicht viel davon halten, dass Silver Spring auf Vordermann gebracht wird.«

»Die radieren meine Erinnerungen aus«, sagte Quinn. »Und um Ihnen die Wahrheit zu sagen, ich steh irgendwie auf das Marode.«

Der einzige Kellner, ein genialer Typ namens Daniel, der nebenher Häuser anstrich, brachte ihnen ihre Suppe und kalte Getränke.

Lattimer bestaunte seine Schüssel und runzelte die Stirn. »Da sind doch wohl keine Kutteln oder Sehnen oder so 'n Gekröse drin, oder?«

»Nummer 15«, sagte Quinn. »Nichts als Suppenfleisch.«

Die Suppe bestand aus Reisnudeln, Fleisch, Brühe, Sojabohnensprossen, scharfen grünen Paprikaschoten und Limone. Dazu gab es ein Schälchen frischer Minze. Strange und Quinn würzten ihre Suppen mit scharfer Knoblauchsoße aus einer Plastikflasche. Lattimer warf die Krawatte über die Schulter, beobachtete, was die beiden anderen machten, und folgte ihrem Beispiel.

»Sind Sie auch Polizist gewesen?«, fragte Quinn. Der wohlriechende Suppendampf wärmte ihm das Gesicht.

»Ich?«, sagte Lattimer. »Nö.«

»Ihm hat der Schnitt der Uniformen nicht zugesagt«, meinte Strange.

»Mach nur weiter so, Derek. Ich wollte nie anders ermitteln als jetzt. Wollte nie was anderes arbeiten. Außerdem, falls es Sie nicht stört, was ich jetzt sage, aber bei all den Problemen, die sie bei der Polizei haben, bin ich froh, dass ich *nicht* zur Truppe gegangen bin.«

»Es gibt weitaus mehr gute Bullen als mittelmäßige«, fand Quinn. »Und es gibt nicht viele, die richtig schlimm sind. Dass ein paar noch nicht so weit waren, Streifendienst zu schieben, war nicht deren Schuld. Die Situation damals war eben völlig vermurkst.«

»Soll das all die Schießereien rechtfertigen?«, fragte Strange.

»Da wurde auf unbewaffnete Verdächtige geschossen, auf vorbeifahrende Autos ...«, spann Lattimer Stranges Faden weiter.

»Wenn ein Typ in seine Jacke greift, wer kann da schon auf die Schnelle sagen, ob derjenige bewaffnet ist oder nicht«, sagte Quinn. »In dem Klima, das da draußen auf den Straßen herrscht. Und wo alle Kriminellen an alle möglichen Waffen rankommen und sich aufspielen, wo Bullen kaltblütig ermordet werden ... da brauchte es nicht gerade viel Phantasie zu glauben, dass man, wenn man eine Uniform trug, in Gefahr war. Hören Sie, ich versuch ja nur, Ihnen klar zu machen, dass viele von uns, die draußen Dienst schoben, Schiss hatten. Ist das denn so schwer zu verstehen?«

Lattimer, der Quinns Blick nicht auswich, beantwortete die Frage mit Schweigen.

Strange riss seine Essstäbchen auseinander und suchte in seiner Suppenschüssel nach einem Brocken Suppenfleisch. »Wie ich schon sagte, damit kann man nicht alles erklären.«

»Es ist kompliziert«, sagte Quinn. »Das wissen *Sie*. Sie sind auch draußen gewesen. Sie wissen *Bescheid*.«

»Na schön«, meinte Strange. »In Ihrer Akte waren mehrere Beschwerden vermerkt, Sie wären zu brutal vorgegangen?« Er schluckte das Fleisch und die Nudeln und wischte sich mit einer Serviette den Mund ab.

»Ja, das stimmt«, räumte Quinn ein. »Chris Wilson auch. Und noch eine Menge anderer Bullen. Ob gerechtfertigt oder nicht, ist egal. Wenn erst mal eine Beschwerde eingegangen ist, wird sie nie wieder gelöscht.«

»Und weshalb hat man sich über Sie beschwert?«

»Wegen irgendeinem Scheiß«, sagte Quinn. »Ein Typ stößt sich den Kopf am Rahmen der Streifenwagentür, wenn man ihn reinschiebt. Der Nächste behauptet, man hätte ihm zu enge Handschellen angelegt ... was weiß ich. Was man selbst an den Kopf geworfen gekriegt hat, wie oft man nur in einer einzigen Nacht dumm von der Seite angemacht wurde ... das steht nirgendwo.«

Strange nickte. An all das erinnerte er sich sehr wohl. Er erinnerte sich auch daran, wie die Polizisten nach einer Weile härter wurden, bis sie in gewissen Stadtvierteln gar keine Bürger mehr sahen, die zu beschützen sie geschworen hatten, sondern nur noch potenzielle Verbrecher, egal ob es sich um Männer, Frauen oder Kinder handelte. Und wie ein weißer Polizist reagierte, wenn er einen Schwarzen sah, war noch eine ganz andere Frage.

»Hören Sie«, sagte Quinn. »Wissen Sie noch, wie vor ein paar Jahren dieser schwarze Bulle spät nachts eine betrunkene Weiße anhielt, die aus Georgetown oder sonstwo kam?«

»Die junge Frau wurde von dem Polizisten mit Handschellen ans Stoppschild gefesselt«, sagte Lattimer, »und er hat sie gezwungen, sich mit dem Hintern auf die kalte Straße zu setzen. Zufällig war ein Fotograf in der Nähe und hat alles festgehalten.«

»Stimmt«, sagte Quinn. »Und nun, Derek, erzählen Sie mir mal, was Sie von diesem Vorfall gehalten haben, als das alles in der Zeitung stand.«

»Ich weiß schon, worauf Sie hinauswollen«, sagte Strange. »Dass der Polizist mit der jungen Frau nicht ohne Grund so verfahren ist. Dass sie irgendwas zu ihm gesagt haben muss ...«

»Was zum Beispiel?«

»Keine Ahnung. Vielleicht so was wie: ›Nimm deine verfluchten Pfoten von mir weg, du schwarzer Scheißkerl.‹«

»Oder vielleicht hat sie ihn sogar Nigger genannt«, schlug Quinn vor.

Lattimer schaute von seiner Suppe auf. Es ging ihm schwer gegen den Strich, dieses Wort aus dem Mund eines Weißen zu hören, egal in welchem Zusammenhang.

»Kann durchaus sein«, sagte Strange.

»Der Punkt ist doch der: Ob es sich so zugetragen hat oder nicht, spielt keine Rolle. Solche Unterhaltungen laufen zwischen Polizisten und Kriminellen und unbescholtenen Bürgern Nacht für Nacht auf den Straßen. Und was da geredet wird, am nächsten Tag ist es Schnee von gestern.«

»Worauf wollen Sie hinaus?«, fragte Strange.

»Ja«, sagte Lattimer. »Das hab ich mich auch schon gefragt.«

»Na schön«, sagte Quinn, dessen Arme auf dem Tisch lagen, und lehnte sich vor. »Sie wollen wissen, was sich in der fraglichen Nacht abgespielt hat. Soweit es meine Rolle betrifft, steht alles in den Abschriften und den Zeitungsartikeln. Da wurde nichts ausgelassen, da gibt es kein großes Geheimnis. Ein Mann zielte mit einer Waffe auf mich, und als Polizist habe ich so reagiert, wie man es mir beigebracht hat. Rückblickend kann ich sagen, ich habe die falsche Entscheidung getroffen, und das hat einen Unschuldigen das Leben gekostet. Aber eben nur rückblickend. Damals habe ich nicht gewusst, dass Chris Wilson Bulle war.«

»Fahren Sie fort«, drängte Strange ihn.

»Wieso hat Chris Wilson Ricky Kane mit einer Waffe bedroht? Wieso spiegelte sich diese nackte Wut in Wilsons Miene, die ich an jenem Abend gesehen habe?«

»Offiziell hieß es, er hätte routinemäßig angehalten«, sagte Strange. »Und dann ist irgendwas völlig schief gelaufen.«

»Ein Polizist, der dienstfrei hat, nimmt sich die Zeit, einen Typen zu überprüfen, nur weil der auf die Straße pisst?«

»Klingt nicht gerade plausibel«, gab Strange zu. »Da geb ich Ihnen Recht. Aber lassen Sie uns mal annehmen, Wilson hat wirklich nur angehalten und beschlossen, seine Pflicht zu tun, egal ob er gerade eine Uniform anhatte oder nicht.«

»Wir wissen nicht, was zwischen Kane und Wilson gelaufen ist«, meinte Quinn. »Wir wissen nicht, was *gesagt* wurde.«

»Das werden wir nie erfahren. Wilson ist tot, und von daher haben wir nur Kanes Version des Vorfalls. Kane ist sauber. Und da Kane Wilson nicht erschossen hat, bestand auch kein Grund, dass die Untersuchung sich auf ihn konzentriert hätte.«

»Ich sag euch Jungs nicht, wie ihr euren Job machen sollt«, sagte Quinn. »Aber hätte man mich angeheuert, um Wilsons Weste weiß zu waschen, würde ich als Erstes mit Kane reden.«

»Genau das habe ich vor«, sagte Strange.

»Aber Kane hat keinen Grund, mit irgendjemandem zu reden«, gab Quinn zu bedenken.

»Dass es schwierig wird, weiß ich auch.«

»Und er wird den Mund ganz bestimmt nicht aufmachen, wenn ich dabei bin«, sagte Quinn.

»Das ist nicht der Grund, warum ich Sie heute abgeholt habe.«

»Nicht? Wen werden wir denn dann treffen?«

»Eugene Franklin«, sagte Strange. »Ihren früheren Partner. In gut einer Stunde treffen wir ihn in einer Bar.«

Quinn nickte, legte die Serviette auf den Tisch und suchte die kleine Toilette neben der Karaoke-Anlage auf.

Lattimer trank seine Brühe aus und lehnte sich dann zurück. »Setzt du mich auf dem Weg zur Bar im Büro ab?«

»Klar«, meinte Strange, »was denkst du?«

»Den Mann plagt schwer was«, fand Lattimer. »Aber was er sagt, macht Sinn.«

Nachdem sie die Rechnung geteilt hatten, gingen sie zum Wagen. Sie fuhren die Georgia Avenue hinunter und kamen am 4. Polizeirevier vorbei, das inzwischen Brian T. Gibson Building hieß, zum Angedenken an den Polizisten, der von einem bewaffneten Soziopathen vor dem Ibex-Nachtclub mit drei Kugeln erschossen worden war. Officer Gibson hinterließ eine Ehefrau und eine kleine Tochter.

Siebzehn

Weiter unten auf der 2nd Street, nur ein paar Blocks vom Bezirksgericht und der FOP Bar, war das Upstairs at Erika's, ein Saloon im zweiten Stock eines umgebauten Reihenhauses, gleich gegenüber vom Arbeitsministerium. Die Kneipe war ein Treffpunk für Polizisten, Polizistenfreunde, U. S. Marshalls und Bezirks- und Bundesstaatsanwälte. Ein Haus weiter war ein Restaurant mit Bar, wo hauptsächlich Rugbyspieler, College-Studenten, Regierungsangestellte und Rechtsanwälte – die meisten davon weiß – einkehrten. Für zwei dicht nebeneinander liegende Gaststätten gab es genug Kundschaft, zumal die Klientel des Upstairs at Erika's hauptsächlich schwarz war.

Strange bestellte bei einer netten jungen Frau, der das gedämpfte Licht schmeichelte, ein paar Bier, gab ihr Trinkgeld und bat um eine Quittung. Als sie mit dem Beleg zurückkehrte, fragte er sie, ob sie etwas von Frankie Beverly und Maze auflegen konnte. Da er vor gar nicht allzu langer Zeit hier mit einer Frau verabredet gewesen war, wusste er, dass sie diese Musik spielten. Maze wurde in D. C. heiß und innig geliebt, und obwohl die Platte schon vor ein paar Jahren aufgenommen worden war, konnte man sie überall in der Stadt in den Clubs, auf Hochzeiten, Familientreffen und bei Picknicks im Rock Creek Park hören.

»Was möchten Sie hören?«, fragte die Bedienung.

»Die, wo *Southern Girl* drauf ist.«

»Wird gemacht.«

Mit den beiden Bieren kehrte er zu dem Tisch vor der Backsteinwand zurück, wo Quinn saß, der jetzt allerdings gerade stand und einen Schwarzen umarmte. Die beiden etwa gleich alten Männer klopften sich gegenseitig auf den Rücken. Strange vermutete schwer, dass das Eugene Franklin war.

»Guten Tag«, sagte Strange, als er an den Tisch trat. »Derek Strange.«

»Eugene Franklin.« Strange schüttelte Franklin die Hand, der bewusst nicht richtig zudrückte. Das Lächeln, das er Quinn zugeworfen hatte, verblasste auch.

Franklin hatte die gleiche Statur wie Quinn, war frisch rasiert und schien fit zu sein, doch sein Gesicht wirkte eigenartig unproportioniert. Strange fand, das lag an den extrem hervorstehenden Pferdezähnen und an Franklins großen, feuchten Augen. Beides passte nicht zur der harten Schale, die er vorzutäuschen versuchte.

»Möchten Sie ein Bier oder etwas anderes?«

»Ich trinke nicht«, antwortete Franklin.

Sie setzten sich. Einen Moment lang herrschte betretenes Schweigen. Ein paar Männer mit unverkennbarem Bullenblick, dieser Mischung aus Wachsamkeit und Schneid, walzten an ihrem Tisch vorbei. Einer von ihnen grüßte Franklin und warf dann Quinn einen Blick zu.

»Terry, wie geht's dir?«

»Ganz okay.«

»Siehst gut aus, Alter. Mit den langen Haaren und so.«

»Ich geb mir Mühe.«

»Na schön. Lass es dir gut gehen, ja?«

Strange sah, wie der andere Mann Quinn kritisch musterte, ehe er und sein Kumpel weitergingen. Allem Anschein nach hatte Quinn immer noch ein paar Freunde und Anhänger bei der Polizei, aber es gab auch den einen oder anderen, der ihn längst abgeschrieben hatte.

»Ist es für Sie hier okay?«, fragte Strange.

»Die meisten Typen kenn ich«, sagte Quinn. »Ich finde es ganz in Ordnung.«

Strange schaute sich in der Kneipe um. Inzwischen hatte sich herumgesprochen, dass Terry Quinn da war, und ihm entgingen die freundlichen und unfreundlichen Blicke nicht, aber vielleicht spielte Strange seine Phantasie auch einen Streich. Die Reaktion der Gäste ging ihn nichts an, und insofern dachte er nicht länger darüber nach.

»Sie haben angerufen«, sagte Franklin, »und hier bin ich. Ich will ja nicht drängen, aber ich hab gleich Dienst und von daher nicht viel Zeit.«

»Gut.« Strange schob seine Visitenkarte über den Tisch. Während Franklin die Karte las, sagte Strange: »Sehr freundlich, dass Sie sich mit uns zusammensetzen.«

»Sie haben gesagt, Sie arbeiten für die Mutter von Chris Wilson.«

»Genau. Der Ruf ihres Sohnes macht ihr Sorgen. Ihrer Meinung nach hat sein Ruf unter der Schießerei gelitten.«

»Die Zeitungen und das Fernsehen«, sagte Franklin und zuckte verbittert mit den Achseln. »Sie wissen ja, wie die arbeiten.«

»Ich versuche nur, ein paar Dinge zu klären. Vielleicht gelingt es mir ja, ein paar Gerüchte, die über Wilson in Umlauf gebracht wurden, auszuräumen … mehr versuche ich gar nicht zu erreichen.«

»Es steht alles in den Abschriften. Sie sind der Privatdetektiv« – Strange hörte aus Franklins Stimme einen Hauch Verachtung heraus –, »Sie müssten doch Mittel und Wege finden, an die Abschriften ranzukommen.«

»Hab ich schon. Und Terry hier hat mir seine Version des Vorfalls geschildert. Falls es Ihnen nichts ausmacht, möchte ich auch gerne Ihre hören.«

Franklin sah zu Quinn hinüber, der einen Schluck Bier trank und ihm kurz zunickte. Strange holte den stimmaktivierten Recorder aus der Lederjacke, schaltete ihn ein und stellte ihn auf den Tisch.

Franklin zeigte auf das Gerät. »Los. Schalten Sie das Scheißding aus, oder ich verschwinde.«

Für alle sichtbar drückte Strange auf den Knopf, aber nicht so fest, dass er das Gerät ausschaltete, und steckte den Recorder in die Tasche.

»Also gut, Mann«, sagte Franklin. »Wo soll ich Ihrer Meinung nach anfangen?«

Strange beantwortete Franklins Frage und lehnte sich dann zurück.

Ihre Bierflaschen waren leer, als Franklin verstummte. Strange musste schmunzeln, als er merkte, dass Franklin ihn nicht aus den Augen ließ und auf eine Reaktion oder eine Erwiderung wartete. Denn es war beinah schon komisch, wie sehr Franklins Schilderung der von Quinn ähnelte. Und dabei war es ganz und gar unmöglich, dass die Erinnerungen von zwei Personen an einen Vorfall dermaßen übereinstimmten.

»Was?«, fragte Franklin.

»Nichts, wirklich nicht«, sagte Strange. »Nicht, dass es irgendwie von Bedeutung wäre ... Ich frage mich nur, wenn die Gefahr so eindeutig, die Situation so unmissverständlich war, wieso haben Sie dann nicht auch auf Wilson geschossen?«

»Weil Terry zuerst schoss.«

»Und Sie hätten Wilson erschossen, wenn Terry Ihnen nicht zuvorgekommen wäre?«

»Ich weiß nicht, was ich getan hätte.«

»Aber Sie sagen, er hat richtig gehandelt.«

»Ja, da gibt es keinen Zweifel. Ich hab gesehen, wohin Wilsons Waffe wanderte. Ich hab in seinen Augen gesehen, was er vorhatte. Und ich bin hundertprozentig überzeugt davon, Wilson hätte mich umgelegt, wenn Terry ihn nicht erschossen hätte. Verstehen Sie, was ich sage? Hundertprozentig.«

Strange fuhr mit dem Daumen an seinem Kieferknochen entlang. »Sie sind sich so sicher, Eugene ... und genau das macht mir zu schaffen. Sie müssen wissen, ich war im MLK, hab mir die alten Zeitungsartikel kopiert, die, die gleich danach erschienen sind, und auch die, die später veröffentlicht wurden, und da gibt es eine Sache, auf die ich gestoßen bin und die ich einfach nicht nachvollziehen kann.«

»Ach ja? Und welche?«

»Nachdem Ihr Partner aus dem Dienst ausgeschieden ist, sind Sie einer Gruppe von Polizisten beigetreten, die sich die Concerned Black Officers nennt. Und Sie haben überall Flugblätter verteilt und die Brüder in Uniform zum Protest aufgefordert. Ich nehme an, Sie haben die Petition auch unterschrieben.«

Franklin wich Quinns Blick aus. »Stimmt.«

»Also, wenn Quinn richtig gehandelt hat ...«

»Hören Sie«, unterbrach Franklin ihn. »Terry *hat* richtig gehandelt, in diesem speziellen Fall. Aber seit 1995 sind drei afroamerikanische Polizisten außerhalb des Dienstes von weißen Polizisten erschossen worden. Die Gefahr, in die ich mich jeden Tag begebe, ist schon schlimm genug, da muss ich nicht auch noch für die Typen aus meinem Team zur Zielscheibe werden. Stimmt, ich war besorgt. Und außerdem, Strange, das ist eine polizeiinterne Angelegenheit, kapiert? Sie geht das gar nichts an, sondern nur mich, meine Kollegen und meinen Partner.«

»Ihren Ex-Partner, wollten Sie sagen.«

Da war irgendetwas zwischen Franklin und Quinn. Strange merkte, wie nah sie einander standen. Womöglich verband sie sogar so etwas wie Zuneigung, aber wie eng die Beziehung auch gewesen sein mochte, die Schießerei hatte sie vergiftet, und das, was kaputtgegangen war, konnte bestimmt nicht mehr repariert werden.

Franklin schüttelte den Kopf und starrte auf den Tisch. »Sie sind schon 'ne Nummer, Strange.«

»Ich mach nur meine Arbeit.«

»Dann gehen Sie jetzt mal besser zur Stechuhr, denn ich hab für heute nichts mehr zu sagen.«

»Ja, ich denke auch, wir haben erst mal alles besprochen.« Strange stand auf. »Ich werde Sie beide kurz allein lassen. Das Bier hier läuft nur so durch mich hindurch.«

Als Strange an der Theke entlang zur Toilette ging, fiel Franklin sein Gang auf, dieses kaum wahrnehmbare Stolzieren, die geraden Schultern, der durchgedrückte Rücken.

»Der Kerl hat 'nen Gang wie ein Bulle«, meinte Franklin.

»Er ist auch mal einer gewesen«, sagte Quinn, »vor langer Zeit.«

»Ist mir erst aufgefallen«, sagte Franklin, »als ich gesehen habe, wie er sich bewegt.«

Strange blieb kurz an der Theke stehen und unterhielt sich mit einem pensionierten Polizisten namens Al Smith. Smith hatte jahrelang mit Larry Michaels zusammen Dienst geschoben. Mittlerweile war Smith ergraut, und sein Bauch verriet Strange, dass er viel Zeit in dieser Kneipe verbrachte.

»Kann ich dich auf ein Bier einladen?«, fragte Smith.

»Ich hatte schon eins und meine Tagesration somit schon intus, Al.«

»Dann beim nächsten Mal. Und wenn ich dir hier nicht über den Weg laufe, dann eben sonst wo, ja?«

Strange kicherte. Seit dreißig Jahren hatte Al Smith nun schon diesen Spruch drauf.

Strange nickte einem großen Mann mit hoher Stirn und breiter Stupsnase zu, der an der Bar saß, eine dicke Zigarre rauchte und ihn leeren Blickes anstarrte, als er an ihm vorbeiging. Der Mann nickte ihm nicht zu, sondern stierte nur in sein Bierglas, führte es an den Mund und nahm einen großen Schluck. Strange registrierte, wie sich unter dem engen MPD-T-Shirt der breite Brustkorb des Mannes abzeichnete und sich der Ärmelstoff über den muskulösen Armen spannte.

Auf der Toilette pisste er in ein Pissoir und sang *Joy and Pain* mit, das aus den kleinen, an der Wand befestigten Lautsprechern schallte. Er machte gerade den Reißverschluss zu und drehte sich um, als der Mann im MPD-T-Shirt wie ein Riesenbär auf zwei Beinen hereinkam und die Toilettentür mit solcher Wucht aufstieß, dass sie gegen die Wand schlug.

Na schön, du bist also betrunken, dachte Strange, und jeder muss es wissen.

»Entschuldigung, Bruder«, sagte Strange freundlich, denn der Mann versperrte ihm den Weg. »Kann ich mal durch?«

Doch der Typ rückte nicht von der Stelle, reagierte überhaupt nicht. Ein stumpfsinniger Ausdruck lag auf seinem schweißglänzenden Gesicht. Strange wollte ihn noch mal auffordern, Platz zu machen, sah dann aber davon ab und ging um den Mann herum. Da es in der Toilette sehr eng war, streifte er mit dem Rücken die Wand, ehe er zur Tür hinausging.

Von solchen Polizisten kannte Strange mehr als genug. Der Kerl hatte einen Tag frei, musste sich nicht mit dem ganzen Mist herumschlagen, aber anstatt sich zu entspannen, hing er in seinem MPD-T-Shirt in der Kneipe herum, wurde mit jedem Bier niederträchtiger und versuchte, einen Streit vom Zaun zu brechen. Das war einer von diesen extrem unsicheren Bullen, die andauernd darauf aus waren, sich zu beweisen. Nun, wenn er sich mit jemandem zoffen wollte, musste er sich dafür einen anderen suchen. Auf diesen Mist hatte Strange schon lange keinen Bock mehr.

»Wie geht's dir so?«, fragte Franklin.

»Ganz gut«, meinte Quinn. »Ich arbeite in einem Antiquariat gleich hinter der District Line. Ist ein ziemlich ... *ruhiger* Job.«

»Und du hast massig Zeit, diese Cowboy-und-Indianer-Bücher zu lesen, auf die du so stehst.«

»Ja, stimmt.«

»Triffst du jemanden?«

»Ich hab eine Freundin. Sie würde dir gefallen; sie ist nett.«

»Und sieht sie auch gut aus?«

»Ja, klar.«

»Du Hundesohn. Dass du mit 'ner Hässlichen gehst, hat man dir noch nie nachsagen können.«

»Ganz im Gegensatz zu dir.«

»Nur zu, mach nur deine Witzchen. Aber das ist einer der Gründe, warum ich nicht mehr trinke. Hatte es einfach satt, neben diesen *potthässlichen* Weibern aufzuwachen, die ich in irgendeinem Club aufgegabelt habe.«

»Würde nur zu gerne wissen, wie viele von denen das Trinken gesteckt haben, nachdem sie dich gesehen haben.«

»Vermutlich hab ich schon dafür gesorgt, dass die eine oder andere wieder in die Kirche geht.«

Franklin und Quinn brachen in Gelächter aus. Sein Aussehen und das Unvermögen, attraktive Frauen aufzureißen, hatten Franklin stets schwer zu schaffen gemacht. Quinn war einer der wenigen, der in Eugenes Gegenwart das Thema anschneiden und darüber Witze reißen durfte.

Quinn schaute sich in der Kneipe um. Er entdeckte Al Smith, der immer auf demselben Hocker saß, einen Streifenpolizisten namens Effers, mit dem er mal Karten gespielt hatte, und Adonis Delgado, einen hässlichen, unfreundlichen Bullen, den er nur vom Sehen kannte. Er ging gerade von der Theke weg.

»Du vermisst es«, sagte Franklin, »nicht wahr?«

»Sicher.«

»Hör mal, Terry ...«

»Was?«

»Die Sache, die Strange erwähnt hat, diese Gruppe, der ich mich angeschlossen habe – die Concerned Black Officers, meine ich.«

»Das wusste ich schon.«

»Das hatte nichts damit zu tun, wie ich zu dir stand oder ob du bei dieser Wilson-Sache richtig oder falsch gehandelt hast. Das verstehst du doch, oder?«

»Klar.«

»Seit Jahren fordern wir, dass Polizisten, die dienstfrei haben, Funkgeräte erhalten, damit man, wenn man in Straßenklamotten unterwegs ist und die Situation brenzlig wird, sich beim Einsatzleiter melden und ihm sagen kann, dass man Polizist ist und wo man sich gerade aufhält.«

»Ja, ich weiß.«

»Hätte Chris Wilson in jener Nacht ein Funkgerät gehabt, hätten wir gewusst, wer er ist, als wir auftauchten. Und dann würde er heute noch leben.«

»Jetzt habt ihr ja alle ein Funkgerät. Ich hab gelesen, dass sie das endlich beschlossen haben.«

»Um das durchzukriegen, brauchte es diese letzte Schießerei und die Angst vor dem Protest der Bürger. Und Ramsey, der Polizeichef, hat die Anforderungen für die Schießübungen verschärft und dafür gesorgt, dass alle noch mal zur Schulung müssen. Viele neue Initiativen sind ausgearbeitet worden, und demnächst gibt's auch neue Auswahlkriterien für die, die sich bewerben.«

»Willst du mir verklickern, es war gut, dass Wilson gestorben ist? Blas mir keinen Puderzucker in den Arsch, Mann, dazu kenn ich dich zu lange.«

»Ich will dir nur sagen, dass dabei etwas *Gutes* rausgekommen ist. Was immer sich meiner Meinung nach an jenem Abend zugetragen hat, ich musste mich einfach einmischen und dafür einsetzen, dass so was nicht noch mal vorkommt.«

»Hat auch bestimmt dein Gewissen beruhigt.«

»Ja, das auch.«

»Keine Sorge, Gene. Ich hab dir rein gar nichts vorzuwerfen. Hätte zwar gern ab und an von dir gehört, aber vorzuwerfen hab ich dir nichts.«

»Ich wollte dich immer mal wieder anrufen«, sagte Franklin. »Und dann fiel mir ein, dass wir beide immer nur zusammen Dienst geschoben, uns außerhalb aber nie getroffen haben. Kann mich nicht erinnern, dass wir mehr als ein- oder zweimal miteinander telefoniert haben, als wir noch Partner waren. Du etwa?«

»Du hast Recht. Privat haben wir uns nie getroffen.«

»Wir sind sehr verschieden. Wir haben unterschiedliche Interessen, unterschiedliche Freunde, jeder hat sein eigenes Leben. Erinnerst du dich noch, wir haben manchmal darüber gesprochen. Ist doch kein Verbrechen, wenn jeder mit seinen eigenen Leute rumhängt.«

»Ist zwar schade«, meinte Quinn, »aber ein Verbrechen ist es nicht.«

»Wie auch immer«, sagte Franklin. »Ich muss jetzt los.«

»Geh nur. War nett, dich wieder zu sehen, Gene. Und halt dich von den potthässlichen Weibern fern.«

Franklin errötete. »Ich werd's versuchen.«

Sie standen auf, umarmten sich und ließen sich dann befremdet los. Franklin sah Quinn nicht mehr in die Augen, ehe er verschwand. Franklin kam an Strange vorbei, der vom Klo zurückkam, reagierte aber nicht.

»Freundlicher Schuppen ist das hier«, sagte Strange, als er an den Tisch trat. »Ihr Kumpel Eugene ist wohl neues Mitlied in meinem Fanclub, und irgend so ein Idiot, der Carl Eller wie aus dem Gesicht geschnitten ist, wollte mir auf dem Klo den Kopf abreißen.«

»Sie wissen doch, wie Bullen sind«, sagte Quinn. »Die bleiben am liebsten unter sich.«

»Ich hab heute noch ein paar Sachen zu erledigen«, sagte Strange. »Ich würde Sie ja nach Hause fahren, aber das liegt nicht auf meinem Weg.«

»Lassen Sie mich an der Union Station Metro raus«, schlug Quinn vor. »Da krieg ich die Red Line nach Uptown.«

Strange fuhr mit dem Caprice vom Bordstein weg. »Heute Abend gibt es *Nevada Smith* auf TNT. Kennen Sie den?«

»Ja. Der ist gut. McQueen war echt klasse.«

»Das ist der, der mit dem Alten aus *Die Straßen von San Francisco* endet, mit dem mit der Nase ...«

»Karl Malden.«

»Ja, der. McQueen schießt ein paar Mal auf ihn, tötet ihn aber nicht. Kommt von diesem Rachetrip runter, auf dem er war, wird wieder menschlich und lässt Malden im Fluss liegen. McQueen reitet auf seinem Pferd davon, und Malden brüllt ihm immer wieder hinterher: ›Du bist ein Halbblut ...

du hast nicht dem Mumm!‹ Mann, wenn ich daran denke, läuft es mir kalt den Rücken runter.«

»Werden Sie ihn sich ansehen?«

»Ich geh mit einer Frau zum Boxkampf.«

»Mit Ihrer Freundin?«

»Sie ist eher so was wie ein guter Kumpel, und sie managt mein Büro. Janine Baker heißt sie. Ich kenn sie schon sehr lange. Ist nichts richtig Ernstes.«

»Wenn Sie mich fragen, sind die, die gute Kumpels sind, die Besten.«

»Ja, vermutlich haben Sie Recht. Und wie steht es bei Ihnen?«

»Ich bin auch verabredet. Juana heißt das Mädchen, mit dem ich mich in letzter Zeit öfter treffe.«

Strange schaute zu Quinn hinüber. »Haben Sie schon was Bestimmtes vor?«

»Wir wollten einfach nur ausgehen und dann weitersehen.«

»Warum begleiten Sie nicht mich und Janine? Ich hab noch Karten übrig.«

»Hätte ich nichts dagegen, aber ich muss Juana fragen, ob sie Lust dazu hat.«

»Reden Sie mit ihr und melden Sie sich dann. Meine Beepernummer steht auf der Karte, die ich Ihnen gegeben habe.«

»Mach ich.«

Strange bog auf die North Capitol. »Hier ist es gut«, sagte Quinn und öffnete die Tür, als Strange anhielt.

»He, Terry. Danke für die Scheibe, Mann.«

»Keine Ursache«, meinte Quinn.

Sie schüttelten sich die Hände. Quinn ging zur Union Station. Und Strange fuhr nach Norden.

Achtzehn

Strange stand in Chris Wilsons Schlafzimmer und betrachtete die Gegenstände auf der Kommode: eine Zigarrenkiste mit Manschettenknöpfen, ein Kruzifix an einer Kette, ein Freimaurerring mit einem schwarzen Onyx, abgerissene Eintrittskarten vom MCI Center und dem RFK und ein Abholschein von Safeway. In einem Keramikbecher der Polizeigewerkschaft steckten Schuhlöffel und Stifte. Ein kleines Farbfoto von Wilsons hübscher Schwester in schicken Klamotten lag unter dem Becher. Ein Nagelknipser, ein Fotoapparat mit Teleobjektiv, ein Messer mit Perlmuttgriff, eine Flasche Eau de Toilette von Calvin Klein, eine Kristallschale mit Streichholzbriefchen von mehreren Bars und Restaurants und ein abgegriffener, mit Autogramm versehener Baseball, an dem Gras und Dreck klebten, waren oben auf der Kommode verteilt.

An der Wand neben dem Kommodenspiegel hing ein gerahmtes Foto von Chris Wilson als Junge. Larry Brown hatte ihm den Arm um die Schulter gelegt und ein paar Worte und seine Unterschrift auf den Abzug gekritzelt. Die anderen Wände schmückten Fotos des Redskins-Teams aus den letzten fünfzehn Jahren, billig gerahmte Poster von College- und Profibasketballspielern, lokalen Boxheroen, anderen Athleten und Sportereignissen. Dieses Zimmer spiegelte den Jungen und Mann wider, was nicht sonderlich überraschte.

»Ich habe alles genauso gelassen, wie es war«, sagte Leona Wilson, die hinter Strange stand. »Auf das Foto, das wir von ihm und Larry Brown gemacht haben, ist er sehr stolz gewesen.«

»Ich hab auch ein signiertes Foto von Larry«, sagte Strange. »Und bin auch stolz darauf.«

»Ich weiß noch, wie ich einmal das Bild gerade rücken wollte, als Chris gerade hereinkam, und da hat er sich richtig aufgeregt und mir gesagt, ich solle es nicht anfassen. Selbstverständlich ist er mir gegenüber fast nie laut geworden.«

»Manches, was einem Mann sehr wichtig ist, erscheint anderen trivial. Auf meinem Schreibtisch steht diese Redskins-Figur mit einer Feder als Hals ...«

»Chris ist in diesem Zimmer aufgewachsen. Er hat immer nur hier gewohnt. Ich nehme mal an, wenn er ausgezogen wäre und sich eine eigene Wohnung genommen hätte, hätte es dort nicht so ausgesehen wie hier. Er hat fast alles wie früher gelassen.«

»Ja, Ma'm.«

»Ich habe ihn nie gebeten, hier zu bleiben, Mr. Strange. Nach dem Tod seines Vaters hat er es sich zur Aufgabe gemacht, der Mann im Haus zu sein. Er hielt es für seine Pflicht, für mich und seine Schwester zu sorgen. Ich habe ihn nie darum gebeten. Es war seine eigene Entscheidung.«

Strange schaute sich im Zimmer um. »Hat Chris so was wie ein Tagebuch geführt? Irgendetwas in der Art?«

»Nicht dass ich wüsste.«

»Wenn es Ihnen nichts ausmacht, würde ich gern die Streichholzbriefchen aus dieser Schale mitnehmen. Ich bring sie und alles andere, was ich mitnehme, wieder zurück.«

Leona Wilson nickte und rang mit den Händen.

»Chris hatte, als er starb, eine Freundin, nicht wahr?«, sagte Strange. »Ich meine die, die sich gegenüber der Presse geäußert hat.«

»Ja, das stimmt.«

»Meinen Sie, es wäre möglich, mit ihr zu sprechen?«

»Sie ist eine ganz wunderbare Frau. Isst ein-, zweimal im Monat mit mir zu Abend. Sie und ihre kleine Tochter, ein niedliches Mädchen, das sie schon hatte, als sie Chris kennen lernte. Ich kann Sie anrufen, wenn Sie wollen.«

»Das wäre prima. Um ehrlich zu sein, ich würde sie gern so bald wie möglich treffen. Und ich möchte mich auch mit Ihrer Tochter unterhalten.«

Leona Wilson senkte den Blick.

»Mrs. Wilson?«

»Ja.«

»Wissen Sie, wo ich Ihre Tochter finden kann?«

»Nein.« Leona schüttelte den Kopf. »Wir haben sie an die Drogen verloren, Mr. Strange.«

»Was ist passiert?«

»Wer weiß das schon? Sie ging aufs Bowie State College und hat als Bedienung in einem Restaurant in Downtown gearbeitet. Sie war ein schönes Mädchen, und es ging ihr gut.«

»Hat sie damals hier gewohnt?«

»Sondra hatte eine eigene Wohnung, und von da an haben wir sie mehr und mehr aus den Augen verloren. Chris und ich haben sie immer seltener gesehen, und wenn wir sie dann sahen ... sie hatte sich verändert, äußerlich, meine ich, aber auch von der Einstellung her. Ich habe sie kaum wieder erkannt, konnte mich ihr nicht mehr so wie früher anvertrauen. Irgendwann hat Chris mir dann erzählt, was wirklich los war. Zuerst habe ich es nicht geglaubt. Als sie auf die High School ging, haben wir sehr auf sie aufgepasst, und sie hat die Schulzeit gut überstanden. Nachdem sie dann Ärger bekommen hatte, war es, als hätte sie alles, was sie daheim und in der Kirche gelernt hatte, vergessen. Ich habe es nicht verstanden. Ich verstehe es immer noch nicht.

Am Tag der Beerdigung ist sie auf den Friedhof gekommen. Ich hatte sie etwa einen Monat nicht mehr gesehen. Ihr Telefon war abgestellt gewesen, und sie hatte ihren Job verloren. Und die Uni hatte sie auch hingeschmissen.«

»Wenn Sie sie nicht gesehen haben, woher wussten Sie dann über all das so gut Bescheid?«

»Chris wusste Bescheid.«

»Hatte er Kontakt zu ihr?«

»Woher er es wusste, kann ich Ihnen nicht sagen. Er hat ihr nahe gestanden … Er war ziemlich fertig, Mr. Strange. Und am Ende hat er sie dann auch aus den Augen verloren. Wir wussten nicht mal, ob sie ein Dach über dem Kopf hat, wo sie wohnt, wo sie schläft. Wir wussten nicht, ob sie noch am Leben oder schon tot ist.«

»Aber sie war auf der Beerdigung.«

»An dem Tag sah sie fast wie eine Tote aus. Ihre Augen waren tot, selbst ihr Gang. Ich hatte sie seit Ewigkeiten nicht gesehen. Und seit damals auch nicht wieder.«

»Das tut mir Leid.«

»Wäre Chris noch am Leben, er würde sie finden.« Tränen kullerten über Leonas eingefallene Wangen. »Bitte, entschuldigen Sie, Mr. Strange.«

Sie drehte sich um und verließ schnell das Zimmer.

Strange folgte ihr nicht. Nach einer Weile hörte er sie im Wohnzimmer telefonieren. Er trat vor die Kommode, leerte die Kristallschale aus, steckte die Streichholzbriefchen in die Taschen seiner Lederjacke, zog das Foto von Sondra Wilson unter dem Becher hervor und legte es in seine Brieftasche. Er lief im Zimmer auf und ab. Und dann setzte er sich auf Chris Wilsons Bett und schaute aus dem Fenster.

Strange stellte sich Wilson als Junge vor, wie er in diesem Zimmer aufwachte, die Vögel zwitscherten, jeden Morgen das Bellen derselben Hunde hörte. Wie er jeden Tag aus demselben Fenster sah und davon träumte, den entscheidenden Ball zu fangen, einen Homerun zu schlagen, wenn alle Male besetzt sind, im Unterricht neben einem hübschen Mädchen zu sitzen. Wie der Geruch von Pfannkuchen und gebratenem Speck in sein Zimmer drang, wie er vielleicht seine

Mutter in der Küche eine Melodie summen hörte, während sie Frühstück machte, er darauf wartete, dass sie den Kopf zur Tür hereinsteckte und ihm sagte, es sei Zeit, aufzustehen und in die Schule zu gehen.

Strange hörte, wie Leona Wilson unten im Wohnzimmer schluchzte, wie sie versuchte, das Schluchzen zu unterdrücken, und dann laut weinte.

»Du bist in Ordnung, Derek«, murmelte Strange leise. Nutzlos fühlte er sich. Und er war wütend auf sich, weil er Mrs. Wilson falsche Hoffnungen gemacht hatte.

Er ging ins Wohnzimmer und stellte sich neben sie. Mrs. Wilson saß auf der Couch und klammerte sich an einem Stofftaschentuch fest. Strange legte ihr die Hand auf die knochige Schulter.

»Es ist so schwer«, hauchte sie. »So schwer.«

»Ja, Ma'm«, stimmte Strange zu.

Sie tupfte ihr Gesicht ab und blickte mit rot geränderten Augen zu ihm hoch. »Haben Sie Fortschritte gemacht?«

»Ich werde schon sehr bald einen Bericht für Sie fertig machen.«

Leona nahm einen Zettel vom Wohnzimmertisch und reichte ihn Strange. »Das hier ist Renees Adresse. Sie will noch ihre Tochter aus dem Kindergarten abholen, wird aber bald zu Hause sein. Sie können da jetzt vorbeifahren.«

»Danke«, sagte Strange.

Wieder klopfte er ihr hilflos auf die Schulter und ging weg.

»Werde ich Sie am Sonntag in der Kirche sehen, Mr. Strange?«

»Ich hoffe, dass ich es schaffe«, sagte Strange, ohne innezuhalten.

Er musste so schnell wie möglich aus dem Haus raus. Draußen auf dem Gehweg blieb er kurz stehen und schnappte frische Luft.

Renee Austin wohnte in einem Vorort an der Route 29 in einem ebenerdigen Apartmentkomplex hinter dem Einkaufszentrum unweit der Cherry Hill Road. Strange wartete im Wagen und hörte eine alte Scheibe von Harold Melvin and the Blue Notes. Renee war noch unterwegs und holte ihre Tochter ab. Mit geschlossenen Augen sang Strange zu *Pretty Flower* mit und versuchte, Teddys tiefes Brummen nachzuahmen, bis Renee in ihrem roten Civic auf den Parkplatz fuhr.

Sie saßen am Küchentisch und tranken löslichen Kaffee. Renees Tochter, eine niedliche Dreijährige namens Kia, spielte auf dem Linoleumboden. In der einen Hand hielt sie eine dunkelhäutige Puppe, in der anderen eine weiße mit sommersprossigem Gesicht, die noch ein Baby war. Kia presste die beiden Puppengesichter aneinander und sagte laut: »Mmm, mmm, mmm.«

»Liebling«, bat Renee, »sei bitte leise. Wir möchten uns unterhalten, können aber bei dem Lärm, den du machst, kaum unser eigenes Wort verstehen.«

»Rugrat küsst Groovy Girl, Mama!«, sagte Kia.

»Ja, Kleines«, sagte Renee. »Ich sehe es.«

Renee war eine attraktive, dunkelhäutige junge Frau mit langen, lackierten Nägeln und einem schön geschnittenen schmalen Gesicht. Die schulterlangen, modisch geschnittenen Haare hatte sie glatt ziehen lassen. Renee arbeitete als Sachbearbeiterin bei einer Rechnungsprüfungsfirma auf der Connecticut, Ecke L. Den Job schätzte sie nicht wegen der guten Bezahlung oder der Aufstiegsmöglichkeiten, sagte sie, sondern aufgrund der flexiblen Arbeitszeiten, die ihr erlaubten, mehr Zeit mit Kia zu verbringen.

Für ihre einundzwanzig Jahre wirkte sie ziemlich ausgelaugt. Renee erzählte Strange, sie habe vorgehabt, ein paar Kurse am Abend-College zu belegen, doch dafür standen die Aussichten nicht sonderlich gut seit Kias Geburt, deren

Vater sich kurz danach verabschiedet hatte. Strange fielen die vielen Spielsachen, die Fernseher und Stereoanlage in der Wohnung auf, und dann fiel ihm ein, dass Renees Honda ganz neu war. Und er fragte sich, wie tief sie in der Kreide steckte und ob sie ihren Kredit so weit überzogen hatte, dass ihr das Wasser bis zum Hals stand.

»Vielleicht können Sie ja Ihren Uniabschluss machen«, meinte Strange, »wenn das Mädchen in die Schule geht und den ganzen Tag versorgt ist.«

»Ja, vielleicht«, sagte Renee leise, und in diesem Augenblick wussten sie beide, dass das nie der Fall sein würde.

Renee erzählte von Chris Wilson, wie sie sich kennen gelernt hatten und was für ein Mensch er gewesen war. Er war Kia ›ein besserer Vater‹ gewesen als der Mann, der sie gezeugt hatte.

»Und wie war es, wenn er trank?«, fragte Strange. »War er dann auch nett zu ihr?«

»Chris trank fast nie mehr als ein, zwei Bier. Als ich ihn kennen lernte, hat er eigentlich gar nicht getrunken.«

»Und wie war das an dem Abend, als er umgekommen ist?«

Renee nickte und starrte in ihren Kaffeebecher. »Da hat er hier in der Wohnung ganz ordentlich zugelangt. Er hat, ich weiß nicht ganz genau, im Lauf des Abends vielleicht ein Sixpack getrunken.«

»Und das war ungewöhnlich für ihn, oder?«

»Ja. Aber die letzten Wochen vor seinem Tod, da hat er mehr und mehr getrunken.«

»Haben Sie eine Ahnung, wieso?«

»Er war wütend.«

»Und an dem Abend, als er getötet wurde, war er auch wütend, stimmt's?«

»Ja.«

»Weshalb?«

»Ich weiß es nicht.«

Renee beugte sich hinunter und reichte Kia die Barbie-Puppe, die sie hatte fallen lassen. Dann richtete sie sich wieder auf und trank einen Schluck Kaffee.

»Renee?«

»Hm?«

»Warum war Chris wütend? Den Leuten von der Zeitung haben Sie gesagt, Sie wüssten es nicht. Aber Sie *wissen* es schon, oder?«

»Was hätte es gebracht, darüber zu reden? Es hatte nichts, überhaupt nichts mit seinem Tod zu tun. Es ging um eine Familienangelegenheit, Mr. Strange.«

»Und ich bin nur hier, weil ich der Familie helfen möchte. Chris' Mutter hat mich beauftragt. Chris' Mutter hat mich *hierher* geschickt, Renee.«

Renee schaute weg, sah zur der Wanduhr hoch, dann zu ihrer Tochter und ließ den Blick durchs Zimmer schweifen.

»Ging es um seine Schwester Sondra?«, fragte Strange.

Sie nickte zögerlich.

»Hat er mit ihr in Kontakt gestanden?«

»Keine Ahnung.« Jetzt wich Renee seinem Blick nicht mehr aus. »Ich lüge nicht. Ich weiß es nicht.«

»Fahren Sie fort.«

»Nachdem Sondra ihren Job und ihre Wohnung verloren hatte, wurde Chris immer distanzierter. Er versuchte, sie zu finden, seinem Beruf als Polizist gerecht zu werden, für seine Mutter, für mich und Kia Zeit zu haben ... Ich denke, ihm wurde einfach alles zu viel. Und ich hab es mir abgewöhnt, ihm allzu viele Fragen über Sondra zu stellen. Denn wenn ich das tat, wurde er nur noch zorniger.«

»Als bei Sondra die Dinge auf einmal anfingen, schief zu laufen, wo hat sie da gearbeitet?«

»In einem Laden namens Sea D.C., Ecke 14th und K. Dort hat sie kurze Zeit bedient.«

»Ihre Mutter sagte, eigentlich wäre sie ein anständiges Mädchen gewesen, aber in Kontakt mit den falschen Leuten gekommen.«

»Na, einen Heiligenschein hatte sie nun auch wieder nicht auf. Nach dem, was Chris mir erzählt hat, ist Sondra dem Vergnügen noch nie abgeneigt gewesen. Und ich hatte auch Freunde, die in Downtown in Restaurants und Clubs gearbeitet haben, und ich hab mich ein paar Mal mit diesen Leuten nach Dienstschluss getroffen. Also weiß ich, was da abläuft. In diesen Läden, wenn sie dichtmachen. Irgendjemand hat immer was dabei. Wenn man nicht aufpasst, Mr. Strange, dauert es in dieser Szene nicht lange, bis man sich einen gewissen Lebensstil zulegt.«

»Nennen Sie mich Derek.«

»Sondra hat mit Heroin angefangen. Chris sagte, sie hätte immer Schiss vor Nadeln gehabt. Deshalb ist er davon ausgegangen, dass sie es schnupft. Sie dachte wahrscheinlich, es wäre okay, das Zeug nur zu schnupfen, als ob sie dann nicht abhängig würde. Den Fehler machen viele angehende Junkies. Ich weiß Bescheid, ich hatte einen Onkel, der abhängig war. So geht es nur ein bisschen langsamer bergab, aber am Ende läuft es auf das Gleiche raus.«

»An dem Abend, als Chris getötet wurde. Schildern Sie, was sich hier zugetragen hat, bevor er wegging.«

Renee schob ihren Kaffeebecher auf dem Tisch herum. Sie sprach ruhig, unbewegt. »Er kriegte einen Anruf, auf seinem Handy, den er hinten in meinem Schlafzimmer entgegennahm. Was gesprochen wurde, hab ich nicht gehört, und gefragt hab ich auch nicht. Aber als er aus dem Schlafzimmer kam, war er ganz schön sauer. Er sagte, er müsse ausgehen. Er sagte, er würde in eine Bar oder so gehen und dort ein Bier trinken. Dass er raus aus der Wohnung und nachdenken müsste. Das hielt ich für keine gute Idee, wo er doch schon getrunken hatte, und das sagte ich ihm auch, woraufhin er sagte, ich solle mir keine Sorgen machen. Dann gab er mir einen Kuss und küsste Kia auf den Kopf und zog ab. Zwei Stunden später kriegte ich einen Anruf von Chris' Mutter und erfuhr, dass er tot war.«

Strange lehnte sich zurück. »In der Akte von Chris waren ein paar Beschwerden, er wäre zu brutal vorgegangen. Hat er je darüber gesprochen?«

»Ja«, sagte Renee. »Mir hat er gesagt, manchmal müsse er die Verdächtigen grob anpacken, aber er sagte auch, er würde niemals jemanden anrühren, der es nicht verdient hätte. Und ja, an dem Abend, an dem er gestorben ist, hat er wirklich viel getrunken, genau wie alle sagten. Die Zeitungen und das Fernsehen und das Revier, die können alles so hindrehen, bis ihnen das Ergebnis gefällt. Aber nichts von dem erklärt, wieso er ermordet wurde, denn eins ist ja wohl klar: Wäre der weiße Bulle nicht aufgetaucht, wäre Chris heute noch am Leben.«

»Dieser weiße Polizist wusste nicht, dass Chris Polizist war«, sagte Strange. »Er hat einen bewaffneten Mann gesehen …«

»Er hat einen bewaffneten *Schwarzen* gesehen«, stellte Renee klar. »Und Sie und ich, wir beide wissen, dass Chris deswegen sterben musste.«

Strange setzte dem nichts entgegen. Er wusste nicht, ob sie sich da irgendwo irrte.

Strange beugte sich vor und berührte Kias Wange. »Ist das dein Baby, hübsches kleines Mädchen?«

»*Mein* Baby«, sagte Kia.

»Ich hoffe, ich habe Ihnen helfen können«, sagte Renee.

»Ja«, antwortete Strange. »Danke, dass Sie sich Zeit genommen haben.«

Im Purple Cactus saß Strange an der unteren Theke und studierte bei einem Ginger Ale die anderen Gäste. Hier trieben sich vor allem wohlhabende junge Weiße herum – Neureiche und solche, die von den Zinsen lebten. Die Bedienungen und das Thekenpersonal setzten sich aus hübschen jungen Frauen und gut aussehenden Jünglingen zusammen, die zunehmend mehr unter Strom standen, als sie die Gäste bedienten, die jetzt vor dem Kino- oder Theaterbesuch essen wollten und gerade eintrudelten. Die Stühle im Essbereich waren hart, und an den Wänden hingen abstrakte geometrische Bilder. Gedämpfte Punktstrahler rückten jeden Tisch ins rechte Licht, damit die Gäste, die überteuerte Gerichte verzehrten, ›gesehen‹ werden konnten.

Bei der Eröffnung war der Cactus von der *Post* und dem *Washingtionian* gut rezensiert worden und im gleichen Jahr zu »dem Restaurant« gekürt worden. Strange war mit einer Frau, mit der er zum ersten Mal verabredet gewesen war und die er beeindrucken wollte, hierher gekommen, was immer ein Fehler war. Für drei Appetizer, die so klein waren, dass nicht mal ein winziger Hund satt wurde, und ein paar Drinks hatte er hundertfünfundzwanzig Dollar hinblättern müssen. Und dann hatte der Kellner, einer von diesen Jungs mit hellen Augen und blond gefärbten Haaren, auch noch die Frechheit besessen, mit dem Desserttablett aufzutauchen und ihnen ein Stück »dekadente« Schokoladentorte für zwölf Dollar andrehen zu wollen, das – wie er behauptete – »architektonisch brillant« war. Derartig geschröpft zu werden hatte Strange gründlich die Laune verdorben. Und damit noch nicht genug – es kam sogar noch schlimmer, denn seine Begleiterin hatte ihn nicht mal rangelassen.

Ein Kellner mit dünnem Bärtchen trat an die Theke und bestellte beim Barkeeper: »Ein Absolut mit Tonic und einer Scheibe Zitrone.« Und dann sagte er noch: »Hast du die Touristin mit den *Haaren* an meinem Vierertisch gesehen? Du meine Güte, macht die gerade eine Chemo oder so was?« Die Bedienung, die neben ihm stand, ihre Bestellzettel ordnete und auch auf einen Drink wartete, zischte: »Charlie, nicht so laut, die Gäste können dich hören.«

»Ach, *scheiß* auf die Gäste«, erwiderte Charlie und steckte einen Strohhalm in seinen Wodka Tonic, als er kam.

Strange fragte sich, wie so ein Laden überleben konnte, aber er wusste: Die Leute kamen hierher, weil man ihnen einredete, sie müssten kommen, obwohl sie ganz genau wussten, dass sie über den Tisch gezogen wurden. Genau aus diesem Grund lasen sie auch die Bücher, die ihre Freunde lasen, und schauten sich Filme an, in denen Sträflinge Flugzeuge kaperten und Asteroiden auf die Welt zurasten. Dass nichts davon gut war, zählte nicht, denn auf der nächsten Cocktailparty wollte jeder mitreden können. Alle waren verzweifelt darum bemüht, auf dem neusten Stand, nicht von gestern zu sein.

»Kann ich Ihnen noch was bringen?«, fragte die Bardame, eine Blondine mit hellen Augen und schöner Haut.

»Nein, danke«, sagte Strange. »Aber ich hätte da eine Frage. Erinnern Sie sich an einen Typen namens Ricky Kane, der früher mal hier gearbeitet hat? Ich versuch ihn für einen Freund zu finden.«

»Ich bin neu hier«, antwortete die Bedienung.

»*Ich* erinner mich an Ricky«, sagte Charlie, der Kellner, der immer noch am fürs Personal reservierten Thekenabschnitt stand. Das passt zu dem alten Charlie, dachte Strange, dass er die Unterhaltungen Dritter belauscht und dann ungefragt Kommentare abgibt.

»Er arbeitet nicht mehr hier, oder?«, sagte Strange und rang sich ein freundliches Lächeln ab.

»Hat er nicht mehr nötig«, meinte Charlie. »Nicht nachdem er diese Abfindung kassiert hat.« Charlie warf der brünetten Bedienung neben ihm einen Blick zu. »Aber eigentlich hatte er es eh nie nötig, hier zu arbeiten, oder?«

Weil Ricky sein Einkommen mit dem Verkauf von Drogen aufgebessert hat, kam es Strange auf einmal in den Sinn.

»Charlie«, rügte die Bedienung.

Charlie kicherte und stob mit seinem Tablett davon. Die Bedienung hinter der Theke brachte der Brünetten ihre Drinks und sagte: »Hier, Lenna.«

Nachdem Lenna sich bei ihr bedankt hatte, kehrte die Bardame wieder zu Strange zurück. »Noch ein Ginger Ale?«

»Ich möchte nur zahlen«, sagte Strange, »und eine Quittung, bitte.«

Strange bog um die Ecke, ging die Vermont Avenue vier Blocks bis zu Stan's hoch, einer Kellerkneipe, die er hin und wieder aufsuchte, und stieg ein paar Stufen hinunter. Der verrauchte Laden wurde von einer bunten Mischung frequentiert. Der überwiegende Teil der einheimischen Gäste mittleren Alters gehörte der Mittelschicht an. Als er an ein paar lauten Tischen vorbeikam, hörte er jemanden nach ihm rufen.

»Derek, wie geht's dir!«

»Ernest«, sagte Strange. Ernest James, in einem Anzug und in Begleitung einer Frau, wohnte in diesem Viertel.

»Hörte, die Geschäfte laufen gut, Mann.«

»Ich komm über die Runden.«

»Hast du mal Donald Lindsay gesehen?«, fragte James.

»Ich hab gehört, er ist gestorben.«

»Nee, Mann, der ist immer noch da.«

»Also, ich hab ihn nicht gesehen.« Strange nickte und schenkte James' Begleiterin ein Lächeln. »Entschuldigt mich, ich muss mal da rüber an die Bar und mir einen Drink holen.«

»Bis dann, Derek.«

»Bis dann.«

An der Theke bestellte Strange einen Johnny Walker Red

mit Soda. Im Stan's machten sie das Whiskyglas bis zum Rand voll und servierten ein winziges Fläschchen Soda, Cola oder was auch immer extra, so wie sie es früher auch im alten Royal Warrant oder auf der anderen Seite der Stadt im Round Table gehalten hatten. Wann immer es Strange nach einem richtigen Drink und normalen Menschen verlangte, kam er hierher.

Während er an seinem Scotch nippte, merkte er, wie er einen Gang runterschaltete. Mit dem Mann, der neben ihm saß, unterhielt er sich über den neuen Redskins-Quarterback, der davor bei den Vikings gespielt hatte, und was die Skins tun mussten, um zu siegen. Der Mann war ungefähr im gleichen Alter wie Strange und erinnerte sich noch, Bobby Mitchell spielen gesehen zu haben. Und dann plauderten sie über die anderen Spieler und die alte, von Jorgenson geführte Mannschaft.

»Fight for old D. C.«, sagte der Mann mit einem Augenzwinkern.

»Sie meinen wohl *Fight for old Dixie*.«

»Daran entsinnen Sie sich noch?«, fragte der Mann ihn.

»An das und an noch viel mehr. Ist doch 'ne Schande, dass ein paar von diesen jungen Leuten, die andauernd das Wort Nigger im Munde führen, sich nur daran erinnern und an all das andere nicht.«

»Ein paar von uns kriegen eine echte Krise, weil das Wort im *Webster's* steht, aber ihren eigenen Söhnen, Töchtern und Enkeln, die das Wort andauernd verwenden, lassen sie's durchgehen.«

»Ja. Wie sollen die Weißen kapieren, dass sie dieses Wort nicht verwenden sollen, wenn das nicht mal *unsere* Jungen schnallen?«

»Recht haben Sie.«

Stranges Beeper ertönte. Er las die Nummer, entschuldigte sich, ging zu den Münzfernsprechern hinten neben den

Toiletten und telefonierte. Quinn war am anderen Ende der Leitung.

»Ich freu mich drauf«, meinte Strange, als Quinn verstummte.

»Wir uns auch«, sagte Quinn. »Wo sollen wir uns treffen?«

Strange erklärte es ihm, legte auf und warf einen Blick auf die Armbanduhr. Anschließend bezahlte er seine Zeche, lud den Mann an der Theke auf einen Drink ein und verabschiedete sich dann.

Daheim in seinem Reihenhaus legte Strange die ganzen Zündholzbriefchen und das Foto von Sondra Wilson auf den Schreibtisch, sah die Post durch und zog sich um. Im Jogginganzug ging er in den Keller, wo ein schwerer Sandsack an den Stahlträgern der Decke baumelte. Während er den Sandsack bearbeitete, hörte er den Soundtrack von *San Sebastian* auf seinem Ghettoblaster. Er fütterte Greco, stieg aus den feuchten Klamotten und sprang unter die Dusche. Wenn er sich beeilte, blieb ihm noch genug Zeit, um seine Mutter im Altenheim zu besuchen, ehe er Janine abholte und mit ihr zusammen zum Boxkampf fuhr.

Neunzehn

Auf der Kreuzung Michigan und North Capitol hielten Ray und Earl Boone an der roten Ampel. Ray zog an seiner Kippe, und Earl nahm einen Schluck aus einer Dose Busch-Bier. An der Ecke hatte jemand ein neonfarbenes Plakat an einen Telefonmast getackert, auf dem für heute Abend irgendein Boxkampf angekündigt wurde.

»Hast du Lust, dir heute Abend einen Kampf anzusehen, Daddy?«, fragte Ray, wohl wissend, dass sein Vater in D. C. am liebsten nicht mal aus dem Wagen steigen würde. »In diesem Kongresszentrum laufen gute Kämpfe. Anscheinend wird sogar Don King da sein.«

»Don King?«, sagte Earl. »Da wär's mir ja noch lieber, 'n Hund würde mir Erdnussbutter aus der Arschritze lecken.«

»Ist das als Nein zu verstehen?«

»Du hast grün, Hosenscheißer. Und hör endlich auf, hier den Dummen zu spielen, ja.«

Ray rief in Cherokee Colemans Büro an und gab einem von Colemans Leuten Bescheid, dass er und sein Vater auf dem Weg zu ihnen waren. Danach fuhren sie in den alten Lagerhallenbezirk hinter der Florida Avenue.

Ray sah den MPD-Streifenwagen, der mit laufendem Motor auf der Straße in der Nähe von Colemans Büro parkte. Er überflog die kleinen Ziffern auf der Stoßstange des Crown Vic und dieselben Nummern, etwas größer, seitlich. Als er langsam am Fenster auf der Fahrerseite vorbeirollte, erhaschte Ray einen kurzen Blick auf den Polizisten. Hinter dem Steuer saß ein hässlicher, fetter Bursche und schaute stur geradeaus. Coleman hatte ihm gegenüber mal den Namen des gekauften Bullen erwähnt, einen eigenartigen Namen, der so gar nicht zu diesem Fettwanst passte, aber Ray konnte sich nicht mehr genau daran erinnern. Hatte wie Madonna oder so ähnlich geklungen.

Das Kilo lieferten sie in der Garage ab. Dort warteten die üblichen Gestalten und ein paar neue, unbekannte Gesichter. Alle trugen Kappen, hatten einen stieren Blick und ein Lächeln drauf, das sagte: »Dich mach ich alle und lach mich dabei schlapp.« Als Ray und Earl ausstiegen, war da gerade ein Nordseiten-Südseiten-Streit im Gange. Ein Junge tat so, als wollte er einen anderen angreifen und auf ihn einschlagen, während die anderen Anwesenden die Köpfe im

Takt zu irgendeinem Dschungellärm aus dem Ghettoblaster bewegten. Alle, wie sie da so standen, gingen Ray am Arsch vorbei. Und während er und sein Vater rauchten und zusahen, wie das Heroin gewogen wurde, dachte er nur, wenn alles gut geht, dann ist heute das letzte Mal, dass ich einen Fuß in dieses Scheißloch von Stadt setze.

Tonio Morris kam im ersten Stock des Junkyard aus einem dunklen Raum. Hier lebte er mit anderen Junkies im Endstadium inmitten von Schaben und Ratten und schlief auf einer modrigen Matratze in seinem eigenen Siff. Wenn er nicht hier war, trieb er sich auf den Straßen herum, klaute, bettelte, klaubte Zigarettenstummel vom Bordstein auf oder wühlte in den Gassen hinter den Häusern der Trinidad und des LeDroit Park die Mülltonnen durch.

Hier im Junkyard quälte ihn Langeweile, manchmal gelindert durch ein schwelendes Drama, einen kurzen Gewaltakt oder einen Scherz, den er so lustig fand, dass er lachte, bis seine Brust rasselte. Er schlief sehr unruhig und nahm außer kleinen Stückchen Schokolade, die er den anderen abschnorrte, selten Nahrung zu sich. Die langen Phasen zwischen den einzelnen Highs dominierten sein Leben. Meistens wartete er einfach nur, und manchmal schnallte er sogar, ohne dass es ihn groß kümmerte, dass er nur auf den Tod wartete.

Auf dem Weg durch den riesigen Raum trat Tonio in Taubenscheiße, und seine braunen Socken wurden nass, weil Wasser durch die klaffenden Ritzen zwischen Schuhsohle und Oberleder sickerte. Er stellte sich neben die Öffnung in der Backsteinwand, wo jemand die Backsteine mit einem Hammer herausgehauen hatte, und beobachtete, wie der Ford Taurus an dem Bullenwagen vorbeirollte, der mit laufendem Motor auf der Straße stand. Da waren sie. Pünktlich. Er machte auf dem Absatz kehrt und hielt auf die Treppe zu.

Er kam an einem von Colemans Männern vorbei, stieg die Stufen hoch und trat in den türlosen Toilettenraum. Hier hatten diejenigen ihr Claim abgesteckt, die noch kräftig genug waren oder etwas zu verkaufen hatten. Im letzten Abteil war Sondra. Früher war sie mal bildschön gewesen. Sie lehnte an der Stahlwand und rieb mit der Hand über den Arm, als wollte sie einen Fleck wegrubbeln. Tonio trat in die Kabine und stellte sich ganz dicht vor sie, damit er ihr Gesicht erkennen konnte. Langsam, aber sicher verlor er das Augenlicht – ein letztes Mal machte sich die Seuche über ihn lustig.

»Hallo, Tonio.«

»Hallo, Baby. Deine Jungs sind hier.«

Als Sondra lächelte, wurden die von Ernährungsmangel grau gefärbten Zähne sichtbar. Ihre Lippen waren aufgesprungen, ganz rissig von der Kälte und bluteten an mehreren Stellen. Normalerweise trug sie nur ein weißes Hemd und schwarze Hosen, doch heute hatte sie auch eine dicke Jacke an. In der Nähe des Gauntlet College hatte eine alte Frau Sondra auf der Straße herumlungern sehen, war aus ihrem Reihenhaus herausgekommen und hatte ihr die Jacke geschenkt.

»Du machst dich besser frisch für deinen Galan«, riet Tonio.

»Ich hab hier ein bisschen Wasser«, meinte sie. In einer Mülltonne hatte sie eine leere Safttüte gefunden und sie an einer öffentlichen Wasserstelle im Viertel aufgefüllt.

»Da, wisch dir damit das Gesicht ab«, sagte Tonio und zog einen dreckigen Werkstattlappen aus seiner Hosentasche. Sie nahm ihn mit kritischem Blick, gab eiskaltes Wasser aus der Tüte auf den Lumpen und tupfte damit ihre Wangen ab. Der ölige Lappen malte Schlieren auf ihr Gesicht.

»Du bist gut zu mir«, sagte Sondra.

»Und du vergiss ja nicht, auch gut zu Tonio zu sein, ja?«

»Ich werde dich nicht vergessen. Ich besorg dir immer 'ne Kleinigkeit.«

Er warf ihr einen hungrigen Blick zu, der überhaupt nichts Anzügliches hatte. Das, was er von ihr wollte, hatte absolut nichts mit Sex zu tun. Selbst wenn Tonio es gewollt hätte, mit einer Frau konnte er schon seit Ewigkeiten nicht mehr schlafen. Und da er auch gar nicht mehr das Bedürfnis hatte, dachte er nie daran.

»Ist besser, wenn ich jetzt runtergehe«, sagte er.

»Bis später«, sagte sie, und als sie ihm hinterherschaute, sah sie, wie er die Hose hochzog, die über seinen Hintern gerutscht war.

»Stimmt was nicht, Cherokee?«, fragte Ray. »Dachte, würde dich freuen. Aus dem, wie du letztes Mal geredet hast, habe ich geschlossen, du hättest keinen Bock auf den Druck, den die Rodriguez-Brüder auf dich ausüben.«

»Ich hab dich nicht gebeten, sie alle zu machen, Ray«, erwiderte Coleman.

»Das haben sie schon selbst besorgt.«

»Haben wohl Selbstmord begangen, hm?«

»Kann man so sagen. Was soll's, ich kann die beiden nicht von den Toten auferstehen lassen. Von daher ist dieses Rumgejammere reine Zeitverschwendung. Und außerdem hab ich dafür gesorgt, dass alles in Butter ist, das kannst du mir glauben.«

Cherokee Coleman saß hinter seinem Schreibtisch. Seine Hände lagen auf dem Tintenlöscher, die Fingerspitzen berührten sich. Und er starrte Ray an. Sein Leutnant, Fettarsch Angelo, stand hinter ihm. Dessen fleischiges Gesicht glich einer reglosen Maske. Earl Boone amüsierte sich über Angelos Sonnenbrille, so ein Hollywood-Ding mit dicken Goldbügeln. In dem dunklen Raum brannte nur die grüne

Bankerlampe, und da fragte Earl sich, ob der Fettsack überhaupt etwas sehen konnte.

»Hättest du die Freundlichkeit, uns zu erzählen, wie du dafür gesorgt hast, dass alles in Butter ist?«, fragte Cherokee.

»Am Tag nach ihrem Besuch«, sagte Ray, »hab ich Lizardos Frau angerufen und gefragt, wo zum Teufel er und Nestor stecken. Sagte, sie wären überfällig, aber noch nicht aufgetaucht und hätten auch nicht angerufen. Eine Minute später klingelt mein Handy, und mich ruft einer von den Vargas-Leuten aus Florida an. Hab ihm genau das Gleiche erzählt wie der Frau. Er murmelte etwas auf Spanisch und legte auf. Und danach sind Daddy und ich als Erstes mit den Contours von den beiden Rodriguez runter nach Virginia gebrettert und haben sie in der Nähe von Richmond an der 95 Richtung Süden stehen lassen. Wir haben auch ein paar Tropfen von Nestors und Lizardos Blut auf die Autositze gesprenkelt. Und ein paar Haare von ihnen in den Autos verteilt. Wenn die Bullen die Autos aufbrechen und die Halter ausfindig machen, wird's aussehen, als wären die Brüder auf dem Weg nach Norden umgebracht worden.«

»Und wo sind die Leichen?«

»Auf meinem Grundstück, bis das Wetter umschlägt. Dann kümmer ich mich darum auch noch.«

»Was passiert«, fragte Cherokee, »wenn ich 'nen Anruf von dieser Vargas-Familie kriege?«

»Mann, Cherokee, du brauchst denen doch nur die gleiche Geschichte aufzutischen. Dass du von mir gehört hast und Nestor und Lizardo nie aufgetaucht sind.«

»Und warum sollte ich das tun?«

»Weil Partner zusammenhalten«, sagte Ray.

»Jetzt sind wir also Partner. Hörst du das, Angie?«

»Hör mal.« Ray lehnte sich vor. »Ich sitze gerade auf neun Kilo reinem Braunen.«

»Hast du die dabei?«, wollte Coleman wissen.

»Nee, Mann«, sagte Ray. »Ich bin doch nicht bescheuert!«

Ray lachte. Coleman und Angelo lachten, und sie lachten immer noch, als Ray schon längst aufgehört hatte. Ray musterte sie mit gerunzelter Stirn. Wollten die ihn gerade verarschen? Schwer zu sagen.

Coleman zog ein Taschentuch aus der Brusttasche seines adretten Anzugs und tupfte sich damit die Augen ab.

»Wie auch immer«, sagte Ray. »Mein Daddy und ich, wir hatten schon 'ne ganze Weile vor auszusteigen. Und da hab ich mir gedacht, wir verkaufen den restlichen Braunen direkt an euch, zu einem Preis, der euch gefallen wird, und dann machen wir 'ne Fliege.«

»Ach ja? Und welchen Preis stellst du dir da vor?«

»Du hast doch hunderttausend fürs Kilo gezahlt, oder?«

»Deinen Anteil eingeschlossen. Und da du jetzt *alles* kassierst, brauchst du deinen Anteil nicht mitzurechnen, denn du hast ja keine, wie heißt es doch gleich, *Beschaffungskosten* gehabt.«

»Genau. Also, ich wollte vorschlagen, für sechzigtausend pro Kilo kriegst du die ganze Ladung.«

»Fünfhundertvierzig Riesen.«

»Fünf vierzig, stimmt. Aber, weil ich dich gut leiden kann, Cherokee …«

»Du kannst mich gut leiden, Ray?«

»Ja. Und deshalb will ich dir das Geschäft noch 'n bisschen versüßen.«

»Wie versüßen?«

»Sagen wir fünfhundert für dich, Cherokee, für den ganzen Stoff.«

»Echt großzügig von dir, Ray.«

»Finde ich auch.«

»Und wann willst du liefern?«

Ray sah zu Earl hinüber und dann wieder zu Coleman. »Wir haben uns gedacht, Daddy und ich, ich meine, wir bräuchten doch für diesen letzten Deal nicht noch mal in die Stadt zu kommen.«

»Habt ihr was gegen D. C.?«

»Wenn du's genau wissen willst, wir sind lieber auf dem Land.«

»Tatsache?«

Coleman und Angelo lachten wieder. Ohne eine Miene zu verziehen, warteten Ray und Earl, bis die beiden endlich verstummten.

»Ich sag euch was«, meinte Coleman. »Wir machen halbe-halbe, hört ihr. Die eine Hälfte der Lieferung bringt ihr so schnell es geht, und für die andere Hälfte schick ich jemanden zu euch raus, der den Stoff abholt.«

»Was soll das mit dieser Halbe-halbe-Nummer?«

»Du glaubst doch wohl nicht, dass ich fünfhunderttausend auf einmal beschaffen kann, oder? Denkst du, ich kann einfach zur Nations Bank rübergehen und 'nen Kredit aufnehmen?«

»Nein, aber ...«

»Muss erst mal das, was auf Halde liegt, verscheuern, Mann, und flüssig werden. Danach können wir dann ins Geschäft kommen, Ray.«

»Ich weiß nicht«, sagte Ray.

»Scheiß drauf«, sagte Earl und verblüffte Coleman. Earl meldete sich zum ersten Mal zu Wort, seit er und sein Sohn durch die Bürotür gekommen waren.

»Was geht dir durch den Kopf, *Daddy*?« fragte Coleman.

»Wir bringen die nächste Lieferung«, schlug Earl vor, »weil du's so willst. Aber dafür will ich auch was.«

»Lass mich raten«, meinte Coleman. »Es ist hellhäutig und hat grüne Augen?«

»So ist es«, sagte Earl. »Ich will das hübsche Mädel mit

nach Hause nehmen, das drüben auf der anderen Straßenseite wohnt. Ich nehm sie heute mit.«

»Scheiße, Daddy.«

»Halt's Maul, Hosenscheißer. Jetzt rede ich.«

»Ach, du stehst auf sie«, sagte Coleman. »Das ist echt süß.«

»Du hast doch kein Problem damit, wenn ich sie mitnehme, oder?«

»Überhaupt nicht. Die gehört mir nicht. Natürlich gibt es drüben im Junkyard ein paar Typen, die dir vielleicht blöde kommen werden, wenn du versuchts, sie mitzunehmen. Denn die meisten von denen haben sie im letzten Monat oder so gepoppt, einer nach dem anderen.«

»Gepoppt?«

»Sich in sie verliebt, Ray.«

Fettarsch Angelos Schultern zuckten heftig. Er lachte sich halb kaputt.

Earl ignorierte ihn und sagte: »Dann wäre das ja geklärt. Wir hauen jetzt ab.«

Ray erhob sich. »Ich ruf dich an. In ein paar Tagen kommen wir mit der ersten Lieferung. Und dann kommst du raus und holst den Rest.«

»Na, ich glaub nicht, dass ich persönlich vorbeischaue, Ray. Ich werde eine Polizeieskorte schicken, damit es ganz offiziell ist.«

»Du willst diesen Madonna-Typen schicken?«

Coleman kicherte. »Klar, Ray. Ich schicke Madonna.«

»Na schön. Bis dann, Leute.«

»Ray«, sagte Coleman. »Earl.«

Coleman und Angelo warteten, bis sie zur Tür raus waren.

Dann sagte Coleman: »Ruf unsere Dealer an, Angie. Sag ihnen, wir kriegen demnächst 'ne große Lieferung. Und vergiss nicht, auch diesen Weißen anzurufen. Er kann das Zeug auf der anderen Seite der Stadt verscherbeln. Für uns ist es wichtig, dass wir das Zeugs schnell loswerden. Die erste Lieferung muss sofort auf die Straße, damit wir die zweite nachschieben können. Hier bietet sich uns eine erstklassige Chance. Bei dieser Nummer werden wir richtig abkassieren, Angie.«

»Ja, aber wir müssen bis ganz raus nach Scheiß-Kleinkleckersdorf und es abholen.«

»So ist es. Wir wollten die Boones doch früher oder später sowieso alle machen, dann können wir das auch gleich erledigen, wenn wir draußen sind. Da werden sich die Leichen ja richtig stapeln, wenn zu den Rodriguez-Brüdern auch noch die beiden kommen. Wird da draußen aussehen, als hätte jemand zum kollektiven Selbstmord aufgerufen. Und auf die Weise machen wir es auch den Kolumbianern recht. Denn, weißt du, ich hab keinen Bock darauf, dass die Vargas-Familie hier in der Stadt einreitet und 'nen Krieg anzettelt.«

»*Ich* geh nicht.«

»Keine Sorge, Großer. Ich schick Adonis und seinen Schatten.«

Angelo grinste. »Du meinst *Madonna*, was?«

»Ray Boone«, sagte Coleman. »Da ist echt 'n Genie.«

»Ich bin doch nicht *bescheuert*!« sagte Angelo.

Coleman lachte und streckte die Hand aus. Und Angelo schlug mit seiner darauf.

Earl Boone ging an den türlosen Kabinen vorbei und blieb vor der letzten stehen. Der Lichtschein einer Kerze fiel auf Sondras Gesicht. Ihre weiße Bluse war schmutzig, und Dreckschlieren zogen sich über ihre Wangen. Anscheinend fiel es ihr schwer, sich auf den Beinen zu halten.

»Hallo, Süße«, sagte Earl.

»Earl.«

Er trat näher und schaute ihr in die Augen. Eins war braun, das andere grün.

»Was ist mit deinen Augen, junge Dame?«

»Ich hab wahrscheinlich eine Kontaktlinse verloren.« Sie versuchte, verführerisch die Lippen zu schürzen. »Hast du mir was mitgebracht, Earl?«

»Hab ich. Aber du kriegst es nicht hier. Ich werde dich von hier fortholen.«

»Wohin gehen wir?«, fragte sie.

»Du wirst ’ne Zeit lang bei mir wohnen. Da kannst du duschen, und du kriegst neue Klamotten und kannst jede Nacht auf sauberen Laken liegen.«

»Und was ist mit der anderen Sache?«, fragte sie, denn das war das Einzige, was sie wirklich interessierte.

»Davon wirst du auch genug haben.«

Sondra drehte sich zur Wand um, hängte das Zeitschriftenfoto mit dem Modell ab, faltete es zusammen, nahm den Briefbeschwerer vom Toilettenpapierhalter und sah sich um, ob sie noch etwas vergessen hatte. Sie hob ein feuchtes, halb leeres Streichholzbriefchen von den nassen Fliesen auf und musste feststellen, dass dies ihr ganzes Hab und Gut war.

»Komm, Püppchen. Ray wartet draußen auf dem Flur auf uns.«

»Kann ich noch was für meinen Freund Tonio kriegen, bevor wir gehen?«

»Vergiss ihn. Wir müssen schnell und ohne Aufsehen verschwinden. Wie ich gehört habe, haben sich ein paar von den Typen hier in dich verliebt. Und wir wollen ja nicht, dass sie eifersüchtig werden.«

»Verliebt?«, fragte Sondra, rieb sich die Nase und lachte.

Sie brachten sie die Treppe hinunter und verschwanden durch ein großes Loch in der Backsteinwand. Tonio Morris lauerte tief in den Schatten des angrenzenden Raumes und sah, wie Sondra mit dem Weißen und seinem Sohn fortging. Er fragte sich, wieso Sondra wegging, ohne sich von ihm zu verabschieden. Einen Augenblick lang war er traurig, und dann bekam er es richtig mit der Angst zu tun, als ihm dämmerte, dass seine einzige Quelle vielleicht für immer verloren war.

Auf der Straße beobachtete der Bulle, der bei laufendem Motor hinter dem Lenkrad des Streifenwagens saß, wie die Boones mit der hübschen Junkie-Braut aus dem zweiten Stock aus dem Junkyard kamen. Zu dritt gingen sie zur Garage, wo die anderen auf ihren Wagen aufpassten. Der Bulle klopfte die Zigarre ab, die er zwischen den Fingern hielt, und warf sie auf den Boden.

Zwanzig

»Sharmba Mitchell«, sagte Strange. »Wenn das kein begnadeter Boxer ist.«

»Haben Sie diese Linke gesehen?«, fragte Quinn.

»Wenn ich so 'ne Linke hätte, bräuchte ich nie meine Rechte einzusetzen.«

Strange und Quinn saßen auf der überdachten Tribüne des Washington Convention Center und tranken gezapftes Bier zu vier Dollar pro Becher. Aus den viertausend schwarzen Zuschauern stachen Quinn, die Eltern eines texanischen Leichtschwergewichts, vier verschreckt dreinblickende Mitglieder einer Studentenverbindung und ein paar weiße Frauen in Begleitung schwarzer Männer heraus. Das Convention Center war ein hässlicher, veralteter weißer Kasten, der schon am Tag seiner Eröffnung zu klein für die Stadt gewesen war, doch da dieser Sport meistens in unansehnlichen, spartanischen Hallen veranstaltet wurde, war dies nicht der schlechteste Ort, sich einen Boxkampf anzuschauen.

Nach seiner katastrophalen Niederlage kämpfte sich der weiße Leichtschwergewichtboxer aus Texas mit dem Namen Joe Bill »Rocky« Jakes in Straßenklamotten über die Tribüne. Sein aufgequollenes Gesicht war von blauen Flecken und Striemen überzogen, und ein Auge war ganz zugeschwollen.

»He, Rocky!«, rief ihm ein Mann auf der Tribüne zu.

»Hallo, Adrian!«, brüllte ein anderer.

»Nächstes Mal machst du sie alle, Rocky«, knurrte ein Dritter im Tonfall des Schauspielers Burgess Meredith, was die Zuschauer auf den umliegenden Plätzen sehr erheiterte.

»Die machen den Burschen richtig fertig«, fand Quinn.

»Ist Ihnen schon mal aufgefallen«, fragte Strange, »wie viele weiße Boxer sich Rocky nennen?«

»Davon gibt's 'ne ganze Menge.«

»Der hat schon wieder so einen Haken platziert«, sagte Strange und zeigte auf den Ring.

Sharmba Mitchell aus Takoma Park verteidigte seinen WBA-Super-Leichtgewicht-Titel gegen Pedro Saiz aus Brooklyn. Von Saiz, der in allerletzter Minute für den angeschlagenen William Joppy eingesprungen war, hatte niemand viel erwartet, doch heute Abend zeigte er, was in ihm steckte. Mitchell trug rot-weiß-blau gestreifte Shorts, Saiz weiße.

Die vierte Runde ging zu Ende. Als die Boxer in ihre Ecken zurückkehrten, kletterte eine Blondine, die viel Bein zeigte, in den Ring und schlenderte mit einer Tafel, auf der die Runden angezeigt wurden, am Seil entlang.

»Haben Sie die Mädels gesehen?«, wollte Strange wissen.

»Runde zwei hat mir gut gefallen«, bekannte Quinn.

»Das Gesicht war voll daneben.«

»He, ich könnte wetten, sie hat ’n großes Herz.«

»Sie meinen ’n herzförmiges Hinterteil.«

»Ihr Hintern war ganz schön groß, aber ich hab immer gedacht, ihr Jungs fahrt darauf ab.«

»Dachten Sie. Wie auch immer, ich hab nicht die Mädels im Ring gemeint, Terry, sondern *unsere*. Unsere Begleiterinnen.«

»Die sind los, um ein paar Bier zu holen.«

»Und sie sind schon ’ne Viertelstunde weg.«

»Keine Sorge. Die stecken bestimmt die Köpfe zusammen, löschen ihren Durst und reden über uns.«

»Hoffentlich. Denn wenn sie nicht mehr über uns reden, wird’s brenzlig für uns.« Strange trank einen Schluck Bier und musterte Quinn aus den Augenwinkeln. »Sie haben mir nichts über Juana erzählt, Mann.«

»Dass sie klasse aussieht?«

»Dass sie ’ne Schwester ist.«

»Zur Hälfte ist sie Puerto-Ricanerin.«

»Das zählt nicht. Fließt auch nur ein Tropfen schwarzes Blut in deinen Adern, bist du *schwarz*.«

»Haben Sie damit ein Problem?«, fragte Quinn.

»Nee. Ich meine, ich hab keinen Bock, Ihnen was vorzumachen. Hat mich im ersten Moment schon irritiert, weil ich nicht damit gerechnet hatte.«

»Liegt alles nur daran, wie wir programmiert worden sind.«

»Hört, hört. Was Sie nicht sagen.«

»Vor ein paar Wochen war ich oben in der Wheaton Plaza, in diesem Einkaufszentrum. Bei jedem zweiten jungen Paar, das seine Babys im Kinderwagen rumschob, hatten die Partner unterschiedliche Hautfarben. Als ich vor fünfzehn Jahren dort in der Plaza rumgehangen habe, da hat man so was nicht gesehen. Für diese jungen Leute von heute ist das ganz normal. Und da bin ich ins Grübeln gekommen, über meine Generation und wie sie ist und wie vor allem Ihre Generation ist. Mann, das ist echt unser Problem. Damit müssen wir zurechtkommen, denn die Welt ändert sich, ob es uns nun passt oder nicht.«

»Falls es Ihnen noch nicht aufgefallen sein sollte: Wir werden hier ganz schön angestarrt. Und die, die da glotzen, sind nicht alle im gleichen Alter.«

»Juana wird immer angestarrt, und das kann ich den Jungs, die das tun, nicht verdenken.«

»Einer Sache müssen Sie sich aber schon stellen, Terry. Es gibt 'ne ganze Menge Leute, Schwarze und Weiße, die nichts davon halten, dass Menschen unterschiedlicher Hautfarbe eine Beziehung eingehen. Deshalb sind sie noch lange keine Rassisten oder so was in der Art. Das ist einfach nur ihre Meinung, mehr nicht.«

»So lange sie sich aus meinem Leben raushalten, können sie denken, was sie wollen.«

Die fünfte Runde begann. Rechts von ihnen, auf der Herrentoilette, bekamen sich ein paar Typen in die Wolle und schlägerten herum. Die Leute vom Sicherheitsdienst trennten die Kampfhähne und trugen einen Mann heraus, der Fußtritte verteilte und Obszönitäten über die Schulter rief. An diesem Abend hatte es unter den Zuschauern schon mehrere Keilereien gegeben, die sich häuften, je mehr Bier und Alkohol ausgeschenkt wurde.

»Sind Sie schon länger mit Juana zusammen?«

Quinn verdrehte die Augen. »Scheiße, Mann, sind Sie mit dem Thema noch nicht durch?«

»Als wir auf Sie beide zukamen, war, wie ich gern zugeben will, mein erster Gedanke, Terry hat sich wegen heute mal mit einer Schwarzen verabredet. Will den alten Strange beeindrucken, nach dem Motto: Seht nur her, kapiert denn keiner, Terry Quinn liebt alle Menschen und will doch nur, dass wir uns *alle* prima verstehen.«

Quinn lachte. »Sie beeindrucken zu wollen, Derek, das hab ich längst hinter mir. Das müssten Sie inzwischen auch wissen. Ich hab Ihnen alles gesagt, was ich weiß. Ich meine, können wir nicht einfach einen Abend miteinander verbringen und das Thema mal beiseite lassen?«

»Also, wie lange sind Sie schon mit ihr zusammen?«

»Nicht sehr lange, aber wenn Sie's genau wissen wollen, ich bin echt verrückt nach ihr.«

»Ich hab auch Augen im Kopf.«

»Und wie steht es mit Ihnen und Janine?«

»Fragen Sie nur. Wir sind jetzt schon, ich weiß nicht genau, ungefähr zehn Jahre zusammen. Was nicht heißt, dass wir nicht auch mal jemand anderen sehen.«

»Sie liebt Sie.«

»Was Sie nicht sagen.«

»Hören Sie, ich hab auch Augen im Kopf.«

»Meine Mutter erzählt mir immer die Parabel von dem Kerl, der überall auf der Welt nach Diamanten sucht und nie auf die Idee gekommen ist, mal 'nen Blick in seinen Garten zu werfen.«

»Diamanten im eigenen Garten. Ja, das kommt mir irgendwie bekannt vor.«

»Das ist nicht auf ihrem eigenen Mist gewachsen, aber wenn die eigene Mutter einem was sagt, dann hört man eher drauf. Egal, ich denke, Janine und ich, wir tun uns in vielerlei Hinsicht gut.«

Strange wusste, dass die Sache zwischen ihm und Janine tiefer ging, doch da er sein Herz nicht gerade auf den Lippen trug, konnte er sich nicht überwinden, persönlicher zu werden.

Mit einem schnellen Haken zwang Saiz Mitchell in die Knie. Die zunehmend heisere Menge buhte laut, als der

Ringrichter Saiz in seine Ecke schickte und ihm einen Punkt abzog. Auf Mitchells Nicken hin gab der Ringrichter das Zeichen, dass der Kampf weitergehen konnte. Wütend kam Mitchell aus seiner Ecke und schlug mehrmals hintereinander schnell und kraftvoll zu.

»Jetzt kriegen wir gleich was zu sehen«, meinte Quinn.

»Ja«, sagte Strange. »Sharmba wird ihn fertig machen.«

Ungerührt gab Mitchell Saiz den Rest. Mit je zwei Bieren zwängten Janine und Juana sich durch die Tribüne. Ein älteres Paar stand auf, um ihnen Platz zu machen.

»Verdammt, wo habt ihr denn gesteckt«, sagte Strange, als sie sich setzten. Er klang leicht verärgert, aber seine erleichterte Miene verriet, dass er sich um Janine Sorgen gemacht hatte.

»Juana wollte Sugar Ray sehen«, sagte Janine. »Er ist unten am Ring.«

»Und ... haben Sie ihn gesehen?«

»Mm-huh«, sagte Juana, und dann brachen sie und Janine in Gelächter aus.

»Wir haben auch Don King entdeckt«, sagte Janine.

»Und jetzt seid ihr ganz scharf auf Zuckerwatte«, scherzte Strange.

»Kam mir komisch vor, dass mein Magen knurrte«, sagte Janine, »als ich sein Haar gesehen habe.«

»Wie geht es dir?«, fragte Quinn und berührte Juanas Hand.

»Janine ist richtig nett«, flüsterte sie.

»Amüsierst du dich?«

»Ja.«

Er küsste sie auf den Mund.

Ein Mann im Smoking trat in den Ring, zog ein Hängemikrofon herunter und fing an, mit ausschweifenden Worten die Hauptakteure des Abends zu beschreiben.

»Wer ist das?«, fragte Quinn.

»Der unverständliche Jones«, sagte Strange voller Zuneigung. »Das ist der beste Ring Announcer in D. C.«

»Jetzt geht's los«, sagte Quinn. »Bernard Hopkins.«

»Hopkins hat Simon Brown bezwungen«, meinte Strange. »Wussten Sie das?«

Das Hauptereignis dieses Abends war die Wiederbegegnung von Hopkins und Robert Allen, die erneut um den IBF-Mittelgewichtstitel kämpften. Bei ihrem ersten Kampf in Vegas hatte sich Allen mit seinem Geschiebe und der Umklammerungstaktik durchgesetzt. Hopkins, der durch die Seile fiel und sich den Knöchel verstauchte, war kein Gegner für Allen gewesen.

»Allen geht wieder genau gleich vor«, sagte Strange, nachdem die erste Runde schon halb vorbei war. »Er will nicht kämpfen, Mann, sondern nimmt dauernd Hopkins' Kopf in den Schwitzkasten.«

Allen schien eine Verletzung vorzutäuschen und tat so, als hätte er einen schweren Tiefschlag einstecken müssen. Die erbosten Zuschauer schimpften Allen einen Blödmann und Arsch. Und dann wurde die Menge noch ungestümer und drängte en masse in Richtung Ring. Runde für Runde ging der Kampf so weiter. Der Spott der Zuschauer wurde lauter und bedrohlicher.

»Die Leute wollen Blut sehen«, meinte Strange.

»Lassen Sie uns von hier verschwinden«, schlug Quinn vor. »Dieser Kampf stinkt eh zum Himmel, und alle hier wissen, dass Hopkins gewinnen wird.«

Zu viert schoben sie sich durch die dicht gedrängte Menge. Die jungen, größtenteils attraktiven Zuschauerinnen trugen die geglätteten Haare schulterlang. *Brandy Cuts* nannte Janine diese Frisuren. Die jungen Männer bevorzugten Klamotten in der Größe XXL. Viele trugen Baseballjacken mit Lederärmeln, deren Rücken mit farbenfrohen Sprüchen bestickt waren. Jemand stieß gegen Quinn, der einfach weiterging, ohne sich darüber Gedanken zu machen, ob das Absicht gewesen war oder nicht, doch er merkte, wie ihm beim Weggehen die Röte ins Gesicht stieg.

Als sie draußen im Auditorium durch die mit Teppich ausgelegte Lobby gingen, ließ ein junger Mann, der mit zwei Freunden zusammenstand, einen an Juana gerichteten Kommentar vom Stapel und brüstete sich damit, wie gern er »ihr mal richtig den Hosenboden versohlen« wollte. Quinn spürte, wie sein Gesicht heiß wurde und dass Juana ihm die Hand auf den Ärmel der Lederjacke legte. Auch dieses Mal ging er weiter und beruhigte sich langsam.

Draußen schlenderten sie die 10th hinunter. Strange und Quinn folgten Janine und Juana, die ein schnelles Tempo vorlegten und sich unterhielten. Ein junger Schwarzer stand auf dem Mittelstreifen und schrie die vorbeifahrenden Autos an. »Ich hasse Redneck-Arschlöcher!«, brüllte er. »Ich schwöre bei Gott, das nächste weiße Arschloch, das mir über den Weg läuft, bring ich um!«

»Klingt, als hätte der Mann ein Problem«, meinte Strange mit einem verschmitzten Funkeln in den Augen. »Hat er denn nicht kapiert, Terry, dass die Welt sich *verändert*?«

»Soll ich ihm sagen, was Sache ist?«, fragte Quinn.

»Nur zu«, antwortete Strange mit einem leisen Grinsen. »Ich sorg dafür, dass unsere Ladys unversehrt nach Hause kommen.«

Juana und Quinn gingen mit Strange und Janine ins Stan's, wo sie zwei Runden tranken, ehe die Kneipe schloss. Inzwischen waren alle leicht angeschickert, und da weder Janine noch Juana Lust hatte, den Abend zu beenden, einigte man sich darauf, zu Stranges Reihenhaus zu fahren und dort einen »letzten Drink« zu nehmen.

Strange kaufte in einem Supermarkt zwei Sixpacks und fuhr die Georgia hoch. Janine saß neben ihm auf der Bank und drückte ihren Schenkel an seinen, während Strange *War Live* ins Kassettendeck schob und bis zu einem Song vorspulte, den er mochte.

»Was suchst du?«, wollte Janine wissen.

»*Get Down*. Hier ist es.« Strange drehte am Bassregler, bis der Titel mehr Volumen hatte. »Weißt du, was Ron am Montag vorhat?«

»Ich glaube, er ist hinter ein paar Jungs her, die auf Kaution raus und abgehauen sind.«

»Ich könnte seine Hilfe brauchen.«

»Wir sind auf das Geld angewiesen, das er reinbringt, Derek. Erzähl mir nicht, dass diese Wilson-Sache viel Kohle bringen wird, denn ich weiß, dass du seiner Mutter nicht alles in Rechnung stellen wirst. Lass Ron sein Ding machen und kümmer du dich um deinen Fall.«

»Ja, du hast Recht.« Strange stellte lauter und sang: »›*The po-lice ... We're talkin' 'bout the po-lice.*‹«

Janine lachte. »Heute Abend bist du selten gut drauf, mein Lieber.«

»Anscheinend amüsier ich mich.«

»Ich mich auch. Ich mag Juana. Das ist eine vernünftige junge Dame. Sie studiert Jura an der George Washington, wusstest du das? Vielleicht wär es gut, wenn sie mal mit Lionel redet und ihm so ganz nebenbei vermittelt, dass denen, die genug Entschlossenheit an den Tag legen, alle Türen offen stehen. Weißt du, sie kommt aus keinem privilegierten Elternhaus oder so.«

»Und was ist mit Terry? Meinst du, er tut ihr gut?«

»Wenn die beiden zusammenbleiben, kriegen die noch Probleme, von denen sie bis jetzt noch nicht mal eine vage Vorstellung haben. Ganz zu schweigen davon, dass er ein ziemlich gefühlsbetonter junger Mann ist. Man braucht ihm nur in die Augen zu schauen, dann weiß man schon Bescheid. Der muss noch eine ganze Menge mit sich selbst klar machen, ehe er die Verantwortung für eine echte Beziehung schultern kann. Aber ich mag ihn.«

Strange nickte und betrachtete im Rückspiegel den schwarzen VW, der ihm folgte. »Ich auch.«

In dem Käfer schaltete Quinn, während Juana die Kupplung betätigte und mit der linken Hand lenkte. Mit der rechten Hand wühlte sie eine Schachtel mit Kassetten auf ihrem Schoß durch.

»Wie wäre es mit Lucinda Williams?«, fragte sie.

»Die Braut aus *Laverne and Shirley*?«

»Du meinst *Cindy* Williams.«

»Ich zieh dich doch nur auf, Mädel.«

»Hier, schieb die rein, es wird dir gefallen.«

Quinn schob die Kassette in den Rekorder. *Metal Firecracker* dröhnte aus den Lautsprechern in den Wagen.

»Das rockt«, fand Quinn.

»Ja, Lucinda hat's drauf.«

Quinn kicherte, als er durch die Windschutzscheibe spähte. »Dereks Caddy ist schwer gepflegt. Ich könnte wetten, dass ihm dieser Wagen über alles geht.«

»Was gibt es daran auszusetzen?«

»Nichts. Ich sage nur, er ist stolz drauf, mehr nicht. In seiner Generation steht ein Cadillac für Erfolg. Du weißt schon, was ich meine.«

»Ja, ich denke schon.«

Als Kind hatte Juana gehört, wie ein Junge in der Grundschule einen Cadillac als »Niggerkutsche« bezeichnete. Von Anfang an hatte sie sich eingeredet, Terry wäre anders. Doch wer konnte schon wissen, wie es tief drinnen in einem Menschen aussah? Heute Abend hatte er eine Menge Bier getrunken, und vielleicht kam nun zum ersten Mal sein wahres Ich zum Vorschein. Vielleicht entzog sich das, woran er glauben wollte, seiner Kontrolle. Vielleicht war ihm alles, woran er tatsächlich glaubte, vor Ewigkeiten unwiderruflich eingetrichtert worden. Und vielleicht reagierte sie auch zu empfindlich. Wenn man erst mal anfing, in diese Richtung zu denken, konnte man wahnsinnig werden wegen etwas, das womöglich gar nicht existierte.

Quinn betrachtete ihr Gesicht und fragte: »Was ist denn?«

»Nichts, Terry«, sagte Juana, griff nach seiner Hand und drückte sie leicht. »Ich hab nur gerade an dich gedacht, das ist alles.«

Einundzwanzig

Strange führte einen Tanz vor, den er den *chicken leg* nannte. Janine tanzte neben ihm zu *Night Train*, das aus der Wohnzimmerstereoanlage dröhnte. Quinn stand bei ihnen, nahm immer wieder einen Schluck aus der Dose und feuerte die beiden laut an. Juana saß auf der Couch und baute mit dem Gras und den Papierchen aus ihrer Handtasche einen Joint. Greco lag auf dem Boden, hatte den Kopf zwischen die Pfoten gebettet und schlug träge mit dem Schwanz auf den Teppich.

»Sonny Wilson hat früher auf diese Nummer getanzt«, sagte Strange, als der Song endete.

»So wie ihr gerade eben?«, fragte Quinn.

»Nee, Mann, das war früher unser Tanz. Sieh dir das mal an.« Strange hielt eine CD mit einem Foto hoch mit einem weißen Mädchen, das schwer sixtiesmäßig aussah. »Mr. Otis Redding. *Otis Blue*.«

»Du hast schon diesen Solomon Burke aufgelegt. Sind wir etwa dabei, uns bis zur Moderne vorzuarbeiten?«

»Der Typ hat schwer was drauf«, meinte Strange, als Steve Cropper bei *Ole Man Trouble* auf seiner bluesigen Gitarre Gas gab und dann die Blasinstrumente und Otis' Stimme ertönten.

»Haben Sie auch Motown?«

»Also, Terry, Motown war nichts anderes als Soul für Weiße, Mann.«

»Woher soll ich das wissen? Ich war ja noch nicht mal auf der Welt, als sie den Kram im Radio spielten.«

»Und mir haben sie damals noch Korkenzieherlocken gemacht«, meinte Janine. »So klein war ich.«

»Ich bin dabei gewesen«, sagte Strange. »Und es war klasse.«

Mit einem Joint in der Hand ging Juana zu den anderen hinüber. »Wollt ihr mal ziehen?«

»Ich schon«, sagte Quinn.

»Ist bei mir schon 'ne Weile her«, räumte Strange ein.

»Kommen Sie«, drängte Juana.

»Ihr werdet jetzt doch nicht alle anfangen, euch komisch aufzuführen, oder?«, fragte Janine.

»Was meinst du mit ›ihr‹?«, fragte Strange.

Zu viert standen sie mitten im Wohnzimmer und rauchten den Joint. Strange zog nach Quinn, Juana setzte aus. Janine winkte nur ab und lachte. Als der Joint runtergeraucht war, kicherten alle und diskutierten, welcher Song als nächster aufgelegt werden sollte.

Strange schob *Motor Booty Affair* in den CD-Spieler und drehte lauter. »Die Macht von Parliament. Und jetzt werden wir dazu tanzen, hört ihr.«

Zuerst noch ganz zögerlich, tanzten sie zu viert zu den komplexen, vielschichtigen Songs. Der beschwörende Basslauf, über den überdrehte Melodien gelegt waren, ging unter die Haut. Es dauerte eine Weile, bis sie die Rhythmen mit jeder Faser ihres Körpers spürten, doch dann legten sie ihre

Hemmungen ab und fanden den richtigen Groove. Nach dem fünften Stück waren sie schweißgebadet.

Strange dimmte das Licht und legte Al Greens *The Belle Album* auf.

»Erinnert mich an die Schummerpartys von früher«, sagte Strange.

»Auch das war vor meiner Zeit«, meinte Janine und küsste ihn auf den Mund.

Zum Titelsong schwoften sie ganz langsam. Janine legte die Wange an Stranges Brust und tanzte in Strümpfen. Quinn und Juana benahmen sich beim Tanzen wie Gymnasiasten. Als der Song endete, warf Janine einen Blick auf ihre Armbanduhr und sagte zu Strange, dass sie jetzt aufbrechen musste.

»Lionel müsste demnächst auch nach Hause kommen«, meinte sie. »Ich möchte vor ihm daheim sein.«

»Ja, wir sollten jetzt alle ins Bett«, sagte Strange.

»Wo ist das Klo?«, fragte Quinn.

»Oben«, sagte Strange.

Quinn ging ins Obergeschoss. Das Badezimmer war gleich zu sehen. Eine offen stehende Tür führte in ein Schlafzimmer mit überdachter Veranda. Darüber hinaus gab es noch zwei weitere Schlafzimmer, von denen eins zum Arbeitszimmer umfunktioniert worden war. Quinn warf einen Blick über die Schulter auf die Treppe und trat ins Arbeitszimmer.

So wie es aussah, wurde dieser Raum viel genutzt. Stranges Schreibtisch bestand aus einer Platte auf zwei frei stehenden Aktenschränken mit einem Monitor, einem Lautsprecher, einer Tastatur und einem Mousepad darauf. Daneben stapelten sich Papiere und anderer Krimskrams. Quinn ging um den Schreibtisch herum.

Neben dem Schreibtisch hatte Strange ein CD-Regal aus Holz mit Western-Filmsoundtracks an die Wand geschraubt: Die *Dollar*-Trilogie von Leone, *Spiel mir das Lied vom Tod*,

Die glorreichen Sieben, *Die Rückkehr der glorreichen Sieben*, *Mein Name ist Nobody*, *An seinen Stiefeln klebte Blut*, *Die Gewaltigen*, *Ein Fressen für die Geier*, *Die gefürchteten Vier*, *Duell in Diablo*, *Weites Land*, *Der Gehetzte der Sierra Madre* und andere. Kein Funk und Soul aus den Sechzigern und Siebzigern hier, auf die Strange so stand. Quinn fragte sich, ob Strange diese Sammlung versteckte, ob er sich für seine Liebe für Western-Soundtracks schämte und sie seinen Freunden nicht zeigen mochte.

Quinn überflog die Papiere auf dem Schreibtisch, bei denen es sich vorwiegend um Aktien- und Börsenkurse handelte, aber es gab auch ein paar Berichtvordrucke, auf denen oben das Logo von Strange Investigations gedruckt war. Ein Haufen Zündholzbriefchen und ein verblichenes Foto von einer hübschen jungen Frau. Er nahm das Foto hoch und sah, dass es sich bei der Frau um die gut aussehende Schwester von Chris Wilson handelte. Quinn kannte sie von den Zeitungsartikeln und den Berichten, die am Tag der Beerdigung im Fernsehen gesendet worden waren.

»Sehen Sie hier drinnen 'ne Toilette?«, fragte Strange, der im Türrahmen stand.

Quinn schaute auf. »Tut mir Leid, Mann. Bin wohl von Natur aus neugierig.«

Stranges müde Augen waren gerötet. Er verschränkte die Arme vor der Brust und lehnte sich an den Türrahmen.

»Wieso haben Sie ein Foto von Chris Wilsons Schwester?«, wollte Quinn erfahren.

»Aus dem einfachen Grund, dass ich langsam zu der Überzeugung gelange, dass Sondra Wilson der Schlüssel zu dem Ganzen sein könnte.«

»Haben Sie mit ihr gesprochen?«

Strange schüttelte den Kopf. »Dazu muss ich sie zuerst finden. Nicht mal ihre Mutter weiß, wo sie steckt. Sondra ist ein Junkie und schwer auf Heroin. Und schon 'ne ganze

Weile von zu Hause weg. Wilson hat versucht, sie aufzutreiben, sie vielleicht sogar nach Hause zu bringen, denke ich. Und ich denke auch, dass Chris an dem Abend, als er umgebracht wurde, einen Telefonanruf gekriegt hat, bei dem es um Sondra ging.«

Quinn legte das Foto auf die Schreibtischplatte. »Glauben Sie, Ricky Kane hatte was damit zu tun?«

»Gefällt mir, wie Ihr Instinkt funktioniert, Terry.«

»Und ... denken Sie das?«

»Ist mir in den Sinn gekommen.«

»Sie müssen mit Kane reden.«

»Falls er was damit zu tun hat, bringt es nichts, mit ihm zu reden. Dann macht er erst recht dicht, und ich komm nicht mehr an ihn ran. Und vielleicht wird es dann noch schwieriger für mich, Sondra zu finden.«

»Haben Sie das jetzt vor?«

»Ja«, sagte Strange. »Ich will zu Ende bringen, was Chris Wilson begonnen hat. Sie heimbringen.«

»Weil Sie wissen, dass das Einzige ist, was Sie für Leona Wilson tun können, richtig? Sie wissen, die Sache geht nicht tiefer als das, was über meine Rolle beim Tod ihres Sohnes im Bericht gestanden hat.«

»Soll mich das überzeugen?«

»Ich *frage* Sie, Derek.«

»Hören Sie, Mann.« Strange rieb sich die Wangen und atmete langsam aus. »*Verdammt*, ich bin völlig fertig. Hab seit Jahren kein Gras mehr geraucht, falls es Sie interessiert. Weiß nicht, wieso ich mich heute Abend drauf eingelassen habe. Aber auf irgendwas muss ich es ja schieben, oder?«

»Was schieben Sie worauf?«

»Ich muss verrückt sein, sonst würde ich Sie nicht fragen, was ich Sie gleich fragen werde. Wissen Sie, mein Mitarbeiter Ron ist nächste Woche ziemlich beschäftigt. Und ich könnte Ihre Hilfe brauchen.«

»Worum geht's?«

»Zuerst werde ich mich an Ricky Kane hängen und ihn beschatten. Ich dachte an Montagmorgen.«

»Um wie viel Uhr?«

»Sie haben ja nicht mal 'nen fahrbaren Untersatz.«

»Ich hatte vor, dieses Wochenende loszuziehen und mir einen anzuschaffen.«

»Einfach so.«

»Hab's satt, dass Juana mich immer herumchauffiert.«

»Na gut. Ich ruf Sie Sonntagabend an und sag Ihnen, wo wir uns treffen.«

»Derek?«

»Was?«

»Heißt das, ich bin aus dem Schneider?«

»Ach, Scheiße«, sagte Strange und ließ sich zu einem Kichern hinreißen, das tief aus dem Bauch kam. »Sie sind mir schon 'ne Nummer, Mann.«

»Mir ist es ernst, Derek.«

»Okay.« Strange nahm die Arme von der Brust. »Falls Ihnen die Sache noch nachhängt, ist das Ihr Bier. Sie müssen endlich die Wirklichkeit, die Tatsachen akzeptieren. Und Sie müssen *selbst* schauen, wie Sie sich innerlich lösen können, Mann.«

»Sie haben gerade gesagt …«

»Ich hab gesagt, ich vermute, dass es etwas mit Chris Wilson und seiner Schwester zu tun hatte. Dass es ihr Lebensstil war, der ihn an jenem Abend in die D Street gelotst hat. Aber Sie haben selbst zugegeben, dass Chris Wilson versucht hat, Ihnen und Ihrem Partner zu verstehen zu geben, dass er ein Bulle ist. Er hat Ihnen die Nummer seiner Polizeimarke zugerufen, aber Sie haben nicht auf ihn gehört.«

»Hören Sie …«

»Sie haben nicht *zugehört*. Sie haben einen Schwarzen mit 'ner Waffe und einen Verbrecher gesehen, und dann haben Sie *eine Entscheidung gefällt*. Ja, es war laut, und die Lichter blendeten Sie, und es herrschte ein ziemlich großes Durcheinander, ich weiß. Aber hätten Sie auf ihn gehört, wenn er weiß gewesen wäre? Hätten Sie abgedrückt, wenn Wilson weiß gewesen wäre? Das glaube ich nicht, Terry. Vergessen Sie mal das ganze Drumherum, und dann bleibt Ihnen gar nichts anderes übrig, als zuzugeben: Ich habe einen Mann umgebracht, weil er schwarz war.«

Quinn starrte Strange in die Augen. Er wollte noch etwas zu seiner Verteidigung sagen, brachte aber kein Wort über die Lippen, denn er war sich darüber im Klaren, dass er es ihm nicht erklären konnte, egal was er sagte. Wie sollte ein Weißer einem Schwarzen begreiflich machen, dass er nicht so war, ohne dabei selbstgerecht oder doppelzüngig zu klingen?

Sie hörten, wie Janine vom unteren Treppenabsatz nach ihnen rief. Strange senkte den Blick zu Boden.

»Los, Terry«, sagte er fast im Flüsterton. »Wir gehen jetzt besser nach unten.«

Quinn und Juana fuhren nach Osten zu ihrem Reihenhaus in der 10th. Sie gingen schnurstracks in ihr Schlafzimmer, wo er die Kleider abstreifte, sich hinter Juana stellte und sie auszog. Mit beiden Händen fuhr er über die Innenseiten ihrer Schenkel und schob zwei Finger in sie. Sie drückte den Rücken durch und stöhnte, als er in ihre harten Brustwarzen kniff. Und eine Sekunde später vögelten sie auf dem Bett. Juana lag auf dem Rand, hatte die Waden auf seine Schultern gelegt, während Quinn, dessen Füße noch den Boden berührten, in sie stieß. Der Sex war schnell und nahezu gewalttätig, und Juana stöhnte und heulte leise auf, als sie kam. Quinn kam gleich nach ihr. Die Adern auf seiner Stirn, auf seinem Hals traten hervor. Das Bett war quer durchs Zimmer bis an die Wand gerutscht.

Quinn zog sich aus ihr heraus. Juana rutschte in die Mitte des Bettes und schob ein Kissen unter ihren Kopf. Verschwitzt schlüpften sie unter die Decken, hielten sich auf den feuchten Laken eng umschlungen. Sie schaute zu ihm auf, sagte kein Wort, doch ihre Augen sprachen Bände. Schon bald ging ihr Atem gleichmäßig. Zuerst flatterten ihre Lider noch kurz, dann schloss sie die Augen endgültig und schlief ein.

Als Lionel Baker mitten in der Nacht um Viertel vor zwei heimkam, hatte er das gesetzte Limit um zwei Stunden überzogen. Janine hatte im Wohnzimmer gewartet, alle paar Minuten durch die zugezogenen Vorhänge zum Vorderfenster hinausgespäht und nach ihrem Sohn Ausschau gehalten, während Strange geduldig neben ihr saß. Schließlich kam ein Lexus die Quintana hoch und hielt vor ihrem Haus. Als Janine sah, wie ihr Sohn aus dem Wagen stieg, sagte sie: »Gott sei Dank.«

Kaum war Lionel durch die Haustür getreten, schnallte Strange, dass er Gras geraucht oder auf jeden Fall mehr getan hatte, als nur Bier zu trinken. Lionels Pupillen waren riesig, seine Bewegungen ungelenk und langsam. Er wagte es nicht, seiner Mutter in die Augen zu sehen, als er sie mit einem »Hallo« begrüßte und dann ohne ein weiteres Wort schnell an ihnen vorbei die Treppe hochwollte.

»Warte mal kurz, Lionel«, sagte Janine.

»Was ist denn?«, sagte er und sah sie zum ersten Mal unverwandt an. Er warf Strange schnell einen Blick von der Seite zu, schwenkte ihn dann zurück zur Mutter und hatte große Mühe, ein unverschämtes Grinsen zu unterdrücken.

»Wo bist du gewesen, Sohn?«

»War mit Ricky aus. Wir sind nur in der Gegend rumgefahren und haben Musik gehört ... Kannst du mich nicht zur Abwechslung mal einfach nach oben gehen lassen? Immer machst du *Theater.*«

Janine stand auf. »Wag ja nicht, in diesem Ton mit mir zu reden, junger Mann. Ich und Mr. Derek hier sind wachgeblieben und haben uns Sorgen gemacht, dass du was angestellt hast oder noch schlimmer. Und jetzt kommst du viel zu spät und mit roten Augen nach Hause …«

»Und was ist mit euch?«

»*Was?*«

»Vergiss es, Mama«, sagte Lionel und winkte ab. Er drehte sich um und stieg die Treppe hoch.

Einen Moment lag blieb Janine wie angewurzelt stehen und wollte dann ihrem Sohn folgen, doch Strange hielt sie am Arm fest.

»Lass nur, Baby. Ich werde mit ihm sprechen, okay?«

Im zweiten Stockwerk klopfte Strange an Lionels verschlossene Tür. Als Lionel nicht reagierte, drehte Strange am Türknauf und trat in das Schlafzimmer. Lionel stand am Fenster, das auf die Straße hinausging, und starrte nach draußen. Strange ging durchs Zimmer und stellte sich neben ihn. Lionel drehte den Kopf in seine Richtung.

»Lionel?«

»Was?«

»Du weißt, deine Mutter liebt dich, ja?«

»Aber sicher.«

»Wenn sie dich fragt, wo du die ganze Nacht gesteckt hast, dann ist das eben ihre Art, ein bisschen Dampf abzulassen. Die letzten beiden Stunden hat sie dort unten im Wohnzimmer gehockt und war krank vor Sorge, und wenn du dann zur Tür reinkommst, muss sie dir irgendwie zeigen, was *sie* deinetwegen den ganzen Abend durchgemacht hat.«

»Ich weiß schon. Es ist nur … ich bin fast erwachsen, Mr. Derek. Ich brauch es nicht, dass sie mich andauernd ausquetscht, wenn Sie verstehen, was ich meine?«

»Solange du unter ihrem Dach lebst und sie für dieses Dach bezahlt, wirst du das aber in Kauf nehmen müssen.«

»Und dann kommt Mama mir damit, meine Augen wären rot, wo ihr beide aber schwer danach ausseht, als hättet ihr auch Gras geraucht.«

»Wir haben heute Abend nur ein paar Flaschen Bier gekippt, mehr nicht«, log Strange. »Kann sein, dass wir einen über den Durst getrunken haben, aber wir haben uns eben amüsiert. Dafür werde ich mich nicht entschuldigen, denn so hart wie deine Mutter arbeitet, hat sie ein bisschen Spaß verdient. Ich hab nie behauptet, perfekt zu sein, nicht mal als ich versucht habe, dich vor den vielen Möglichkeiten zu warnen, wie du dir dein Leben versauen kannst, noch bevor du erwachsen bist. Ich hab dir ja gesagt, was ich davon halte, wenn ihr in dieser aufgemotzten Karre herumkurvt und high werdet. Ich glaube immer noch, du bist auf dem besten Wege, etwas zu tun, was dein ganzes zukünftiges Leben beeinflussen könnte. Und dein Leben hat ja noch nicht mal begonnen, Sohn.«

»Sie sind nicht mein Vater«, sagte Lionel leise, und auf einmal traten ihm Tränen in die Augen. »Also nennen Sie mich nicht Sohn.«

Strange legte Lionel die Hand auf die Schulter. »Du hast Recht. Ich hatte nie den Mumm, den es braucht, einem Sohn ein echter Vater zu sein. Aber manchmal schau ich dich an, wenn du am Esstisch einen von deinen Witzen reißt oder wenn du dich rausgeputzt hast, weil du dich mit einem Mädchen treffen willst, und dann empfinde ich plötzlich so was wie Stolz … Manchmal schau ich dich an, Lionel, und hege Gefühle, wie sie ein Vater für seinen Sohn hegt.«

»Mr. Derek?«

»Ja?«

»So wie das zwischen Ihnen und Mutter läuft … Was ich sagen will, ist … ich weiß, was da läuft, verstehen Sie? Ich weiß, dass Sie nicht in ihr Zimmer gehen, wenn ich hier bin, weil Sie sich ihr gegenüber nicht respektlos erweisen wollen, aber ich hab mir gedacht ... ich hab mir gedacht, vielleicht ist es auch ein Zeichen von Respektlosigkeit, wenn Sie nicht zusammen mit ihr aufwachen.«

»Was?«

»Ich will damit nur sagen, ich hätte nichts dagegen, wenn Sie einfach über Nacht bleiben würden.«

»Ich werde, ähm, mit deiner Mutter darüber reden«, stammelte Strange. »Sie fragen, was sie davon hält.«

Strange ging den Flur hinunter bis zu Janines Zimmer. Sie saß auf ihrem Bett, die bestrumpften Zehen berührten den Boden. Der Radiowecker auf dem Nachttisch war eingeschaltet, und Ronald Isley sang *Voyage to Atlantis*. Sie hatte das Licht gedämpft.

»Alles in Ordnung?«, fragte sie.

»Ja«, antwortete Strange. »Er will, dass ich über Nacht bleibe.«

»Und willst du das auch?«

»Ja.«

»Hast du Greco gefüttert?«

»Ich hab für ihn 'ne Dose Hundefutter aufgemacht, bevor wir bei mir weg sind.«

»Komm her«, sagte Janine, lächelte und klopfte auf den freien Platz neben ihr auf dem Bett.

Quinn stieg aus dem Bett und deckte Juana bis zum Hals mit dem Laken und der Decke zu. Zwei Stunden lang hatte er zugesehen, wie sich die Zahlen auf der LCD-Anzeige auf Juanas Uhr veränderten, und da wusste er, dass an Schlaf nicht zu denken war.

Inzwischen war er wieder nüchtern. Er streckte sich, trat nackt an ihr Fenster und verstellte die Jalousie so, dass er auf die 10th hinausschauen konnte. Das Licht der Straßenlaternen fiel auf den Bürgersteig. Ein junger Schwarzer in einer viel zu großen Jacke mit Kapuze schlenderte den Gehweg hinunter und spähte im Vorbeigehen durch die Fenster der geparkten Autos.

Blitzschnell stellte Quinn Mutmaßungen über den jungen Mann an, die allesamt negativ waren. Dann versuchte er eine andere Erklärung dafür zu finden, weshalb sich der Junge um diese Uhrzeit auf der Straße herumtrieb. Vielleicht konnte er wie Quinn nicht schlafen und ging einfach spazieren. Vielleicht war er gerade aus der Wohnung seiner Freundin gekommen, fühlte sich erstklassig und war stolz und betrachtete aus diesem Grund sein Spiegelbild in den Autofenstern. All diese Szenarien waren durchaus plausibel, aber eben nicht die *ersten* Szenarien, die ihm in den Sinn gekommen waren, als er den jungen Schwarzen gesehen hatte.

Quinn erinnerte sich, wie er Juana zum ersten Mal gesehen hatte, als sie den Buchladen auf der Bonifant betrat.

In einer Hinsicht hatte Strange Recht gehabt, auch wenn Quinn sich anfangs nicht darüber im Klaren gewesen war: Ursprünglich hatte er Juana angebaggert, um sich und seiner Umgebung etwas zu beweisen.

»Verflucht noch mal, Terry«, flüsterte Quinn. Er schloss die Augen und massierte seine Nasenwurzel.

Zweiundzwanzig

Am Sonntagmorgen frühstückte Strange mit Janine und Lionel im Three Star Diner auf der Kennedy Street in Northeast. Billy Georgelakos, Sohn des ursprünglichen Eigentümers Mike Georgelakos, war Besitzer und Betreiber des Three Star. Stranges Vater Darius hatte in dem Diner fünfundzwanzig Jahre lang für Mike am Grill gestanden.

Billy Georgelakos und Strange waren ungefähr im selben Alter. Immer samstags, wenn Mike und Darius ihre Söhne mitbrachten, hatten Billy und Strange auf der Straße gespielt, während ihre Väter arbeiteten. Strange hatte Billy das Boxen und Angreifen beigebracht, und Billy hatte den kleinen Derek mit Comics und Zündplättchenpistolen vertraut gemacht. Billy war Stranges Wochenendspielgefährte und sein erster weißer Freund.

Als Mike Georgelakos Ende der sechziger Jahre einen Herzinfarkt kriegte und starb, war Billy vom Junior College abgegangen und hatte den Betrieb vorübergehend übernommen, da die Familie weder auf eine Versicherung noch sonst welche Hilfe zurückgreifen konnte. Entgegen seiner Absicht war er dabeigeblieben. Das Viertel hatte sich verändert, und die Speisekarte hatte sich mehr in Richtung *Soul Food* entwickelt, aber Billy führte das Restaurant, wo an sieben Tagen in der Woche Frühstück und Mittagessen serviert wurde, wie sein Vater.

Strange wusste, dass Mike Georgelakos das Grundstück samt Haus gekauft hatte – die Griechen seiner Generation waren klug genug, sich Grundbesitz zuzulegen. Dementsprechend schlug der Unterhalt des Three Star kaum zu Buche. Mit den Einnahmen aus dem Diner war Billy in der Lage gewesen, seine beiden Söhne aufs College zu schicken und darüber hinaus seine Mutter finanziell zu unterstützen.

Die andere Sache, die Billy von seinem Vater gelernt hatte, war, zwei Stunden vor Betriebsschluss nichts mehr in die Registrierkasse einzutippen. Und weil in Restaurants viel Bargeld floss, konnte man auf diese Weise eine Menge Kohle am Finanzamt vorbei machen.

»Reich mir mal die scharfe Soße, Lionel«, bat Strange.

Lionel schickte eine Flasche Texas Pete über die Theke an seiner Mutter vorbei zu Strange hinüber. Strange gab etwas Soße auf sein Fetakäse-Zwiebel-Omelett und auch ein paar Spritzer auf den angeräucherten Speck.

»Leckeres Frühstück, oder?«, sagte Strange.

»Ja«, antwortete Janine.

»Das Frühstück ist Spitzenklasse«, fand Lionel, »aber coolere Musik könnten sie hier schon spielen.«

»Die Musik ist in Ordnung«, sagte Strange. Sonntagmorgens legte Billy immer Gospel im Diner auf, denn viele Gäste kamen direkt nach der Kirche zu ihm. So hatte es auch schon sein Vater gehalten.

»Wieso hast du deinem Hund den Namen Greco gegeben?«, fragte Lionel. »Wegen diesem griechischen Restaurant hier?«

»Nee. Früher als Junge kannte ich noch einen anderen griechischen Jungen namens Logan Deoudes. Sein Vater hatte auch so ein Restaurant wie das hier. Es hieß John's Lunch und war drüben auf der Georgia in der Nähe von Fort Stevens. Wie auch immer, Logan hatte einen Hund, einen Boxermischling, den er Greco getauft hatte. Das war ein richtig Sauhund – entschuldige, Janine –, und der Name hat mir schon immer gefallen. Seit damals war ich wild entschlossen, dass ich, wenn ich mir mal einen eigenen Hund zulegen würde, ihn auch Greco nennen wollte.«

Billy Georgelakos lief mit einer Kanne Kaffee, die er gerade aus der Maschine genommen hatte, hinter der Theke über eine Gummimatte. Das weiße Hemd hatte er bis zu den

Ellbogen hochgekrempelt und einen Bic-Kugelschreiber hinters Ohr geschoben. Billy hatte einen schweren Knochenbau, grobe Gesichtszüge und eine große Adlernase. Einmal abgesehen von den grauen Schläfen war er fast kahl.

»Soll ich Ihnen etwas heißen Kaffee nachschenken, Janine?«, fragte Billy und deutete auf Janines Kaffeebecher.

»Ja, sehr gern, danke«, sagte Janine. Billy schenkte ihr Kaffee nach und füllte dann Stranges Tasse, ohne nachzufragen, auf.

»Wie geht es deiner Mutter, Derek?«

Strange gab ihm mit einer Handbewegung zu verstehen, dass es so lala stand. »*Etsi-keetsi*«, sagte er.

»Ja«, sagte Billy, »meine auch. Aber die beiden alten Damen sind ganz schön zäh, stimmt's?«

Er ging zum Grill und wechselte dort ein paar Worte mit Ella Lockheart, die schon seit Ewigkeiten bei ihm arbeitete und ebenfalls in diesem Viertel groß geworden war.

»Sprechen Sie eigentlich Griechisch, Mr. Derek?«

»Ein bisschen«, gab Strange sich geheimnisvoll. Billy hatte ihm ein, zwei nützliche Ausdrücke und einen Haufen Schimpfwörter beigebracht.

»Riesig«, fand Lionel.

»Hast du für heute irgendwelche Pläne?«, fragte Strange Janine.

»Was hast du vor?«

»Die Beine ausstrecken. Morgen wird's ganz schön hektisch, und vielleicht geht's sogar so weiter. Es ist zwar kalt, aber die Sonne scheint, und ich hab überlegt, ob ich mit Greco unten in Rock Creek spazieren gehe. Und vielleicht werde ich beim Heim vorbeifahren und meine Mutter besuchen.«

»Soll mir recht sein«, sagte Janine.

»Lionel?«

»Ich hab was anderes vor«, meinte Lionel. »Dieser Familienausflug in die Wildnis klingt zwar ganz gut, aber wenn ihr nichts dagegen habt, verbringe ich meinen Tag lieber in der Mall und halt Ausschau nach schönen Frauen.«

Billy brachte ihnen die Rechnung. Auf dem Weg nach draußen blieb Strange wie üblich vor der Wand neben der Eingangstür stehen. Hier hingen mehrere gerahmte, verblichene Fotos. Auf einem war Stranges Vater abgelichtet: Seine Kochmütze war keck zur Seite gerutscht, in der einen Hand hielt er einen Spatel, und ein Lächeln ließ sein markantes, hübsches Gesicht erstrahlen. Neben ihm stand ein kleiner, rundlicher Mike Georgelakos.

»Das da ist er«, sagte Strange. Lionel und Janine enthielten sich eines Kommentars. Ihnen war bewusst, dass dieser kurze Moment Strange gehörte.

»*Yassou*, Derek«, rief Billy Georgelakos hinter dem Tresen.

»*Yassou, Vassili*«, sagte Strange, drehte sich um und winkte seinem Freund zu. Auf dem Weg Richtung Tür zwinkerte er Lionel zu, der offensichtlich beeindruckt war.

Kurz nach zwölf Uhr mittags ging Quinn am Sonntag die Georgia Avenue hinunter, durchquerte Silver Spring, lief weiter bis hinter die District Line. Er kam vorbei an Tätowierstudios, Autowaschstraßen, Autowerkstätten, an von Afroamerikanern betriebenen Friseur- und Klamottenläden, Biermärkten, Imbissbuden, wo es nur frittiertes Huhn gab, und Geschäften, in denen Handys und Beeper verkauft wurden. Eine Stunde lang marschierte er, ohne anzuhalten. Es war ein kalter Tag, aber die Sonne und das Gehen hielten ihn warm.

Er schaute bei einem Gebrauchtwagenhändler auf der Westseite der Georgia herein. Bunte, sich im Wind drehende Plastikpropeller hingen an einer Leine und grenzten das

Grundstück ein. An einer Seite stand ein Wohnwagen, in dem die Verkäufer die Verträge ausfertigten. Über dem Wohnwagen war ein großes, von bunten Glühbirnen eingerahmtes Schild mit der Aufschrift *»Eddie Rider's, Where Everyone Rides!«* Quinn trat auf den Platz.

Quinn war alles andere als ein Autonarr, aber während seiner Zeit als Polizist hatte er es sich angewöhnt, sich Modelle und Modelljahre einzuprägen. In den letzten Jahren bei der Polizei war es ihm zunehmend schwerer gefallen, einen Hersteller vom anderen zu unterscheiden, und jetzt, wo er den Blick über die Fahrzeugreihen schweifen ließ, erging es ihm nicht anders. Die meisten Autos stammten aus den frühen Neunzigern und sahen alle gleich aus. Die Japaner hatten diese Prototypen mit den runden Formen gebaut, woraufhin die Amerikaner, die Koreaner und selbst ein paar deutsche Hersteller ihrem Beispiel folgten, weshalb sich ein neuer Hyundai von hinten auf den ersten Blick überhaupt nicht mehr von einem Lexus oder Mercedes unterschied. Ein Fünfzehntausend-Dollar-Ford sah genauso aus wie ein Infiniti für vierzigtausend Dollar. Und die Toyotas – allen voran der Camry in Ultravanilla-Lackierung, das Neunziger-Jahre-Äquivalent des Honda Accord aus dem vorigen Jahrzehnt – waren in etwa so aufregend wie die Aussicht auf ein Vorstadthaus und einen frühen Tod. Quinn war so lange ohne fahrbaren Untersatz ausgekommen, weil ihm nichts von dem, was er sah, gefiel.

»Wie geht es Ihnen, Sir?«, ertönte eine fürchterlich nasale Stimme hinter Quinn.

Quinn drehte sich um und sah sich einem kleinen, dünnen Schwarzen mittleren Alters gegenüber. Der Mann trug eine Brille mit dicken Gläsern und schwarzem Gestell und hatte ein ausgefallenes Designersportjackett, ein weißes Hemd und eine Krawatte mit Ballonmuster an. Als er Quinn zulächelte, bleckte er die großen, überkronten Zähne.

»Gut«, antwortete Quinn.

»Ich bin Tony Tibbs. Sie nennen mich Mr. Tibbs. Haha. War nur ein Scherz, Mann. Um ehrlich zu sein, mein Spitzname ist hier Tony, das Pony, weil ich *erstklassige Kutschen* verkaufe, wenn Sie wissen, was ich meine. Und wie heißen Sie?«

»Terry Quinn.«

»Irisch, richtig?«

»Genau.«

»Da irre ich mich nie, worauf ich sehr stolz bin. He, kennen Sie den von den beiden schwulen Iren?« Tibbs runzelte die Stirn, als würde er sich Sorgen machen. »Sie sind doch nicht schwul, oder?«

»Hören Sie ...«

»Ich zieh Sie doch nur auf, Kumpel. Man sieht Ihnen gleich an, dass Sie ein ganzer Mann sind. Also, noch mal: Kennen Sie den von den beiden schwulen Iren?«

»Nein.«

»Patrick Fitzgerald und Gerald Fitzpatrick. Haha!« Tibbs schob die Hüfte vor. »Suchen Sie etwas Bestimmtes, Terry?«

»Ich will mir einen Wagen zulegen.«

»Da werde ich Ihnen wohl nicht weiterhelfen können, Mann. War nur 'n Scherz! Haha!«

Quinn musterte Tony Tibbs: Pathetisch war er und gleichzeitig voller Entschlossenheit. Die Privilegierten, die nie wirklich Geld verdienen mussten, jedenfalls nicht richtig, konnten sich über jemanden wie Tony Tibbs lustig machen, solange sie wollten, doch Quinn mochte ihn, mochte sogar seine schlechten Witze, doch da er es eilig hatte, entschied er, mit ihm Tacheles zu reden.

»Hören Sie, Tony«, begann Quinn. »Es läuft folgendermaßen: Wenn ich hier was finde, was mir zusagt, und der Preis stimmt, werd ich nicht mit Ihnen feilschen, sondern einfach mein Scheckbuch rausziehen und den Scheck ausstellen, jetzt gleich, über die volle Höhe. Ich brauche keine Finanzierung, verstanden? Ich will sofort zahlen und den Wagen gleich mitnehmen.«

Tibbs wirkte ein wenig enttäuscht und irgendwie auch verwirrt. Autohändler wie dieser machten ihren Umsatz nicht mit dem Verkauf von Autos, sondern mit den Ratenzahlungen, bei denen die Zinsen über zwanzig Prozent lagen. Dass Quinn nicht feilschen wollte, schien Tibbs auch ein bisschen vor den Kopf zu stoßen.

»Ich verstehe«, antwortete der Verkäufer.

»Also, falls wir in diesen Wohnwagen steigen, will ich auch keinen Service-Vertrag kaufen. Sollten Sie das Thema auch nur anschneiden, mach ich auf dem Absatz kehrt.«

»Okay.«

»Gut«, sagte Quinn. »Und jetzt können Sie mir ein Auto verkaufen.«

Sie schlenderten über den Platz, doch Quinn stach nichts ins Auge, bis sie zu ein paar Fahrzeugen neben dem Wohnwagen kamen, wo drei alte, auf Hochglanz polierte Chevys in der Sonne funkelten.

»Was ist mit denen?«, fragte Quinn.

»Eddie Riders Lieblinge«, sagte Tibbs. »Er steht auf Chevelles, Mann.«

»Sind die zu verkaufen?«

»Klar. Selbstverständlich verkauft er sie.« Tibbs entdeckte etwas in Quinns Augen, roch Blut und drückte den Rücken durch. »Das hier ist ein Sechsundsiebziger mit verstärkter Hinterachse, der echt was drauf hat.«

Tibbs zeigte auf ein rotes Modell mit schwarzen Streifen. »Das da ist ein Zweiundsiebziger. Hat eine Lufthutze und Hooker-Scheinwerfer, Mann.«

»Und was ist mit dem da?«, fragte Quinn und deutete mit dem Kinn auf den hintersten Wagen in der Reihe, ein blaues

Fließheckprachtexemplar mit schwarzen Polstern und Cregar-Breitreifen.

»Das hier ist ein wahnsinniger Super Sport. 6,5-Liter-Maschine, dreihundertfünfzig PS. Hurst-Viergang-Schaltung, und er hat außerdem noch eine Flowmaster-Auspuffanlage.«

»Welches Baujahr?«

»1969.«

»Mein Jahrgang.«

»Dann stecken Sie ja noch in den Windeln.«

»Machen Sie mal bitte die Motorhaube auf.«

Quinn steckte den Kopf unter die Haube. Die Schläuche waren neu, die Keilriemen gespannt. Der Motorblock war dermaßen gewienert, dass man davon essen konnte. Er zog den Ölmessstab heraus und roch daran.

»Sauber, nicht wahr?«, sagte Tibbs. »Riecht doch überhaupt nicht verbrannt, oder?«

»Ja, stimmt. Kann ich ihn mal Probe fahren?«

»Ich geh schnell rein und hol die Schlüssel.«

»Ach ja, wie viel kostet er denn eigentlich?«

»Ich geh gleich so weit runter, wie es geht«, meinte Tibbs, »weil ich ja weiß, Sie wollen nicht feilschen.«

»Wie viel?«

»Sechstausendfünfhundert. Was man echt nur als schweren Autodiebstahl bezeichnen kann. Wenn der Boss rauskriegt, dass ich ihn dafür verkauft habe, ist es gut möglich, dass ich meinen Schreibtisch räumen darf.«

»Sechstausendfünfhundert soll dieser Wagen wert sein?«

»Sechstausendfünfhundert«, sagte Tibbs, schürzte die Lippen und riss die Augen auf. »Besser geht's nicht.«

Quinn kicherte.

»Was gibt's da zu lachen?«

»Nichts«, meinte Quinn. »Wenn sich der Wagen so gut fährt, wie er aussieht, sind wir im Geschäft.«

Dreiundzwanzig

Montagmorgen trafen Quinn und Strange sich zum Frühstück im Sweet Daddy's All Souls Paradise House of Prayers, das in Northwest den größten Teil der M Street zwischen der 6th und 7th einnahm. Die Kirche, eine moderne, finanziell gut ausgestattete Einrichtung, organisierte in der Gemeinde religiöse und gemeinnützige Veranstaltungen und verfügte über die tatkräftige Unterstützung motivierter Personen, die ständig ein Auge darauf hatten, was für ein Randviertel am besten war. Quinn parkte den Chevelle auf dem bewachten, kircheneigenen Parkplatz und ging in die Cafeteria im Erdgeschoss des Gebäudes.

Polizisten in Uniform und Zivilkleidung, Gemeindeaktivisten, Geschäftsmänner, Mitglieder der Kirchengemeinde und Bewohner aus diesem Viertel frühstückten morgens hier. Die Portionen waren üppig, die Preise unverschämt niedrig. Die Freundlichkeit und gute Laune der Belegschaft entsprangen ihrer religiösen Überzeugung.

Quinn lud sich Rührei, Speck, Toast und Hafergrütze auf ein Tablett und nahm gegenüber von Strange an einem langen Tisch Platz, an dem Menschen unterschiedlicher Hautfarbe und Einkommensschichten saßen. Strange schaufelte in Butter gebackene Hafermehlbrotscheiben, Eier und Hafergrütze in sich hinein.

Ein freundlich lächelnder Weißer namens Chris O'Shea kam an den Tisch und unterhielt sich kurz mit Strange.

»Also, lass es dir gut gehen, Derek«, meinte O'Shea.

»Ja, Chris«, sagte Strange. »Du dir auch.«

Quinn fiel auf, dass Strange überall wo sie sich in D.C. herumtrieben, jemanden kannte.

»Und, sind Sie bereit, sich in die Arbeit zu stürzen?«, fragte Strange und schob das leere Tablett beiseite.

»Was steht an?«

»Heute Morgen werden wir Ricky Kanes Haus beobachten. Er wohnt draußen in Wheaton bei seiner Mutter. Falls er das Haus verlässt, heften wir uns an seine Fersen und finden raus, was er tagsüber so treibt. Hier.« Strange holte ein Handy und einen Zettel aus der Tasche. »Nehmen Sie das hier, es gehört Ron. Meine und Ihre Nummer stehen da drauf.«

»Keine Funkgeräte?«

»Die hier sind leichter, Mann. Und im Gegensatz zu einem Funkgerät ist die Übertragung eins zu eins, wenn man die Straße runterläuft und gleichzeitig telefoniert.«

»Wie all die anderen Idioten, meinen Sie.«

»Ja. Sie haben sich doch einen Wagen zugelegt, oder?«

Quinn nickte. »Ich denke, der wird Ihnen gefallen.«

Draußen auf dem Parkplatz brach Strange in Gelächter aus, als er den Super Sport Chevelle mit den Sportreifen sah.

»Stimmt was nicht?«, fragte Quinn.

»Sieht gut aus.«

»Ja, und?«

»Ihr Jungspunde müsst immer einen Wagen fahren, der die ganze Welt auf euch aufmerksam macht. Ron Lattimer ist auch so.«

»Dieser Caprice, den Sie da haben, sieht exakt wie eine Polizeikarre aus. Wenn wir meinen statt Ihren nehmen, ist die Chance, dass wir auffallen, geringer.«

»Da könnte was dran sein. Wie auch immer, wir nehmen beide und sehen, wie sich die Sache entwickelt.«

Ricky Kanes Mutter hatte ein kleines, verschaltes Haus mit Backsteinfundament unweit der Viers Mills Road in einer Straße, wo alle Häuser gleich aussahen. Ein unambitionierter, phantasieloser Bauherr hatte in den sechziger Jahren diese Häuserzeile errichtet. Aus dem, was Strange in der letzten Stunde beobachtet hatte, ließ sich ablesen, dass statt der ehemals weißen Mittelschicht inzwischen Amerikas neue Arbeiterklasse, nämlich eingewanderte Spanier, Äthiopier, Pakistani und Koreaner, hier ihre Zelte aufgeschlagen hatte.

Strange rief Quinn an, der ein Stück weiter die Straße hinunter an der nächsten Kreuzung parkte.

»Sind Sie noch wach?«

»Ich hab mir Kaffee in einer Thermoskanne mitgenommen«, sagte Quinn.

»Könnte wetten, Sie müssen pinkeln.«

»Stimmt, jetzt, wo Sie's sagen.«

»Haben Sie unseren Burschen gesehen, als er rausgekommen ist?«

»Ja, hab ich.«

»Noch so 'n kleiner Schweißer mit 'nem Riesenköter.«

Vor einer Stunde war Kane mit einem hellbraunen Pitbull den Block hinunterspaziert, und da hatte Strange ihn mit der AE-1 mit dem Teleobjektiv fotografiert. Kane war mittelgroß, blond und dünn und trug unter einem Parka eine gesteppte Weste, eine Seemannsstrickmütze und viel zu große Jeans, die tief auf den Hüften saßen. Der Anflug eines modifizierten Goatee zierte sein knochiges Gesicht.

»Gibt sich alle Mühe, wie ein ehrenwerter Schwarzer rüberzukommen«, fand Strange.

»Sieht auch nicht anders aus als alle anderen weißen Vorstadtjungs, die mir in letzter Zeit über den Weg gelaufen sind.«

»Ja, das geht aber nur so lange, bis sie endlich schnallen, was es wirklich bedeutet, ein schwarzer Amerikaner zu sein.«

»Aber dieser Typ müsste fast in meinem Alter sein!«

»Genau. Sieht auf alle Fälle überhaupt nicht so aus wie der Mann, der die Fernsehinterviews gegeben hat, oder?«

»Und erst sein Wagen. Kane hat seinen Scheiß-Toyota abgelegt.« Auf dem Stellplatz vor Kanes Haus stand ein neuer roter Prelude mit Riesenspoiler und glänzenden Felgen.

»Ich seh ihn. Er hat 'ne Abfindung gekriegt.«

»Ja. Das wird's wohl sein.«

Quinn trank einen Schluck Kaffee aus der Thermoskanne. »Hab ich schon erwähnt, wie sehr wir uns gefreut haben, neulich Abend Janine kennen zu lernen?«

»Sie ist toll. Und außerdem noch eine hervorragende Bürokraft. Aber Sie haben auch eine nette junge Dame zur Freundin.«

»Ich weiß.«

»Sieh an, da kommt unser Mann.«

Kane kam mit einer Sporttasche aus dem Haus, machte den Kofferraum des Prelude auf, warf die Tasche hinein, schlug den Deckel zu und schloss ihn ab.

»Auf dem Weg zur Arbeit«, sagte Quinn. »Was meinen Sie?«

»Kann sein.«

»Ich fahr als Erster los«, sagte Quinn.

»Ja«, meinte Strange. »Wir wollen ja nicht, dass er mich entdeckt, oder?«

Strange und Quinn kreisten um den Block, während Kane in ein 7-Eleven ging und Kaffee und Kippen kaufte. Als er Richtung Süden nach D. C. hineinfuhr, hängten sie sich wieder an ihn. Da Kanes roter Wagen leicht auszumachen war, hielten sie beträchtlichen Abstand. Er fuhr die 13th bis nach Downtown hinunter, bog in die 14th und rollte dann in eine Car-Park-Garage hinter der F.

»Soll ich ihm ins Parkhaus folgen?«, fragte Quinn.

»Parken Sie auf der Straße«, sprach Strange ins Handy. »Parken Sie da, auch wenn's verboten ist. Ich übernehme den Strafzettel.«

Quinn stellte sich mit dem Chevelle an den Bordstein. Einen halben Block weiter südlich parkte Strange den Caprice ebenfalls neben dem Bürgersteig.

»Was nun?«, wollte Quinn wissen.

»In diesem Parkhaus gibt es Fahrstühle, mit denen man in das Gebäude links davon gelangt. In drei oder vier Minuten müsste er durch diese Doppelglastür kommen, falls er in dem Gebäude nicht geschäftlich zu tun hat, was ich nicht glaube.«

»Wieso denken Sie, dass er nicht in das Gebäude will?«

»Weil er auf dem Weg ins Purple Cactus ist, das Restaurant auf der anderen Straßenseite.«

»Soll ich ihm folgen?«

»Er weiß, wie Sie aussehen, aber jetzt haben Sie sich ja diese Löwenmähne zugelegt. Also, nur zu. Haben Sie 'ne Sonnenbrille?«

»Klar.«

»Setzen Sie sie auf. Mehr an Verkleidung brauchen Sie nicht, wenn Sie's nicht übertreiben wollen. Und, Terry, wenn Sie jemanden verfolgen, machen Sie sich die Stadt zunutze.«

»Wie meinen Sie?«

»Behalten Sie das Subjekt die ganze Zeit über im Auge, aber nicht direkt. Achten Sie darauf, wo er hingeht, aber beobachten Sie ihn in den Fensterscheiben, Autofenstern, Metallkarosserien. Tauchen Sie in der Menge unter.«

»Da ist er.«

»Los.«

Quinn stieg aus dem Wagen und wartete in der Nähe des Gebäudes. Kane kam durch die Glastür. Strange beobachtete, wie Quinn ihm mit Abstand folgte, sich unter die Menschen mischte, die am späten Vormittag den Gehweg bevölkerten. Mit der Brille und den Haaren ähnelte Quinn eher einem breitschultrigen Rocker als einem Polizisten. Kane überquerte die Straße und betrat das Purple Cactus.

Strange rief Quinn an. »Gehen Sie auch rein. Die bereiten jetzt gerade alles fürs Mittagessen vor. Sagen Sie einfach, Sie wollten sich den Laden mal ansehen, weil Sie eventuell mit einer Freundin vorbeischauen werden. Versuchen Sie rauszufinden, was er dort drinnen treibt.«

»Und ich muss aufpassen, dass Kane mich nicht registriert, richtig?«

»Sehr komisch.«

Fünf Minuten später kam Quinn aus dem Purple Cactus, überquerte die Straße, stieg in den Chevelle und rief Strange an.

»Er hat mit ein paar Kellnern und dem Barkeeper unten gesprochen. War vermutlich ein Freundschaftsbesuch. Er kommt jetzt raus.«

Als Kane mit dem Prelude aus dem Parkhaus auf die 14th fuhr, sagte Strange: »Jetzt Gas.«

Vier Blocks weiter nördlich fuhr Kane ins nächste Parkhaus. Diesmal folgte Strange ihm zu Fuß und wettete mit sich selbst, dass er wusste, wohin Kane wollte.

Kane spazierte ins Sea D. C., das schicke Fischrestaurant mit Bar, an der Ecke 14th und K. Das Restaurant hatte eine Glasfront, also brauchte Strange kein Risiko einzugehen und ihm nach drinnen folgen. Kane redete mit einem Mann hinter der Bartheke. Sie war auf einer Art Podest errichtet und somit höher als der Speisesaal.

Wieder im Wagen, sprach Strange ins Handy: »Er macht seine Runde.«

»Was ist er, ein Lebensmittelvertreter?«

»Er verkauft *irgendwas*, keine Frage. Normalerweise, wenn man einen Typen sieht, der mit Restaurantangestellten rumhängt, heißt das, dass er Wetten annimmt.«

»Oder Bestellungen für was anderes aufnimmt.«

»Ja, kann durchaus sein. Da kommt er, Mann. Jetzt

geht's gleich los.« Strange schaltete das Handy aus. Dass Sondra Wilson vor ihrem Verschwinden im Sea D. C. gearbeitet hatte, hatte er Quinn nicht erzählt.

Kane fuhr zu einem exklusiven Club mit roter Samtkordelabsperrung an der Kreuzung 18th und Jefferson, wo mancher nicht reingelassen wurde, nur weil er den falschen Haarschnitt oder die verkehrte Markenhose trug. Danach schaute er kurz in einer Disco auf der 9th vorbei, gleich gegenüber vom alten 9:30, einem berühmt-berüchtigten Nachtlokal, das von Baskenmützenträgern und reichen, kokssüchtigen Jugendlichen vom Land frequentiert wurde. Anschließend fuhr er zur U Street und parkte vor einem Nightclub für schwarze Yuppies. Immer zeichnete sich dasselbe Muster ab: Länger als fünf Minuten blieb er nie.

Kane bretterte auf der Florida Avenue in Richtung Osten. Quinn und Strange folgten ihm.

Cherokee Coleman nahm den goldenen Füller vom Schreibtisch und klopfte damit auf den vor ihm liegenden Tintenlöscher. »Riesig siehst du aus, Adonis.«

Adonis Delgado saß auf der anderen Seite des Schreibtisches und hatte den Blick auf die verschränkten Arme gesenkt, deren Muskeln sich deutlich unter der blauen Uniform abzeichneten. Als er die Muskeln spielen ließ, glättete sich der faltige, zerknitterte Stoff. »Ich tu ja schließlich auch was dafür.«

»Ja, das merkt man. Findest du, er wirkt mächtiger, Angie?«

Big-Ass Angelo stand hinter Coleman, der in seinem Ledersessel saß. Angelo zuckte mit den Achseln und verzog keine Miene hinter seiner Designersonnenbrille.

»Du pfeifst dir doch keine Steroide rein, oder?«, spielte Coleman den Besorgten.

»Du weißt doch, solchen Müll nehm ich nicht«, entgegnete Adonis. Erst an diesem Morgen hatte er sich nach einem zweistündigen Training im Studio einen Schuss gesetzt.

»Denn du weißt doch, von diesem Zeug schrumpeln deine Geschlechtsteile zusammen. Nachher hast du so ’nen Kleinen wie die Chinesen, Mann.«

»Bei mir ist alles in allerbester Ordnung«, meinte Adonis mit einem beängstigenden Grinsen, bei dem die weit auseinanderstehenden, schiefen Zähne zum Vorschein kamen.

Adonis Delgado war ein hässlicher, hellhäutiger Typ mit hoher, breiter Stirn und einer flachen Nase, deren Flügel sich wie bei einem Schweinchen aufblähten. Seine nachtschwarzen Augen standen wie bei den Asiaten leicht schräg. Big-Ass Angelo behauptete, Delgado sähe aus wie einer von diesen behinderten Mongoloiden, wie sie früher auch in der Fernsehsendung auftauchten, die er als Kind immer am Sonntagabend gesehen hatte. Angelo nannte Delgado »Corky«, aber nur wenn er gerade nicht im Zimmer war.

»Also, was verschafft uns heute die Ehre, Adonis?«, fragte Coleman. »Kommt ja nicht oft vor, dass du uns einen Besuch abstattest. Meistens fährst du ja nur in der Gegend rum und sorgst dafür, dass unsere Bürger sich auf sicheren Straßen bewegen können. Ich und Angie, also, wir haben den Eindruck, du verkehrst nicht mehr allzu gern mit Typen wie uns.«

»Bin vorbeigekommen, um abzuklären, ob wir uns über die Boones einig sind. Wenn’s so weit ist, will ich die letzte Fahrt dort raus selber übernehmen.«

»Du und Bucky, meinst du?«

»Exakt.«

»Er wird da mitmachen?«

»Der macht, was ich ihm sage.«

»Na schön.« Coleman zog eine Augenbraue hoch. »Kommst mir irgendwie angespannt vor. Du bist doch nicht sauer auf mich, oder, Adonis? Wird doch wohl nicht daran liegen, dass ich zugelassen habe, dass Earl Boone deine Freundin mitnimmt, oder?«

»Scheiße, redest du von dieser Nutte drüben im Junkyard?«

»Dann bist du also nicht *sauer*?«

Coleman und Delgado starrten sich eine ganze Weile lang an.

Delgado schniefte und rieb sich die Nase. »Wie ich schon sagte, sie ist nur 'n Junkie mit 'nem Mund. Hab mir von ihr ein paar Mal einen blasen lassen, mehr nicht. Wenn ich mit Ray und Earl fertig bin, dann kümmer ich mich um sie und mach sie auch noch fertig.«

»Wenn du meinen Rat willst, dann nimmst du besser gleich zwei oder drei Gummis, wenn du sie das letzte Mal poppst, Mann.«

»Ich geh immer auf Nummer sicher und nehm gleich zwei«, meinte Delgado. »Und zwar die ganz großen.«

»Aber sicher«, sagte Coleman.

Das Handy auf Colemans Schreibtisch klingelte. Coleman ging ran, sagte »Okay« und beendete das Gespräch.

»Was gibt es, Cherokee?«, wollte Angelo wissen.

»Unser kleiner weißer Bruder ist im Anmarsch.«

»Falls es euch nicht stört«, meinte Adonis, »bleibe ich noch.«

»Hast du etwa was Persönliches mit ihm zu regeln?«

»Er schuldet mir Geld.«

»Weil der auch drückt. Nett zu sehen, dass du deinen Kundenstamm ausbaust, *Officer* Delgado.«

»Für diesen weißen Jungen hab ich einiges getan. Und ich mach nichts umsonst.« Delgado zog eine Zigarre aus der blauen Jacke, die über seiner Stuhllehne hing.

»Wär mir lieber, wenn du hier drinnen nicht rauchst«, sagte Coleman. »Ich und Angie können den Gestank nicht ertragen.«

Quinn und Strange folgten Kane in eine Seitenstraße östlich der Florida und North Capitol. Als Strange die Lage peilte – alles deutete auf einen Drogenumschlagplatz hin – und die Jungs auf der Straße sah, sagte er ins Telefon: »Warten Sie, Terry. Ich übernehme jetzt und fahr vor. Folgen Sie mir, bis ich irgendwo ranfahre, und lesen Sie mich dann auf.«

»Gut.«

Kane fuhr in eine offen stehende Garage und parkte auf einem freien Platz. Strange beobachtete ihn, ehe er schnell nach rechts abbog. Quinn folgte ihm. Strange fuhr auf die Florida zurück, dann nach Osten zu einer Ansammlung koreanischer Supermärkte und stellte dort seinen Wagen ab. Er schnappte sich die AE-1, sprang aus dem Wagen und stieg in Quinns Chevelle.

»Drücken Sie aufs Gas«, meinte Strange.

Quinn raste zu der Seitenstraße von der Florida zurück, wo ganz offen Drogen vercheckt wurden. Drei Blocks weiter parkte er, stellte den Motor aber nicht ab. Wie schläfrige Katzen lehnten ein Stück weiter vorn junge Männer an den Backsteinmauern, hingen an den Kreuzungen herum und in der Nähe eines verwahrlosten Lagerhauskomplexes, um das mittlerweile zerfleddertes gelbes Polizeiabsperrband gespannt war. Vor ein paar Reihenhäusern, deren Fenster größtenteils verbarrikadiert waren, standen japanische und deutsche Limousinen, mehrere Geländewagen und ein MPD-Streifenwagen.

»Sehen Sie den Crown Vic?«, fragte Quinn.

»Ja«, flüsterte Strange.

»Soll ich näher ran?«

Strange lehnte sich aus dem offenen Fenster und machte ein paar Fotos. »Ist schon in Ordnung. Mit diesem 500-Millimeter-Objektiv ist es, als hätte man ein prima Fernglas.«

»Da ist unser Bursche.«

Sie beobachteten, wie Ricky Kane aus der Garage kam und die Straße überquerte, als gehöre sie ihm. Auf der Ecke vor den Häusern traf er ein paar junge Männer und wurde in das Reihenhaus geführt, in dessen Nähe der Streifenwagen am Bordstein parkte.

»Was, *verflucht* noch mal, läuft denn hier ab?«, wunderte sich Strange.

»Sagen Sie's mir.«

»Schon mal von Cherokee Coleman gehört?«

»Ja, sicher hab ich von dem gehört. Wie jeder Bulle und fast alle Einwohner von D. C. ... Was wissen Sie über ihn?«

»Coleman war Guard bei den Green Wave Footballern drüben in Spingarn. Hat 98 seinen Abschluss gemacht. Flink war er, aber nicht groß genug, und außerdem spielte er nicht sonderlich gut. Von daher kam das College nicht in Frage. Ist dann hier unten ziemlich schnell die Karriereleiter hochgeklettert, nachdem er ganz schamlos ein paar Morde verübt hat, die man ihm nicht anhängen konnte. Die High School, der die Welt Elgin Baylor und Dave Bing zu verdanken hat, hat uns leider auch einen der mordlüsternsten Drogendealer beschert, den die Stadt je gesehen hat.«

»Ich hab dieses Interview gelesen, das die *Post* mit ein paar Jungs aus LeDroit Park geführt hat. Wenn die über Coleman reden, könnte man meinen, er wäre so was wie 'n Held.«

»In dieser Stadt beschäftigt er mehr von ihren älteren Brüdern und Cousins als McDonald's.«

»Cherokee«, sagte Quinn und warf Strange einen Blick von der Seite zu. »Derek, wieso behaupten so viele hellhäutige Schwarze, in ihren Adern würde Indianerblut fließen? Das hab ich mich schon immer gefragt.«

»Weil sie vermutlich nicht zugeben wollen, dass sie von Weißen abstammen.« Strange nahm die Kamera herunter. »Coleman arbeitet in dieser Gegend.«

»Alle wissen Bescheid, aber ändern tut sich nichts.«

»Weil er klug ist. Da er selbst nie mit Drogen in Berührung kommt, kann man ihn nicht kassieren, Mann. Sehen Sie die Jungs da auf der Straße? Jeder von ihnen hat 'ne andere Funktion. Die einen führen die Kunden nur, und zwar zu denen, die für die eigentliche Transaktion zuständig sind. Dann gibt es die Späher und die Abkassierer, die sich nur ums Bare kümmern. Die, die gerade ins Geschäft einsteigen, also die ganz Jungen, die dealen das Heroin, Crack und Kokain, aber nicht mal sie haben es bei sich. Wenn Sie ganz genau hinschauen, sehen Sie, dass sie immer irgendwo rumhängen, wo sie ein Crackröhrchen oder ein Zehn-Dollar-Beutelchen in einem Winkel oder einem Loch in der Wand verstecken können. Und der nächste Fluchtweg ist gleich in der Nähe, so dass sie schnell zu Fuß durch ein Loch im Zaun oder eine Seitenstraße abhauen können.«

»Hin und wieder taucht das MPD mal hier auf und macht eine große Razzia, aber das bewirkt rein gar nichts. Man kann diese Jungs einsacken und die Käufer, aber was bringt das? Bei den ersten paar Festnahmen wandern die Burschen nicht in den Knast, vor allem dann nicht, wenn die Menge zu gering ist. Die Käufer wandern für eine Nacht hinter Gitter, wenn überhaupt, und reißen ein paar Stunden in einer sozialen Einrichtung runter. Und die großen Macker kommen ungeschoren davon.«

»Wollen Sie damit sagen, dass Coleman noch nie eingesessen hat?«

»Irgendwann wird das schon passieren. Das FBI wird ihn wegen Steuerhinterziehung drankriegen – darauf läuft es am Ende meistens hinaus. Oder einer von seinen Männern haut ihn wegen eines alten Mordes in die Pfanne, damit er Straferlass kriegt. Wie auch immer, irgendwann werden sie ihn drankriegen, aber bis dahin kann er noch viele Leben ruinieren.«

Quinn deutete mit dem Kinn auf das Lagerhaus, wo Drogensüchtige im Schneckentempo aus riesigen, in die Wand gehauenen Löchern kamen oder darin verschwanden. Eine Ratte rannte über einen Müllberg und ließ sich weder vom Tageslicht noch von den vorbeiziehenden Menschen irritieren.

»Dort drüben knallen sie sich den Stoff rein«, sagte Quinn.

»Wahnsinn. Ich könnte wetten, viele von denen leben sogar dort.«

Quinn fragte: »Und was ist mit Kane?«

»Ja, das ist die Frage, hm? Wenn Sie mich so fragen, würde ich sagen, er holt was ab. Ich würde auch sagen, dass er in den Restaurants und Bars Bestellungen aufgenommen hat. Was denken Sie?«

»Ich habe genau dasselbe gedacht.«

Kane kam aus dem Reihenhaus, ging schnell über die Straße und steuerte auf den Lagerhauskomplex zu.

»Mist, was macht er jetzt?«, entfuhr es Strange, der durch das Kameraobjektiv schaute und zwei weitere Fotos machte.

»Derek«, sagte Quinn.

Kane duckte sich und stieg durch eines der großen Löcher, das in die Lagerhauswand gerissen worden war.

»Viel länger können wir nicht mehr rumstehen, Derek. Wir können nicht warten, bis Kane wieder rauskommt.«

»Ich weiß. Dauert nicht mehr lange, bis einer von Colemans Jungs uns entdeckt, und dieser Bulle, wo immer der auch stecken mag, muss ja irgendwann auch wieder zu seiner Karre zurückkehren.«

»Lassen Sie uns fahren. Für heute haben wir genug rausgefunden.«

»Fahren Sie mich näher an den Streifenwagen heran, Mann, und biegen Sie dann nach rechts ab.«

Quinn legte den ersten Gang ein, ließ schnell die Kupplung kommen und fuhr mit quietschenden Reifen vom Bordstein weg.

Ein paar von den Jungs an der Kreuzung drehten die Köpfe, und einer von ihnen fing an, dem Wagen hinterherzubrüllen. Strange hangelte sich halb aus dem Fenster, setzte sich auf den Rahmen und stützte sich mit den Ellbogen auf dem Dach ab. Über das Wagendach hinweg machte er einige Aufnahmen von dem Streifenwagen und kletterte gerade wieder in den Chevelle zurück, als Quinn scharf rechts in die nächste Seitenstraße bog. Im Rückspiegel sah Quinn, wie einer der Jungs sie zu Fuß verfolgte.

»Heilige Scheiße, Terry. Wieso mussten Sie denn einen solchen Lärm machen? Sie haben mindestens zwei Zentimeter Gummi auf dem Asphalt zurückgelassen.«

»Ich bin mit dem Auto noch nicht so richtig vertraut.«

»Ja, mit dem können wir hier nicht mehr auftauchen.«

»Wieso, kommen wir noch mal wieder?«

»Ich schon«, sagte Strange, lehnte sich zurück und genoss den kühlen Wind, der durchs Fenster hereinwehte. »In dieser Straße da, da kann man einiges in Erfahrung bringen.«

Vierundzwanzig

Am Dienstagmorgen wachte Quinn im Schlafzimmer seines Apartments auf und setzte sich auf den Rand der auf dem Boden liegenden Matratze. In seinem Zimmer standen ein Spind und ein Nachttisch, die er bei einem Trödler, der Möbel in Kommission nahm, gefunden hatte. Auf dem Nachttisch waren eine Lampe und ein Wecker. Daneben stapelten sich vier oder fünf Taschenbücher. Die Schlafzimmerwände waren vollkommen nackt.

Quinn massierte seine Schläfen. Gestern Abend hatte er im Quarry House ein paar Bier getrunken und war dann zu Fuß zum Rosita's gegangen, doch Juana hatte nicht gearbeitet. Anschließend kehrte er in seine Wohnung auf der Sligo Avenue zurück, rief sie an, hinterließ eine Nachricht auf ihrem Anrufbeantworter und wartete eine Zeit lang, ob sie ihn zurückrief, was nicht der Fall war. Daraufhin verließ er wieder das Apartment, ging die Straße hinunter in die Tradesmen's Tavern, spielte Billard, trank zwei Flaschen Budweiser und ging dann wieder nach Hause. Juana hatte nicht angerufen.

In der kleinen Küche machte Quinn Kaffee und Toast, zog einen Jogginganzug an und ging in den Keller, den er mit einer Hantelbank, einem Spiegel und Matten ausgestattet hatte. An einem Nagel in der Betonwand hing ein Springseil. Der Hauswart hatte ihm erlaubt, im Keller eine Art Sportstudio einzurichten unter der Bedingung, dass die anderen Mieter seine Geräte auch benutzen durften. Eine Hand voll schwarzer Jungs und ein oder zwei Spanier aus den Wohnhäusern nebenan kriegten Wind von dem Keller und trainierten gelegentlich mit Quinn. Er zeigte ihnen öfter etwas, aber nur denen, die keine Maulhelden oder Jungs mit übertriebenem Ego waren. Von einigen kannte er sogar den Namen. Doch meistens trainierte er hier unten allein.

Nachdem er geduscht hatte, zog Quinn die unterste Schublade seiner Kommode auf und holte die 9-mm-Glock heraus, die er vor ein paar Monaten nach einer Thekenunterhaltung mit einem Mann in einer Kneipe unweit der Georgia gekauft hatte. Er nahm die Waffe auseinander, reinigte sie und baute sie dann wieder zusammen. Es gab keinen vernünftigen Grund, sich diese Glock zuzulegen – das wusste er. Aber seit er seine Dienstwaffe abgegeben und aus dem Polizeidienst ausgeschieden war, hatte er sich nackt und zweitklassig gefühlt. Bullen gewöhnten sich an Waffen, und jetzt, wo er wusste, dass eine in Reichweite war, fühlte er sich besser. Er legte die Glock wieder in die Schachtel, die neben dem Pistolengürtel lag, den er auf der anderen Seite des Flusses in einem Laden in Springfield erstanden hatte.

Eine Weile sah er fern und schaltete dann das Gerät wieder aus. Quinn rief Strange im Büro an, bekam aber nur Janine an den Apparat.

»Er ist unterwegs, Terry.«

»Können Sie ihn anbeepen?«

»Ja, das könnte ich versuchen. Aber, wissen Sie, vielleicht ist er gerade beschäftigt und kann sich nicht sofort bei mir melden.«

Aus Janines Stimme hörte Quinn einen Anflug von Bedauern heraus, als ob sie nicht die Wahrheit sagte.

»Richten Sie ihm aus, dass ich nach ihm gefragt habe, Janine. Und vielen Dank auch.«

Quinn legte auf. Juana ging ihm aus dem Weg. Und nun kam es ihm so vor, als würde auch Strange ihm ausweichen.

Strange stand vor Janines Tisch.

»Hat Ron sich gemeldet?«, fragte er.

»Er ist unterwegs und versucht, ein paar Typen zu erwischen, die die Kaution haben verfallen lassen. Damit sollte er bis zum Ende der Woche Geld in die Kasse kriegen.«

»Gut. Bist du für mich zur Bank gegangen?«

»Hier«, sagte Janine und reichte Strange einen kleinen Umschlag. »Zweihundert in Zwanzigern, wie du verlangt hast.«

»Danke. Ich werde den ganzen Tag unterwegs sein. Sollte es einen Notfall geben, weiß du, wie du mich erreichen kannst. Ansonsten notierst du hier alles, und ich melde mich zwischendurch.«

»Konzentrierst du dich voll und ganz auf den Wilson-Fall?«

»Den werde ich bald abschließen. Hol bitte die Fotos ab, die ich gestern weggebracht habe, ja? Und ruf Lydell Blue für mich an und sag ihm, es könnte durchaus sein, dass er mir noch mal einen Gefallen tun muss.«

»Schreibst du deine Stunden auf, Derek? Deine Kosten?«

»Ja, mache ich.«

Janine verschränkte die Arme und lehnte sich zurück. »Hat mir gar nicht gepasst, Terry so anzulügen.«

»Du tust nur, was ich dir sage. Die nächsten paar Tage werde ich diese Sache allein bearbeiten. Ist zu knifflig für zwei Leute. Wenn die Zeit reif ist, nehm ich ihn wieder mit.«

Strange ging zur Tür.

»Derek?«

Strange drehte sich um. »Ja?«

»Das Wochenende war schön. Es war schön, neben dir aufzuwachen, meine ich. Hat auch Lionel gut getan. Als wir am Sonntagmorgen zusammen frühstücken gegangen sind, das war so, als wären wir eine Familie ...«

»Schon gut, Janine. Wir sehen uns dann später, ja?«

Auf der 9th knöpfte Strange die Lederjacke zu, um sich vor dem Wind zu schützen, und kam auf dem Weg zu seinem Caprice an Hawk's Friseur, Marshall's Beerdigungsinstitut und dem Imbiss vorbei, vor dem immer das »Fleisch«-Schild stand. Er dachte an Janine und das, was sie gerade gesagt hatte.

Sie hatte Recht – das Wochenende war schön gewesen. Aber zuzugeben, dass sie Recht hatte, machte ihm auch Angst.

Strange beschloss, demnächst eine Frau namens Helen anzurufen, die er an Weihnachten in einem Club kennen gelernt hatte. Vielleicht hatte sie ja Lust, mit ihm etwas trinken zu gehen. Er hatte schon länger vor, sie mal wieder zu sehen, aber in letzter Zeit war er derart beschäftigt gewesen, dass er die junge Frau einfach vergessen hatte.

Strange stellte den Caprice auf der North Capitol ab, kurz vor der Kreuzung Florida Avenue, und ging nach Osten. Er lief eine ganze Weile, und als er sich Colemans Straße näherte, nahm er eine Hand voll Dreck, rieb sich damit das Gesicht ein, beugte sich dann hinunter und gab auch etwas auf seine Arbeitsschuhe. Schon im Wagen hatte er seine Haare verstrubbelt. Er trug ein altes Kordsakko, das er zusammengefaltet im Kofferraum aufbewahrte.

Auf der Straße kam er nun an ein paar von Colemans jungen Burschen vorbei. Er fing an zu schlurfen, würdigte sie keines Blickes, schaute stur geradeaus. Er schlappte an einem Cracksüchtigen vorbei, der ihn anschnorrte, ging aber einfach weiter, auf das Lagerhaus zu, um das sich das gelbe Absperrband zog. Heute stand der Streifenwagen nicht auf der Straße. Er stieg über einen großen Dreckhügel, stolperte absichtlich die andere Seite hinunter, hielt auf ein Loch in der Lagerhauswand zu und kletterte hinein.

Der Raum war groß. Doppel-T-Träger stützten die Decke, der Boden war von Vogelscheiße und Wasserlachen überzogen. Oben auf den Doppel-T-Trägern saßen Tauben. Manche schwirrten herum. Strange mochte Vögel, aber nicht wenn sie drinnen herumflogen. Als er das Schlagen ihrer Schwingen hörte, starrte er leeren Blickes geradeaus.

Aus dem Dunkel seines Zimmers beobachtete Tonio Morris, wie der breitschultrige Bruder in den Hauptraum im ersten Stock kam und leise den Text einer Gil-Scott-Heron-LP murmelte, die er auch mal besessen, dann aber verhökert hatte. Der Mann im mittleren Alter bewegte sich langsam und hatte diesen leeren Blick drauf, als wäre er völlig am

Arsch. Dreckig war er auch und trug alte Klamotten, doch er war nicht der, der er zu sein vorgab.

Tonio sah, wie der Bruder den Raum durchquerte, in sich hineinmurmelte, durch tiefe Lachen latschte, ohne Anstalten zu machen, die Füße weiter hochzuheben, und auf die Treppe zusteuerte. Ein Bulle war das nicht. Kein Bulle würde allein in solch einen Schuppen wie diesen gehen. Der Mann will was, dachte Tonio. Und er wollte es anscheinend um jeden Preis, sonst wäre er garantiert nicht hierher gekommen.

»›Kent State‹«, sagte Strange, »›Jackson State ...‹«

Strange näherte sich einem jungen Mann am Treppenabsatz, der in der schlapp herunterhängenden Hand eine Pistole hielt. Der junge Mann inspizierte ihn im Vorbeigehen. Gemächlich stieg Strange die Stufen hoch. Leise murmelte er den Sprechreim von *H2Ogate Blues*. Er kannte den ganzen Song auswendig. Ihn jetzt aufzusagen, ohne darüber nachdenken zu müssen, wie der Wortlaut war, beruhigte seine Nerven.

»*The chaining and gagging of Bobby Seale*«, sprach Strange. »*Someone tell these Maryland Governors to be for real.*«

Die Treppe mündete oben in eine Halle. Von gedämpften Unterhaltungen und Aktivitäten ließ er sich in eine Toilette mit offenen Kabinen locken. Ein Mann brüllte ihm irgendetwas entgegen, doch er ging weiter, holte immer nur kurz Luft und versuchte, den Gestank nicht wahrzunehmen. In den Kabinen brannten Kerzen. Exkremente und Erbrochenes verwandelten den Boden in eine Rutschbahn. Er gelangte zu der letzten Kabine, die von einem Mann in einem Sweatshirt, dessen Bündchen bis über die Hände gingen, belegt wurde. Dieser Typ, der nur noch Haut und Knochen war, lächelte Strange an. Strange machte kehrt und ging den

Weg zurück, den er gekommen war. Hier war nichts für ihn zu holen, hier gab es niemanden, mit dem er reden, dem er Fragen stellen konnte. Hier gab es rein gar nichts.

Der Bruder war in den Hauptraum zurückgekehrt und näherte sich dem Loch, durch das er gestiegen war. Tauben flatterten über seinem Kopf. Er geht langsam, aber nicht so langsam wie vorhin, konstatierte Tonio. Er hat nicht gefunden, was er gesucht hat, und will nun so schnell wie möglich von hier verschwinden.

»Psst«, sagte Tonio und steckte das Gesicht halb aus dem dunklen Zimmer. »Ich hab, was du suchst, Bruder.«

Der Mann wurde langsamer, hielt aber weder an noch drehte er den Kopf.

»Hab Informationen für dich, Mann.« Tonio sprach mit gesenkter Stimme und forderte ihn mit einer Bewegung des Zeigefinger auf, näher zu treten. »Komm hier rüber und hol sie dir, Bruder. Wird dir nichts schaden, mich anzuhören. Komm schon.«

Strange drehte sich um und musterte den kranken kleinen Mann in der Türöffnung eines stockfinsteren Zimmers. Der Mann trug ein dreckiges graues Sweatshirt; die Hosen wurden von einem Stück Seil zusammengehalten. Seine Schuhe waren völlig kaputt; die Sohlen hatten sich vom Oberleder gelöst.

Strange ging auf den Mann zu, blieb zwei Meter vor der Türöffnung neben einer großen Lache vor einem Doppel-T-Träger stehen. Der Träger versperrte die Sicht auf den jungen Mann bei der Treppe. Strange starrte in das knochige Gesicht seines Gegenübers, in dessen milchige graugrüne Augen. Wenn er seine Mutter im Heim besuchte, hatte Strange diese Totenmaske schon des Öfteren auf dem Antlitz derer gesehen, die dem Tod nah waren.

»Was willst du?«, fragte Strange leise.

»Was ich will? High werden. Richtig high, Mann, aber dafür brauche ich Kohle. Hast du Kohle?«

Strange antwortete nicht.

»Für zehn Dollar blas ich dir einen«, bot Morris an. »Scheiße, ich besorg's dir sogar für fünf Dollar richtig.«

Strange drehte den Kopf und richtete den Blick auf das Loch in der Wand.

»Warte, Mann«, sagte Morris. »Ich heiße Tonio.«

»Hab ich dich nach deinem Namen gefragt?«

»Du suchst hier was. Was oder jemanden, stimmt's? Sieht doch jeder Idiot, dass du keiner von uns bist. Du gibst dir Mühe, aber das nützt nichts. Du kannst dich mit Dreck beschmieren, solange du willst, aber mit der Statur und den Augen haut das nicht hin. Also, hinter was bist du her, Bruder? Hm?«

Strange veränderte seine Haltung. Wasser tropfte durch ein Loch in der Decke und fiel in die Lache neben seinem rechten Fuß.

»Gestern Mittag ist hier ein weißer Typ aufgetaucht«, sagte Strange. »Kann mir nicht vorstellen, dass viele von denen hier reinschneien.«

»Nein, viele nicht.«

»Ein dürrer Weißer mit einer Strickmütze, der cool wirken will.«

»Ich kenne ihn. Ich hab ihn gesehen, Mann, ich kriege hier *alles* mit. Hast du ein paar Scheine für Tonio, Mann?«

»Dieser Weiße, was treibt der hier? Setzt er sich oben einen Schuss?«

»Der Weiße ist kein Junkie.«

»Was dann? Was hat er mit Coleman zu schaffen?«

»Hältst du mich für verrückt? Ich weiß rein gar nichts über Coleman, und selbst wenn, wüsste ich immer noch nichts.«

Strange zog ein paar zusammengefaltete Zwanziger aus seiner Brieftasche, zupfte einen Schein heraus und warf ihn

Morris vor die Füße. Blitzschnell hob Morris den Schein auf und steckte ihn in die Hosentasche.

»Was hatte der Weiße hier zu suchen?«, fragte Strange.

»Hat ein Mädchen gesucht«, antwortete Morris. »Eine Freundin von mir. Ist auch 'ne alte Freundin von ihm.«

Stranges Blut kam in Wallung. »Ein Mädchen?«

»Sie heißt Sondra«, sagte Morris.

»Hat dieses Mädchen auch einen Nachnamen?«, fragte Strange mit heiserer Stimme, die selbst in seinen Ohren fremd klang.

»Ja, hat sie, aber den kenn ich nicht.«

»Ist sie das?«

Strange holte das Foto von Sondra Wilson aus seinem Kordjackett und hielt es Morris vor die Nase, der nickte. Seine Lippen begannen unkontrolliert zu zittern. Strange schob das Foto wieder in die Tasche.

»Hat er sie gefunden?«, wollte Strange wissen.

»Hä?«

»Ist sie hier?«

Morris fuhr mit der Zunge über die spröden Lippen und deutete mit dem Kinn auf das Bündel Geldscheine in Stranges Hand. Strange zerknüllte den nächsten Schein und warf ihn auf den Boden.

»Wo steckt sie?«

»Sondra ist *weg*, Mann.«

»Wo steckt sie?«, wiederholte Strange.

»Zwei Weiße haben sie mitgenommen, ist noch gar nicht so lange her. So 'n kleines Arschloch, der schielt, und ein alter Mann. Die beiden kenn ich nicht. Ich weiß nicht, wie sie heißen. Und ich weiß auch nicht, wohin sie gegangen sind.«

Strange schwieg, ballte eine Hand zur Faust und öffnete sie dann wieder.

»Die kommen wieder«, sagte Morris munter.

»Woher willst du das wissen?«

»So was spricht sich hier drinnen rum ... Die auf der anderen Seite der Straße und der dort drüben bei der Treppe ... die schnallen, wenn unser Hunger unstillbar wird. Und sie sagen uns, wann wir gefüttert werden. Und wir werden demnächst gefüttert. Diese weißen Typen, die bringen den Nachschub.«

»Wann?«

»Morgen. Das hab ich jedenfalls gehört.«

Strange griff in seine Brusttasche und fischte noch einen zusammengefalteten Zwanziger heraus. Morris streckte die Hand aus, aber Strange gab ihm den Schein noch nicht.

»Was weißt du über das Mädchen?«

»Der weiße Junge, der hat sie früher mitgebracht, wenn er hier auftauchte. Er hat sie mit nach drüben genommen, auf die andere Seite der Straße. Und eines Tages hat er sie dort gelassen. Ein paar Wochen ist sie dann drüben geblieben, ab und zu in diesen schicken Karren weggefahren und wiedergekommen. Dauerte wohl einen Monat oder so. Und dann landete sie hier. Hatte oben im zweiten Stock eine eigene Kabine. Aber rüber, auf die andere Straßenseite, hat sie es nicht mehr geschafft.«

»Weißt du, wann die beiden Weißen morgen hier auftauchen?«

»Nein«, antwortete Morris und fixierte traurig den Zwanziger, den Strange immer noch in der Hand hielt.

Strange drückte Morris den Geldschein in die ausgestreckte Hand. »Wenn du mich hier noch mal siehst, kennst du mich nicht, es sei denn, ich sage dir, dass du mich kennst. Verstanden?«

»Wen soll ich kennen?«

Strange nickte. Höchstwahrscheinlich hatte er diesem Junkie gerade mehr Geld gegeben, als der in den letzten paar Jahren in die Finger gekriegt hatte.

Strange drehte sich um und schlurfte zu dem Loch, durch

das er gekommen war. Das Blut rauschte durch seine Adern, und er spürte, wie sein Herz pochte. Langsam zu gehen fiel ihm schwer, aber es gelang ihm, sich zu beherrschen, und dann war er plötzlich wieder draußen.

Fünfundzwanzig

Nach einem kurzen Nickerchen wachte Strange am frühen Abend auf. Inzwischen war es dunkel in seinem Schlafzimmer, und er schaltete das Licht ein. Greco, der auf einem Läufer am Fuß des Bettes lag, hob den Kopf von den Pfoten und wedelte schlapp mit dem Schwanz.

»Hungrig, Kumpel?«, fragte Strange. »Na schön. Dann lass diesen alten Herrn mal aus dem Bett steigen.«

Nachdem Strange Greco gefüttert hatte, setzte er sich an seinen Schreibtisch, hörte den Soundtrack von *Eine Pistole für Ringo* und ging die Streichholzbriefchen durch, die auf der Tischplatte ausgebreitet waren: Sea D. C., das Purple Cactus, die Jefferson Street Lounge, der Bank Vault auf der 9th, die Shaw Lounge auf der U, Kinnison's auf der Pennsylvania Avenue, Robert Farrelly's in Georgetown und viele andere. Das hier waren Chris Wilsons Streichholzbriefchen – also hatte der Mann *Bescheid* gewusst.

Strange schnappte sich das Telefon auf dem Schreibtisch und rief im Purple Cactus an. Nachdem er die Information bekommen hatte, die er brauchte, legte er den Hörer auf, massierte sein Gesicht und rieb sich die Augen.

Er stieg aus den Klamotten, nahm eine Dusche, zog einen schwarzen Rollkragenpullover und schwarze Hosen an und telefonierte mit der Frau namens Helen. Helen hatte an diesem Abend und am kommenden Wochenende schon etwas vor. Danach rief er eine andere Bekannte an, die nicht an den Apparat ging.

Strange warf die schwarze Lederjacke über, steckte ein paar Sachen in die Taschen, tätschelte Grecos Kopf und verließ das Haus. Mit seinem Cadillac fuhr er nach Downtown, hörte auf dem Weg *Live It Up* und *Hello It's Me* gleich zwei Mal, weil ihm das Arrangement der Isleys richtig gut gefiel. Er parkte Ecke 14th und H, ging zur Kreuzung K Street und betrat das Sea D. C. ...

Der Speisesaal und die Empore, auf der ebenfalls gegessen wurde, waren voll, und vor der Theke standen die Gäste in Dreierreihen. Viele rauchten Zigaretten und Zigarren. Ein schmalschultriger Manager mit einer Andeutung von Schnauzbart versuchte eine Horde rauchender Männer zu bewegen, näher an die Bar zu treten. Seine aufgeregte, hektische und hohe Stimme belustigte die Männer. Ein Fernseher über den Regalen zeigte die Börsenkurse. Wie gebannt starrten ein paar Typen an der Theke auf die Tickersymbole und -zahlen, die von rechts nach links über den Bildschirm wanderten, während sie ihre Drinks schlürften.

Höflich drängelte Strange sich zu einem Platz am Ende der Reihe vor. In solch einem Ambiente ließen Weiße einen Schwarzen für gewöhnlich tun, was er wollte.

Strange wartete eine Weile, bis der Barkeeper von ihm Notiz nahm. Der Mann war gut gekleidet, glatt rasiert und mittelgroß. Ein falsches Lächeln umspielte seine Lippen, das er auch Strange zuwarf, als er sich an die Theke lehnte und eine Hand auf das Mahagoni legte.

»Was kann ich Ihnen bringen, mein Freund?«, fragte der Barkeeper.

»Ricky Kane«, sagte Strange und erwiderte das gekünstelte Lächeln des anderen.

»Was, ist das ein Drink?«

Strange legte seine Hand auf die des Barkeepers und bohrte den Daumen in einen Nerv in dem fleischigen Dreieck zwischen Daumen und Zeigefinger. Alle Farbe wich aus dem Gesicht des Barkeepers.

»Ich hab gestern gesehen, wie Sie mit Ricky Kane gequatscht haben«, sagte Strange in ruhigem, freundlichem Ton, immer noch lächelnd. »Ich bin Detektiv, mein *Freund*. Wenn Sie wollen, zieh ich meinen Ausweis raus und halt ihn Ihnen hier vor die Nase. Und dem Manager kann ich ihn auch zeigen.«

Der Adamsapfel des Barkeepers bewegte sich, und er schüttelte kurz den Kopf.

»Auf Sie hab ich es nicht abgesehen«, sagte Strange, »aber andererseits interessiert es mich auch einen feuchten Dreck, was mit Ihnen geschieht, kapiert? Ich will wissen, ob Ricky Kane was mit Sondra Wilson zu schaffen hatte.«

»Sondra?«

»Sondra Wilson. Sie hat hier gearbeitet, falls Sie's nicht mehr wissen.«

»Keine Ahnung ... kann gut sein. Er hat sie mal nach Schichtende abgeholt, als sie noch hier arbeitete, aber lange hat sie hier nicht bedient. Sie war nicht länger als 'ne Woche hier.«

»Wurde sie gefeuert?«

»Hatte ein Problem mit der Pünktlichkeit«, sagte der Barmann und senkte den Blick auf die Theke. »Meine Hand.«

»Barkeeper!«, rief ein Mann mit Hosenträgern am anderen Ende der Bar.

Strange sagte: »Kane und Sondra Wilson.«

»Er hat sie drüben bei Kinnison's kennen gelernt, drüben in diesem Fischrestaurant bei der George Washington. Dort hat sie gearbeitet, bevor sie bei uns angefangen hat. Er hat auch dort gearbeitet, bevor er im Cactus aufgetaucht ist.«

»Barkeeper!«

Strange beugte sich vor. »Wenn Sie Kane oder sonst jemandem flüstern, dass ich hier vorbeigeschaut habe, schick ich meine Leute, damit sie den Schuppen hier dichtmachen. Die werfen Sie in den D. C.-Knast, in eine Zelle mit ein paar wahren Männern, und stecken Sie in einen von diesen orange Overalls. Verstehen Sie, was ich sagen will, Freundchen?«

Der Barkeeper nickte, woraufhin Strange ihn losließ. Als er sich umdrehte, stieß er mit einer Frau zusammen und entschuldigte sich bei ihr. Dann legte er das Lächeln ab, das in seinem Gesicht festgefroren zu sein schien, rollte die Schultern unter der Lederjacke und ging zur Tür hinaus.

Strange ging hinüber zu Stan's auf der Vermont Avenue und bestellte einen Johnny Walker Red mit Soda. Der Barkeeper spielte Johnnie Taylors *Disco Lady* auf der Anlage, bei dem Bootsy Collins als Gastmusiker den Bass spielte. Wie der Song abging, gefiel Strange. Ein Mann nahm auf dem Barhocker neben ihm Platz.

»Strange, wie geht's?«

»Ganz gut, Junie, und *dir*?«

»Okay. Siehst 'n bisschen verknittert aus, Mann, wenn ich das so sagen darf. Bist du in Ordnung?«

Strange betrachtete sich im Barspiegel, nahm eine Cocktailserviette vom Stapel und tupfte den Schweiß vom Gesicht.

»Mir geht es gut«, sagte Strange. »Ist nur ziemlich heiß hier drinnen, das ist alles.«

Strange saß an der unteren Bar im Purple Cactus. Im Restaurantbereich waren mehrere Tische unbesetzt, und Strange war allein an der Theke. An den grinsenden, entspannten Mienen der Kellner und Bedienungen las Strange ab, dass das eigentliche Geschäft an diesem Abend gelaufen war.

Strange bestellte eine Flasche Bier und ließ sich Zeit mit dem Trinken. Die Brünette namens Lenna, die er von seinem letzten Besuch kannte, arbeitete heute Abend. Das Mädchen mit den intelligenten Augen machte einen vernünftigen Eindruck. Er wusste, dass sie arbeiten würde, denn um das herauszufinden, hatte er vorhin hier angerufen. Strange fing ihren Blick auf, als sie an dem fürs Personal reservierten Thekenende einen Cocktail mit Früchten und einem Strohhalm dekorierte. Die Frau lächelte ihm zu, ehe sie den Drink zu den anderen auf ein rundes Tablett stellte. Strange erwiderte ihr Lächeln.

Als sie das nächste Mal an ihm vorbeiging, drehte er sich auf seinem Hocker um und sagte: »Entschuldigung.«

Sie blieb stehen. »Ja?«

»Sie sind doch Lenna, oder?«

Sie strich eine Haarsträhne aus dem Gesicht. »So ist es.«

Strange reichte ihr eine Cocktailserviette, auf der in Druckbuchstaben »100 Dollar« geschrieben stand.

»Ich kapiere nicht ganz«, sagte sie.

»Die gehören Ihnen, wenn Sie mir fünfzehn Minuten Ihrer Zeit schenken.«

»Jetzt aber mal halblang«, sagte sie und wehrte ihn mit erhobener Hand ab, aber ihr verschmitztes Lächeln sagte ihm, dass sie eher neugierig als genervt war.

»Ich bin Detektiv«, erklärte Strange, klappte seine Brieftasche auf und zeigte ihr seine Zulassung. »Privat, nicht von der Polizei.«

»Worum geht es?«

»Um Ricky Kane.«

»Vergessen Sie's.«

»Ich hab nicht die Absicht, Sie oder einen Ihrer Kollegen in Schwierigkeiten zu bringen. Hier geht es weder um ihn noch um das, was er macht. Ich gebe Ihnen mein Wort drauf.«

Lenna verschränkte die Arme und ließ den Blick durch das Restaurant schweifen.

»Treffen Sie sich mit mir oben an der Bar«, schlug Strange vor. »Wenn Sie sich eine Viertelstunde mit mir unterhalten, verdoppele ich das, was Sie heute Abend gemacht haben. Und ich komme für die Drinks auf.«

»Ich muss mich noch um meinen letzten Tisch kümmern«, meinte Lenna und wich seinem Blick aus.

»In einer halben Stunde«, sagte Strange.

Strange sah ihr hinterher, als sie ihren Abgang machte. Prostituierte und Junkies waren die besten Informanten auf der Straße. Bedienungen, Barkeeper, UPS-Fahrer und ungelernte Arbeiter waren auch nicht schlecht. Sie verlangten etwas mehr, aber – wie hoch die Kosten auch sein mochten – Strange hatte gelernt, dass die meisten Leute, die den Wert eines Dollars kannten, auch ihren Preis hatten.

»Wie lange hat Ricky hier gearbeitet?«, fragte Strange.

»Nicht sonderlich lang«, sagte Lenna. »Die Sache mit dem Polizisten passierte, ungefähr einen Monat nachdem er hier angefangen hatte. Und dann hat er ziemlich bald die Abfindung gekriegt und den Bettel hingeworfen.«

Strange nahm einen Schluck Bier, und Lenna nippte an ihrem. Sie hatte hellbraune Augen, volle, üppige Lippen. Inzwischen trug sie Alltagskleidung und hatte das glänzende, schulterlange braune Haar gebürstet. Strange bemerkte, dass sie sogar etwas Parfüm aufgelegt hatte.

»Welchen Reim haben Sie sich auf diese ganze Sache gemacht? Sie wussten doch, dass Kane mit Drogen handelte. Sind Ihnen da keine Zweifel über das gekommen, was in den Zeitungen gestanden hat? Haben Sie sich nicht gefragt, ob sich an diesem Abend womöglich noch was ganz anderes abgespielt hat, was sie übersehen haben?«

»Sicher, so was ist mir schon durch den Kopf gegangen.«

Lenna sah sich um: Vier Barhocker weiter unten saß ein Pärchen an der Bar, und der Barkeeper machte sich bei gedämpftem Licht an der Kasse zu schaffen. »Ein paar von uns haben sogar darüber geredet. Die ersten Semester habe ich mir mit Bedienen verdient, und dieser Laden hier hat bislang die Hälfte meiner Studiengebühren finanziert. Über die Jahre hab ich in einigen der angesagtesten Restaurants in dieser Stadt gearbeitet. In jedem Laden, der länger offen hat, gibt es irgendeinen, ob man's nun schnallt oder nicht, der das Personal und die Gäste mit Drogen versorgt. In einem Restaurant findet man automatisch Kundschaft, und sicherer als in einer Bar lässt sich das Zeug gar nicht verhökern. Ich will damit sagen, in so einem Umfeld, da ist das absolut nicht ungewöhnlich. Und dann darf man nicht vergessen, was die meisten Leute hier in der Stadt von der Polizei halten. Also, wir haben es hier mit zwei völlig verschiedenen Dingen zu tun, verstehen Sie? Ricky Kane war ein Dealer, aber keiner hat ernsthaft geglaubt, dass er an besagtem Abend wegen des Verkaufs von Drogen angehalten wurde. Wahrscheinlich hat man ihn angehalten und fertig gemacht, weil er auf die Straße gepinkelt hat, genau wie behauptet wurde. Und alle hatten das Gefühl, es hätte jeden von uns erwischen können. Irgendwann hat jeder von uns schon mal negative Erfahrungen mit der Polizei gesammelt.«

»Na schön. Und wie sehen Sie ihn jetzt?«

»Wie meinen Sie das?«

»Na, der alte Ricky kommt ja immer noch hierher, um seine Geschäfte zu machen. Gestern, zum Beispiel, ist er hier gewesen und hat Bestellungen aufgenommen, stimmt's?«

»Ich habe Ihnen gesagt, über meine Kollegen und Freunde rede ich nicht. Wenn die was mit Ricky zu schaffen haben, ist das ihr Bier, nicht meins.«

»Aber Sie müssen doch zu dem, was er tut, eine Meinung haben, oder?«

Lenna nickte und betrachtete das Glas Bier in ihrer Hand. »Ich mag Ricky nicht. Was er treibt, geht mir gegen den Strich. Ich nehme jetzt keine Drogen mehr, aber als ich noch jünger war, hab ich welche genommen. Ich bin auf Koks abgefahren. Heute stehen die Jungspunde und Nachteulen auf Heroin. Und das ist der langsame Abstieg. Die, die's nehmen, wissen das nicht oder wollen es nicht zugeben, aber so ist es nun mal. Aber mich geht das nichts an. Sonst noch was?«

»Noch eine Sache.« Strange holte das Foto von Sondra Wilson aus der Lederjacke. »Kennen Sie diese Frau? Haben Sie sie irgendwann mal mit Kane gesehen?«

»Nein«, sagte Lenna, nachdem sie das Foto genau studiert hatte. »Nicht wirklich.«

»Was soll das heißen, nicht *wirklich*?«

Lenna zuckte mit den Achseln. »Ricky hat ausschließlich auf hellhäutige Schwarze gestanden. Sie passt ins Muster. Die hatten alle Hummeln im Arsch, das kann ich Ihnen sagen. Ich kann mich nicht erinnern, ihn zweimal mit derselben gesehen zu haben.«

Strange trank einen großen Schluck Bier, stellte die Flasche auf die Theke und drückte Lenna fünf Zwanziger in die Hand. »Ich denke, das wär's dann. Tut mir Leid, falls ich Sie vorhin beleidigt haben sollte. Es war nicht meine Absicht anzudeuten, ich wollte Sie für etwas anderes bezahlen.«

Lenna schüttelte die Haare von der Schulter und lächelte. Kerzenlicht von der Theke spiegelte sich in ihren Augen. »Sie sind ein gut aussehender Mann. Um ehrlich zu sein, Sie sind mir schon neulich Abend aufgefallen, als Sie hier waren. Ich hatte fast gehofft, es ginge um etwas *anderes*.«

»Ich fühle mich geschmeichelt«, meinte Strange. »Aber ich bin schon vergeben, wenn ich auch ehrlich sein darf.«

»Ich verstehe.« Lenna rutschte vom Hocker und trank im Stehen ihr Bier aus. »War nett, Sie kennen zu lernen.«

»War nett, *Sie* kennen zu lernen.«

Er schaute ihr hinterher, als sie das Restaurant verließ und auf der 14th nach Norden ging. Strange trank sein Bier aus und merkte mit einem Mal, dass er hungrig und womöglich sogar leicht angetrunken war. Lenna war eine hübsche junge Frau, und auf einmal juckte es ihn in der Hose. Darüber hinaus schmeichelte es einem immer, wenn man von einer fünfundzwanzig Jahre jüngeren Frau angebaggert wurde. In letzter Zeit passierte ihm so etwas zunehmend seltener. Aber da weiße Frauen noch nie sein Ding gewesen waren, interessierte ihn dieses Mädchen Lenna nicht.

Sechsundzwanzig

Auf der Georgia Avenue in Downtown Silver Spring saß Terry Quinn im Rosita's an der Bar und wartete, bis Juana Burketts Schicht zu Ende ging. Währenddessen las Quinn eine britische Taschenbuchausgabe von *Zum Leben verdammt* und trank eine Flasche Heineken. Als er durch die Tür gekommen war, hatte Juana ihm zugelächelt, doch er hatte genug Jahre auf dem Buckel, um zu merken, dass ihr Lächeln etwas Wehmütiges hatte und dass das, was zwischen ihnen lief, womöglich bald vorbei war.

Nachdem die letzten Gäste das Restaurant verlassen hatten, kam Juana aus der Damentoilette. Sie trug immer noch ihre Arbeitsklamotten, hatte sich aber gewaschen, die Haare gebürstet und frischen Lippenstift aufgetragen.

»Ich hab den Kellner bestochen, damit er meinen restlichen Kram übernimmt. Bist du so weit?«

»Ja«, sagte Quinn und steckte das Taschenbuch in die Hosentasche seiner Jeans. »Lass uns verschwinden.«

Raphael, der an einem Zweiertisch die Restaurantrechnungen nach Nummern ordnete, winkte ihnen hinterher, als sie zur Tür hinausgingen.

»Hab heute was reingekriegt, was dir gefallen könnte«, sagte Quinn. »Eine alte George Duke – aus den Dukey-Stick-Tagen.«

»*Talk to me quick*«, sagte Raphael. »Leg sie für mich zurück, ich komm demnächst vorbei und hol sie ab.«

Gemeinsam mit Juana schlenderte Quinn die Georgia hinunter bis zu seinem Chevelle, der unter einer Straßenlaterne stand und wunderschön im Lichtschein glänzte.

»Das ist meiner«, sagte Quinn. »Wie findest du ihn?«

»Ist das dein Ernst?«

»Komm schon, lass uns ein bisschen rumfahren.«

Quinn fuhr auf einer kurvenreichen Straße namens Beach Drive nach Süden Richtung Rock Creek Park. Sie hörten Bruce Springsteen. Da es an diesem Abend nicht sonderlich kalt war, kurbelte zuerst Quinn, dann Juana das Fenster ein bisschen herunter. Der Wind spielte in ihren Haaren und strich ihr sanft übers Gesicht.

»Jetzt weiß ich endlich, was für Musik du gern hörst«, meinte Juana.

»Die Songs erzählen von der Welt, in der ich aufgewachsen bin«, sagte Quinn. »Wenn man sich einen neuen fahrbaren Untersatz kauft, muss man ihn mit *Darkness on the Edge of Town* einweihen. Zum Fahren ist das hier die allerbeste Musik.«

»Dein Wagen gefällt mir«, meinte Juana.

Ihre Hände lagen in ihrem Schoß. Mit dem Daumen der einen Hand rieb sie über die Knöchel der anderen. Quinn griff hinüber, stellte das ab, umklammerte eine ihr Hände und schob seine Finger zwischen ihre.

»Ich werde es dir leicht machen«, sagte er.

»Danke.«

»Ich hab ein ganz schönes Päckchen zu tragen, Juana. Das weiß ich wohl, aber ich hab keinen Schimmer, wie ich damit umgehen soll. Wenn mir nichts an dir läge, hätte ich die Einstellung: Bleib dran und überlass ihr die Beziehungsarbeit. Denn ich möchte so lange mit dir zusammenbleiben, wie du mich lässt, musst du wissen.«

Juana nickte. »Als wir uns kennen gelernt haben, dachte ich, es könnte funktionieren. Aber dann, draußen in der wahren Welt, wenn uns die Leute angestarrt und Bemerkungen vom Stapel gelassen haben, wenn wir die Straße runterliefen, hab ich gemerkt, dass du damit nicht zurechtkommst. Und daran wird sich auch nichts ändern. In dieser wunderbaren Gesellschaft, in der wir leben, werden die anderen nicht zulassen, dass wir das vergessen. Es hat Momente gegeben, da kam es mir vor, als ob du auf die Auseinandersetzungen scharf wärst, ganz im Ernst. Als hättest du dich von Anfang an überhaupt nur deshalb für mich interessiert. Ich hatte nie Bock, deine schwarze Freundin zu sein, Terry. Ich wollte nur deine Freundin sein. Und irgendwann war ich mir dann gar nicht mehr sicher, wie es um deine Gefühle bestellt ist.«

»Das kann ich dir sagen«, meinte Quinn. »Vielleicht bist du anfangs für mich tatsächlich so etwas wie eine Möglichkeit gewesen, allen anderen zu beweisen, dass ich – tief drinnen – in Ordnung bin. Aber das habe ich, ungefähr zehn Minuten nachdem wir zusammen waren, vergessen. Und danach hat es für mich nur noch dich gegeben.«

»Es ist einfach zu intensiv mit dir«, sagte Juana. »Es ist *andauernd* zu intensiv. Manchmal sogar, wenn wir miteinander vögeln. Neulich Abend …«

»Ich weiß.«

»Ich bin jung, Terry. Ich hab noch massig Zeit, mich mit den Beziehungsproblemen rumzuschlagen, denen sich irgendwann jeder stellen muss. Geldsorgen, Untreue, der Tod eines Geliebten … aber jetzt will ich damit noch nichts zu schaffen haben. Ich bin noch nicht so weit, verstehst du?«

»Ich weiß«, sagte Quinn und drückte ihre Hand. »Ist schon gut.«

Quinn bog auf den Sherill Drive, parkte auf der Selim und sagte zu Juana: »Hast du Lust, ein bisschen spazieren zu gehen?«

Sie nahmen die Fußgängerbrücke über die Georgia und gelangten zu dem Maschendrahtzaun.

»Ich mach eine Räuberleiter«, sagte Quinn.

»Du hast gesagt, wir gehen spazieren. Von Klettern war nicht die Rede.«

»Komm schon, es geht ganz leicht.«

Auf der anderen Seite des Zauns schlenderten sie an den Schienen entlang und gingen am Bahnhof vorbei. Von Süden näherte sich ein Metrozug. Quinn blieb stehen, umarmte Juana, drückte sie fest an die Brust und schaute zu den Ampeln, den Straßenlaternen, der neonbeleuchteten Georgia Avenue hinüber.

»Wunderschön, nicht wahr?«

Ihre Finger berührten sein Gesicht.

»Vergiss mich nicht«, sagte Quinn.

Als der Zug vorbeifuhr, küsste er sie auf den Mund, küsste sie in der vom Wind aufgewirbelten Staubwolke.

Strange war am Verhungern und fand, er könnte durchaus noch ein Bier vertragen. Er verließ den Purple Cactus, fuhr hinüber nach Chinatown und parkte zwischen der 5th und 6th in einer Gasse hinter der I Street, wo er einem Mann, der in den Mülltonnen herumwühlte, fünf Dollar gab und weitere fünf bei seiner Rückkehr versprach, wenn er auf sein Auto aufpasste.

Strange betrat ein Restaurant, das auf die I Street hinausging, durch die Hintertür, ging an der Küche vorbei, einen

Flur hinunter und an mehreren verschlossenen Türen vorbei. Hinter einem Perlenvorhang war der kleine, spärlich dekorierte Speisesaal mit seinem halben Dutzend Tischen. Hier arbeiteten mehrere junge und eine ältere Frau. Ein Weißer, der nicht hätte touristischer aussehen können, saß allein an einem Vierertisch und trank ein Glas Bier.

»Möchte was zu Abend essen, Ma'm«, richtete Strange das Wort an die ältere Frau. Sie redete auf eine der jüngeren Frauen ein, die ihn an einen Tisch führte.

»Möchten Sie etwas trinken?«, fragte das Mädchen.

»Tsingtao«, antwortete Strange.

Als sie ihm das Bier und die Karte brachte, versuchte die andere junge Frau, seinen Blick zu erhaschen. Gleich beim Reinkommen war ihm eine zierliche Kleine mit ordentlichem Hintern ins Auge gesprungen, für die er sich prompt entschieden hatte.

Eins der Mädchen redete mit dem Touristen am Tisch, der neben seinem Bier eine von diesen Straßenkarten im Buchformat ausgebreitet hatte.

»Was los?«, fragte die junge Frau den Touristen. »Noch nie gefleckt werden?« Die anderen lachten.

Strange aß Sesamhühnchen mit weißem Reis, knusprige Wantans und eine schale Sauerscharfsuppe, trank noch ein Bier und konzentrierte sich auf die entspannende Harfenmusik, die sie hier spielten. Nach dem Essen brach er einen Glückskeks auf und las: ›Gib die ewige Suche auf, das Glück ist an deiner Seite‹.

Strange legte den Zettel auf den Teller, winkte die ältere Frau heran, sagte ihr, was er wollte und von wem.

»Was denn los?«, sagte die junge Frau zu dem Touristen, der inzwischen einen verwirrten, leicht verängstigten Eindruck machte.

Strange legte Geld auf den Tisch und stand auf. Der Tourist sage: »'tschuldigung.« Strange trat an seinen Tisch.

»Ja?«

»Verstehen Sie, was sie von mir wissen wollen?«, sagte der Tourist.

»Ich denke, sie will wissen, ob Sie noch nie *gefickt* worden sind.« Als Strange durch den Perlenvorhang ging, murmelte er leise: »Idiot.« Er öffnete eine der Türen im Flur und trat in eine Flucht von Räumen.

Nachdem Strange sich entkleidet hatte, nahm er eine heiße Dusche in einer gefliesten Kabine. Anschließend begab er sich in ein sauberes weißes Zimmer, ließ das um die Hüfte geschlungene Handtuch fallen und legte sich nackt auf eine gepolsterte Bank. Die junge Frau, für die er sich entschieden hatte, kam ins Zimmer und gab ihm eine richtige Massage. Als sie sich rittlings auf ihn setzte und er spürte, wie ihre nackten Brüste über seinen Rücken streiften, wurde er erregt. Sie bat ihn, sich umzudrehen. Mit dem jetzt voll erigierten Penis war es eine Erleichterung, auf dem Rücken zu liegen.

Die junge Frau fuhr mehrmals mit der Hand an seinem Glied entlang und lächelte dabei. »Ja, Baby«, sagte Strange und drückte mit dem Daumen und Zeigefinger eine ihrer Brustwarzen. Dann gab sie eine Lotion auf die Hände und machte so lange weiter, bis er kam. Hinterher wischte sie ihn mit einem warmen, feuchten Tuch sauber.

Strange zog sich an und legte vierzig Dollar in eine Porzellanschale neben der Tür. Die junge Frau warf ihm einen enttäuschten Blick zu und schnalzte mit der Zunge, doch Strange ließ sich davon nicht beeindrucken. Er kannte die Preise hier.

Draußen in der Gasse gab er dem Aufpasser noch mal fünf Dollar, ehe er zu seinem Wagen ging.

»In Ordnung«, sagte der Aufpasser.

»Ja, das kann man so sagen«, erwiderte Strange.

Strange fuhr nach Norden. Seinen Caddy parkte er direkt vor seiner Firma auf der 9th, steckte den Schlüssel ins Schloss, trat ein und schaltete das Licht an. Auf dem Weg ins Büro fiel Stranges Blick auf Janines aufgeräumten Schreibtisch. Die Frau ging nicht eher nach Hause, bis sie alle Aufgaben erledigt hatte. Er ging nach hinten.

Er nahm hinter dem Schreibtisch Platz. Janine hatte die Fotos abgeholt, die er unten bei der Florida Avenue geschossen hatte. Nun sah er sich die Bilder an: Ricky Kane war deutlich zu erkennen, die Zahlen auf der Stoßstange und seitlich auf dem Streifenwagen, der auf der Straße parkte, ebenfalls.

Strange schnappte sich das Telefon, rief seinen alten Kumpel Lydell Blue an und hinterließ eine Nachricht auf dessen Anrufbeantworter. Die Nummer des Streifenwagens mochte er nicht auf Lydells Band sprechen. Er rief Quinn an, bei dem sich ebenfalls nur der Anrufbeantworter meldete. Er sagte, dass sie morgen zu tun hatten und wo und wann er ihn abholte.

Morgen mussten sie früh loslegen. Ich hätte nicht so viel trinken dürfen, dachte Strange. Ich hätte nicht …

»Ach, Scheiße.«

Strange entdeckte den Schokoriegel auf einem Blatt Papier auf seiner Schreibtischunterlage. Janine hatte ein kleines rotes Herz auf das Blatt gemalt, sonst nichts. Strange wandte den Blick ab und betrachtete die Redskins-Figur, die Lionel für ihn angemalt hatte und die ihn vom Schreibtischrand aus anstarrte.

»Du bist schon in Ordnung, Derek«, sagte Strange, doch seiner Stimme fehlte es an Überzeugungskraft, und die Worte klangen wie eine verdammte Lüge.

Siebenundzwanzig

Im Bett saß Edna Loomis rittlings auf Ray Boone und bewegte sich auf seinem kurzen dicken Schwanz auf und ab. Dabei wiegte sie die ungelenken Hüften im Takt zu einem Alan-Jackson-Song, der laut durchs Zimmer schallte. Den nach vorn geneigten Kopf schüttelte sie zur Musik und peitschte das orangeblonde, fransig geschnittene Haar über Rays blässliche Brust.

»*She's gone country*«, sang Edna. »*Look at them boots.*«

Ray kicherte, packte eine ihrer Brüste und drückte fest zu. Edna grunzte offenbar. Ob vor Schmerz oder Vergnügen, konnte er nicht sagen.

Kaum war Ray in ihr gekommen, täuschte sie einen Orgasmus vor. Während sie erschauderte und aufheulte wie ein Hund, dem man auf die Pfote getreten hatte, musste er beinah lachen. Wahrscheinlich hatte sie sich das von einer Schauspielerin aus einer ihrer Fernsehshows abgeguckt. Wieso sie meinte, einen Orgasmus vortäuschen zu müssen, war Ray schleierhaft; ihm war es schnurzpiepegal, ob sie kam oder nicht.

Edna stieg von ihm herunter, wackelte durchs Zimmer, stellte die Musik leiser, fischte eine Virginia Slim aus dem Lederetui und zündete sie an. Die Hand, die das Feuerzeug hielt, zitterte, denn die Wirkung des Speeds hielt noch an.

»Mach die Musik ganz aus«, sagte Ray. »Ich hab keinen Bock mehr, das zu hören.«

Edna schaltete die Kompaktstereoanlage ab. Ray ließ die Augen nicht von ihr, und als sie merkte, wie er sie ansah, zog sie schnell den Bauch ein. Mal abgesehen von den Dellen auf den Oberschenkeln, setzte sie jetzt langsam auch noch einen Bauch an.

»Ich und Daddy, wir müssen los«, verkündete Ray, setzte sich auf die Bettkante, drückte den Rest Samenflüssigkeit heraus und wischte sie mit dem Laken weg.

»Wirst du mir ’n bisschen was dalassen, damit ich was habe, wenn du weg bist?«

»Bevor wir gefickt haben, hast du gerade ’ne Riesenmenge von dem Zeug geraucht, Mädchen.«

»Könnte wetten, dein Daddy wird *seiner* Freundin ’ne Kleinigkeit dalassen.«

»Ach, lass uns nicht darüber reden«, meinte Ray.

Edna sah zu Ray hinüber, streckte die Zunge heraus und zog dann gierig an der Zigarette. Sie hatte nicht die Absicht, wegen dieser Sache einen Streit vom Zaun zu brechen. Immerhin hatte sie ja den Schlüssel zu dem Raum in der Scheune, wo er seinen Vorrat aufbewahrte.

Earl Boone zog den Reißverschluss seiner Hose hoch und betrachtete das Mädchen auf seinem Bett. Sie zupfte das Laken bis zu den schmalen Schultern hoch und musterte ihn mit diesen seltsamen, sexy Augen, die unterschiedliche Farben hatten. Er gab sich, was sie anbelangte, keinen – wie hieß es noch? – *Illusionen* hin oder so was in der Art. Sicher, kaum hatte er sie hier heraus aufs Land gebracht, den Dreck und Schmutz abgewaschen und dafür gesorgt, dass sie immer duschte und gut roch, unterschied sie sich nur noch geringfügig von all den anderen gut aussehenden jungen Damen, denen man so auf der Straße begegnete. Dass sie ein Junkie war, wusste er. Wenn sie in diesem Tempo weitermachte, würde sie nicht mehr allzu lange leben, aber, verflucht noch mal, Sondra war der hübscheste Junkie, der ihm je unter die Augen gekommen war.

»Wirst du zurechtkommen, Liebling? Denn ich und mein Junge, wir müssen mal in die Stadt fahren.«

»Lässt du mir was da, Earl?«

»Aber sicher. Du weißt doch, ich will nicht, dass du Schmerzen hast.«

Earl zog die restlichen Sachen an. Er hörte diese grässliche Musik, die Edna ein Stück den Flur hinunter in Rays Schlafzimmer dudeln ließ. Dieses moderne Zeugs von diesen hübschen Jungs in Kaufhaushüten und eng sitzenden Jeans konnte er nicht leiden. Ihn wunderte schon, wieso sich jemand diesen Mist anhörte, wo es doch Cash, Jones, Haggard und Hank gab. Gerade als er meinte, diese Musik würde ihm den letzten Nerv töten, verstummte sie. Vermutlich machte sich sein Sohnemann für die letzte Lieferung fertig.

Earl nahm ein kleines Wachstütchen mit braunem Heroin aus seiner Manteltasche und legte es auf die Kommode.

»Ich bin in ein paar Stunden wieder zurück«, versprach er.

Sondra Wilson registrierte, wie er aus dem Zimmer ging und die Tür hinter sich zuzog. Sie rang mit sich, nicht zu dem Tütchen auf der Kommode hinüberzusehen. Sie wollte sich jetzt noch keinen Schuss setzen; sie wollte, dass der Vorrat reichte, aber dann ließ der Gedanke, dass der Stoff dort drüben lag, sie leise erschaudern. Sie musste an ihre Mutter, an ihren Bruder denken und fing plötzlich an zu weinen. Wieso sie so traurig war, konnte sie nicht sagen. Alles, was sie wollte, war hier, nur drei Meter von der Stelle, wo sie lag.

Sie wischte die Tränen weg, stieg aus dem Bett und ging nackt durchs Zimmer.

Vom Schlafzimmerfenster aus beobachtete Edna Loomis Ray und Earl, die unten im Hof standen und sich wegen irgendetwas stritten. Earl deutete auf eine Reihe Baumstümpfe am Waldrand, auf die Ray leere Bierdosen gestellt hatte. Da Ray seine Waffe gezogen hatte, ging Edna davon aus, dass er auf die Dosen auf den Baumstümpfen schießen wollte. Vor den Lieferungen schoss Ray ganz gern. Er behauptete, auf diese Weise könnte er sich auf das Treffen mit diesen Farbigen unten in D.C. »mental einstellen«. Earl wiederum, der Lärm nicht ausstehen konnte, ging es gegen den Strich, wenn Ray mit der Pistole herumballerte.

Allem Anschein nach hatte er Ray das Herumgeballere ausgeredet, denn Ray ging weg, holte seine Sporttasche aus dem Schuppen und verstaute das Heroin in dem Versteck hinter der Stoßstange. Während Edna ihm dabei zusah, kippte sie ihren dritten Jack mit Cola.

Sie fühlte sich irgendwie eigenartig, fast klamm. Ihr Herz raste richtig.

Aber du kannst immer noch higher werden. So viel ist mal sicher.

Als Ray und Earl in den Taurus stiegen und wegfuhren, schüttelte sie das Eis im Glas und trank die letzten Tropfen Sour Mash.

Edna stieg in ihre Sachen, steckte den Scheunenschlüssel in die Jeans, ging den Flur hinunter und klopfte an die Tür von Earls Schlafzimmer, wo diese halbschwarze Junkiebraut Sondra andauernd abhing. Da sie keine Antwort kriegte, machte sie die Tür auf und trat ein.

Sondra saß nackt auf dem Bettrand und zog mit einer Rasierklinge Lines auf einem gläsernen Briefbeschwerer. Edna konnte sich nicht erinnern, jemals ein so dürres Mädchen gesehen zu haben. Selbst diese Models aus New York, die sie im Fernsehen sah, hatten noch mehr Speck. Was Earl an ihr fand, war ihr ein Rätsel, aber das ging sie nichts an, und außerdem war es ihr eh schnuppe.

»Ich geh ein bisschen spazieren«, sagte Edna.

»Gut«, entgegnete Sondra, ohne den Kopf zu heben.

»Hab das Bedürfnis, mir im Wald mal richtig die Beine zu vertreten.«

»Gut.«

»Gut.«

Edna fragte sich, warum sie sich eigentlich die Mühe machte, diesem Mädchen irgendwelche Lügen aufzutischen, und verließ das Zimmer.

Sondra beugte sich vor, sniefte eine dicke Line Heroin und zog dann auch gleich noch die andere hoch.

Fast unmittelbar spürte sie wieder hinten im Nacken diese Wärme, die sich hinter den Augen ausbreitete und bis zur Schädeldecke hochkroch. Und dann spürte sie sie in den Beinen und Pobacken. Wie eine angenehm heiße Flüssigkeit krabbelte die Wärme ihr Rückgrat hoch, rauschte durch ihre Adern. Die Zimmerecken verschwammen. Sondra ließ sich zurück aufs warme Bett fallen.

Sie erinnerte sich, gerade eben noch geweint zu haben, aber weshalb, hatte sie vergessen.

Edna ging in den Schuppen, durchquerte schnell den Saloonbereich, steuerte auf den hinteren Raum zu und tastete ihre Taschen ab. In der einen Vordertasche steckte ihre kleine Messingpfeife, in der anderen der Schlüssel. Das Lederetui mit der Schachtel Slims und dem Einwegfeuerzeug hatte sie in die Gesäßtasche der Jeans gestopft.

Edna schob den Schlüssel ins Schloss der stahlverstärkten Tür, drückte sie auf, schaltete das Licht ein und schloss sie hinter sich. Zuerst trat sie an das Regal über Rays zusammengebasteltem Labor, nahm ein Röhrchen herunter und schraubte den Deckel auf. Randvoll mit Kristallen war das Ding.

Edna steckte das ganze Röhrchen in ihre Jeanstasche. Es dauerte noch eine ganze Weile, bis Ray zurückkam. Sie wollte sich einen steifen Drink mixen und dann tatsächlich durch den Wald spazieren. Ein paar Kristalle rauchen und ganz *allein* eine Party feiern. Schließlich hatte sie sich eine Belohnung verdient, zumal Ray sie immer hängenließ, wo sie ihr Bestes gab, um es ihm richtig zu besorgen.

Als Edna hörte, wie vorn im Schuppen eine Tür aufging, drehte sie den Kopf und stolperte vor Schreck über ihr eigenes Spiegelbild nach hinten. Vor Rays Spiegel, gleich neben der Bank, lag ein Teppichrest auf dem Boden, der die Falltür nur halb bedeckte.

Edna hörte Stiefelschritte über den Saloonboden poltern. Von jeher war sie schnell auf Zack gewesen, wie ihre Freundin Johanna immer wieder gern hervorhob. Sie überlegte kurz und fällte dann eine Entscheidung. Es gab nur eins, was sie tun konnte.

Ray und Earl hatten etwa eine Meile auf der Interstate zurückgelegt, als Ray Earl sagte, sie müssten umkehren und noch mal kurz nach Hause fahren.

»Ich hab was vergessen«, sagte Ray.

»Was denn? Dieses gesprenkelte Pulver?«, fragte Earl.

»Schärft meine Sinne bei den Verhandlungen mit diesen Typen mit der Putzwolle auf dem Kopf.«

»Fahr zurück, wenn du's brauchst«, meinte Earl und nahm ein Busch-Bier aus der Kühlbox neben seinen Füßen. »Alles, was ich brauche, ist in Flaschen oder Dosen abgefüllt.«

Ray kehrte um und fuhr nach Hause.

Earl machte sein Fenster einen Spalt breit auf, kurbelte es dann halb herunter. »Gestern hat das Wetter umgeschlagen.«

»Es wird schon wieder kalt werden.«

»Wenn's so bleibt, fangen diese Mexen an zu stinken. Solltest sie so bald wie möglich richtig tief verbuddeln.«

»Der Boden ist noch zu hart, Daddy.«

»Du kümmerst dich besser darum, Hosenscheißer.«

»Ich *werde* mich schon darum kümmern, Daddy.«

Ray atmete tief durch und fragte sich, ob sein Vater wohl irgendwann aufhörte, ihn herumzukommandieren.

Mit geballten Fäusten und festem Schritt lief Ray über den Saloonboden. Er musste wieder runterkommen, aber wie sollte das funktionieren, wo er sich um so viele Leute und ums Geschäft kümmern und sich zudem noch den ganzen Mist von seinem Alten reinziehen musste? Er nahm den Schlüsselbund von der Gürtelschlaufe und steckte einen Schlüssel in das Schloss der Hintertür.

Die Tür war nicht abgeschlossen. Er legte die Hand auf den Türknauf. Verflucht noch mal, die Tür war schon offen.

»Edna«, sagte Ray kopfschüttelnd, denn er war sich hundertprozentig sicher, dass sie hier hinten gewesen und irgendwie an seinen Schlüssel gekommen war. Kein anderer war so dumm, ihn derart auf die Probe zu stellen.

Ray trat ans Regal, nahm die Kapseln mit den Methkristallen und steckte das Röhrchen in seine Hosentasche. Dann schweifte sein Blick über das Regal: Das andere Röhrchen, das mit dem Speed, war verschwunden. So gierig wie Edna war, hing sie jetzt vermutlich im Wald ab und rauchte alles auf einmal auf. Der F-150 parkte noch draußen auf dem Hof. Weggefahren war sie also nicht.

Ray hörte, dass draußen jemand hupte. Konnte nur sein Vater sein, der ihm damit sagen wollte, er solle sich beeilen.

Ray schaute sich in dem Raum um. Irgendetwas stimmte nicht … Verdammt, der Teppichrest lag nicht mehr auf der Falltür. War wahrscheinlich während des Theaters, dem Geprügel und dem ganzen Mist mit den Kolumbianern verrutscht. Aber, dachte Ray, als er den Teppich wegschob und die Falltür öffnete, Vorsicht ist die Mutter der Porzellankiste. Mit angehaltenem Atem wappnete er sich gegen den allzu vertrauten Gestank.

Dort unten war die Holzleiter, die in den Tunnel führte. Das Licht brannte, aber das musste nichts heißen, denn es hing am Hauptschalter.

Earl drückte noch mal auf die Hupe.

»Ist ja gut!«, rief Ray, wohl wissend, dass sein Vater ihn nicht hören konnte.

Ray schloss die Falltür, legte den Teppichrest darauf und zog die Hantelbank so weit herüber, bis sie auf der Tür stand.

Ehe Ray die Tür von außen abschloss, schaltete er noch das Licht aus. Es machte ihm keinen Spaß, Edna weh zu tun, aber wenn er heute Abend heimkam, kriegte sie eine ordentliche Tracht Prügel.

Edna bekam es nicht mit der Angst zu tun, jedenfalls nicht so richtig. Nicht einmal nachdem Ray das Licht ausgeschaltet hatte. Im Dunkeln hatte sie sich noch nie gefürchtet. Geduldig saß sie auf der kalten Erde und wartete, bis Ray ihrer Meinung nach endgültig verschwunden war. Dann kroch sie so lange herum, bis sie die Leiter fand und nach oben kletterte.

Die Falltür bewegte sich keinen Millimeter. Ray hatte irgendetwas darauf gestellt, was sie nicht überraschte. Sie kraxelte wieder nach unten, setzte sich hin und überlegte in aller Ruhe.

Als das Licht noch gebrannt hatte, hatte sie genug von dem Tunnel gesehen, um zu wissen, dass er gerade war und erst etwa fünfzig Meter weiter vorn scharf nach rechts schwenkte. Die Enge des Schachtes zwang sie, auf allen vieren wie ein Hund zu kriechen. Ein richtiges Problem war das nicht. *Zuerst gerade nach hinten, und dann ging es scharf um die Kurve.*

Edna war sich ziemlich sicher, dass Ray und Earl dafür gesorgt hatten, dass es am Ende des Tunnels auch einen Ausgang gab. Auf diese Weise konnten sie in den Wald fliehen und den eingebildeten Verfolgern vom FBI und Drogendezernat entkommen, über die sie andauernd quatschten.

Nicht mal Ray war so dumm, all die Mühe auf sich zu nehmen und einen Tunnel ohne Ausgang zu graben.

Hier unten stank es, als würde ein Tierkadaver verwesen. Ray hatte mal erwähnt, in diesem Tunnel gebe es Schlagen, doch vor denen hatte sie auch keinen Schiss. Sie, das Mädel vom Land, konnte die schwarzen Schlangen, die sie in ihrer Kindheit und Jugend mit einer Spitzhacke getötet hatte, gar nicht mehr zählen. Vielleicht gab es auch Ratten. Aber Ratten waren nichts anderes als überdimensionierte Mäuse. Irgendetwas hatte hier unten gekackt, so viel war mal sicher, vielleicht eine von diesen Katzen, die hier immer herumlungerten. Den Geruch kannte sie jedenfalls.

Wie dem auch sei, falls sie hier unten beim Krabbeln die Orientierung verlor, konnte sie ja immer noch auf das Einwegfeuerzeug in ihrer Tasche zurückgreifen. Zum Glück hatte sie es eingesteckt. Und die Drogen.

Edna hatte höllische Kopfschmerzen, die anscheinend noch schlimmer wurden. Sie kramte das Röhrchen mit dem Speed, das Feuerzeug und die Pfeife heraus und drehte am Rädchen, damit sie die Pfeife bei Licht stopfen konnte. Mit einer kleinen Dröhnung würde der Abgang wesentlich flotter über die Bühne gehen.

Sie rauchte die Kristalle, musste nach dem letzten Zug tierisch husten und ließ die Flamme ausgehen. Das High setzte langsam ein. Zuerst war es ziemlich angenehm, doch dann wurde es so heftig, dass sie zu zittern begann. Ihr dämmerte, dass sie womöglich zu viel geraucht hatte. Mit einem Mal kam ihr der Tunnel sehr eng vor, und dann packte sie zum ersten Mal die Furcht, ohne genau zu wissen, wovor sie sich ängstigte. Sie wollte nur noch raus.

Bis auf das Feuerzeug verstaute Edna alles in ihren Taschen. Ihre Hände flatterten, und auf einmal hatte sie es sehr eilig. Sie drehte am Feuerzeugrädchen, richtete den Blick nach vorn und krabbelte los.

Beim Kriechen konnte sie ihren Atem hören. Sie fing an zu summen in der Hoffnung, es würde eine beruhigende Wirkung auf sie ausüben, doch da es ihre Furcht nur verstärkte, hörte sie wieder auf und kroch weiter. Ihr Kopf hämmerte und tat verdammt weh. Sie machte schneller und kam auf der harten Erde gut voran.

»Mist«, entfuhr es ihr. Sie war mit dem Kopf gegen die Wand gedonnert.

Jetzt bin ich am Ende der Geraden angelangt, dachte sie, robbte weiter, bog nach rechts und hatte auf einmal mehr Platz. Der Gestank war nun wirklich unerträglich. Trotz des Würgereizes kroch sie weiter. Ihr war ganz schwummerig, und bei dem Gedanken, dass die Luft knapp werden könnte, geriet sie in Panik.

Der widerwärtige Gestank löste erneut einen Würgereiz bei ihr aus. Plötzlich hörte sie ein Knirschen. Mit angehaltenem Atem robbte sie weiter, berührte etwas Weiches und krabbelte dann über etwas, das kalt und hart war.

Edna hob das Feuerzeug hoch und drehte am Rädchen. Vor ihr lagen zwei von Maden überzogene Leichen.

»Aaaah!« kreischte Edna. »O Gott, Ray, Ray, o *Gott*!«

Als sie sich umdrehte, verlor sie das Feuerzeug.

Edna fiel auf den Bauch. Die Finger bohrten sich in das kalte Erdreich. Aber inzwischen war sie einfach viel zu benommen und konnte nicht mehr weiter. Ihr kam es vor, als hätte ein Beil ihren Kopf gespalten. Im nachtschwarzen Tunnel übergab sie sich, bettete den Kopf auf den Boden und spürte die Wärme ihres Erbrochenen auf dem Gesicht. Ihr Blick wurde starr und glasig, und ihre Zunge fiel aus dem offen stehenden Mund.

Achtundzwanzig

»Da kommen sie«, sagte Strange. Er schaute gerade durch das 500-mm-Objektiv seiner AE-1.

»Lang sind die aber nicht drin gewesen«, fand Quinn.

»Haben wahrscheinlich 'ne Lieferung gebracht, schätze ich mal. Und jetzt holen sie ihr Geld ab. Diese Scheißtypen sehen echt wie aus 'ner Seifenoper aus.«

»Der Kleine trägt hochhackige Stiefel. Ist Ihnen das aufgefallen?«

»Wie ich schon sagte, die Kleinen glauben immer, sie müssten irgendwas beweisen. Auf die Jungs muss man echt ein Auge haben.«

Zwei Blocks westlich vom Junkyard hatten Strange und Quinn sich in einem gemieteten Chevy Lumina auf die Lauer gelegt. Hier standen sie nun schon seit ein paar Stunden, und währenddessen hatte Strange Quinn alles erzählt, was er tags zuvor in Erfahrung gebracht hatte.

Sie sahen, wie Ray und Earl Boone aus der Garage kamen und über die Straße zu dem Reihenhaus gingen, in dem Cherokee Colemans Büro untergebracht war. Ray und Earl wechselten kurz ein paar Worte mit ein paar jungen Männern mit regloser Miene, die sie die Treppe hoch und dann durch eine Tür begleiteten.

»Man hat für sie sogar die königliche Eskorte abgestellt«, meinte Quinn. »Ich frag mich, wie viele Waffen wir hier draußen auf der Straße haben.«

»Sind doch noch alles Kinder.«

»Und genau so mordlüstern wie die Erwachsenen. Abdrücken kann jeder.«

»Aber sie bräuchten nicht hier draußen zu sein. Das sehen sie zwar so, aber sie irren sich. Im Fernsehen kriegen sie mit, was alle anderen haben, was sie anscheinend brauchen, und dann wollen sie auch ein Stück vom Kuchen haben. Aber wie sollen sie dieses Stück kriegen, Terry?«

»Indem sie dafür arbeiten?«

»Ach, kommen Sie, Sie sind doch nicht von gestern. Aufgrund ihrer Herkunft landen diese Kinder zufällig an einem bestimmten Ort. Ihr Geburtsort entscheidet über ihr Schicksal. Und dann lernen sie von den Älteren in ihrem Umfeld, weil sie meistens gar keine anderen Vorbilder haben.«

»Okay, ich stimme Ihnen zu. Aber was würden Sie dagegen unternehmen?«

»Zwei Dinge würde ich tun«, begann Strange. »Zuerst würde ich die Drogen legalisieren. Man muss ihnen das nehmen, worum sie kämpfen, dann verliert es schlagartig seine Bedeutung. Wie diese *MacGuffins*, über die dauernd in den Alfred-Hitchcock-Filmen gequatscht wird – das ist nur ein Mittel, um das Drama anzuheizen. In einigen europäischen Ländern funktioniert das mit der Legalisierung, stimmt's? Und da gibt es auch nicht diese Art von Verbrechen. Durch die Rücknahme der Prohibition wurde 'ne Menge von dem, was wir hier sehen, ausgemerzt.«

»Gut. Und was noch?«

»Ich würde Waffen verbieten, überall im Land. Nach einem Moratorium und einer Gnadenfrist wird jeder, der mit einer Waffe erwischt wird, bestraft. Pistolen haben nur einen Nutzen: Damit kann man andere umbringen, mehr nicht, Mann.«

»Sie sind nicht der Erste, der auf diese Ideen gekommen ist. Also, wieso wird das Thema dann nicht ernsthaft diskutiert?«

»Weil, wenn man alle diese Politiker dort unten auf dem Hill in einen Raum pfercht, man keinen findet, der wirklich Mumm hat. Und die paar, die schnallen, was getan werden müsste, wissen sehr wohl, dass ihre Karrieren am Arsch sind, wenn sie sich für die Legalisierung von Drogen und ein Waffenverbot einsetzen. Alle anderen werden eh von der Waffenlobby geschmiert. Alldieweil ist die Hälfte aller schwarzen Männer in dieser Stadt entweder schon hinter Gittern gewesen oder sitzt gerade ein.«

»Wollen Sie damit sagen, es geht dabei um Schwarze?«

»Damit will ich sagen, dass es um *Geld* geht. In diesem Land gibt es zwei unterschiedliche Gesellschaften, und die Kluft zwischen denen, die was haben, und denen, die nichts haben, wird mit jedem Tag größer. Und richtig frustrierend daran ist ...«

»Dass es keinen interessiert«, unterbrach Quinn ihn.

»Nicht ganz. Da draußen gibt es Mentoren, aktive Gemeindemitglieder, Kirchengruppen, die sich alle verdammt Mühe geben, glauben Sie mir, Mann. Aber das reicht nicht. Oder um es auf den Punkt zu bringen, manche Leute zeigen tatsächlich Interesse, aber die meisten interessieren sich für die falschen Dinge.«

»Wieso ist ein saudummer, rassistischer DJ wochenlang auf den Titelseiten und in den Fernsehnachrichten, während die Morde an schwarzen Teenagern immer auf der letzten Seite des Lokalteils landen? Warum veröffentlichen meine Leute Jahr für Jahr Kolumnen in der *Washington Post* und beschweren sich, dass schwarze Schauspieler nie für den Oscar nominiert werden, anstatt sich über die abgefuckten Schulen in dieser Stadt aufzuregen, denen es an allem mangelt, durch deren Dächer es reinregnet, deren Schüler mit Büchern von vor fünfzehn Jahren arbeiten? Es gibt Kinder, die müssen in dieser Stadt auf dem Schulweg um ihr Leben fürchten, und wenn sie dort heil angekommen sind, gibt es vor Ort einen Wachschutztypen, der auf fünfhundert Kinder aufpassen soll. Was meinen Sie, wie viele Leibwächter der Bürgermeister hat, hm?«

»Keine Ahnung, Derek. War das als Frage gemeint?«

»Nein, ich wollte nur meine Meinung sagen.«

»Kommen Sie wieder runter«, sagte Quinn. »Ein Typ in Ihrem Alter könnte leicht einen Infarkt …«

»Ach, *scheiß* auf Sie, Mann.«

Einen Block weiter kam ein Streifenwagen, ein Crown Vic, um die Ecke, fuhr gen Osten und rollte langsam am Junkyard vorbei.

»Ist das unser Freund?«

»Würde ich wetten«, sagte Strange und kniff die Augen zusammen. »Nichts widert mich mehr an als ein bestechlicher Bulle.«

»Was haben Sie rausgefunden?«

»Hab die Fotos erst gestern Abend gekriegt.« Als Strange an den Stapel Fotos dachte, den Janine auf seinen Schreibtisch gelegt hatte, kam er auf einmal ins Grübeln.

»Haben Sie die Nummer überprüft?«

»Hab einen Freund von mir drangesetzt.«

»Wir verschwinden lieber von hier«, meinte Quinn. »Ich geh mal davon aus, dass er umkehrt.«

»Hab gerade das Gleiche gedacht. Wenn diese Hinterwäldler abhauen, dann bestimmt so, wie sie gekommen sind.«

»Ich würde rüber zur North Capitol fahren und dort parken.«

Strange startete den Chevy und sagte: »Genau.«

Quinn trank einen Becher Kaffee aus der Thermoskanne und stierte dabei durch die Windschutzscheibe. Strange hatte eine Flasche stilles Wasser aufgeschraubt und nahm einen großen Schluck.

»Ich und Juana«, sagte Quinn, »haben uns getrennt.«

»Bitte?«, fragte Strange, der gerade an Janine und Lionel gedacht hatte.

»Ich sagte, ich und Juana sind nicht mehr zusammen.«

»Das ist aber schade, Mann.«

»Sie hat gesagt, ich wäre zu heftig.«

»Das kann ich gut nachvollziehen.« Strange veränderte seine Sitzposition hinter dem Steuer. »War nicht sonderlich klug, so 'ne angenehme junge Frau gehen zu lassen. Hatte es etwas damit zu tun, dass Sie beide unterschiedlicher Hautfarbe waren?«

»Ja, hatte es.« Quinn rang sich ein Lächeln ab. »Wie auch immer, mein alter Herr pflegte zu sagen, Frauen seien wie Straßenbahnen. Wenn man eine verpasst, kommt früher oder später die nächste vorbei. Richtig?«

»Klingt vernünftig. Sie versuchen, gute Miene zum bösen Spiel zu machen, aber so viele gut aussehende Straßenbahnen wie Juana kommen nicht vorbei. Und es gibt auch nicht viele, die so 'n gutes Herz haben.«

»Ich weiß.« Quinn sah zu Strange hinüber. »Da Sie mich schon in Ihre Lebensweisheiten einweihen …«

»Nur zu.«

»Wann werden Sie denn Janine heiraten?«

»Sie heiraten? Scheiße, Terry, von der Vorstellung zu heiraten habe ich mich schon vor langer Zeit verabschiedet.«

Strange schraubte seine Flasche zu und senkte den Blick auf den Schoß. »Wie auch immer, sie hat jemand Besseren als mich verdient. Aber danke für den Hinweis, ja?«

»Ich wollte Ihnen nur auf die Sprünge helfen.«

»Dann haben Sie also einen Vater. Wissen Sie, jetzt haben Sie zum ersten Mal was Persönliches verlauten lassen, seit ich Sie kenne. Lebt er noch?«

»Meine Eltern sind beide tot«, sagte Quinn. »In der Bay Area hab ich noch einen Bruder, aber der meldet sich selten. Wie steht es bei Ihnen?«

»Jetzt ist da nur noch meine Mutter.«

»Keine Brüder oder Schwestern?«

»Ich hatte einen Bruder. Der ist seit einunddreißig Jahren tot.«

»Dann ist er ungefähr zu der Zeit gestorben, als Sie den Dienst quittiert haben, oder?«

»Genau«, sagte Strange, sprach aber nicht weiter.

»Da kommen sie«, sagte Quinn, als der Ford Taurus sich aus östlicher Richtung näherte.

»Vater Landei und sein Sohn.«

»Ist der Tank hier voll?«

»Ja.«

»Die sehen nicht aus, als wären Sie aus der Gegend«, meinte Quinn. »Ich hab so das Gefühl, wir haben 'ne längere Fahrt vor uns.«

Sie fuhren aus der Stadt, zum Beltway und dann auf die 270 North. Der völlig unscheinbare Ford sah genau so aus wie die Hälfte aller anderen Fahrzeuge auf der Straße. Die Taurus-Fahrer hielten sich ganz genau an die Geschwindigkeitsbegrenzung. Strange blieb zehn Wagenlängen zurück. Dass sie entdeckt werden könnten, bereitete ihm kein Kopfzerbrechen. Der dichte Verkehr bot ausreichend Deckung.

»Haben Sie in dieser Karre nicht eins von diesen Zielsuchgeräten?«, fragte Quinn.

»Ja«, erwiderte Strange. »Lassen Sie mich nur machen, ich sorg schon dafür, dass ihr Wagen gleich auf dem Batscreen erscheint.«

»Wissen Sie, ich hab angenommen, Sie hätten aber wirklich alles. All der Krempel, der an Ihrem Gürtel hängt, und dann noch diese Nachtsichtbrille da hinten in dieser Tasche. War die etwa in einer Cornflakesschachtel?«

»Machen Sie sich ja nicht über meine Nachtsichtbrille lustig, Mann.«

»Was machen wir, wenn wir dort sind?«

»Wo immer sie auch hinfahren werden, genau da werden wir Chris Wilsons Schwester finden.«

»Weil Ihnen das irgendein Junkie-Spitzel geflüstert hat?«

»Man muss mit dem arbeiten, was man hat.«

Der Verkehr dünnte aus. Eine Menge Fahrzeuge fuhren in den Außenbezirken von Gaithersburg, Germantown und Darnestown ab, die die Stadtränder der neuen Megalopolis namens Washington D. C. bildeten. Strange ging vom Gas und ließ den Lumina noch weiter zurückfallen. Zehn Meilen später leuchtete der rechte Blinker des Ford auf. Ohne den Taurus aus den Augen zu lassen, nahm Strange die Ausfahrt.

»Haben wir sie verloren?«, fragte Quinn.

»Glaub ich nicht«, meinte Strange. Die Straße beschrieb eine lange Kurve, die durch weites Land und dann an einem dichten Wald vorbeiführte, ehe sie schnurgerade wurde. Weiter vorn war der Taurus zu sehen. Der Fahrer war vor ein Tor auf einem Kiesweg gefahren, der eine Schneise in den Wald riss.

»Fahren Sie an ihnen vorbei«, riet Quinn. »Und werden Sie auf keinen Fall langsamer.«

»Halten Sie mich für Danny Glover? Seh ich aus wie der afroamerikanische Spezi, den sich das weiße Amerika hält, Mann? Ich *leite* diese Ermittlung, Terry, falls Sie das vergessen haben sollten.«

»Fahren Sie an ihnen vorbei«, sagte Quinn. »Aufs Gas, Mann.«

»Was, verflucht noch mal, hatte ich Ihrer Meinung nach *vor*?«

Sie schossen an dem Taurus vorbei. Der Kleine, der vor dem Tor stand und gerade den Schlüssel ins Vorhängeschloss steckte, sah auf, als sie vorbeirauschten, und warf ihnen kurz einen verschwommenen, finsteren Blick zu.

»Der Bursche schielt«, sagte Quinn. »Ist Ihnen das aufgefallen?«

»Ja. Hab ich schon gemerkt, als ich sie durchs Fernglas beobachtet hab. Der Ältere hat den gleichen Blick drauf. Wird wohl der Vater sein, was?«

Sie fuhren in die nächste, von Bäumen gesäumte Kurve. Strange rollte auf den Seitenstreifen, stellte den Motor aus und schnappte sich den Rucksack auf der Rückbank.

»Na, dann mal los«, sagte er.

Sie marschierten in den dichten Eichen- und Pinienwald, kamen an einem Zutritt-verboten-Schild vorbei, das an einem Baumstamm angebracht und von Schrotkugeln durchlöchert war.

»Hier lang«, schlug Quinn vor und zeigte nach Nordosten. Da war eine Art Trampelpfad, dem sie folgten.

»Sieht aus, als wäre da vorn eine Lichtung«, sagte Strange.

»Ich seh sie. Aber wir dürfen nicht zu nah an sie ran, falls sie dort sind. In dieser Jahreszeit ist kaum Laub auf den Bäumen, da sind wir leicht auszumachen.«

»Stimmt.«

»Und passen Sie auf, wo Sie hintreten. Wir dürfen nicht andauernd auf irgendwelche Äste treten. Hier draußen auf dem Land kann man Geräusche noch aus großer Ferne hören. Wir sind nicht in der Stadt, Danny. Ich meine Derek.«

»Sehr komisch«, fand Strange.

Quinn warf einen Blick über die Schulter und forderte Strange mit erhobener Hand auf, stehen zu bleiben. Die beiden rührten sich nicht mehr. Quinn schaute sich um und deutete mit dem Kinn auf einen Hochsitz in den unteren Ästen einer Eiche. Als er auf den Hochsitz zeigte, nickte Strange.

Quinn kletterte die improvisierte Leiter aus an den Baum genagelten Vierkanthölzern hoch. Dann folgte Strange, aber erst nachdem er seinen Rucksack zu Quinn hochgeschleudert hatte. Die kleine Plattform bewegte sich leicht unter ihrem Gewicht.

»Wird das Ding hier halten?«, fragte Strange leise.

»Ich denke, das erfahren wir noch früh genug.«

Durch die Bäume inspizierten sie die rund einhundertfünfzig Meter entfernte Lichtung. Vater und Sohn stiegen gerade aus dem Ford, der auf einem zugemüllten Hof zwischen einem Pickup und einem Motorrad stand. Hinter den Fahrzeugen war eine große Scheune, daneben ein baufälliges Haus zu erkennen. Strange schaute durch das Objektiv der AE-1 und machte Fotos vom Sohn, wie er eine Sporttasche aus dem Kofferraum holte.

»Ich kann überhaupt nichts sehen«, sagte Quinn. »Meine Augen lassen mich im Stich, Mann.«

»Ich hab ein 10 x 50-Fernglas im Rucksack, das Sie nehmen können.«

Quinn kramte das Fernglas heraus und stellte es auf seine Augen und seine Nase ein.

Die beiden Männer gingen zum Haus. Der Sohn trug die Tasche und schaute einmal zum Wald hinüber, ehe die beiden auf die schiefe Veranda traten und in der Tür verschwanden.

Strange kniff die Augen zusammen. »Ich geh schwer davon aus, dass sie da ist.«

Sie warteten, lauschten den Rufen der Krähen, dem Knarzen der Zweige, dem Wind, der durch die Baumwipfel pfiff. Eichhörnchen jagten sich gegenseitig bis in die obersten Zweige der Eichen. Sie warteten geduldig und wechselten kein Wort. Eine Ricke krachte durchs Gebüsch, preschte an ihnen vorbei und lief westlich vom Hochsitz einen Hang hinunter.

»Da kommen sie«, sagte Strange.

Die beiden Männer kamen aus dem Haus. Sondra Wilson war neben ihrem Vater.

»Da ist sie«, sagte Strange.

Der Vater stützte sie, als sie die Verandastufen hinuntergingen. Selbst aus dieser Entfernung konnte Strange sehen, wie nah sie dem Tod war. Unter dem Mantel, den sie trug, wirkten ihre Schultern ganz zerbrechlich, und die Augen über den eingefallenen Wangen waren leer.

Nun standen sie auf dem Hof. Der Sohn gestikulierte heftig und zeigte auf den Wald. Seine zornigen Worte wurden durch die Bäume bis zu Quinn und Strange getragen. Der ältere Mann redete ruhig auf seinen Sohn ein und versuchte, ihn zu beruhigen. Dann umklammerte der Sohn Sondra Wilsons Arm und schüttelte sie heftig. Als sie den Kopf ruckartig auf den Schultern bewegte, machte der Vater drei Schritte nach vorn, legte die Hand auf die Brust seines Sohnes und schubste ihn, so dass er auf den Kies fiel.

Schwerfällig stand der Sohn auf, sagte kein Wort mehr, würdigte weder den Vater noch Sondra eines Blickes. Behutsam nahm der Vater Sondra und kehrte mit ihr ins Haus zurück.

Der Sohn wartete, bis sie drinnen waren, zog dann eine Waffe aus der Jacke und feuerte mit verzerrter Miene, halb Grimasse, halb Grinsen, auf die Baumreihe. Strange zwinkerte bei jedem Schuss. Mit einem metallischen Zischen pfiffen die Kugeln durch den Wald.

»Scheiße auch, was haben wir da gerade gesehen?«, fragte Quinn.

Strange sinnierte wieder über den Stapel Fotos auf seinem Schreibtisch nach. Er dachte daran, wie er in Chris Wilsons Zimmer gestanden hatte, und an die Sachen auf dessen Kommode und in dessen Zigarrenkiste. Er erinnerte sich, wie er mit Chris Wilsons Mutter gesprochen hatte, an die Bilder an der Wand, an *ein Bild …*

»Derek?«

»'tschuldigung, Mann. Hab gerade an was denken müssen.«

»An was?«

»In der Zigarrenkiste auf der Kommode hat Wilson einen Abschnitt aus einem Supermarkt, ich glaube, es war ein Safeway, aufbewahrt. Und auf dieser Kommode lag auch eine Kamera.«

»Dann gibt es da also Fotos, die er nicht mehr abgeholt hat.«

»Ja. Also, falls er versucht hat, seine Schwester zu finden … falls wir genauso vorgegangen sind wie er damals, dann wird er, meine ich, vermutlich alles, was er unternommen hat, irgendwo festgehalten haben. Und ich glaube, ich weiß jetzt, wo diese Unterlagen sind.«

»Worauf warten wir dann noch?«

»Es widerstrebt mir einfach, sie hier zu lassen«, gestand Strange. »Ein Blick reicht, dann weiß man, dass ihr nicht mehr viel Zeit bleibt.«

»Heute können wir gar nichts unternehmen. Es sei denn, Sie wollen dem Typen mit der Automatik mit diesem Messer an Ihrem Gürtel vor der Nase rumwedeln.«

»Sie haben ja Recht«, sagte Strange. »Aber ich komme wieder.«

Neunundzwanzig

Strange nahm das gerahmte Foto von Larry Brown und dem jungen Chris Wilson ab und legte es auf Wilsons Bett. Wie Strange vermutet hatte, bedeckte der Rahmen ein Loch in der Wand. Ein Notizbuch in Schreibblockgröße, von Pressspanfasern und einer dicken Staubschicht überzogen, war in die Öffnung gequetscht. Das Loch war gerade groß genug für das Notizbuch, und es sah ganz danach aus, als hätte Wilson es extra dafür in die Wand geschlagen.

Leona Wilson hatte berichtet, Chris hätte sich ziemlich aufgeregt, als sie versuchte, das Bild gerade zu rücken. Nach allem, was Strange wusste, schien Chris Wilson zu der Sorte zu gehören, die schon einen triftigen Grund brauchte, um die Stimme gegen die Mutter zu erheben. Was immer Wilson herausgefunden haben mochte – und Strange glaubte fest daran, dass er die Ergebnisse im Notizbuch festgehalten hatte –, vor seiner Mutter, seiner Freundin und dem Department hatte er die Entdeckungen geheim gehalten.

Zusammen mit dem Abschnitt von Safeway steckte Strange das Notizbuch in seinen Rucksack. Einlösen konnte man den Abschnitt in der Piney-Branch-Road-Filiale in Takoma, D. C., gar nicht weit von seiner Kirche entfernt.

Im Wohnzimmer spähte Leona Wilson durch die zugezogenen Vorhänge, als der Lumina auf der Straße zum Stehen kam. In dem Moment, als Strange ins Zimmer kam, ließ sie den Vorhang fallen und drehte sich um.

»Haben Sie gefunden, was Sie gesucht haben?«

»Ja.«

»Dann kommen Sie also voran?«

»Ja, so ist es.« Strange warf den Rucksack über die Schulter. »Mrs. Wilson?«

»Ja?«

»Ich glaube, ich habe Ihre Tochter gefunden.«

Leona Wilsons bebende Lippen formten ein Lächeln. »Danke. Dem Herrn sei Dank.« Auf Taillenhöhe rieb sie nervös die Hände. »Ist sie ... wie steht es um ihre Gesundheit?«

»Sie wird Hilfe brauchen, Mrs. Wilson. Und zwar professionelle Hilfe, die sie beim Entzug unterstützt. Am besten ... Sie *müssen* sich sofort darum kümmern, solche Hilfe zu finden. Es gibt Programme, Kliniken; die Kirche kann Ihnen eine Liste geben. Sie müssen das *jetzt* in die Wege leiten, haben Sie verstanden? Tun Sie das heute noch.«

»Warum?«

»Weil ich die Absicht habe, Sondra nach Hause zu bringen.«

Strange ging zur Tür.

Leona Wilson fragte: »Wer ist der Weiße da draußen im Wagen? Ohne Brille kann ich gerade noch seine Hautfarbe erkennen, mehr nicht.«

»Ein freier Mitarbeiter, den ich hinzugezogen habe.«

»Hilft er Ihnen bei dieser Sache?«

»Ja.« Strange machte die Tür auf.

»Mr. Strange ...«

»Ich weiß. Ich tu nur das, wofür Sie mich bezahlen. Und Sie können sich darauf verlassen, Sie *kriegen* eine Rechnung.«

»Kommenden Sonntag werde ich für Sie ein Gebet sprechen, Mr. Strange.«

»Ja, Ma'm.«

Draußen blieb er einen Augenblick lang auf der Betonveranda stehen. Er hatte dieser Frau ein Versprechen gegeben, und nun musste er es halten.

»Ich hab gesehen, wie diese Wilson mich durch die Vorhänge beobachtet hat«, sagte Quinn. »Hat sie mich erkannt?«

»Ohne Brille auf der Nase würde die nicht mal ihr eigenes Gesicht im Spiegel erkennen«, meinte Strange. Es war schon Blutorange, als er auf der Georgia über die Ampel fuhr, und mitten auf der Kreuzung schaltete sie auf Rot.

»Ich war auf Chris Wilsons Beerdigung. Hab ich Ihnen das erzählt?«

»Nee.«

»Muss sich unter den Verwandten rumgesprochen haben, dass ich da war. Na ja, bis auf ein paar Polizisten waren eh nicht viele Weiße aufgetaucht. Wie auch immer, Mrs. Wilsons Blick schweifte durch die Menge und fiel schließlich auf mich – an dem Tag hatte sie eine Brille auf –, und ich nickte ihr zu. Ihr Blick war eiskalt …«

»Was hatten Sie denn erwartet?«

»Eigentlich gar nichts, um ehrlich zu sein. Ich hatte auf irgendwas gehofft. Und ich schätze, auch das war noch zu viel verlangt.«

Strange verspürte nicht das Verlangen, darauf etwas zu erwidern. Er kam an der Buchanan vorbei und fuhr weiter nach Norden.

»He«, sagte Quinn. »Sie sind an Ihrem Haus vorbeigefahren.«

»Ich setz Sie bei sich daheim ab, Terry. Wenn ich so dicht davor bin, einen Fall zu lösen, muss ich alles noch mal ganz allein in Gedanken durchgehen.«

»Sie werden mich jetzt doch nicht im Regen stehen lassen, oder?«

Strange sagte: »Ich ruf Sie an.«

Nachdem er Quinn abgesetzt hatte, hielt Strange bei dem Safeway auf der Piney Branch. Die Frau hinter Glas, die ihm das Paket Fotos aushändigte, sagte: »Die liegen hier aber schon lange herum, Mr. Wilson.«

»Danke, dass Sie sie aufbewahrt haben«, sagte Strange.

Er fuhr zurück zum Autovermieter auf der Georgia, gab den Lumina ab und fuhr mit seinem Caprice, den er dort auf dem Parkplatz gelassen hatte, nach Hause. Dort fütterte er Greco, duschte, zog den Trainingsanzug an, ging ins Arbeitszimmer und setzte sich hinter den Schreibtisch. Lydell Blue hatte eine Nachricht auf seinem Anrufbeantworter hinterlassen: Die Nummer des Streifenwagens gehörte zu einem Crown Vic eines Streifenpolizisten namens Adonis Delgado. Strange notierte sich Delgados Namen.

Dann verstellte Strange die Schreibtischlampe und studierte die Fotos vom Safeway. Nachdem er die Hälfte gesichtet hatte, kam sein Blut in Wallung. »Meine Herren«, entfuhr es ihm immer wieder, als er die restlichen Aufnahmen begutachtete. Er schlug das Notizbuch auf und las den zehn Seiten langen, tagebuchartig verfassten Text, der – exakt nach Datum, Uhrzeit und Ort aufgeführt – den Fortschritt von Chris Wilsons eigener Ermittlung dokumentierte. Strange schnappte sich das Telefon, nahm den Hörer ab und legte sofort wieder auf. In einem Umschlag in seinem Aktenschrank lagen die Kassetten der aufgezeichneten Gespräche, die er geführt hatte. Er hörte sie ab. Anschließend spulte er zu den Stellen zurück, die ihn besonders interessierten, und ließ sie noch zwei Mal auf sich wirken.

Strange lehnte sich zurück, griff nach unten und tätschelte Grecos Kopf. Er verschränkte die Arme, starrte an die Decke, fuhr mit dem Finger durch den Staub, der sich auf der Schreibtischplatte angesammelt hatte, atmete langsam aus, beugte sich vor und zog das Telefon heran. Dann wählte er eine Nummer. Nach dem dritten Läuten meldete sich am anderen Ende der Leitung eine Stimme.

»Hallo.«

»Derek hier. Wissen Sie noch, in welchem Haus ich wohne?«

»Aber sicher.«

»Dann kommen Sie mal besser vorbei.«

»Bin gleich da«, versprach Quinn.

Cherokee Coleman beendete das Gespräch und legte sein Handy auf die grüne Schreibtischauflage. »Sie sind da.«

Big-Ass Angelo schob die Brille auf die Nasenspitze. »Wann bringen wir diese Sache mit den beiden endlich hinter uns?«

»Morgen Abend. Wir haben den Stoff schneller verkauft, als ich zu hoffen wagte. Wir werden unsere Jungs nach

Kleinkleckersdorf schicken, um die letzte Lieferung abzuholen. Und sie sollen auch unsere Kohle wieder mitbringen. Und alle Arschlöcher dort draußen alle machen, damit ich unseren kolumbianischen Freunden erzählen kann, ich hätte den Tod ihrer Leute gerächt. Dann sind sie uns zu Dank verpflichtet, und wir können diese Kuh auch in Zukunft melken. Würd ja gern dabei sein, wenn diese Hinterwäldlerbullen all die Leichen entdecken, sich an ihren Wasserköpfen kratzen und versuchen dahinter zu kommen, wer wer ist, was sich da abgespielt hat und wie's dazu gekommen ist.«

»Soll Gott ihnen doch dabei helfen.«

Coleman hob den Blick. »Das wäre 'n guter Text für den nächsten Schub, Angie.«

»Den hatten wir schon, Mann.«

»Abgefuckt in D. C.?«

»Klingt nicht schlecht.«

Coleman erhob sich von seinem Stuhl und trat ans Bürofenster. Zwei Typen stiegen aus einem schwarzen Maxima und wurden von mehreren jüngeren Männern empfangen.

»Delgado hat sich 'ne neue Hose zugelegt«, meinte Coleman. »Und hat auch 'ne klasse Brille auf.«

»Der ist scharf auf das, was wir haben«, sagte Angelo.

»Wir werden ihn zappeln lassen. Die Gier hält die Menschen auf Trab, Schwarzer.«

»Wie sieht sein Partner aus?«

»Der Bursche hat *ordentlich* Zähne.«

»Wilbur«, spottete Angelo, wieherte wie ein Pferd und schabte mit dem Fuß dreimal über den Boden.

Coleman und Angelo bepissten sich immer noch vor Lachen, als die beiden Männer ins Büro kamen.

»Gibt's was zu lachen?«, fragte Delgado.

»Angelo hat mir gerade einen Witz erzählt«, meinte Coleman.

»Und wie geht's dir, Bucky?«, richtete Big-Ass Angelo das Wort an den anderen Gast.

»Ich hab dir schon mal gesagt, du sollst mich nicht so nennen«, sagte der Mann. »Ich heiße Eugene Franklin, kapiert?«

Dreißig

Quinn saß auf einem Lehnstuhl in Stranges Wohnzimmer. Auf dem Boden, zu seinen Füßen, waren das Notizbuch und eine leere Bierflasche; seine Hand umklammerte den Stapel Fotos. Darunter waren zwei Fotos von Eugene Franklin und Adonis Delgado in Zivil, wie sie gerade von Eugenes Privatwagen hinüber zu Cherokee Colemans Reihenhaus gingen. Die Aufzeichnungen im Notizbuch hatte Quinn noch nicht gelesen, aber Strange hatte ihm das Wichtigste schon erzählt.

»Wollen Sie noch ein Bier, Mann?«, fragte Strange, der auf einem leicht abwetzten Sofa saß.

»Nein«, meinte Quinn. »Besser nicht.«

Quinns Augen wirkten riesig in seinem blassen Gesicht. Unter der straffen Haut zuckten die Kiefermuskeln.

»Spielen Sie mir noch mal das Band vor. Die Stelle, wo Eugene im Erika's redet.«

Strange tat, worum er ihn gebeten hatte. Eugenes Stimme durchschnitt die Stille des Zimmers: *Ich hab gesehen, wohin Wilsons Waffe wanderte. Ich hab in seinen Augen gesehen, was er vorhatte. Und ich bin hundertprozentig davon überzeugt, Wilson hätte mich umgelegt.*

Strange drückte auf die Stop-Taste des Mikrorecorders.

»›Wilson hätte *mich* umgelegt‹«, sagte Strange. »An der Stelle hat er sich verquatscht.«

Dumpf deutete Quinn mit dem Kinn auf den Recorder. »Spielen Sie mir die Kassette vor, auf der ich bin. Von der ersten Unterhaltung, die wir unten auf der D am Tatort hatten.«

»Die haben wir uns schon mal angehört.«

»Spielen Sie sie«, forderte Quinn.

Strange legte eine andere Kassette ein und spulte zu der Stelle, die Quinn hören wollte.

Strange: *Und was tun Sie dann?*

Quinn: *Ich ziele mit der Waffe auf den Angreifer, ruf ihm zu, er soll seine Waffe fallen lassen und sich mit dem Gesicht nach unten auf die Straße legen. Er brüllt irgendwas zurück. Was er sagt, kann ich nicht verstehen, weil Eugene ihn anbrüllt …*

Strange hielt das Band an. »Ihr Partner hat ihm etwas zugerufen, weil er nicht wollte, dass Sie hören, was Wilson sagt. Er trug zu dem Durcheinander bei, denn er wollte verhindern, dass Sie erfahren, dass Wilson Polizist war.«

»Spielen Sie jetzt die andere Stelle vor.«

Strange sagte: *Was ist passiert, als er Sie anschaute, Quinn?*

Quinn: *Er sah uns nur kurz an. Zuerst mich und dann Gene, und dann huschte irgendwas Fieses über seine Miene. Das werde ich nie vergessen. Er war sauer auf uns, auf mich und Gene. Er war mehr als sauer; seine Miene verwandelte sich in die eines Killers. Und dann schwenkte er die Waffe auf einmal in unsere Richtung …*

Strange: *Er zielte auf Sie?*

Quinn: *Nicht direkt. Er nahm sie hoch, wie ich sagte. Die Mündung der Waffe wanderte über mich hinweg, und er hatten diesen Blick … Ich hatte nicht den geringsten Zweifel … ich wusste … ich wusste, dass er abdrücken wollte. Eugene kreischte meinen Namen, und ich feuerte.*

»Das reicht«, sagte Quinn.

Strange schaltete den Recorder ab.

»Also, ich stelle mir das folgendermaßen vor«, meinte Strange leise. »Ihr Partner saß an jenem Abend hinter dem Steuer des Streifenwagens. Und dann treffen Sie einfach so auf Chris Wilson, aber das war eben kein Zufall. Franklin fuhr in die D Street, weil das so eingefädelt worden war. Er wusste, Ricky Kane würde Wilson dorthin locken. Und er wusste auch, dass Kane sich nicht groß anstrengen musste, um Wilson dazu zu kriegen, die Waffe zu ziehen.«

»Oder ich meine«, sagte Quinn.

»Kann sein. Tatsache ist, Ihr Partner war involviert. Wir haben die Fotos und Chris Wilsons Notizbuch. Der junge Mann hat gute Polizeiarbeit geleistet und die Puzzleteilchen zusammengesetzt. Meine Bänder unterstützen …«

»Ich kann es einfach nicht glauben, Derek.«

»Dann glauben Sie doch Ihren eigenen Worten«, riet Strange ihm. *»Er sah uns nur kurz an. Zuerst mich und dann Gene, und dann huschte irgendwas Fieses über seine Miene. Seine Miene verwandelte sich in die eines Killers, als er Eugene sah. Die Mündung der Waffe wanderte über mich hinweg* – das waren Ihre eigenen Worte. Chris Wilson hatte nicht vor, *Ihnen* etwas anzutun. Er richtete die Waffe auf einen korrupten Bullen. Einen bestechlichen Bullen, der sich von einem Drogendealer hatte kaufen lassen, der seine Schwester zum Junkie gemacht hatte. Verstehen Sie, was ich Ihnen klar machen will, Mann?«

»Ja«, sagte Quinn und starrte zu Boden.

»Na schön. Also, wer ist Adonis Delgado?«

»Ein großer, fieser Bulle. Hat an dem Tag, als wir uns mit Eugene unterhalten haben, im Erika's an der Theke gesessen.«

»Muskelbepackt und hässlich, mit platter Nase?«

»Ja.«

»Das war der, der versucht hat, mich auf dem Herrenklo dumm anzumachen. Wollte mir wahrscheinlich was klar machen, schätze ich.«

»Eugene«, murmelte Quinn.

»Sie haben verdammt Recht, *Eugene.*«

Quinn stand auf, nahm seine Lederjacke herunter und zog sie an.

»Wohin gehen *Sie?*«

»Ich will auch noch den Rest erfahren.«

»Brauchen Sie meine Hilfe?«

»Das ist meine Sache«, sagte Quinn, drehte sich um und griff nach der Tür. »Sie hauen sich besser nicht aufs Ohr.«

»Werd ich Sie heute Abend noch mal sehen?«

»Ja, und dann bring ich Ihnen auch was mit.«

Eugene Franklin wohnte in einem Einzimmerapartment in einem Hochhaus gegenüber der am Wasser gelegenen Maine Avenue in Southwest. Wie für viele allein stehende Polizisten war die Wohnung für Eugene kaum mehr als ein Platz zum Schlafen, Essen, Fernsehen. Der Wohnbereich war spärlich möbliert und dekoriert. Es gab eine Couch und einen Stuhl mit einem Fernseher davor, einen Wohnzimmertisch und einen Beistelltisch neben dem Sofa, auf dem das Telefon stand. Als es läutete, nahm Eugene ab.

»Ja.«

»Gene, hier ist Terry, Mann. Ich steh unten in der Lobby an der Tür.«

»Terry ...«

»Lass mich rein, Kumpel. Da ist etwas, worüber ich mit dir reden muss.«

Franklin drückte auf eine Telefontaste, erhob sich von der Couch und fuhr langsam mit dem Finger über die vorstehende Oberlippe, wie er das immer tat, wenn ihn etwas beunruhigte oder verwirrte.

Franklin ging zur Wohnungstür, öffnete sie und stand im Rahmen, als Quinn den langen, mit orange Teppich ausgegten Flur hinunterging und auf ihn zukam.

»Hallo«, grüßte Quinn lächelnd.

Beim Gehen wippten Quinns lange Haare. Mit vorgerecktem Kopf kam er schnell näher. Franklin dachte noch, er sieht wie eine von diesen wild entschlossenen Comicfiguren aus ... bis er merkte, dass Quinns Lächeln falsch, vielmehr eine Grimasse war, ein erzwungenes Lächeln, voller Schmerz und noch etwas viel Schlimmerem.

»Hallo, Eugene«, sagte Quinn, als er zu ihm stieß, und dann sah Franklin, wie Quinn die Automatik aus dem Hosenbund zog.

Franklin machte ein paar Schritte nach hinten, denn Quinn fuchtelte so wild mit dem Waffenlauf herum, bis die Form der Knarre im Neonlicht des Flurs verschwamm. Die Waffe schlug gegen Franklins Schläfe, und als er nach hinten stolperte, begann der Raum sich zu drehen.

Die Beine versagten Franklin den Dienst. Er ging zu Boden, und während er durchs Halbdunkel fiel, kam die Waffe auf ihn zu, und diesmal spürte er den Schlag kaum. Dann blickte Franklin in das wutentstellte, verängstigte Gesicht seines Partners und liebte ihn in diesem Moment. Und als ihn schließlich die wohlig warme Nacht umfing, empfand Franklin nur noch Erleichterung.

Die Automatik locker in der Hand haltend, baute Quinn sich mitten in Eugene Franklins Wohnzimmer auf.

Franklin saß auf der Couch, hatte den Kopf nach hinten geneigt und presste ein feuchtes Handtuch an die Schläfe. Blut aus einer tiefen Platzwunde färbte das Handtuch rosa. Quinn hatte einen gelben Schreibblock auf den Tisch gelegt und obendrauf einen Stift.

»Wie kam es, dass du die Seite gewechselt hast, Gene?«

»Wie?«, wiederholte Franklin.

»Delgado hat dich da mit reingezogen.«

»Ja. Ich hab ihn dauernd im Erika's gesehen. Hat jeden Abend dort rumgehangen, getrunken, Blödsinn erzählt und ist dann allein nach Hause gegangen. Delgado, der war genau wie ich. Wir beide hatten nicht viele Freunde, und oft zum Vögeln kamen wir auch nicht. Irgendwann sind wir dann ins Gespräch gekommen, Adonis und ich. Ich wusste, dass er mies ist; das wussten alle. Hab aber trotzdem mit ihm geredet.«

»Worüber habt ihr gequatscht?«

»Alles Mögliche, weißt du. Querbeet, die ganze Palette rauf und runter. Delgado hat mir verklickert, dass 'n Typ mit Kohle in der Tasche sich keine Sorgen machen musste, wo er 'ne Alte auftreiben kann, weil die Frauen *ihn* suchten. Und wie man richtig Spaß haben konnte, wenn die Frau schnallte, dass man finanziell gut dastand. Mir war schon klar, dass er schwer übertrieb, aber ich war ganz schön knülle und ...«

»Und wie ging's dann weiter?«

»Er fing an, über die Operation zu reden, die Cherokee Coleman irgendwo da unten bei der Florida laufen hat. Und dass Cherokee niemals hinter Gitter wandern würde, dass ihm niemand was anhaben konnte, weil er einfach viel zu clever war. Dass die Operation so lange lief, wie es einen Markt für Drogen gab, und scheiß auf die Junkies, die ja – wenn man Darwins Theorie anwandte – eh auf der untersten Stufe standen. Und dann weihte er mich ein, wie er sich nebenbei was dazuverdiente, wie er rausgefunden hatte, was Cherokee so draufhatte und dass niemand etwas dagegen unternehmen konnte, und weshalb er, Adonis, ein Recht hatte, auch ein Stück vom Kuchen abzukriegen.

Er sagte, es wäre nicht schwer. Zweimal im Monat kriegte Coleman eine Lieferung, und an den beiden Tagen kutschierte Delgado mit seinem Streifenwagen durchs Viertel und sorgte dafür, dass weder Polizei noch FBI ihnen in die Quere kamen. Nicht mal aussteigen musste er. Er behauptete, es wäre völlig unkompliziert.«

»Warum hat er dir all das erzählt? Wieso musste er dich mit ins Boot nehmen?«

»Weil er nicht immer da sein konnte. Und weil sie ein Problem hatten, das Delgado nicht allein lösen konnte oder wollte. Natürlich wusste ich damals, als ich eingestiegen bin, nichts von diesem Problem.«

»Chris Wilson war das Problem.«

Franklin senkte den Blick zu Boden. »So ist es. Seine Schwester hatte sich mit Ricky Kane zusammengetan. Und Wilson hat sich an Kanes Fersen geheftet und ist auf Coleman gestoßen. Genau wie ihr. Irgendwann mal ist Kane zusammen mit Sondra Wilson ins Büro gegangen und allein wieder rausgekommen. Von da an war Sondra Colemans Gespielin, einfach so, und da hat es bei Wilson eine Sicherung rausgehauen.«

»Warst du zu dem Zeitpunkt schon dabei?«

»Ja, das dürfte ungefähr hinkommen. Es war umkompliziert, genau wie Delgado gesagt hatte. Zweimal pro Monat brauchte ich nur ein paar Mal um den Block zu kurven. Damals hab ich das völlig in Ordnung gefunden.«

»Unsinn.«

»Ich versuch ja nur, dir zu erklären, wie es war.«

»Unsinn.« In Quinns Stimme schwang ein bedrohlicher Unterton mit. »Und was ist dann passiert?«

»Wilson trug von da an nur noch Zivil, wenn er sich hinter den Ecken versteckte und den Junkyard ausspionierte. Ich vermute, zu jener Zeit hat er eine Menge Fotos von mir geschossen. Ihm war klar, allein konnte er gegen Colemans Armee nichts ausrichten, und er wusste nicht, welchen Kollegen er noch trauen konnte. Aber inzwischen drehte er wegen seiner Schwester richtig durch. Eines Nachts hat er draußen vor dem Erika's Delgado gedroht. Und mir hat er auch gedroht.«

»Und dann seid ihr zu Coleman gegangen.«

»Ich nicht, Delgado. Sie beschlossen, Chris Wilson loszuwerden. Delgado hatte damit überhaupt keine Probleme. Damals habe ich erfahren, dass er schon früher für Coleman getötet hat. Aber das, was ich herausgefunden hatte, machte keinen Unterschied mehr, denn inzwischen war ich ja fast schon einer von ihnen. Und sie wollten, dass ich richtig dazugehöre, dass ich ganz mitmache.«

»Sie wollten, dass du Wilson umbringst.«

»Ja.« Franklin ließ das Handtuch zu Boden fallen. Es landete neben seinen Füßen. Aus dem Riss quoll ein Tropfen Blut und lief die Wange hinunter.

»Sie haben von Kane verlangt, dass er sich mit Wilson trifft?«

Franklin nickte. »Kane erzählte Wilson, er hätte seine Schwester da rausgeholt. Und er sollte sich mit ihm um eine bestimmte Uhrzeit auf der D Street treffen. Sie wussten, Wilson würde durchdrehen, wenn er dorthin kam und feststellte, dass seine Schwester nicht da war. Ich bin dann mit dir dorthin gefahren. Und was dann passierte, weißt du ja.«

»Erzähl es mir, Eugene. Erzähl mir, was sich dann abgespielt hat.«

»Ich hab noch nie jemanden erschossen. Und auf mich ist nie geschossen worden, Terry. Ich hatte die Waffe gezogen und zielte damit auf ihn, aber ...«

»Warum hast du ihn nicht abgeknallt, Eugene?«

»Weil du mir zuvorgekommen bist.«

Quinn betrachtete die Waffe in seiner Hand. »Du hast gewusst, wie ich reagieren würde.«

»Nein, hab ich nicht. Aber ich wusste, dass du eher dazu fähig bist als ich. Und ich wusste ...«

»Was?«

»Ich kannte *dich*. Ich wusste, wie du reagieren würdest, wenn du siehst, wie Chris Wilson Ricky Kane mit einer Waffe bedroht.«

Quinn nahm die Waffe hoch und richtete sie auf Franklin, der auf der Couch saß. Franklins Lippen zitterten, und ihm traten die Tränen in die Augen.

»Du wirst nicht abdrücken, Terry. Ein Teil von mir wünscht sich, du würdest es tun, aber das wirst du nicht.«

»Da hast du Recht«, sagte Quinn. Er nahm die Glock herunter und deutete damit auf den Notizblock auf dem Tisch. »Schreib das auf. Schreib alles auf, Gene. Los, fang an. Ich werde dich vor deiner Familie, deinen Kollegen, vor den Leuten, mit denen du in Northeast aufgewachsen bist, bloßstellen. Alle werden erfahren, was für ein abgewichster Typ du bist. Und ich werde dafür sorgen, dass deine zukünftigen Mitinsassen alle erfahren, dass du früher mal Uniform getragen hast, wenn du einfährst.«

»Es tut mir Leid, Mann.«

»Ich scheiß auf dich, Eugene. Und ich scheiß auch auf deine Entschuldigungen. Los, schreib jetzt alles auf.«

Franklin legte auf dem gelben Notizblock ein volles Geständnis ab, setzte seine Unterschrift unter die letzte Seite und ließ dann den Stift fallen.

»Ich möchte mit meinem Vater reden, bevor das hier in den Nachrichten gebracht wird«, sagte Franklin. »Wann wirst du das Geständnis einreichen?«

»Nachdem wir das Mädchen nach Hause geschafft haben.«

»Sie ist nicht in D. C. …«

»Ich weiß«, sagte Quinn. »Ich und Strange sind heute draußen gewesen. Sind diesen Hinterwäldlern bis zu ihrem Grundstück gefolgt, wo sie die Kleine festhalten.«

Franklin tupfte den Schläfenriss ab, der nicht mehr blutete, und legte das Handtuch weg. »Ich werde morgen Abend mit Delgado dort rausfahren.«

»Wieso?«

»Wir liefern das Geld ab und holen die Drogenlieferung.«

»Dachte, du hättest immer nur um den Block fahren müssen.«

»Wir haben uns heute mit Coleman getroffen«, sagte Franklin. »Diese Hinterwäldler, denen ihr gefolgt seid, das sind die Boones. Der kleinere heißt Ray, sein Vater Earl. Die haben draußen auf ihrem Grundstück ein paar kolumbianische Kuriere umgelegt. Coleman will, dass wir die Boones abknallen, damit er vor den Kolumbianern gut dasteht.«

»Und was wird aus dem Mädchen?«

»Die haben sie gar nicht erwähnt, weil ihnen klar war, dass mir nicht gefallen würde, was sie zu sagen haben. Delgado hat es früher auch mit ihr getrieben und kann sie nicht vergessen. Doch wenn der loslegt, gibt er erst Ruhe, wenn alle tot sind.«

»Und was wirst du tun?«

»Ich kann niemanden umlegen, Terry. Das habe ich dir gerade eben schon gesagt ...«

»Und das soll morgen Abend stattfinden?«

»Ich werde Delgado um acht Uhr treffen ... Dann müssten wir so gegen neun draußen sein. Sie werden uns irgendwo anders auflesen und anschließend zusammen mit uns zu ihrem Haus fahren.«

»Dort draußen gibt es ein Haus und einen Schuppen.«

»Ja. Laut Coleman machen die Boones ihre Geschäfte gern in der Scheune. Haben dort 'ne richtige Bar eingebaut, so wie in diesen alten Kasinos.«

»Wird Sondra im Haus sein?«

»Soweit ich weiß, ja.«

Quinn steckte die Glock in den Bund seiner Jeans. »Morgen Abend sorgst du dafür, dass alle im Schuppen bleiben, verstanden? Gib mir und Strange die Chance, Sondra Wilson aus diesem Haus zu schaffen.«

»Was soll ich tun, wenn Delgado anfängt, einen nach dem anderen zu töten?«

»Ist mir doch schnuppe, was du tust. Das geht mir am Arsch vorbei.« Quinn nahm den Schreibblock vom Tisch und steckte den Stift in die Brusttasche des Hemdes. »Was immer du morgen Abend auch tun wirst, es wird nichts daran ändern, was ich mit deiner Aussage anstelle.«

»Das habe ich auch nicht erwartet.«

»Bis dann, Gene.«

Quinn verließ die Wohnung. Die Tür fiel hinter ihm ins Schloss.

Strange schlief auf der Couch, als es an der Tür klingelte. Grecos Gebell weckte ihn. Nachdem Strange durch den Spion geschaut hatte, öffnete er die Tür. Quinn stand auf der Veranda. Dieser Abend war so kühl, dass man seinen Atem sehen konnte.

»Ich hab es«, sagte Quinn und hielt Strange Franklins Geständnis vor die Nase.

»Erzählen Sie mir alles, was ich noch nicht weiß«, sagte Strange.

Ohne einzutreten, brachte Quinn das vor, was er zu sagen hatte.

Nachdem Quinn verstummt war, sagte Strange: »Dann also morgen Abend.«

Und Quinn sagte: »Ja.«

Einunddreißig

Strange schaltete die Sprechanlage auf seinem Schreibtisch an und sagte ins Mikrofon: »Janine?«

»Ja, Derek?«, knarzte es aus dem Lautsprecher.

»Kannst du bitte mal kurz zu mir kommen?«

Strange beugte sich vor, hob ein Päckchen – einen gefütterten braunen Briefumschlag – vom Boden auf und legte es auf seinen Schreibtisch. Dieses an Lydell Blue in der Forth District Station adressierte Päckchen enthielt eine Mappe mit allen Beweisen, die Strange im Wilson-Fall zusammengetragen hatte.

An diesem Morgen war Strange früh ins Büro gekommen, hatte das gesamte Beweismaterial fotokopiert und ein an sich selbst adressiertes Päckchen mit den Duplikaten aufgegeben. Anschließend hatte er mit seinem Anwalt telefoniert und sich bestätigen lassen, dass sein Testament noch gültig war. Und er setzte seinen Anwalt über seine bescheidene Lebensversicherung in Kenntnis, deren Begünstigte Janine und Lionel waren.

Janine Baker betrat den Raum.

»Hallo«, sagte Strange.

»Hallo.«

»Ich werde den Rest des Tages und vielleicht auch morgen Vormittag nicht im Büro sein.«

»Gut«, meinte Janine.

»Für den Fall, dass du mich brauchst, erreichst du mich über den Beeper.«

»Wie gewöhnlich. Alles wie immer.«

»Stimmt. Alles wie immer.« Strange kratzte sich an der juckenden Nase. »Wie geht es Lionel?«

»Es geht ihm gut.«

»Hört er auf dich? Macht er seine Hausaufgaben?«

»Manchmal macht er einem das Leben schwer. Aber alles in allem ist er in Ordnung.«

»Sehr schön.« Strange beugte sich vor und tippte auf den gefütterten Umschlag auf dem Schreibtisch. »Falls ich mich bis, sagen wir, morgen Nachmittag nicht bei dir gemeldet habe, möchte ich, dass du dieses Päckchen hier wegschickst, verstanden?«

»Klar doch.«

»Verwahr es bis dahin im Safe. Es gibt noch so 'n Päckchen, das in ein paar Tagen per Post *hierher* kommt. Wenn es da ist, möchte ich, dass du es in den Safe legst.«

»Gut.«

»Hast du die Rechnung für Leona Wilson fertig?«

»Ich mach sie fertig, sobald du mir sagst, dass der Fall abgeschlossen ist.«

»Er ist abgeschlossen. Stell ihr acht Stunden in Rechnung und vergiss nicht, all die Ausgabenbelege hinzuzurechnen.«

»Werd ich machen.«

»Gut. Dann sind wir uns ja einig.« Strange erhob sich von seinem Stuhl, nahm die Lederjacke vom Kleiderständer und zog sie an. Dann stellte er sich ganz dicht vor Janine und warf einen Blick auf die offen stehende Bürotür. »Ist Ron da?«

»Er ist unterwegs, geht gerade einem Versicherungsschwindel nach.«

Strange schlang die Arme um Janines Taille, zog sie an sich und gab ihr einen langen Kuss auf den Mund. Sie schaute ihm in die Augen.

»Ist das erste Mal, dass du das hier machst, Derek.«

»Fällt mir nicht gerade leicht, die Dinge, die mir so im Kopf rumgehen, in Worte zu fassen«, sagte Strange. »Was ich zu sagen versuche, ist ...«

»Du hast es schon gesagt, Derek.«

Noch während er sie in den Armen hielt, fuhr Janine mit

dem Daumen über seinen Mund und wischte die Lippenstiftspuren ab, die sie dort hinterlassen hatte.

»Ich muss jetzt los.«

»Es ist noch früh.«

»Ich weiß, aber ich möchte den Tag mit meiner Mutter verbringen.«

Janines Blick folgte ihm, als er durch das Vorzimmer ging und durch die Eingangstür verschwand. Dann nahm sie das Päckchen auf seinem Schreibtisch und brachte es zum Safe.

Quinn legte im Buchladen eine Frühschicht ein, kehrte danach in seine Wohnung zurück, trainierte im Keller, duschte und zog Thermounterwäsche, ein Flanellhemd, Levi's Jeans und Wanderschuhe an. So ausstaffiert, machte er in der Mikrowelle eine Tiefkühlmahlzeit warm, aß sie, machte eine Kanne Kaffee und trank drei Tassen. Anschließend legte er *London Calling* auf, setzte sich auf die Bettkante und hörte *Death or Glory*, ehe er *Born to Run* auflegte und bei *Backstreets* lauter stellte. Er durchquerte das Schlafzimmer und holte Waffe und Gürtel aus der untersten Kommodenschublade.

Quinn stellte sich vor den großen Spiegel, legte den Gürtel um die Taille, machte die Schnalle zu. Das Halfter hing an der rechten Hüfte herunter. Die *Mace*-Sprühdose, Patronen- und Stifthalter und den Schlüsselring hatte er vom Gürtel abgenommen. Nun hingen nur noch seine Handschellen in einer Hülle am Gürtel, die er nach hinten ins Kreuz schob. Die Glock steckte er ins Halfter, zog sie heraus, steckte sie erneut hinein und zog sie wieder heraus.

Quinn nahm das Magazin heraus, überprüfte, ob es voll war, führte die Glock hoch, drückte ein Auge zu, richtete den Blick am weißen Punkt auf der Kimme auf dem Lauf aus und schoss ohne Magazin auf die Wand. Der schwarze

Polymergriff lag gut in der Hand. Er schob das Magazin wieder in den Griff der Waffe und steckte die Glock ins Halfter.

Als das Telefon klingelte, nahm Quinn ab.

»Hallo.« Quinn hörte, dass jemand am anderen Ende der Leitung Symphoniemusik spielte.

»Derek hier. Ich bin so weit.«

»Ich auch«, sagte Quinn. »Kommen Sie vorbei.«

Strange hängte ein. Er saß daheim an seinem Schreibtisch. Der Morricone-Soundtrack von *Spiel mir das Lied vom Tod* schallte durch den Raum. Gerade lief das Titelstück. Strange schloss kurz die Augen. Dies war das allerschönste Stück Musik, das er besaß, und er wollte nichts lieber tun als hier sitzen und es die ganze Nacht lang anhören, aber draußen vor dem regennassen Fenster hatte sich der Himmel verfinstert, und da wusste Strange, dass es Zeit war zu gehen.

Adonis Delgados schwarzer Maxima fuhr auf der 270 nach Norden. Die Scheibenwischer fegten den leichten Regen, der eingesetzt hatte, von der Windschutzscheibe. Vor etwa einer Stunde war der Feierabendverkehr weniger geworden, und die Straße war frei.

»Sie machen ihre Geschäfte gern in der Scheune«, meinte Delgado, der tief hinter dem Steuer saß. Delgado trug einen schwarzen Jogginganzug, dessen Stoff an den Oberarmen spannte. Seinen Hals schmückte eine goldene Schlangenkette.

»Ich weiß«, sagte Eugene Franklin auf dem Beifahrersitz.

»Als die Kolumbianer noch am Leben waren, haben sie sich mit Coleman darüber kaputtgelacht, wenn sie erzählten, wie das immer ablief. Wenn wir von der 270 runterfahren, rufen wir sie an, und dann treffen sie uns auf dem Parkplatz eines kleinen Einkaufszentrums.«

»Das weiß ich auch.«

»Sie fahren uns wieder zurück, Eugene. Und sie kippen gern ein paar Cocktails in dem Schuppen da draußen, bevor das Geschäft über die Bühne geht.«

»Ich trinke nicht.«

»Aus Höflichkeit wirst du ein, zwei Gläser trinken, aber werd mir ja nicht betrunken. Ich, ich werde mich irgendwann entschuldigen, dieser kleinen Junkie-Braut einen Besuch abstatten, sie mir vorknöpfen, und dann komm ich wieder in den Schuppen.«

»Hältst du das für eine gute Idee?«

»Was, verdammt noch mal, willst du damit sagen?«

»Vielleicht wäre es sinniger, sich das Ding hinterher vorzuknöpfen. Ich meine, wenn im Haus ein Schuss fällt, hört man das im Schuppen.«

»Lass den Lärm nur meine Sorge sein.«

»Hast du 'nen Schalldämpfer oder so?«

»Hast du 'nen Schalldämpfer oder so?«, äffte Delgado Franklins bebende Stimme nach und lachte kurz auf. »Scheiße, Eugene, ist mir echt 'n Rätsel, wer so dämlich war, dir irgendwann mal 'ne Marke zu geben. Ich brauche keinen verfluchten Schalldämpfer, Mann. Ich drück ihr 'n Kissen aufs Gesicht und schieß da durch.«

Delgado veränderte das Tempo der Scheibenwischer. Inzwischen regnete es stärker.

»Also«, sagte Delgado. »Wenn ich wieder in den Schuppen komme, und ich meine damit, sobald ich in den Schuppen komme, werde ich schnurstracks auf Ray zugehen und ihn erledigen. Und du bringst dann auf der Stelle seinen Vater zur Strecke, verstanden? Ich hab nämlich überhaupt keinen Bock, mir den Kopf darüber zu zerbrechen, ob du mir Rückendeckung gibst.«

»Du brauchst dir keine Sorgen zu machen«, meinte Franklin.

»Da ist unsere Ausfahrt«, verkündete Delgado und setzte den Blinker. »Hol mein Handy aus dem Handschuhfach, Mann, ruf den kleinen schielenden Weißen an und sag ihm, wir sind gleich da.«

Ray Boone öffnete eine Meth-Kapsel und gab den Inhalt auf einen Budweiser-Spiegel, den er von der Wand abgehängt hatte. Mit einer Rasierklinge zog er zwei Lines und sniefte dann das blaugesprenkelte, grobkörnige Pulver. Als er den Kopf in den Nacken warf, spürte er in der Kehle diese vertraute Taubheit. Er trank eine Dose Bier leer, warf sie in den Müll und wischte das Blut von der Lippe, das ihm aus der Nase lief.

»Telefon, Daddy.«

»Ich hör's«, antwortete Earl. In der einen Hand hielt er eine Zigarette, mit der anderen spielte er elektronisches Poker.

»Das sind sie.«

»Dann geh doch ran, Hosenscheißer.«

Ray nahm das Handy von dem mit grünem Filz bezogenen Tisch, an dem er saß, redete kurz mit einem von Colemans Männern und beendete das Gespräch mit einem Knopfdruck.

»Sie sind abgefahren«, meinte Ray.

Earl nickte, antwortete allerdings nicht.

Alles, was Ray brauchte, trug er am Körper. Seine geladene Beretta 92F steckte hinten im Bund seiner Jeans. In einer Manteltasche lag ein Röhrchen mit Meth-Kapseln, in der anderen eine Packung rote Marlboros. Das Heroin hatte er schon vor ein paar Stunden herausgeholt und die Pakete hinter der Bar verstaut.

Geholt hatte Ray das Heroin, weil er an diesem Abend nur ein Mal den hinteren Raum betreten wollte, da es dort mittlerweile ziemlich übel stank. Sein Vater hatte Recht behalten, was Ray, den Ednas Verschwinden eh schon aufregte, noch mehr auf die Palme brachte. Wegen des unerwartet guten Wetters moderten diese toten Bohnenfresser dort unten im Tunnel kräftig vor sich hin.

Earl nahm seine Sixpack-Kühltasche mit Busch-Bier hoch und tastete seine Manteltaschen ab, um sich zu vergewissern, dass er die Kippen und die .38er eingesteckt hatte. Gemeinsam verließen Ray und er den Schuppen. Draußen im Hof schnippte Earl seine Kippe in Richtung Wald und sagte: »Bin gleich wieder da. Muss noch kurz nach dem Mädchen sehen.«

Ray wusste, dass sein Vater ins Haus ging, um dieser farbigen Junkie-Braut ein Tütchen Stoff zu geben, aber irgendwie kümmerte ihn das einen feuchten Dreck. Er war nicht mal sauer, dass sein Vater ihm gestern einen Stoß verpasst hatte. Ray musste sich mit genug eigenen Problemen herumschlagen, die ihm einfach nicht aus dem Kopf gehen wollten.

Ray ging zum Waldrand und spähte in die Dunkelheit. Regen fiel ihm ins Gesicht. Wo, scheiße auch, steckte Edna? Na gut, dann hatte sie sich eben an seinem Vorrat vergriffen, von dem Zeug geraucht und machte sich nun vor Angst in die Hosen. Doch inzwischen war ein Tag vergangen, ohne dass er etwas von ihr gehört hatte. Er hatte Johanna, ihre selten dämliche Freundin mit den vielen Haaren, angerufen, die behauptete, auch nicht zu wissen, wo Edna sich aufhielt. Verlogene Schlampe, sie *musste* doch wissen, wo Edna war, wo die beiden schon seit der Grundschule miteinander befreundet waren. Diese Johanna, die hatte sogar ganz schön eigenartig reagiert, als er anrief, gerade so, als hätte er Edna etwas angetan. Verflucht, er würde Edna nie was antun. Sicher, ein paar Ohrfeigen würde sie schon einfangen, wenn sie wieder auftauchte, aber das war schließlich was anderes.

»Wir werden nass, Hosenscheißer«, sagte Earl, der hinter Ray stand. »Wenn du noch lange hier draußen im Regen stehen bleibst, wirst du dir noch deine Lederstiefel versauen.«

»Hab nur gerade über was nachgedacht, Daddy«, sagte Ray.

»Ich weiß, woran du denkst. Wenn wir heute Abend die Sache endgültig abschließen, kannst du dir, wenn du Bock hast, 'ne ganze Horde Stuten zulegen, die dich von Edna ablenken.«

»Wahrscheinlich hast du Recht. Komm, lass uns die Jungs abholen.«

Sie gingen zum Wagen. Earl sagte: »Fängt an, im Schuppen zu stinken.«

»Ich grab sie morgen ein.«

»Hab dir ja gesagt, dass es wärmer wird.«

Trotz Edna, der guten Ratschläge seines Vater und des Speeds, das durch sein Blut jagte, war Ray in der Lage, sich eines Kommentars zu enthalten.

»Sind Sie bereit?«, fragte Strange. Er stand in Quinns Schlafzimmer und deutete mit dem Kinn auf den Rucksack in Quinns Hand.

»Ja«, antwortete Quinn. »Wie steht es mit Ihnen?«

»Hab den Tag mit meiner Mutter verbracht. Laut Auskunft der Ärzte macht sie zusehends mehr dicht. Liegt einfach nur im Bett und schaut zum Fenster raus. Wollte aber trotzdem bei ihr sein.«

»Ich hab im Buchladen gearbeitet. War 'ne gute Ablenkung, damit ich nicht andauernd über irgendwas nachdenke.«

»Wie geht es Lewis? Hat er seine Pfoten unter Kontrolle?«

Strange und Quinn kicherten und starrten sich dann stumm an. Strange reichte Quinn ein Paar dünne schwarze Handschuhe.

»Ziehen Sie die an, wenn wir draußen sind. Sie sind einigermaßen warm und trotzdem so dünn, dass man damit ein Zehn-Cent-Stück aufheben kann.

»Danke.« Quinn steckte die Handschuhe in seinen Rucksack.

Strange stierte aus Quinns Schlafzimmerfenster. »Regnet höllisch da draußen. Wird 'ne ganz schöne Sauerei. Andererseits dämpft der Regen eine Menge Lärm.«

»Bei den Wolken wird der Marsch durch den Wald kein Spaziergang werden.«

»Mit meinem Nachtsichtgerät werden wir schon durchkommen.«

»Sie und Ihr Firlefanz«, meinte Quinn und beäugte Stranges Gürtel mit dem Beeper, Leatherman, dem Buck-Messer und dem Handy-Etui.

»Wo wir schon gerade davon sprechen«, sagte Strange, »nehmen Sie den hier.« Er nahm den Beeper von der Hüfte und drückte ihn Quinn in die Hand. »Wir werden getrennt fahren für den Fall, dass wir beide nicht zum gleichen Zeitpunkt von da verschwinden.«

Quinn nickte. »Falls nicht, treffen wir uns an diesem Betreten-verboten-Schild in der zweiten Kurve.«

»Okay, aber sollten wir getrennt werden oder so …«

»Dann seh ich Sie«, meinte Quinn, »in D. C. wieder.«

Zweiunddreißig

Ray Boone ging hinter die Bar und fand die Flasche Jack Daniels beim Kühlschrank neben der Edelstahlspüle, wo er sie abgestellt hatte. Wie immer hing der Colt seines Vater über der Spüle an der Wand. Der Lauf ruhte auf einem Nagel, der Bügel auf einem anderen. Ray stellte die Flasche Jack auf die Theke, nahm ein Glas aus dem Regal hinter ihm und schenkte es fast randvoll.

»Wollt ihr Jungs auch was?«, brüllte Ray gegen George Jones an, dessen Stimme aus der Wurlitzer drang.

Ray musterte den eigenartig aussehenden Nigger mit den vorstehenden Zähnen, der missmutig mit einem Bier in der Hand an dem filzbezogenen Kartentisch saß und den Kopf schüttelte. Der andere Krauskopf, der große, hässliche Fettsack mit dem flotten Trainingsanzug, tat so, als hätte er die Frage gar nicht gehört. Er stand mitten im Raum und drehte den Kopf auf den breiten Schultern, als hätte er einen steifen Nacken. Zwischen seinen Zähnen hing eine Zigarre.

»Wie steht's mit dir, Daddy?«, fragte Ray.

»Ich nehme 'nen kleinen Schluck«, sagte Earl. Er stand vor der Jukebox, trank eine Dose Busch und gab die Zahlen ein.

Ray schenkte seinem Vater einen Whisky ein und musste beinah lachen. Erst jetzt fiel ihm auf, dass weder er noch sein Vater, noch ihre Gäste in dem beheizten Schuppen die Mäntel abgelegt hatten. Ray wusste, dass alle Mann bewaffnet waren. Die anderen wussten es auch. Das war Teil des Spiels. Ray und Earl wollten aussteigen, und bei dem vielen Zaster, den sie gemacht hatten, brauchten sie diese Nummer in Zukunft nicht mehr abzuziehen. Doch jetzt, wo Ray darüber nachdachte, musste er sich eingestehen, dass er genau das hier vermissen würde, das gemeinsame Trinken mit den Kunden, die Anspannung, die Waffen ... das Spiel.

Die von Coleman bestochenen Bullen hatten eine Tasche mit Geld auf das Thekenende gestellt und Ray die Heroinpakete daneben. Keiner der Anwesenden hatte Anstalten gemacht, die Drogen zu wiegen oder auch nur anzusehen. Als Ray anmerkte, es wäre unhöflich, nicht zuerst einen Schluck zu trinken, hatten sie nachgegeben.

Ray brach eine Meth-Kapsel auf, schüttete den Inhalt auf die Theke und verzichtete darauf, mit der Rasierklinge eine Line zu ziehen, vielmehr beugte er sich vor und schniefte das Pulver. Scheiß drauf, war ihm doch egal, was sein Vater oder die Kraushaarbullen dachten; er würde heute Abend das Ende dieser Transaktionen feiern.

»Wow!«, rief Ray und zündete sich eine Zigarette an.

»*Tonight the bottle let me down*«, trällerte die Stimme aus der Jukebox.

Hinterwäldlerischer weißer Abschaum, dachte Delgado und trank den Rest von dem billigen, nach Pisse schmeckenden Bier, das sie ihm vorgesetzt hatten. Zuerst musste er sich auf die Rückbank des Fords legen und das Gesicht gegen Eugene Franklins Arsch pressen, bis sein Nacken steif war, und jetzt durfte er sich diese Retorten-Bauernmusik anhören. Delgados 9-Millimeter-Browning steckte in seinem abnehmbaren Halfter. Sie zu ziehen, wenn der richtige Zeitpunkt gekommen war, würde einen Heidenspaß machen.

Eugene Franklin ließ Earl Boone nicht aus den Augen, als der an ihm vorbeiging und sich auf einen Stuhl vor einen Bildschirm setzte, auf dem ein Videospiel zu erkennen war. Franklin griff in die Jackentasche und berührte seine Glock 17, seine Dienstwaffe. Als er einen Blick auf die Armbanduhr warf, musste er an Quinn und Strange denken.

»Willst du noch woanders hin?«, fragte Ray, der mit dem Glas in der Hand hinter der Bar hervorkam. Eine Zigarette hing zwischen seinen Lippen. »Hm, Eugene? Eugene stimmt doch, oder?«

»Ich bin in Ordnung«, sagte Franklin und weigerte sich, in Ray Boones fertige Augen zu schauen. »Mir geht es ganz gut.«

»*Mir* aber nicht«, beschwerte sich Delgado. »Ich muss mal.«

»Das kannst du draußen erledigen«, sagte Ray. »So läuft das doch schon den ganzen Abend.«

»Ich muss scheißen«, sagte Delgado. »Gibt es hier denn kein Scheißhaus?«

»Doch, da hinten, aber das ist momentan gerade kaputt«, erklärte Earl.

»Geh auf das Klo drüben im Haus«, meinte Ray. »Es ist offen.«

Delgado registrierte, wie der Vater den Kopf drehte und seinem Sohn einen Blick zuwarf.

»Keine Sorge, ich rühr nichts an«, beschwichtigte Delgado. »Wo ist es?«

»Die Treppe hoch«, sagte Ray.

»Bin gleich wieder da«, sagte Delgado zu Franklin, brach seine Zigarre ab und warf sie in den Aschenbecher auf dem Spieltisch.

Franklins Blick folgte Delgado, der durch die Schuppentür verschwand. Er führte die Bierdose an den Mund und war heilfroh über die laute Musik und den Regen, der auf das Dach prasselte. Und er merkte, wie seine Zähne leicht gegen die Dose schlugen.

Quinn und Strange liefen durch den Wald. Strange hatte seine Nachtsichtbrille auf; Quinn hielt sich dicht hinter ihm. Wind und Regen peitschten ihnen ins Gesicht. Obwohl sie unter den Mänteln mehrere Kleiderschichten und die schwarzen Handschuhe trugen, war das nicht genug. Als

Strange einmal auf einem Schlammhügel ausrutschte, packte Quinn ihn am Ellbogen und bewahrte ihn vor einem Sturz.

Sie stießen bis zum Waldrand vor, wo sie die Rucksäcke in einem dichten Pinienhain auf die nassen braunen Nadeln warfen. Ein Strahler über der Schuppentür leuchtete den Hof aus. Dicke Regentropfen prasselten durch den breiten Lichtkegel. Hinter einem finsteren Schlafzimmerfenster brannte irgendwo im Haus eine schwache Lampe.

Strange verstaute die Nachtsichtbrille im Rucksack und holte eine kurze Brechstange heraus. Quinn förderte aus seinem Rucksack den Pistolengürtel zutage, stand auf, schnallte ihn um und klappte die Halfterlasche auf.

»Sieh mal einer an«, meinte Strange. »Sie kommen ja wie Lee Van Cleefs Doppelgänger rüber.«

»Irgendeiner muss diese Rolle schließlich übernehmen.«

»Ja, ich weiß. Wann immer ich kann, übernehme ich den einfacheren Job.«

Strange sah zum zweiten Stockwerk des Hauses hoch und richtete dann den Blick wieder auf Quinn, der klitschnass war und dem das lange Haar im Gesicht klebte. »Ich nehme an, sie ist da drinnen. Und ich vermute auch, die anderen sind alle drüben in der Scheune.«

»Viel Spekulation.«

»Wie auch immer, wir werden es schon noch herausfinden.« Strange holte ein paar Mal hintereinander lange und gleichmäßig Luft. »Hängen Sie den Beeper an den Gürtel, Mann.«

Quinn fixierte ihn an der linken Hüfte. »Okay, dran.«

»Wenn ich wieder hier draußen auftauche und Sie nicht sehe, werde ich mit Sondra einfach weitergehen, kapiert? Ich möchte Sie nicht zurücklassen, Terry, aber wenn wir hier heute Abend wenigstens eine Sache auf die Reihe bringen wollen, muss es uns gelingen, das Mädel zurück zu ihrer Mutter zu schaffen ...«

»Ich hab verstanden.«

»Von daher werde ich nicht stehen bleiben und auf Sie warten, Mann. Ich bringe Sondra zu meinem Wagen, und dann ruf ich Sie an, übers Handy. Wenn dieser Beeper ertönt, wissen Sie, dass ich sie heil rausgeschafft habe, verstanden? Und dann hauen Sie ab, auf keinen Fall vorher. Bis Sie von mir hören, halten Sie sie in der Scheune fest.«

»Ich halte sie fest, bis die Hölle zufriert oder Sie sich melden.«

»Heiliger Strohsack, Sie sind mir schon 'ne Nummer, Mann.«

»Ziehen Sie Leine, Derek.«

»Hören Sie, Terry ...«

»Hauen Sie ab«, sagte Quinn. »Wir treffen uns vor Leona Wilsons Haus, kapiert?«

Wie ein Soldat rannte Strange im Zickzackkurs durch das Licht und über den Hof, sprang auf die schiefe Veranda vor dem Haus und wollte gerade mit dem Brecheisen die Tür aufstemmen, da bewegte sich der Knauf in seiner Hand. Strange stieß die Tür auf und trat ein.

Quinn streifte den Mantel ab und warf ihn auf den Rucksack, der neben seinen Füßen auf den Piniennadeln lag.

Adonis Delgado zog Hemd und Hose aus, warf beides achtlos auf den Boden, stieg aus der Unterhose und ließ sie auf den Kleiderberg fallen. Nackt durchquerte er das Schlafzimmer. Das Mädchen saß auf den Bettlaken, lehnte mit dem Rücken am Kopfteil. Er bildete sich ein, dass draußen vor der geschlossenen Tür eine Treppenstufe knarzte, vergaß das aber sofort, als er im Spiegel über der Kommode einen Blick auf sich erhaschte. Hervorragend sah er aus. Flacher Bauch, muskulöse Arme, Schultern, Brust. Als er sich vor dem Fußteil des Bettes aufbaute, hatte er eine Erektion.

»Komm her, Kleine«, sagte er zu der Junkie-Braut Wilson, die nur noch aus Haut und Knochen bestand und überhaupt keine Ähnlichkeit mehr hatte mit dem Mädel damals, das ihm zum ersten Mal im Junkyard begegnet war. Das war schon in Ordnung. Ihre Pupillen glichen Stecknadelköpfen. Klare Sache, dass sie gerade high war, und auch das war völlig in Ordnung.

»Bitte«, flehte Sondra kaum hörbar.

Delgado umklammerte ihre dünnen Handgelenke. »Hinterfotzige Schlampe.«

Draußen vor dem Schlafzimmer, hinter dem Geländer, erklomm Strange die Treppe.

»Wo bleibt dein Schatten?«, wollte Ray wissen. »Der ist schon seit zwanzig Minuten verschwunden.«

»Er kommt gleich wieder«, meinte Franklin.

»Ich werde ihn jetzt holen«, meinte Earl und erhob sich von seinem elektronischen Pokerspiel.

»Das mach ich schon, Daddy«, sagte Ray. »Ich muss eh mal 'ne Stange Wasser in die Ecke stellen.«

Earl schaute zu, wie sein Sohn durch die Scheunentür verschwand, trat dann hinter die Theke und mixte sich einen Drink, ohne den Kerl mit dem Pferdegebiss aus den Augen zu lassen. Die Flasche Jack stand auf der Spüle. Während Earl sich mit den Händen da unten zu schaffen machte, hängte er den Colt ab und legte die Waffe auf den rostfreien Edelstahl.

Earl hatte seine .38er in der Manteltasche, hielt es aber für klüger, noch eine geladene Waffe in Reichweite zu haben. Hatte man mit gewöhnlichem Gesindel zu tun, konnte man gar nicht genug Waffen zur Verfügung haben.

»Der Song ist echt spitze«, sagte Earl und deutete mit dem Kinn auf die Jukebox. »*Orange Blossom Special.*« Doch der farbige Bulle am Kartentisch reagierte nicht. »Was ist denn los, Kumpel? Magst du Johnny Cash nicht?«

Als Quinn sah, wie die Scheunentür langsam aufging, rollte er sich durch den Hof, versteckte sich hinter dem Ford Pick-up, der neben dem Taurus parkte, und setzte sich. Er zog die Glock, rammte eine Kugel in die Kammer und hielt die Waffe mit dem Lauf nach oben neben dem Gesicht. Dann erhob er sich langsam und beobachtete, wie der Sohn namens Ray an ihm vorbeilief und aufs Haus zuhielt.

Für einen Augenblick konzentrierte er sich auf Rays Gang. Quinn zählte stumm bis drei, kam hinter dem Auto hervor, ging hinter Ray her, den er schnell einholte, und rief in dem Moment, als Ray einen Fuß auf die Veranda setzte: »Sofort stehen bleiben!«

Ray kam seiner Aufforderung nach und Quinn sagte: »Arme hoch und hinter dem Kopf verschränken. Los jetzt und Beine grätschen!«

Ray nahm die Arme hoch und drehte den Kopf leicht. Er zögerte, die Beine zu grätschen, woraufhin Quinn näher kam und Ray mit dem Fuß gegen die Wade trat.

»Verflucht noch mal, wer sind Sie?«, wollte Ray wissen.

»Halt's Maul«, sagte Quinn, drückte Ray den Lauf der Glock hinters rechte Ohr, filzte ihn schnell, fand die Automatik, die er im Kreuz hatte, zog sie heraus, entfernte vorsichtig das Magazin, ließ es auf den aufgeweichten Boden fallen und schleuderte die Waffe weg. Quinn musste beinah grinsen; er hatte es noch richtig drauf, erinnerte sich ganz genau, wie das hier abzulaufen hatte.

»Zurück in die Scheune«, befahl er.

»Immer mit der Ruhe«, meinte Ray.

»Ich sagte, du sollst zur Scheune gehen.«

Ray drehte sich um, und Quinn folgte seinem Beispiel. Sie setzten sich in Bewegung. Quinn nahm die Waffe nicht von Rays Ohr. Sie gelangten zur Scheunentür, traten ein. Quinn zwinkerte mit den Augen, bis ihm das Wasser von den Wimpern tropfte. Und dann waren sie in der Scheune.

In Windeseile verschaffte Quinn sich einen Überblick: Der Vater stand mit schläfrigem, ungerührtem Blick hinter der Bar. Seine Hände waren nicht zu sehen. Eugene saß an einer Art Kartentisch und trank ein Bier. Keine Spur von Delgado.

»Ihr beide, Hände hoch!«, rief Quinn. »Und keine Mätzchen, sonst, das schwöre ich bei Gott, schieß ich euch die Rübe weg.«

»Immer mit der Ruhe, Kumpel«, sagte Earl und nahm vorsichtig die Hände hoch.

Wegen der lauten Musik aus der Jukebox, die durch den großen Raum hallte, konnte Quinn ihn kaum verstehen.

»Du am Tisch«, sagte Quinn. »Leg die Hände da hin!«

Franklin tat, was man ihm sagte.

»Rüber zur Bar«, meinte Quinn und verpasste Ray einen Stoß. »Lehn dich mit dem Rücken dagegen, verstanden?«

Ray ging zur Theke und blieb stehen. Zwei Meter trennten ihn von seinem Vater, der immer noch hinter der Bar war. Schließlich drehte er sich um, lehnte sich an und stellte den Absatz seines Dingo-Stiefels auf die Messingstange. Die Unterarme bettete er auf das Mahagoni, die Hände hingen in der Luft. Blut tropfte aus einem Nasenloch und lief über seine Lippe.

Quinn zielte jetzt nicht mehr auf den Vater, sondern auf den Sohn, dann kurz auf Franklin und danach wieder auf die Boones.

»Du«, sagte er und sah schnell zu Franklin hinüber. »Steh auf und zieh den Stecker der Jukebox. Schnell, und dann setzt du dich wieder.«

Eugene Franklin erhob sich, schlenderte zur Jukebox hinüber, kniete sich hin und zog den Stecker aus der Dose. Prompt erstarb die Musik. Er kehrte zu seinem Stuhl zurück, setzte sich und legte die Handflächen auf den grünen Filz.

Nun war nur noch der Regen zu hören, der gegen die Holzscheune trommelte, auf das Blechdach prasselte.

»Zu welcher Truppe gehören Sie?«, fragte Ray. »FBI? DEA?«

»Ist doch egal«, fand Earl. »Er ist allein.«

»Muss einer von diesen Agenten sein, die gern solo arbeiten«, sagte Ray. »Ein Cowboy. Sind Sie einer?«

Ja, das bin ich, fuhr es Quinn durch den Kopf.

Sie hörten den gedämpften Schrei einer Frau, dann nur den Regen und dann wieder den leisen Schrei der Frau, der nicht mehr aufhörte.

»Hörst du das, Hosenscheißer?«

»Ja.«

»Haltet die Fresse«, sagte Quinn.

Delgado packte Sondra Wilsons Haare mit der fleischigen Hand und zog sie über die Laken zu sich heran.

Die Tür flog auf. Delgado wandte sich um, nackt. Ein Mann kam mit einem Brecheisen in der Hand. Delgado fing den Schlag mit dem Unterarm ab. Mit der Faust schlug er dem Mann aufs Ohr, als der sich auf ihn warf und ihn gegen die Kommode schleuderte. Delgado gelang es, den Mann wegzustoßen. Dabei fiel ihm die Brechstange aus der Hand. Der Mann stolperte, fand das Gleichgewicht wieder und baute sich breitbeinig und mit gespreizten Fingern vor ihm auf.

»Strange«, sagte Delgado und lachte.

Strange entging nicht, wie Delgado kurz zu seinen Klamotten hinübersah, die sich auf dem Boden auftürmten. Strange schob sie mit dem Fuß beiseite. Delgado ballte die Fäuste, legte zuerst den einen, dann den anderen Daumen ans Kinn und startete zum Angriff. Strange stolperte nach hinten, Richtung Wand.

Und dann fiel Delgado über ihn her. Mit einem linken

Haken malträtierte er Stranges Rippen und schob gleich eine Rechte nach. Strange presste die Ellbogen an den Körper. Sein linker Bizeps fing den Schlag ab, der noch in den Knochen zu spüren war. Grunzend platzierte Strange einen Aufwärtshaken auf Delgados Kinn. Delgado wich einen Schritt zurück. Nun loderte Zorn in seinen Augen. Mit zwei Schritten durchmaß er den Raum. Der rechte Haken hatte es in sich, kam unglaublich schnell. Die Faust landete auf Stranges Wange.

Strange ging zu Boden, rollte herum, kam wieder auf die Beine und schüttelte die Benommenheit ab. Seine Hand lag auf dem Futteral an seiner Hüfte. Er riss die Lasche hoch, schnappte das Buck-Messer, klappte die Klinge heraus und umklammerte das Messer. Auf der anderen Seite des Zimmers grinste Delgado. Sein Zahnfleisch blutete.

»Dieses Mordsding werd ich *dir* jetzt abknöpfen, alter Mann.«

»Nur zu«, forderte Strange ihn heraus.

Delgado näherte sich tänzelnd, täuschte einen linken Haken vor und schlug mit der Rechten zu, mit der er auf einen Punkt einen Meter hinter Stranges Kopf zielte und in die er seine ganze Kraft legte, doch Strange wich ihm aus. Delgado war so in Fahrt, dass er stolperte und ausrutschte. Er landete vor Strange auf einem Knie und schaute mit großen weißen Augen zu ihm hoch. Strange stieß mit aller Macht zu und rammte die Klinge bis zum Heft in Delgados fetten Hals. Die Klinge durchtrennte Delgados Halsschlagader und bohrte sich in die Luftröhre. Eine rote Fontäne schoss durch den Raum. Sondra kreischte.

Jetzt ging Delgado unwiderruflich zu Boden, griff noch geschwächt nach dem Heft, hustete Blut und rang nach Luft. Delgados Hirn schaltete sich endgültig ab, und er schlug wie wild mit den Füßen um sich, als sein Kopf in die Blutlache fiel.

Strange platzierte die Stiefelsohle neben Delgados Gesicht, zog das Messer heraus, wischte die Klinge an seiner Jeans ab, drückte auf die Messingsicherung und klappte das Messer wieder zu. Als er es ins Futteral steckte, drehte er sich zu dem Mädchen um. Sie hatte sich vor dem Kopfteil zusammengekauert. Ihr schrilles Geschrei hallte durchs Zimmer. Strange hob das Brecheisen auf und steckte es in die Gesäßtasche der Jeans.

Dann ging er durchs Zimmer und schlug Sondra hart ins Gesicht. Er musste sie noch mal schlagen, bis sie endlich zu schreien aufhörte. Dafür schluchzte sie nun und zitterte wie Espenlaub. Sie fürchtete sich vor ihm, was völlig in Ordnung war. Er riss eine Wolldecke vom Bett herunter und legte sie ihr um die Schultern.

Strange hob Sondra hoch, trug sie aus dem Zimmer und die Treppe hinunter. Es gelang ihm, mit ihr nach draußen zu treten, über die Veranda zu gehen und die Stufen hinunterzusteigen, bis sie den Regen spürten. Im Pinienhain legte er eine kurze Pause ein, setzte Sondra ab, warf den Rucksack über die Schulter und hob sie wieder hoch. Da lagen Quinns Rucksack und Mantel, die er nicht anrührte. Schnell verschwand er zwischen den schützenden dunklen Bäumen, ohne einen Blick nach hinten zu werfen.

»Das Geschrei hat aufgehört«, sagte Ray.

»Ich weiß«, erwiderte Earl, der zu Franklin hinübersah.

»Ich hab gesagt, ihr sollt das Maul halten«, meinte Quinn und warf Franklin einen Blick von der Seite zu. Er sah, wie Franklins rechte Hand vom grünen Filz rutschte.

»Ich werde trotzdem weiterquatschen«, sagte Ray, »falls es dir nichts ausmacht.«

»Rede nur, Hosenscheißer.«

»Dann geht's mir gleich besser. Geht's dir nicht auch gleich besser, Daddy, wenn du darüber redest?«

»Ja«, sagte Earl und kratzte sich an der Nase.

»Lass deine Pfoten auf der Theke«, befahl Quinn.

»Ja, Sir«, sagte Earl, woraufhin Ray lachte.

»Was genau wollen Sie eigentlich von uns?«, fragte Ray. »Geld? Drogen? He, Junge, das liegt alles dort drüben auf der Theke. Wenn du deshalb hier aufgetaucht bist, nimm es dir und zisch ab.«

Quinn schwieg.

»Wird Ihr Arm vom vielen Waffenhalten nicht langsam lahm?«, fragte Earl.

Der Regen prasselte gegen die Scheunenwände.

»Wollen Sie hier die ganze Nacht lang so stehen?«, fragte Ray. »Scheiße, Junge, *irgendwas* müssen Sie doch tun. Ich meine, erschießen Sie uns oder rauben Sie uns aus oder hauen Sie ab. Was wird's denn nun?«

Der Beeper an Quinns Hüfte ertönte. Keiner sagte ein Wort; alle spitzten die Ohren. Und dann verstummte er wieder.

Die Männer in Schach haltend, machte Quinn langsam ein paar Schritte nach hinten.

Als Ray lachte, merkte Quinn, wie ihm das Blut ins Gesicht stieg.

»Sieh mal, Daddy. Der will jetzt von hier verduften.«

»Ich seh's ja«, sagte Earl und grinste so sehr, dass die Furchen auf seinen Wangen noch tiefer wurden.

»Hast du das vor, Schlappschwanz? Willst du einfach 'ne Fliege machen?«

Quinn blieb stehen, stellte sich aufrecht hin und steckte die Waffe ein. Er warf Eugene Franklin einen kurzen Blick zu, machte auf dem Absatz kehrt, drehte ihnen den Rücken zu und ging zur Scheunentür.

Earl schnappte den Colt und jagte ihn quer über die Theke zu seinem Sohn. Ray drehte sich in der Hüfte, doch da verkantete sich sein Stiefelabsatz kurz hinter der Messingstange. Auf diese Weise verlor er eine Sekunde, bis er die Hand nach dem Griff des Colts ausstreckte, ihn zu fassen bekam und mit der Mündung auf Quinn zielte. Währenddessen fischte Earl seine Knarre aus der Manteltasche.

»He, Terry«, meldete Franklin sich ruhig, kaum hörbar, zu Wort.

Quinn zog die Glock aus dem Halfter, ging in die Knie und feuerte aus der Hüfte. Neben Ray splitterte das Thekenholz. Quinn schoss erneut. Die Kugel riss Rays Hemdbrust in der Mitte auf. Ray ließ die Waffe fallen und sackte auf die Holzdielen.

Ein Schuss explodierte im Raum. Earls Pistole zuckte. Quinn spürte, wie ein siedend heißer Lufthauch seinen Kopf streifte.

Beim Aufstehen warf Franklin den Kartentisch um. Viermal drückte er den Abzug seiner Glock. Die Waffe vibrierte heftig in seiner Hand. Earl wurde gegen den Barspiegel geschleudert. Die Flaschen in dem Regal, vor dem er stand, zerbarsten. Flaschenscherben und Blut regneten auf ihn herab. Earl wirbelte herum, ging in die Knie und verschwand hinter der Theke.

Unaufhörlich summte ein Klingelton in Quinns Ohr. Er hörte jemanden stöhnen. Dann hustete jemand kurz. Und dann waren nur das Klingeln und der Regen zu hören.

Quinn lief durch die Pistolenfeuerschwaden. Die .38er neben Rays Leichnam kickte er weg. Mit gezogener Waffe trat er hinter die Theke und warf einen Blick auf den Vater, ehe er die Waffe wieder ins Halfter steckte.

»Das Mädchen«, sagte Franklin.

»Strange hat sie«, antwortete Quinn.

»Delgado?«

»Wenn Strange das Mädchen hat, hat er sich auch um Delgado gekümmert. Wir sollten besser von hier verschwinden.«

Im Pinienhain schnappte Quinn sich Mantel und Rucksack. Er und Franklin liefen in den Wald und hielten auf die Lichterreihe an der Autobahn zu, die weiter vorn undeutlich zu erkennen war.

Eine Stunde später parkte Quinn den Chevelle auf dem Parkplatz vor Franklins Apartmenthaus. Den Motor stellte er nicht ab.

Franklin fragte: »Was nun, Terry?«

»Dir bleibt noch etwas Zeit«, sagte Quinn. »Heute hat Strange jemandem im Department, dem er vertraut, ein Päckchen geschickt. Mit Chris Wilsons Tagebuch und den Fotos.«

»Und was ist mit meinem Geständnis?«

»Davon hat Strange eine Kopie angefertigt.« Quinn griff hinüber und öffnete das Handschuhfach. »Das Original hab ich hier.«

Franklin nahm das gelbe Blatt Papier aus Quinns Hand. Quinn nickte. Franklin steckte das Papier in die Manteltasche.

»Danke, Terry.«

Quinn stierte durch die Windschutzscheibe und schob die Haare hinter die Ohren, wobei er darauf achtete, nicht die wunde Stelle zu berühren, wo Earl Boones Kugel ihn geschrammt hatte.

»Du bist noch längst nicht aus dem Schneider. Die Beweise, die Strange weggeschickt hat, reichen, um dich zu verurteilen. Was auch immer du zu deiner Verteidigung zu sagen hast, bleibt dir überlassen. Und was die Ereignisse des heutigen Abends und das Mädel betrifft …«

»Niemand wird je erfahren, was sich heute Abend abgespielt hat oder von dem Mädchen. Jedenfalls nicht von mir.« Franklin schluckte. »Terry …«

»Steig aus.«

Franklin streckte die Hand aus. Quinn umklammerte das Lenkrad.

»Na gut«, entgegnete Franklin. Er stieg aus dem Wagen und ging im Regen mit eingezogenem Kopf quer über den Parkplatz.

Niemals, sein ganzes Leben nicht, sollte Quinn Eugene Franklins seltsames, trauriges Gesicht oder seine ausgestreckte Hand vergessen.

Kurz vor Morgengrauen kam Derek Strange aus Leona Wilsons Haus und zog leise die Tür hinter sich zu. Der Regen hatte aufgehört. Auf der kleinen Betonveranda atmete er frische Morgenluft ein und stellte den Kragen hoch.

Ein Stück die Straße hinunter stand hinter seinem Caprice ein hübscher blauer Chevelle. Hinter dem Lenkrad saß ein langhaariger Weißer.

»Ich danke dir, Herr«, sagte Strange.

Er fing Quinns Blick auf und lächelte.

Dreiunddreißig

An diesem Abend meldeten die Sechs-Uhr-Nachrichten den Selbstmord von Eugene Franklin.

Ein Nachbar in der Wohnung nebenan hatte gegen zwölf Uhr mittags einen Schuss gehört und die Polizei verständigt. Die Polizisten fanden Franklin in aufrechter Position auf dem Sofa. Seine Augen quollen aus den Höhlen, seine Nase war angeschwärzt, verschmurgelt. Blut, Knochen und Hirnpartikel klebten an den Wänden und auf dem Sofastoff. Seine Dienstwaffe lag auf seinem Schoß. Auf dem Wohnzimmertisch hatte er ordentlich einen handschriftlich abgefassten Brief platziert.

In den Elf-Uhr-Nachrichten wurde Franklins Selbstmord von der Entdeckung eines Massenmordes auf einem bewaldeten Grundstück im Osten von Montgomery County in den Schatten gestellt. Sechs Leichen in unterschiedlichen Stadien der Verwesung waren entdeckt worden. Eine Freundin des weiblichen Opfers namens Edna Loomis hatte die Polizei alarmiert. Besagte Freundin hatte seit Tagen nichts mehr von Loomis gehört und die örtliche Polizei angerufen, als sie schließlich krank vor Sorge war. Nachdem zwei Leichen in der Scheune und eine im Haus entdeckt worden waren, stieß die Polizei auf drei weitere Leichen in einem unterirdischen Tunnel, darunter auch der Leichnam von Edna Loomis. Als sie die Polizei verständigte, erwähnte Johanna Dodgson auch den Tunnel.

Das Plattes-Land-Massaker, wie die Presse das Verbrechen umgehend titulierte, beherrschte in den kommenden drei Tagen die Nachrichten. Es wurde gemunkelt, dass es sich bei einem der Opfer um einen Polizisten aus Washington D. C. handelte. Dieses Gerücht wurde irgendwann von offizieller Seite bestätigt. Offenbar waren Drogen und beträchtliche Summen Bargeld am Tatort gefunden worden. Bald darauf machte das nächste Gerücht die Runde: Anscheinend stand der Selbstmord von Eugene Franklin irgendwie in Zusammenhang mit dem Plattes-Land-Massaker, was allerdings nicht bestätigt wurde. Der Polizeisprecher versprach eine schnelle Lösung des Falles und behauptete, eine die Funde betreffende Erklärung stünde »kurz« bevor.

Strange widmete sich wieder seiner täglichen Arbeit, verfiel in seine normale Routine. Akribisch verfolgte er die Nachrichten, enthielt sich aber jeglichen Kommentars. Nur mit

Ron und Janine schnitt er das Thema manchmal ganz kurz an. Zweimal rief er Quinn an und redete mit ihm, musste aber feststellen, dass sein Gesprächspartner bei beiden Telefonaten unkommunikativ und in sich gekehrt wirkte und aller Wahrscheinlichkeit nach unter Depressionen litt. Als er jedoch Leona und Sondra Wilson einen kurzen Besuch abstattete, freute ihn, was er da zu sehen bekam.

Für Strange war dies eine besinnliche Phase, und obwohl er ein paar unproblematische Aufträge annahm, verbrachte er seine Zeit hauptsächlich mit Warten. Gegen Ende der darauf folgenden Woche erhielt er den Anruf, auf den er sehnsüchtig gewartet hatte. Am Sonntagmorgen, gerade als er von einem langen Spaziergang mit Greco heimkam und in den Flur seines Reihenhauses auf der Buchanan Street trat, klingelte das Telefon.

»Hallo«, sagte Strange, nachdem er den Hörer abgenommen hatte.

»Lydell hier. Können wir reden, Derek?«

»Sag mir, wo wir uns treffen sollen«, meinte Strange.

Die Oregon Avenue, südlich der Military Road gelegen, führte in den Abschnitt vom Rock Creek Park, wo das Natur-Infozentrum und die Pferdeställe zu finden waren. Meilenweit wanden sich die Wege über das hügelige Terrain. Links vom Eingang befand sich ein riesiger Parkplatz. Hier fanden sich Leute ein, die ihre Hunde abrichteten oder sie auf dem angrenzenden Feld ausführten. Und bei Teenagerpärchen war dieser Parkplatz ebenfalls ein äußerst beliebter Treffpunkt.

Strange und Lydell Blue saßen in Stranges Caprice, der auf dem Parkplatz neben der Blue's Park Avenue stand. Sie schauten aufs Feld hinaus. Blues Haare waren inzwischen ganz grau und schütter geworden und der dicke Schnauzbart, der seit dreißig Jahren sein breites, grobknochiges

Gesicht zierte, ebenfalls. Sein Bauch quoll über den Hosenbund. In der Hand hielt er einen Halbliterpappbecher Kaffee. Aus dem Loch, das er in den Deckel gebohrt hatte, stieg Dampf auf.

Gut ein Dutzend wuchtiger Zuchthunde tobten sich auf dem Feld aus. Ihre Besitzer waren durch die Bank weiß, begütert und trugen teure Freizeitklamotten. Auf der anderen Seite des Parkplatzes, unweit der Bäume, knutschte ein Mann mittleren Alters mit einer etwas jüngeren Frau auf der Vorderbank eines neuen Pontiac.

»Du hättest Greco mitbringen sollen«, meinte Blue und betrachtete durch die Windschutzscheibe einen irischen Wolfshund und einen weißen Samoieden, die nebeneinander auf einer Anhöhe saßen. Eine Frau in einer Banana-Republic-Jacke befahl ihnen aus fünf Meter Entfernung, sitzen zu bleiben.

»Greco mag keine Hunde«, sagte Strange. »Der würde sich gleich vor den beiden aufbauen und die Zähen fletschen.«

»Man möchte den Herrschaften ja nicht den schönen Tag versauen.«

Strange blickte zu Blue hinüber. »Erzähl mir, was du herausgefunden hast, Lydell.«

»Falls ja, sagst du mir dann die Wahrheit?«

»Wie lange kennen wir uns jetzt schon, Mann?«

»Na schön. Gut.« Blue strich mit dem Daumen über den Schnauzbart. »Die Bullen, die Eugene Franklin gefunden haben, haben am Tatort auch einen Abschiedsbrief gefunden. Oder vielmehr so was wie ein Geständnis.«

»Hast du den Brief gesehen?«

»Hab 'ne Kopie von einem Freund aus der Mordkommission gekriegt. Mit Füller geschrieben, auf schlichtem weißem Papier. Die Handschrift war sauber und deutlich, als hätte ihn niemand gezwungen, ihn zu verfassen. Die Unterschrift glich der Unterschrift von Franklin, die wir archiviert hatten.«

»Und was hat in dem Abschiedsbrief gestanden?«

»Franklin hat zugegeben, dass er und Adonis Delgado auf der Gehaltsliste von diesem Drogenbaron, Cherokee Coleman, gestanden haben. Er hat ausführlich über seine Rolle bei der Erschießung von Chris Wilson geschrieben. Wie Wilson ihm und Delgado auf die Schliche gekommen ist und wie Coleman die Ermordung Wilsons angeordnet hat. Sie haben Ricky Kane benutzt, der in den Restaurants als Drogendealer die Runde machte und alles andere als der nette Vorstadtbursche war, als den die Zeitungen ihn beschrieben haben. Kane sollte Wilson in Zivil dorthin locken und dafür sorgen, dass er wie 'n Krimineller wirkt. Eigentlich hätte Franklin Wilson erschießen sollen, doch sein Partner, Quinn, der – wie Franklin behauptet – sauber war, hat zuerst abgedrückt.«

Strange verdaute die Informationen, die Lydell ihm gegeben hatte. »Die Journalisten haben das Gerücht in die Welt gesetzt, Franklin hätte irgendwas mit dieser Plattes-Land-Sache zu tun. Falls er mit Delgado unter einer Decke gesteckt hat ...«

»Franklin hat das alles in dem Abschiedsbrief erwähnt. Er und Delgado sind von Coleman auf dieses Grundstück rausgeschickt worden, um einen Drogendeal über die Bühne zu bringen und gleichzeitig die beiden Lieferanten, Earl und Ray Boone, umzubringen. Ging wohl darum, dass Coleman zwei Kolumbianer rächen wollte, die die Boones dort draußen getötet hatten. Und das haut hin, denn in dem Tunnel sind zwei Leichen gefunden worden, die lange vor den Boones den Löffel abgegeben haben. Die beiden Leichen wurden als die beiden kolumbianischen Brüder Nestor und Lizardo Rodriguez identifiziert, die irgendwo unten in Richmond vermisst gemeldet wurden.«

»Und was ist mit den Boones und Delgado? Wer hat die auf dem Gewissen?«

»Franklin behauptete, er. Behauptete, sein Gewissen habe sich gemeldet, und deshalb hätte er die Sache auf die Weise zu Ende bringen müssen, die er für richtig hielt. Er und Delgado haben sich im Haus in die Wolle gekriegt, miteinander gekämpft, und dann hat er Delgado getötet. Anschließend ist Franklin nach unten in die Scheune gegangen und hat Vater und Sohn erschossen. Die Drogen und die Kohle hat er in der Scheune zurückgelassen und ist danach nach D. C. gefahren. Am nächsten Tag hat er sich dann die Kugel gegeben.«

»In dem Tunnel ist doch auch eine Frau gefunden worden.«

»Edna Loomis. Sie ist eines natürlichen Todes gestorben, falls man es ›natürlich‹ findet, dass eine dreißigjährige Frau an einem Herzinfarkt stirbt. Wenn man sich genug Methamphetamin reinballert, kann das allerdings schon mal passieren.«

»Was für eine Geschichte«, fand Strange.

»Ja. Dumm ist nur, sie haut nicht hin.«

»Was stimmt denn nicht?«

»'ne ganze Menge. Angefangen von dem Tatort draußen in der Scheune und dem Haus. Okay, Franklin behauptet also, er hätte seine Meinung geändert und sich darum mit Delgado gefetzt. Aber wieso war Delgado dann nackt? Und Delgado ist erstochen worden. Aber warum hat Franklin ihn nicht einfach wie alle anderen erschossen?«

»Keine Ahnung.«

»Sie haben auch einen Stiefelabdruck gefunden, der von Delgados Blutlache wegführte. Ich glaube, in Schuhgröße 12. Franklin hatte 10.«

»Und was noch?«, fragte Strange.

»Die Boones wurden mit demselben Waffentyp getötet,

einer Glock 17. Aber es waren eben zwei verschiedene Glock 17, mit denen sie umgebracht worden sind. Die Kugel, die im Körper des Sohnes gefunden wurde, und die, die im Holz der Theke steckte, hatte andere Riefenspuren als die, die man aus dem Vater geholt hat und die neben ihm eingeschlagen haben. Die Einschusswinkel stimmten auch nicht überein. An diesem Abend sind zwei Schützen da draußen gewesen, Derek. *Anders* geht es gar nicht.«

»Keine Fingerabdrücke? Nichts in der Art?«

»Keine Fingerabdrücke bis auf die vom Verstorbenen, von Franklin und einer nicht identifizierten Frau.«

»Eine Frau, wie?«

»In dem Schlafzimmer, wo Delgado entdeckt wurde, haben sie auch Vaginalflüssigkeit und Schamhaare gefunden.«

»Von dieser Loomis?«

»Haben nicht übereingestimmt. Aber falls sich dort noch eine Phantomfrau rumgetrieben hat, würde das erklären, wieso Delgado im Adamskostüm gestorben ist.«

»Klingt, als hättet ihr da 'nen Fall, der einem wirklich Kopfzerbrechen bereitet.«

»Tja.«

Blue drehte den Kopf und starrte Strange an.

»Wieso hast du mich hierher bestellt, Lydell?«

»Nun, Derek, das will ich dir sagen. Ich hatte 'n dickes Päckchen in der Post, ohne Absender, das Adressetikett stammt von einem Drucker, wie es ihn tausendfach in dieser Stadt gibt. Darin war ein Notizbuch, in dem Wilson seine Ermittlung genau festgehalten hat, und Fotos von Franklin und Delgado, wie sie sich Colemans Revier nähern.« Blue trank einen Schluck Kaffee. »Und das hast du mir geschickt, nicht wahr?«

»Ja«, bekannte Strange.

»Um das rauszufinden, braucht man kein Genie zu sein. Du hast mich angerufen und gebeten, die Nummer von Delgados Streifenwagen durch den Computer zu jagen, weißt du noch?«

»Ja, ich erinnere mich.«

»Dann erzähl mir mal, wie du an die ganzen Informationen gekommen bist.«

Strange zuckte mit den Achseln. »Leona Wilson hat mich angeheuert, damit ich den guten Ruf ihres Sohnes wiederherstelle. Unter anderem wollte sie, dass sein Name unten in Downtown in das Polizistendenkmal graviert wird. Als Erstes hab ich Quinn interviewt und danach Franklin, was logischerweise dazu führte, dass ich Ricky Kane beschattet habe, um zu sehen, was es mit diesem Typen auf sich hat.«

»Na schön. Und was hast du rausgefunden?«

»Dasselbe wie Wilson. Kane hat mich zu Coleman geführt, und da fiel mir auf, dass derselbe Crown Vic gleich an zwei Tagen dort patrouillierte. Ich hab dich angerufen und Delgados Namen erfahren. Und dann habe ich Wilsons Notizbuch und die Fotos gefunden und dir geschickt. Weißt du, ich hab gemerkt, dass die Sache 'ne Nummer zu groß für mich war, Lydell. Ich dachte, wenn ihr eins und eins zusammenzählt, würde Wilsons Geschichte irgendwann ans Tageslicht kommen. Verschwörung hin oder her, das hat mich nicht interessiert, Mann, ich hab nur versucht zu tun, was Leona Wilson von mir erwartet hat.«

»Ein paar Bullen haben sich gemeldet und gesagt, sie hätten dich und Quinn dabei beobachtet, wie ihr im Erika's mit Franklin gequatscht habt.«

»Das stimmt.«

»Sie werden dich vorladen und verhören, Mann. Und Quinn auch.«

»Hast du ihnen untergejubelt, dass ich dir die Information geschickt habe?«

Blue trank den Kaffee in einem Zug aus und ließ den leeren Becher zu Boden fallen.

»Die wissen nicht mal, dass ich sie habe«, sagte Blue. »Das Notizbuch und die Fotos liegen im Kofferraum meines Buick, Mann. Kriegst du alles zurück, ehe du abhaust.«

»Kannst du die Sachen nicht brauchen?«

»Wie soll ich erklären, dass man die Unterlagen mir geschickt hat?«

»Könnte schwierig werden, denke ich.«

»Entweder muss ich lügen oder dich ins Spiel bringen. Und ich werde keins von beidem tun. Wie auch immer, das Department braucht weder das Notizbuch noch die Fotos, um Anklage zu erheben. Die haben Kane geholt. Von dem, was mir zu Ohren gekommen ist, ist er umgekippt und hat die Hintergrundinformationen bestätigt, die in Franklins Abschiedsbrief gestanden haben. Die werden ihn dazu bringen, dass er ihnen Cherokee Coleman auf dem Tablett serviert. Im Gegenzug wandert er dann in einen Knast, wo's nicht ganz so hart zugeht. Ob wir Coleman drankriegen oder nicht, wird sich noch zeigen. Bislang ist uns das noch nie gelungen.«

»Hat Kane gesagt, womit er Wilson an jenem Abend in diese Straße gelockt hat?«

»Kane hat gesagt, er habe gehört, Wilson hätte 'ne Schwester, die 'ne Junkie-Braut ist. Wilson hat er erzählt, er hätte sie gefunden und wollte sich mit ihm auf der D Street treffen.«

Kane habe *gehört*, Wilson hätte eine Schwester ... Verlogenes Arschloch, dachte Strange und versuchte, keine Miene zu verziehen.

»Hast du über die Schwester Bescheid gewusst?«, fragte Blue.

»Sie wohnt jetzt bei ihrer Mutter«, sagte Strange und nickte. »Nach all dem, was diese Familie durchgemacht hat, wäre es mir gar nicht Recht, wenn dieses Gerücht über die Schwester an die Presse weitergeleitet würde.«

»Wir wissen, was diese Familie durchgemacht hat. Wie es Kane an besagtem Abend gelungen ist, Wilson dorthin zu lotsen, ist bedeutungslos. Falls jemand was über die Schwester hören sollte, dann nur Gutes.«

»Und Chris? Was ist mit ihm?«

»Ja, Chris Wilson. Ziemlich knifflig für das Department, diese Angelegenheit zu regeln. Aus verständlichen Gründen wollen sie diese Böser-Bulle-Nummer nicht hochkochen, und sie wollen auch vermeiden, dass die Öffentlichkeit denkt, sie würden das, was Chris Wilson getan hat, nämlich sich dort draußen wie ein unabhängiger Einzelkämpfer aufzuführen, gutheißen. Wie sie das den Leuten da draußen am Ende verkaufen werden, ich weiß es nicht. Aber ich weiß, was unten in der Zentrale über Wilson geredet wird. Er wird eine Art posthume Empfehlung von Polizeichef Ramsey kriegen, so ganz nebenbei, ganz unauffällig.«

»Gut«, fand Strange. »Das ist echt gut.«

»Du hast die Sache ins Rollen gebracht, Derek.«

»Ja, vermutlich schon.«

»Ist doch komisch mit diesem anderen Bullen. Ich meine Quinn.«

»Ja. Der steht jetzt immer noch genau so dumm wie vorher da.«

»Stört dich das?«

»Er hat einen Fehler gemacht«, sagte Strange. »Ich hab Quinn ein bisschen kennen gelernt, und ich kann dir sagen, der zahlt immer noch für das, was er getan hat. Ich denke, der wird ewig zahlen.«

»Einem anständigen jungen Mann das Leben zu nehmen, so wie er es getan hat, ist mehr als nur ein Fehler. Und du kannst mir nicht erzählen, dass, wenn Chris Wilson weiß gewesen wäre …«

»Ich weiß, Lydell. Ich weiß, du brauchst mir das nicht zu sagen.«

Strange kurbelte das Fenster einen Spaltbreit herunter. Die Nachmittagssonne hatte das Wageninnere aufgeheizt.

»Es leben so viele gute Leute in dieser Stadt«, sagte Lydell. »Doch man hört immer nur von den Bösen in D.C. Und jetzt wird man sich wieder über schlechte Bullen den Mund zerreißen, obwohl die meisten anständig sind. Die meisten Menschen, denen ich Tag für Tag begegne, kommen aus guten Familien. Ich rede von den Menschen in der Kirche, Menschen, die jeden Tag zur Arbeit gehen, sich um ihre Angehörigen kümmern, gute Lehrer, gute, harte Arbeiter ... und wir, wir hatten all die Jahre nur mit den Bösen zu tun. Warum haben wir uns dafür entschieden, Derek?«

»Keine Ahnung. Ich denke, der Job hat uns gesucht.«

»Wenn wir das nur gewusst hätten, als wir noch junge Männer waren.« Blue kicherte und betrachtete seinen Freund. »Meine Herren, ich kenne dich jetzt schon fast fünfzig Jahre. Ich weiß noch, wie du früher als kleiner Junge gerannt bist, mit geballten Fäusten auf Brusthöhe, damals in der Grundschule. Und ich weiß auch noch ganz genau, wie du in deiner Uniform ausgesehen hast, 1968.«

»1968«, sagte Strange. »Was für ein Jahr, Lydell, nicht wahr?«

»Ja.«

Die beiden Männer tauschten einen Blick aus.

»Ich dank dir, Lydell.«

»*Du* weißt, wie wir vorgehen.«

Strange schüttelte Blues Hand. »Dann wird mich das Department also vorladen?«

»Demnächst schon«, sagte Blue. »So, wie du's erklärt hast ...«

»Was, hast du daran was auszusetzen?«

»War nur ein bisschen holprig, das ist alles. Wenn ich du wäre, würde ich noch ein wenig daran rumfeilen.«

Strange fuhr nach Hause in sein Reihenhaus und telefonierte mit Terry Quinn. Er schilderte ihm die Unterhaltung, die er mit Lydell Blue geführt hatte.

»Ist mir nicht leicht gefallen, meinen Freund anzulügen«, sagte Strange. »Aber was Besseres ist mir leider nicht eingefallen.«

»Ich vermute, Eugene hat das erste Geständnis vernichtet«, sagte Quinn.

»Sieht ganz danach aus. Das, das die Polizei gefunden hat, war auf weißem Papier geschrieben. Ich werde auch ein paar Sachen vernichten. Werde mich von den Klamotten verabschieden, die ich an jenem Abend getragen habe, von den Stiefeln, dem Messer ... das müssen Sie auch tun. Entsorgen Sie Ihren Rucksack und die Glock.«

»Ist schon passiert.«

»Gefällt mir gar nicht, wie Sie sich anhören, Terry«, meinte Strange. »Stellen Sie ja keinen Unsinn an, verstanden?«

»Keine Sorge«, sagte Quinn. »Ich bin nicht so tapfer wie Eugene.«

Und dann hörte Strange nur noch das Klicken, als Quinn den Hörer auflegte.

Vierunddreißig

An einem Sonntagmorgen Anfang April, als die Kirschblüten am Tidal Basin in voller Pracht standen und die Magnolien und Hornsträucher auf den städtischen Rasenflächen in Pink und Weiß blühten, trafen sich Strange, Janine und Lionel in der Kirche.

Strange hatte seit einiger Zeit nicht mehr den Gottesdienst besucht. Heute, am Wochenende nach Ostern, wollte er für seine Mutter beten, und obwohl er daheim hin und wieder verschwiegen ein Gebet sprach, fand er, es wäre ganz sinnig, in diesem Fall das Haus des Herrn aufzusuchen, denn seiner Mutter ging es ziemlich schlecht. Ihm war klar, nur in die Kirche zu gehen, weil man um einen persönlichen Gefallen bitten wollte, war nicht richtig und – auch wenn er das nicht richtig kapierte – heuchlerisch, aber er ging trotzdem hin.

Die Kirchenbänke in der New Bethel Church of God in Christ auf der Georgia, Ecke Piney Branch Road waren fast vollständig belegt. Strange konzentrierte sich auf die Predigt, betete inständig für seine Mutter, während Janine ihre Hand auf seine gelegt hatte, und genoss anschließend den Gospel-Chor, den Teil des Gottesdienstes, den er am liebsten mochte.

Als die Gemeinde aus der Kirche strömte, erkannte Strange viele der Mitglieder. In den Gesichtern mancher Kinder sah er die Eltern, die er kannte, als sie selbst noch Kinder gewesen waren. Und er traf mehrere alte Kunden, die er grüßte und die ihn mit einem festen Händedruck oder einem Klaps auf den Arm begrüßten. Wenngleich er diesen Menschen oft wenig erfreuliche Neuigkeiten gebracht hatte, war er doch froh, dass er ihnen nie zu viel Stunden abgerechnet oder zweitklassige Arbeit abgeliefert hatte. Sie wussten, wer und was er war, und das erfüllte ihn mit Stolz.

»Gehen wir zum Frühstücken in diesen griechischen Laden?«, fragte Lionel.

»Billy hat geschlossen«, meinte Strange. »Er feiert heute Ostern.«

»Ich wollte Truthahn machen«, sagte Janine. »Kommst du zum Abendessen rüber?«

»Hatte vor, mit Greco einen langen Spaziergang in Rock

Creek zu machen«, erwiderte Strange. »Aber ja, ich komme gern zum Abendessen, wenn wir etwas früher anfangen, denn ich möchte den Abend mit meiner Mutter verbringen.«

»Na, dann essen wir eben eher«, sagte Janine. »So gegen fünf?«

»Ich freu mich schon drauf, Janine.«

Und da küsste er sie in einem Meer aus Azaleenbüschen neben der Kirche.

»Sieh sich einer das an«, meinte Lionel. »Und auch noch vor dem Herrn.«

Strange schlenderte zu seinem Caddy, der auf der Tuckerman stand. Auf der anderen Straßenseite parkte ein grauer Plymouth K-car am Bordstein. Leona Wilson hielt ihrer Tochter Sondra die Tür auf, die beim Einsteigen den Kopf einzog. Strange erhaschte einen kurzen Blick auf Sondra. In ihrem Kleid wirkte sie immer noch dünn und ausgezehrt. Sie hatte nun schulterlange Haare; ihre Augen strahlten, und ihr Blick war leicht verschwommen. Noch nicht wieder richtig auf dem Damm, aber auf dem Wege der *Besserung*, wie Strange erkennen konnte.

Als Strange die Straße überquerte, um Leona Wilson zu begrüßen, tauchte mit einem Mal Terry Quinns Gesicht vor seinem geistigen Auge auf. Er hatte ihn seit geraumer Zeit weder gesehen noch gesprochen.

Leona Wilson ging um den Wagen herum zur Fahrerseite und hielt inne, als sie Strange näher kommen sah. Zuerst schien sie ihn in seinem Aufzug nicht zu erkennen, doch dann lächelte sie dem breitschultrigen, gut aussehenden Mann im Nadelstreifenanzug zu. Ohne den weißen Handschuh auszuziehen, streckte sie die Hand aus und neigte den Kopf.

»Mrs. Wilson«, sagte Strange.

»Mr. Strange.«

Strange setzte sich hinter das Lenkrad seines Cadillac Broughan, der auf der Bonifant Street in Silver Spring stand. Greco lag auf seinem roten Kissen auf dem Rücksitz und schnarchte. Strange und der Hund hatten sich mit Janines Essen voll geschlagen, und Greco nutzte die Gelegenheit, ein bisschen zu dösen.

Auf der gegenüberliegenden Straßenseite schloss Terry die Eingangstür des Buchgeschäftes ab, vergewisserte sich, dass sie wirklich zu war, und drehte sich um.

Strange streckte den Kopf zum Wagenfenster hinaus. »Hallo, Terry!«

Als Quinn erkannte, wer da seinen Namen rief, grinste er, ging über die Straße und auf den Wagen zu. Strange meinte, dass Quinn dünner geworden war, stellte dann aber fest, dass seine Haare ihm diesen Eindruck vermittelten. Quinn trug die Haare neuerdings kurz.

»Steigen Sie doch kurz ein, Mann«, sagte Strange.

Quinn lief um den Caddy und nahm auf dem Beifahrersitz Platz. Greco wachte auf, setzte sich hin und schnupperte an Quinns Nacken, als die beiden Männer sich die Hände schüttelten.

»Derek.«

»Terry.«

»Was führt Sie hierher?«

»Hab an Sie denken müssen«, meinte Strange. »Und Sie haben sich ja richtig auf Vordermann gebracht.«

»Ja, ich hab diesem Friseur namens Elegant and Proud auf der Georgia einen Besuch abgestattet.«

»Den Laden kenne ich.«

»Sind nicht gerade hocherfreut gewesen, mich dort zu sehen, aber ich wollte ja nur einen Kurzhaarschnitt, und den haben sie mir dann auch verpasst. Wie dem auch sei, es fühlt sich prima an, diese Mähne endlich los zu sein.«

»Sie sehen wieder wie ein Bulle aus.«

»Ich weiß.« Quinn fuhr sich mit dem Daumen über die Lippe. »Sie haben gesagt, Sie hätten an mich denken müssen. Wieso?«

»Hm, in erster Linie, weil wir Freunde sind.«

»Ach, jetzt sind wir Freunde?«

»Klar doch.«

»Und wieso?«

»Heute bin ich in der Kirche Leona und Sondra Wilson begegnet.«

Quinn nickte. »Wie geht es dem Mädchen?«

»Sie wissen ja, welches Kreuz sie zu tragen hat. Wenn man einmal süchtig war, bleibt man es ein Leben lang. Wird immer ein ganz schöner Kampf sein. Aber ihrer Mutter ist es gelungen, sie in einem der besten Programme in dieser Stadt unterzubringen. Sie wird es schaffen, vermute ich.«

»Das haben Sie gut gemacht.«

»Sie auch.« Strange sah zu Quinn hinüber. »Chris Wilson hat eine Empfehlung erhalten. Sie haben eine unauffällige Zeremonie abgehalten, aber immerhin. Und sie haben seinen Namen in die Wand gemeißelt.«

»Das habe ich gehört«, sagte Quinn. »Das Department hat zwar nicht die Presse informiert, aber einer der Polizisten hat es mich wissen lassen.«

»Ja, das Department hat in dieser Sache, was die Presse anbelangt, Fingerspitzengefühl gezeigt. Aber was ist ihnen auch anderes übrig geblieben? Die kannten ja *selbst* nicht alle Antworten. Sie haben Franklins Geständnis, widersprüchliche forensische Beweise vom Tatort und Kanes eigennützige Aussage. Sie wissen, das ist nicht alles, aber sie haben keinen Schimmer, wo sie nach Informationen buddeln sollen.«

»Aus Ihnen und mir haben sie nichts rausgekriegt.«

»Nein.« Strange musterte Quinn. »Sie sehen besser aus.«

»Mir geht's ganz gut.«

»Haben Sie die Stimmung, in der Sie waren, abgelegt?«

»Ich denke schon«, sagte Quinn. »Sie haben mal gesagt, ich müsse irgendwann lernen, einem Streit aus dem Weg zu gehen. Vielleicht sickert das ja langsam ein.«

»Na, ich denke, wenn Sie in dem Buchladen da arbeiten, zusammen mit Lewis und den anderen, haben Sie genug Zeit zum Nachdenken.«

»Ja, Derek, Zeit hab ich mehr als genug.«

»Wissen Sie, ich hab mir überlegt, es gibt ja immer mal wieder Situationen, wo ich noch einen Mitarbeiter gebrauchen könnte. Und Sie haben sehr gut mit mir zusammengearbeitet, Mann. Na, und da habe ich mich eben gefragt, ob Sie wohl Lust hätten, ab und an mal einen meiner Fälle zu übernehmen?«

»Während Sie die leichte Arbeit machen?«

»Sehr komisch.«

»Was ist mit Ron Lattimer?«

»Um diese Jahreszeit ist Ron schwer damit beschäftigt, seine Frühjahrsgarderobe auszuwählen. Den hab ich bestimmt schon 'ne Woche nicht mehr zu Gesicht gekriegt.«

»Ich hab keine Privatdetektivlizenz.«

»Ist doch nicht schwierig, eine zu kriegen.«

»Ich werd's mir überlegen, in Ordnung?«

»Tun Sie das. Wo Sie doch so viel Zeit … zum Nachdenken haben.«

Greco schleckte Quinns Nacken ab. Quinn drehte sich um und kraulte den Boxer hinter den Ohren.

»Treffen Sie sich gerade mit einer Frau?«, fragte Strange.

»Nicht konkret. Wie geht es Janine?«

»Gut geht es ihr. Komme gerade von ihr und Lionel.«

»Verbringen wohl 'ne Menge Zeit mit ihr, hm?«

Strange nickte. »Bin endlich aufgewacht. Hab immer Ausschau nach jemand anderem gehalten … und Frauen den Hof gemacht, die sich überhaupt nicht für mich interessierten. War immer auf diesen anonymen Sex aus ...«

»Nutten, meinen Sie.«

»Ja. Bin immer auf der Suche nach was anderem gewesen, wo das Beste schon neben mir stand und mir ins Gesicht lachte. Genau wie meine Mutter immer zu sagen pflegte. Nicht, dass ich vorhätte zu heiraten oder so. Aber ich möchte auch in Zukunft für sie da sein, für sie und ihren Sohn.«

»Bestellen Sie ihr Grüße.«

»Das werde ich.«

Quinn warf einen Blick auf seine Uhr. »Ich mach mich jetzt lieber auf den Weg.«

»Ich mich auch. Wo steht Ihr Wagen?«

»Bin nicht mit dem Wagen gekommen.«

»Soll ich Sie heimfahren?«

»Nein, danke. Ich denke, ich werde zu Fuß gehen.«

Als Quinn die Hand auf den Türgriff legte, legte Strange seine Hand auf Quinns Arm.

»Terry.«

»Was?«

»Ich wollte nur, dass Sie wissen ... so, wie das alles am Ende herausgekommen ist, ich meine ... ich wollte Ihnen sagen, dass ich mich in Bezug auf Sie geirrt habe.«

Quinn lächelte traurig. »In mancher Hinsicht haben Sie sich getäuscht, Derek. Aber nicht in allem.«

Quinn stieg aus. Strange schaute ihm hinterher, als er in der einsetzenden Dämmerung die Straße überquerte.

Terry Quinn ging die Bonifant hoch und bog links in die Georgia Avenue. Fahl leuchteten die Straßenlaternen und erhellten Fenster in der kühlen Abenddämmerung. Quinn lief die Georgia hinunter. Auf dem Bürgersteig kamen ihm vier junge Schwarze in weiten Klamotten entgegen. Als sie merkten, dass Quinn ihnen nicht ausweichen würde, machten sie ihm Platz. Einer der jungen Männer berührte leicht seinen Arm, und Quinn stieß ihm im Vorbeigehen den Ellbogen in die Seite.

Ich habe Strange angelogen, dachte Quinn. Ich mache mir etwas vor. Ich werde mich nie ändern. Ich werde niemals einem Streit aus dem Weg gehen.

Quinn hörte die Jungs lachen und ging einfach weiter, kam an Rosita's vorbei, ohne einen Blick durchs Fenster zu werfen, bog dann links in den überdachten Durchgang und klopfte auf den Bronzekopf von Norman Lane, als er in die Gasse kam und weiter nach Süden marschierte.

Quinn überquerte die Silver Spring Avenue, ging bis zur Sligo Avenue, lief über die Selim und kam am Napa-Autoersatzteilgeschäft vorbei, an der My-Le-Suppenküche und der auf ausländische Fabrikate spezialisierten Werkstatt. Dicht dahinter verliefen die Bahn- und Metroschienen. Und dann war er auf der Fußgängerbrücke, die sich über die Georgia Avenue spannte. Auf der anderen Seite sprang er über den Maschendrahtzaun, passierte den Pendlerbahnhof und stieg die Treppe hinunter in den beleuchteten Tunnel unter den Schienen.

Quinn schlenderte über die Holzplattform neben dem Zaun, der an das Canada-Dry-Abfüllwerk grenzte. Die Fäuste in den Jeanstaschen, drehte er sich um und wartete auf den nächsten Zug nach Norden.

Das war schon immer sein Ort gewesen, doch nun teilte er ihn mit einer Frau, die er hier einmal an einem klaren, beißend kalten Winterabend geküsst hatte.

Quinn schloss die Augen und hörte die Zuggeräusche, spürte die vorbeirauschenden Wagen, die Wind und Staub aufpeitschten.

Er war nicht hierher gekommen, um Antworten zu finden, denn es gab keine Antworten, sondern nur Gefühle.

Keine Antworten. Die Fragen blieben. Chris Wilsons guter Ruf war wiederhergestellt, doch für Quinn blieb alles beim Alten. Denn Strange hatte von Anfang an Recht gehabt: Quinn hatte einen Mann wegen seiner Hautfarbe getötet.

Im dritten Stock ging Strange durch den freudlosen Korridor des District Convalescent Home. Er begegnete ein paar Pflegerinnen, die laut über irgendetwas lachten, was eine von ihnen gesagt hatte, und einen Mann im Rollstuhl ignorierten, der immer wieder das Wort »Schwester« sagte. In einem der Zimmer dröhnte ein Fernseher in voller Lautstärke. Der warme Flur stank nach püriertem Essen und trotz des stark riechenden Desinfektionsmittels nach Urin und Exkrementen.

Strange betrat das Zimmer seiner Mutter. Sie lag unter den Laken auf der Seite, war wach und sah zum Fenster hinaus. Er trat an ihr Bett.

»Momma«, sagte Strange und küsste ihre feuchte Stirn. »Da bin ich.«

Seine Mutter machte eine vage Handbewegung und lächelte schwach, woraufhin ihr graues Zahnfleisch zum Vorschein kam. Unter den Laken wirkte ihr Körper so zart wie der eines Kindes.

Strange nahm den Kamm vom Nachttischchen, fuhr damit durch ihr dünnes weißes Haar und kämmte es über die von Altersflecken überzogene Kopfhaut. Als er damit fertig war, zeigte sie auf irgendetwas hinter seiner Schulter. Er stellte sich ans Fenster und warf einen Blick auf die Ecke zwischen Sims und Wand.

Ein Zaunkönigweibchen hatte dort ein Nest gebaut und brütete seine Eier aus. Kaum dass der kleine Vogel Strange entdeckte, flog er weg.

Strange wusste, was seine Mutter wollte. Er riss ein paar Blätter Klopapier ab, fand auf einem Wäschewagen im Flur eine Rolle Tesafilm und klebte das Papier ans Fenster. Jedes Frühjahr hatte seine Mutter das Küchenfenster in ihrem Haus zugeklebt, als er noch klein war. Und sie hatte ihm erklärt, dass eine Vogelmutter sich nicht von anderen Müttern unterschied und ein Recht darauf hatte, ihre Kinder in Ruhe und ungestört aufzuziehen.

Vom Bett aus zwinkerte Alethea Strange ihrem Sohn zustimmend zu, nachdem sie sein Werk begutachtet hatte.

Strange schleppte einen Sessel an ihr Bett und nahm Platz. Dort saß er eine ganze Weile und erzählte ihr, was er tagsüber erlebt hatte.

»Janine«, hauchte sie.

»Ihr geht es gut, Momma. Sie lässt liebe Grüße bestellen.«

»Diamanten ...«

»Im meinem Garten. Ja, Momma.«

Strange schlief auf dem Sessel ein. Mitten in der Nacht wachte er auf. Seine Mutter war immer noch wach und suchte mit ihren wunderschönen braunen Augen seinen Blick.

Strange fing an, über seine Kindheit in D. C. zu plaudern. Als er über seinen Vater sprach, zauberte die Erinnerung an ihren Ehemann ein Lächeln auf Aletheas Lippen. Er erzählte von seinem Bruder und den Schwierigkeiten, die er gehabt hatte, und dass sein Bruder trotz der vielen Probleme ein gutes Herz gehabt hatte.

»Ich liebe dich, Momma«, sagte Strange. »Und ich bin so stolz, dein Sohn zu sein.«

Beim Erzählen hielt er ihre Hand fest und schaute ihr in die Augen. Im Morgengrauen hielt er immer noch ihre Hand, und die Vögel trällerten vor ihrem Schlafzimmerfenster, als sie sanft entschlief.

Rotbuch hat die schönsten Morde